일러두기

1. 번역에 쓰인 원전은 2013년 중국 장강문예출판사에서 출간한 '얼웨허 문집' 제1판을 사용했다.
2. 맞춤법과 띄어쓰기는 한글 맞춤법과 외래어 표기법에 따랐다.
3. 한자는 우리말로 표기하고, 꼭 필요한 경우에만 괄호 속에 원음을 병기해 이해하기 쉽도록 했다.
   예 : 다이곤多爾滾(도르곤)
4. 인명과 지명은 우리말로 표기했다. 단, 이미 굳어진 표현은 원지음을 존중했다.
   예 : 나찰국羅刹國(러시아). 이후에는 '러시아'로 표기
5. 본문 중의 괄호 안에 뜻을 풀이한 것은 모두 옮긴이의 설명이다.

【전면개정판】

강희대제

중국 최고지도부가 선택한 최고의 역사소설

1

얼웨허 역사소설

홍순도 옮김

더봄

小說 康熙大帝 : 二月河

Copyright ⓒ 2013 Eryuehe
Korean Translation Copyright ⓒ 2015 by theBOM Publishing co.

Korean edition is published by arrangement with Eryuehe
小說《康熙大帝》出刊根據與原作家二月河的約屬於theBOM出版社. 嚴禁無斷轉載複製.

소설《강희대제》의 저작권은 원작자 얼웨허와의 독점계약에 의해 출판사 '더봄'에 있습니다.
저작권법에 의해 한국 내에서 보호를 받는 저작물이므로 무단전재와 복제를 금합니다.

강희대제 1권

개정판 1판 1쇄 발행   2015년 6월 28일
개정판 1판 4쇄 발행   2024년 9월 20일

지은이   얼웨허(二月河)
옮긴이   홍순도
펴낸이   김덕문

펴낸곳   더봄
등록일   2015년 4월 20일
주소   인천시 중구 흰바위로59번길 8, 1013호(버터플라이시티)
대표전화   02-975-8007   **팩스**   02-975-8006
전자우편   thebom21@naver.com
블로그   blog.naver.com/thebom21

ISBN 979-11-86589-01-4 04820
ISBN 979-11-86589-00-7 04820(전12권)

책값은 뒤표지에 있습니다.

'제왕삼부곡'을 읽으면 중국이 보인다!

청나라의 4대 황제 강희제는 부정적인 면보다는 긍정적인 면이 훨씬 돋보이는 황제라고 단언해도 괜찮다. 61년의 재위 기간 동안 청나라를 중국뿐만 아니라 세계 역사상 가장 강력한 왕조로 이끄는 기틀을 닦았다. 그가 오천년 중국 역사에서 진시황秦始皇과 함께 천고대제千古大帝로 불리는 드문 군주라는 것 역시 이 단정이 과하지 않다는 사실을 잘 말해준다.

그렇다고 그가 처음부터 탄탄대로의 왕조를 물려받은 것은 아니다. 무엇보다 그는 고작 여덟 살이라는 어린 나이에 황제 자리에 올랐다. 찬탈의 위험에 고스란히 노출되지 않을 수 없었다. 실제로도 그런 아슬아슬한 위험은 있었다. 고명대신인 오배가 반기를 들고 그의 옥좌를 노린 것이다. 그러나 그는 이 도전을 절묘한 용인술과 전략으로 극복했다.

오삼계를 필두로 하는 이른바 삼번三藩의 왕과 대만의 존재는 더 말할 필요조차 없었다. 아버지 순치제順治帝가 손도 대보지 못한 채 그에게 넘긴 탓에 두고두고 골치를 썩여야 했다. 하지만 그는 때가 오기를 기다리다 전격적으로 이 골칫덩어리들을 해결했다.

그가 즉위한 이후 청나라의 변경 정세 역시 좋지 않았다. 몽고 준갈이 부족의 갈이단 칸 등이 늘 복속하는 듯하다 결정적인 순간에는 저항을 했다. 그는 이 역시 친정親征을 통해 해결했다. 이 과정에서 굶어죽을 뻔한 위기를 겪기도 했으나 무사히 이겨냈다.

매년 범람하는 황하의 물길을 다스리는 문제나 심심하면 찾아오는 기근을 해결하는 것도 그에게는 결코 간단한 문제가 아니었다. 정권을 뒤흔들 정도로 중차대한 현안들이었다. 그는 이 역시 오랜 동안의 집요한 노력과 탁월한 용인술로 극복했다.

그에게는 집안 문제도 만만치 않았다. 거의 60명에 이르는 아들과 딸을 뒀으니 그럴 만도 했다. 실제로 그는 말년에 차기 황제를 세우는 문제로 엄청난 번민을 했다. 또 아들들은 그 사실을 알고 자신들끼리 파당을 지어 끊임없이 정쟁을 벌였다. 나중에는 정변의 가능성까지 제기됐을 정도였다. 그가 수신修身과 치국평천하治國平天下에는 뛰어난 업적을 남겼다는 평가를 받으면서도 제가齊家에는 실패하지 않았느냐는 비판의 대상이 되는 이유는 다름 아닌 여기에 있다. 하지만 끝이 좋으면 다 좋다고, 그는 마지막에 절묘한 한 수를 뒀다. 바로 황자들 중에서 가장 뛰어난 넷째 윤진을 차기 황제로 지목하고 편안히 눈을 감은 것이다.

즉위 이후 그에게 주어진 어려움들은 이외에도 적지 않았다. 이를테면 러시아와의 갈등, 조정 대신들의 무지막지한 부정부패 등을 꼽을 수 있다. 따라서 그는 선대로부터 완벽한 왕조를 물려받아 편안하게 지키기만 하는 수성守城에 안주했다기보다는 창업에 적극적으로 나선 군주에 더 가까웠다.

중국에서 이런 강희제의 드라마틱한 일생은 책으로 많이 소개된 바 있다. 그러나 그의 민낯을 그대로 드러낸 소설은 드물었다. 아니 거의 없다. 때문에 얼웨허二月河의 '제왕삼부곡' 시리즈 중 제1작품인 《강희대제》는 상당한 의미가 있다.

더구나 이 소설은 문학적 가치도 대단하다. 이는 중국 관영 영자지 차이나데일리가 '제왕삼부곡' 전체를 4대 기서奇書인 《삼국지》《수호지》《서유기》《홍루몽》과 동일한 가치를 지니는 작품이라고 극찬한 것에서도 잘 알 수 있다. 최근 시진핑習近平 총서기 겸 국가주석을 비롯한 중국의 최고지도자들이 종종 이 작품에 나오는 내용들을 인용하는 것은 이 소설을 통해 중국의 미래를 알 수 있기 때문이다. 현대 중국은 청나라의 최전성기라고 불리는 강희·옹정·건륭 세 황제 시대, 즉 '강건성세'康建盛世의 부활을 꿈꾸고 있다.

이뿐만이 아니다. 이 소설은 역사의 기록에도 충실하다. 소설 곳곳에 역사적인 기록을 가능하면 많이 담으려고 노력한 흔적이 엿보인다. 일반 대중소설과는 확실히 구분된다. 그렇다고 소설의 기본인 재미와 담을 쌓은 것은 절대 아니다. 술술 읽히는 것이 소설로서의 재미도 상당하다. 중국 국영 중앙방송CCTV에서 동명의 드라마를 제작, 인기리에 방영한 것은 이런 사실을 무엇보다 잘 증명해 준다.

이 소설은 엄청난 베스트셀러다. 세상에 선을 보인 지 20년이 지났지만 지금도 꾸준히 팔리고 있다. 중국에서 전체 3부작 13권으로 출판된 '제왕삼부곡'은 《강희대제》와 《옹정황제》, 《건륭황제》까지 합쳐 1억 부 넘게 팔렸다는 것이 정설이다. 그런 만큼 '중국'을 이해하려면 꼭 읽어야 할 작품이라는 결론 역시 바로 나온다.

바야흐로 21세기 중국은 G2를 넘어 세계의 중심으로 부상하고 있다. 그러므로 2000년 전의 얘기인 《삼국지》《손자병법》 등은 중국이라는 나라와 민족을 이해하기에는 다소 현실성이 떨어지는 것이 사실이다. 반면 소수민족인 만주족이 세운 청나라가 300여 년 동안이나 중국대륙을 지배한 근대 역사는 우리에게 벤치마킹의 대상이 되기에 충분하다. 따라서 '제왕삼부곡'을 읽으면 '슈퍼차이나' 중국을 좀더 깊이 이해할 수 있고, 우리 대한민국이 나아가야 할 길이 보인다. 오랜 기간 수많은 책을 번역해 본 역자 입장에서도 이 점은 보증할 수 있다. 먼저《강희대제》부터 독자들의 일독을 권하는 바이다.

2015년 초여름, 베이징에서
홍 순 도

즉위 초의 강희제

1654~1722. 재위 1661~1722. 순치제의 셋째 아들로, 성姓은
애신각라愛新覺羅, 이름은 현엽玄燁이다. 생모 동가佟佳씨는
한군팔기漢軍八旗 출신이다. 아버지 순치제가 만주와 몽골 혈통을
이어받았으므로, 강희제는 만주족·몽고족·한족의 피를 모두 이어
받은 셈이다. 묘호는 '성조'聖祖이고, '강희'康熙는 그의 연호이다.

청 태조 누르하치努爾哈齊

건주여진建州女眞의 유력 가문 출신으로, 1559년에 태어났다. 1580년대 초부터
세력을 키워 건주여진을 통합하고, 1616년 금나라를 세웠다. 1621년에는 명나라가
관할하던 만주 요동 지역 대부분을 차지한 다음 1626년 요동 서부를 정복하는 과정에서
사망했다. 연호는 '천명'天命을 썼지만, 묘호인 '태조'太祖를 따서 '청 태조'라고 부른다.

청 태종 훙타이지皇太極

1592~1643. 누르하치의 여덟 번째 아들로 태어나, 1626년 금나라의
'한'汗(몽고족은 '칸'이라 불렀지만 만주족은 '한'이라 불렀다)이 되었으며,
1636년 국호를 '청'清으로 바꾸고 황제라 칭하였다. 1627년부터 '천총'天聰이라는
연호를 쓰다가 1636년 '숭덕'崇德으로 바꾸었다. 묘호는 '태종'太宗이다.

청 세조 순치제順治帝

1638~1661. 재위 1643~1661. 홍타이지의 아홉 번째 아들로 태어나 1643년 청의
황제가 되었다. 생모가 몽고 과이심科爾沁(호르친) 부족 출신이므로, 만주와 몽고족의
혈통을 모두 이어받았다. 정사正史에는 섭정 다이곤多爾袞(도르곤) 사후 친정을 시작한
지 10년 만에 천연두에 걸려 사망한 것으로 기록돼 있지만 소설 속에서는 야사野史를
많이 따랐다. 묘호는 '세조'世祖이지만 보통 연호를 따서 '순치제'라 부른다.

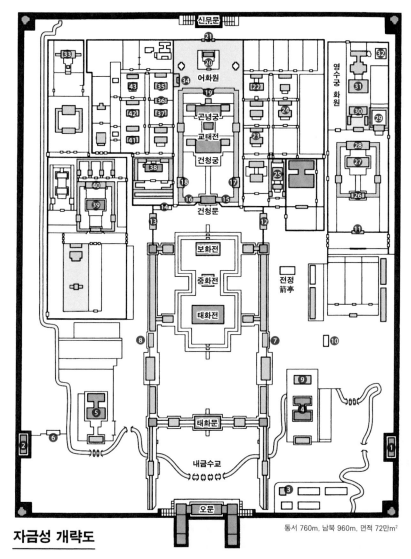

자금성 개략도

동서 760m, 남북 960m, 면적 72만m²

1 동화문東華門	**2** 서화문西華門	**3** 내각대당內閣大堂	**4** 문화전文華殿	**5** 무영전武英殿
6 함안문咸安門	**7** 좌익문左翼門	**8** 우익문右翼門	**9** 문연각文淵閣	**10** 상사원上駟院
11 영수문寧壽門	**12** 경운문景運門	**13** 융종문隆宗門	**14** 군기처軍機處	**15** 상서방上書房
16 남서방南書房	**17** 일정문日精門	**18** 월화문月華門	**19** 곤녕문坤寧門	**20** 흠안전欽安殿
21 순정문順貞門	**22** 종수궁鍾粹宮	**23** 경인궁景仁宮	**24** 영화궁永和宮	**25** 육경궁毓慶宮
26 황극문皇極門	**27** 황극전皇極殿	**28** 영수궁寧壽宮	**29** 창음각暢音閣	**30** 양성전養性殿
31 영수당永壽堂	**32** 진비우물珍妃井	**33** 영화전英華殿	**34** 양성재養性齋	**35** 저수궁儲秀宮
36 체화전體和殿	**37** 익곤궁翊坤宮	**38** 양심전養心殿	**39** 자녕궁慈寧宮	**40** 대불당大佛堂
41 태극전太極殿	**42** 장춘궁長春宮	**43** 건복궁建福宮		

(※ 양심전 – 정전 좌우에 동난각 · 서난각이 있고, 뒤편에 침궁이 있다)

청나라 전도

바이칼호

울란바토르◉

외몽고

이리

준갈이

우루무치

두루판

하밀

오리야소대

카슈가르

신강

내몽고

회부(회족)

◉안서

가욕관

숙주

감주

서녕

난주

감숙

한중

청해

사천

성도

중경

티베트

라싸

아미산◉

네팔

◉카트만두

부탄

운남

인도

대리

운남

【삼번三藩의 난 형세】

오삼계 진군노선

경정충 진군노선

상지신 근거지

미얀마

하노이◉

라오스

베트남

1부 탈궁초정奪宮初政

一

서사序辭

　순치順治황제 18년(서기 1661년) 정월이었다. 한겨울 맹추위가 그야말로 기승을 부리고 있었다. 때는 설날 분위기가 아직 다분히 남아 있는 명절 뒤끝이었다. 그럼에도 거리는 거지들로 득실거렸다. 땅속에서 솟았는지 하늘에서 떨어졌는지 여기저기에서 몰려든 이들이었다. 그들은 북경성北京城(도성) 합덕문哈德門 서쪽에 위치한 점포들의 처마 밑이나 곧 쓰러질 것처럼 위험천만한 낡은 사당祠堂 등으로 꾸역꾸역 몰려들었다. 이어 짚을 대충 얼기설기 엮어 바람이나 가리고 삼삼오오 떼를 지어 웅크리고 앉은 채 더 이상의 방랑은 체념한 듯했다. 사실 만주족滿州族의 공격에 이자성李自成이 패하고 북경이 아수라장이 되어 인구가 절반 이상 줄어들지 않았다면 그들은 이런 피폐하고 볼썽사나운 곳이나마 찾지 못했을 수도 있었다. 시커먼 솜이 여기저기 비어져 나온 옷을 걸치고 허리에 새끼줄을 질끈 동여맨 그들은 대부분 동북 지방의 사투리를 쓰고 있었다. 하지만 그들 중에는 직예直隷, 산동山東, 하남河南, 산서山西 일대에서 몰려온 남쪽 사람들도 적지 않게 섞여 있었다.

"아줌마, 아저씨들! 착한 일 많이 하시면 죽어서 좋은 데 간다고 하잖아요. 우리 불쌍한 자식새끼들과 연로한 부모님 좀 살려주세요. 우리는 죽지 못해 사는 피난민들로 열하熱河에서부터 몇 날 며칠을 꼬박 굶었어요."

지나가는 행인들 중의 일부가 자초지종을 모르는 듯 거지들의 말에 어처구니없다는 표정을 지었다.

"그 먼 열하 땅에서 북경까지 동냥질을 하려고 식구대로 총출동을 하다니! 한겨울이라 그 흔한 수재水災를 입은 것도 아닐 테고. 쯧, 쯧!"

그러나 대부분은 "아미타불, 관세음보살, 불쌍해서 어쩌나!" 하면서도 그냥 지나칠 뿐이었다. 거지들 가운데는 어깨에 납땜 도구를 멘 건장한 체구의 한 사내가 있었다. 그는 주위 사람들의 무관심에 화가 난 듯 황소 같은 눈을 부라리면서 일갈을 터트렸다.

"천자天子 밑에서 호의호식하면서 사는 당신들이 우리 같은 사람들의 처지를 알기나 하고 마구 떠드는 거야? 빌어먹을! 누구는 이 짓이 좋아서 하는 줄 아냐고. 팔기군八旗軍들한테 땅을 모조리 빼앗겼으니 어떻게 해. 빌어먹기라도 해야지, 산 입에 거미줄을 치라는 말이야?"

사내는 그렇게 소리치고는 길게 땋아 내린 머리채를 획 흔들어 목에 감고는 휑하니 사라져버렸다.

만주족의 팔기군은 산해관山海關을 넘어 북경에 입성하기 전 세력 확장을 위해 끊임없이 패악을 일삼았다. 자신들에게 필요한 무기나 말들을 확보하기 위해서였다. 당시 명明나라의 황족이나 고관대작들은 자신들의 허영과 사치를 위해 각자 엄청난 재물과 농장을 소유하고 있었다. 그러나 만주족들이 북경에 입성한 후 그들의 재산은 하나도 무사하지 못했다. 이자성에 의해 명나라가 멸망하자 그들은 하나같이 죽거나 뿔 뿔이 흩어지고 말았다. 천하를 손아귀에 넣은 누르하치는 그들의 소유 였던 비옥한 땅들을 팔기군에게 무작위로 나눠가지도록 했다. 팔기군 들은 이에 끈으로 두 마리의 말을 묶은 다음 각자 자기 부대의 깃발을 꽂고 힘껏 내달리는 식으로 땅을 확장했다. 그 말을 지칠 때까지 달리 게 해서 각자의 경계를 정한 것이다. 이런 행태를 당시에는 권지圈地라 고 불렀다.

이렇게 수많은 땅을 빼앗은 그들은 이어 추호의 죄책감도 없이 원주 민들을 사정없이 유린하기 시작했다. 얼굴이 좀 반반해 보인다 싶은 여 자들은 가차없이 끌어다가 성노리개로 삼았다. 또 늙은이와 장정들은 반항할 여지도 주지 않은 채 쫓아냈다. 순식간에 모든 것을 잃어버린 원 주민들은 끝없는 방랑을 시작했다. 도중에 굶주리고 병들어 하나둘씩 죽어가기도 했다. 여기저기 을씨년스럽게 널려있는 주검 위에는 간신히 살아남은 자의 힘없는 절규만 맴돌 뿐이었다. 직예, 산동, 하남, 산서의 77개 주州와 현縣을 비롯한 이천 리 대지에는 이처럼 약탈과 만행, 방랑 과 주검이 연이어졌다.

북경 서쪽에 위치한 영흥사永興寺 거리에는 열붕점悅朋店이라는 조그마 한 여관이 있었다. 아마도 '벗이 멀리서 찾아오니 이 어찌 기쁘지 않겠 는가?'라는 논어의 첫 구절에서 이름을 빌려온 모양이었다. 비록 초라하 고 보잘것없는 가게였으나, 이름만 봐도 친구 사귀기를 좋아하는 주인 의 성품을 엿볼 수 있는 그런 곳이었다.

그러나 주로 과거에 응시하는 선비들이 찾는 여관인지라 네 개뿐인 식탁과 술과 고기, 잡화 등이 진열된 널판자 위에는 먼지가 켜켜이 쌓여 있었다. 난리 와중에 찾는 이들의 발길이 뜸해졌을 뿐 아니라 아직은 과거시험도 멀었기 때문인 듯했다. 게다가 일꾼들 역시 다들 설을 쇠러 고향으로 가고 없었다. 그래서 주인인 하계주何桂柱와 집도 절도 없는 몇몇 어린 일꾼들만 남아 입을 크게 벌리면서 연신 하품을 해대고 있었다.

정월 초여드렛날 아침이었다. 여느 때와 마찬가지로 심드렁한 표정으로 가게 문을 열어젖히던 일꾼이 "으악!" 하고 외마디 비명을 지르면서 황급히 주인을 불렀다. 주인 하계주는 입는 둥 마는 둥 대충 바지를 허리춤에 걸치고 습관처럼 요강을 두어 번 툭툭 차서 침대 밑으로 밀어 넣었다. 이어 신발을 질질 끌면서 밖으로 나왔다. 순간 그는 등골이 오싹해지는 서늘함을 느꼈다. 밤새 문밖에 기대어 있다 얼어 죽었음직한 20대 초반의 남자가 꼿꼿하게 굳은 채로 가게 안에 널브러져 있었던 것이다. 남자의 얼어붙은 얼굴은 혈색이라고는 없이 완전히 누렇게 떠 있었다. 머리도 족히 두 달 정도는 빗지도 감지도 않았는지 헝클어진 변발이 허리까지 내려와 치렁대고 있었다. 옷차림은 더 형편없었다. 화살 세례를 받은 것처럼 여기저기 솜이 삐죽하게 나와 있었다. 한눈에 보기에도 여기저기 떠돌다 굶어서 얼어 죽은 것이 분명했다.

남자를 살펴보던 하계주는 처음에 놀랐던 것과는 달리 이내 평정심을 회복했다.

"하기는 이런 일이 어디 한두 번인가? 어쨌든 오늘 또 재수 옴 붙었네 그려. 빨리 화장터로 싣고 가지 않고 뭘 해!"

하계주는 길게 한숨을 내뱉었다. 얼굴에 묘하고도 어두운 기색이 잠깐 스쳐갔다.

일꾼들이 죽은 사람을 멍석으로 둘둘 말아 들고 낑낑대고 있을 때였다. "잠깐만!"이라는 소리와 함께 누군가가 가게 문을 열고 들어섰다. 30대 중반 정도의 나이에 푸른 비단으로 만든 모자를 쓴 멋진 차림의 귀인이었다. 반들반들한 검은 장삼 차림에 밑바닥이 두꺼운 긴 가죽장화를 신은 그는 뒷짐을 진 채 산처럼 버티고 서 있었다. 뭔가 심상찮은 분위기를 느낀 하계주는 어색하게 웃으면서 굽실거렸다.

"둘째 도련님, 별일 아닙니다요. 밖에 얼어 죽은 선비가 있기에……."

귀인은 하계주의 말이 끝나기도 전에 몸을 굽혀 쭈그리고 앉았다. 그러더니 죽은 사람의 맥을 짚어보기도 하고 코끝에 손을 대보기도 했다. 무서운 호령이 떨어진 것은 바로 그 다음이었다.

"아직 목숨이 붙어 있잖아. 그런데 화장터라니! 어서 가서 생강즙이나 한 사발 끓여서 가져오게! 아니, 그것보다 우선 따끈한 술부터 좀 데워오는 것이 낫겠어."

일꾼들은 어안이 벙벙해서 머뭇머뭇했다. 이내 하계주의 불같은 닦달이 이어졌다.

"이 멍청한 자식들, 빨리빨리 움직이지 못하겠어? 도련님의 분부를 어겼다가는 황천객이 될 줄 알아."

알고 보니 이 정의로운 사내는 다름 아닌 오차우伍次友라는 인물이었다. 머리 좋기로 소문이 자자한 당대의 수재秀才(명청明淸대에 지방 과거 시험의 2차 합격자)였다. 또 그는 부유하고 뼈대 있는 가문에서 태어났다. 조상들은 대대로 조정의 요직에 있었다.

열봉점 주인 하계주는 원래 오차우 집안의 하인이었다. 명나라 숭정崇禎황제 때에 접어들면서 나라 안팎에 전란이 끊이지 않자 오차우의 할아버지는 하인들에게 살길을 찾아 떠나가기를 권유했다. 가지 많은 나무에 바람 잘 날이 없다는 생각을 했던 것이다. 하지만 혈혈단신인 하계주로서는 막막했다. 죽어도 마음씨 좋은 오伍씨 집안의 귀신이 돼 미력하나마 은혜를 갚으면서 살리라 마음먹었던 그였다. 그런데 가기는 어디를 간다는 말인가? 오차우의 할아버지는 평소부터 하계주의 처지를 안타깝게 여겼다. 그래서 하계주에게 자그마한 가게를 하나 마련해 주는 자비를 베풀었다. 하지만 청淸나라 군대가 밀려오자 양주揚州에서는 피비린내가 진동했다. 하계주는 어쩔 수 없이 북경으로 이사를 하는 용단을 내렸고, 생계유지의 수단으로 가게를 운영하기 시작했다.

오차우의 할아버지는 만주족이 산해관을 넘어와 북경을 점령하고 통치를 시작했을 때 죽어도 청나라를 위해 일할 수는 없다고 생각했다. 완전히 몸과 마음의 문을 닫아버린 것이다. 반면 오차우는 달랐다. 청나라 과거시험에 응시할 준비를 하고 있었다. 이렇게 해서 오차우와 하계주는 북경의 자그마한 가게에서 주인과 손님의 모습으로 해후하게 됐다. 당연히 재회의 기쁨은 이루 말할 수가 없었다. 비록 옛날의 영화는 사라지고 더 이상 도련님과 하인의 신분이 아니었으나 하계주는 옛날 못지않은 충성심과 공경심으로 오차우를 극진하게 대했다.

따끈하게 데운 술이 죽었다던 청년의 목구멍으로 넘어가고 얼마 지나지 않았을 때였다. 사람들이 술렁거리기 시작했다. 청년이 서서히 눈꺼풀을 움직이기 시작한 것이다. 약간 떴다가 이내 힘없이 감아버리기는 했으나 분명히 두 눈을 떠보려고 안간힘을 쓰는 것 같았다. 오차우는 안도의 한숨을 내쉬면서 하계주에게 부탁했다.

"내 방 바로 옆에 있는 빈 방을 청소해서 이 청년이 며칠 쉬다 가도록 해주게."

짧은 소견의 하계주로서는 생면부지인 사람에게 지나치게 정을 베푸는 오차우가 선뜻 이해가 되지 않았다. 죽어가는 사람을 살려줬으면 그만이지 너나없이 어려운 때 남에게 동정을 베푸는 것은 곤란하다는 생각을 한 것이다.

'제 코가 석 자가 아닌가. 그런데도 남의 발등에 떨어진 코까지 닦아주려 하다니! 도련님은 너무 헤퍼서 탈이야! 에이, 나도 몰라. 어차피 내 돈 나가는 것도 아니고 도련님이 알아서 하겠지.'

짧은 시간에 하계주는 그야말로 주판알을 굴려가며 열심히 계산을 했다. 물론 '척하면 삼천리'라고, 오차우의 예리한 시선을 피할 수는 없었다.

"사람이 다 죽어가지 않는가. 세상에 이것보다 더 중요한 일이 어디 있겠어. 목숨을 놓고 흥정을 하는 것은 인간으로서의 도리가 아니지."

조용하나 무게 있는 오차우의 한마디에 하계주는 연신 고개를 끄덕였다.

"예, 예. 천번 만번 지당한 말씀입니다."

청년은 땅거미가 짙어질 무렵이 되어서야 깊은 잠에서 깨어났다. 아직 미열이 있고 조금 어지러운 것 같아 보이기는 했으나 얼굴에는 발그레하게 홍조가 돌고 있었다. 아마도 뜨끈뜨끈한 닭칼국수가 단단히 한몫을 했을 것임에 틀림이 없었다. 청년은 오차우가 초롱불을 켜들고 들어서는 것을 보고는 애써 몸을 일으키려고 했다. 그러나 이내 오차우에 의해 도로 눕혀졌다.

"무리하게 움직이지 마시오. 그저 조용히 누워 있는 것이 나를 도와주는 거요."

오차우의 진심어린 한마디에 청년의 눈에서는 눈물이 봇물처럼 쏟아져 두 볼을 타고 흘러내렸다. 그는 반쯤 일어나서 연신 베개 위로 머리를 조아리면서 영원히 잊지 않고 은혜를 갚겠노라고 다짐했다. 오차우는 의자를 끌어다 앉으면서 다정한 목소리로 물었다.

"어디에서 온 누구시기에 이 지경이 되셨소?"

청년은 베개를 등에 받치고 길게 한숨을 몰아쉬었다.

"저는 명주明珠라고 합니다. 팔기군 중 하나인 정황기正黃旗 소속입니다. 조상들이 대대로 관직에 올라 일했죠. 집안도 부유했습니다. 아버지는 예친왕睿親王 다이곤多爾滾(도르곤) 휘하의 장군이셨습니다. 그런데 다이곤이 저지른 일이 아버지에게까지 불똥이 튀어 파면 위기에 놓이게 됐습니다. 나중에는 화병으로 몸져누웠죠. 저는 어쩔 수 없이 숙부를 따라 몽고까지 굴러들어갔다가 운 좋게 경작지를 좀 얻었습니다. 하지만 그것마저 오배鰲拜라는 양황기鑲黃旗 소속의 악당한테 빼앗겼지 뭡니까! 그뿐만이 아니었습니다. 그 날벼락 맞을 놈이 글쎄 우리가 살던 마을에 불을 지르고 유부녀들까지 겁탈하고……. 그때의 참상은 이루 다 말할 수 없을 정도였습니다."

청년은 투박한 손으로 눈물을 쓱쓱 닦더니 계속 흐느꼈다. 그러면서도 말을 이어나갔다.

"숙부와 저는 열하에서부터 구걸하면서 북경으로 왔습니다. 설상가상으로 오는 도중에 강도까지 만났습니다. 강도들은 우리에게 도적질을 같이 하자고 했죠. 하지만 아버님의 생사도 모르는 판국에 도저히 그럴 수가 없어서 도망을 쳤습니다. 그 와중에 숙부께서는 그놈들이 쏜 화살에 맞아 세상을 떠나고 저 혼자 북경까지 오게 됐습니다. 그런데 인심이라는 것이 이토록 간사하고 야박할 줄 몰랐습니다. 옛날 아버지가 잘 나갈 때는 호형호제하던 사람들이 하나같이 절 외면하는 겁니다. 그래서 굶어죽지 않으려고 길에서 붓글씨나 써서 팔아먹고 살았는데, 그만…… 이 지경이 됐지 뭡니까?"

명주라는 청년은 슬픔이 밀물처럼 밀려오는 듯 좀체 감정을 억제하지 못했다. 끝내는 어린애처럼 펑펑 울음을 터트리고 말았다.

"선생님, 선생님은 저의 목숨을 살려주셨으니 저에게는 부모님이나 마찬가지입니다. 머리털을 뽑아 신이라도 삼아드리고 싶은 심정입니다."

오차우는 명주의 하소연에 마음이 찢어질 듯 아팠다.

"명주 청년, 아무 말도 하지 마시오. '고래 싸움에 새우등이 터진다'더니, 이 난리판국에 죽어나는 것은 숨죽이고 산 죄밖에 없는 백성들이 아니겠소. 듣자하니 북경에 동냥을 하는 사람들이 많다고 하더이다. 그들 모두가 명주 청년처럼 살던 집이며 땅을 빼앗기고 쫓겨난 이들일 것이오. 그런데 북경에 친척은 아무도 없소?"

"있기는 합니다만 만날 수가 없는 처지입니다."

"왜 못 만난다는 거요?"

오차우가 다그쳐 물었다.

"제게 이모가 되는 손孫씨라는 분이 황태자의 유모라고 들었습니다. 칠 년 전에 한 번 본 적은 있습니다. 그러나 궁중의 규율이 워낙 엄하지 않습니까. 저 같은 사람이 감히 만날 꿈이나 꿀 수 있겠습니까?"

오차우가 알겠다는 듯 머리를 끄덕였다. 잠시 침묵하던 그가 이윽고 입을 열었다.

"한동안 여기 머무르면서 잘 생각을 해 보시오. 명주 청년은 재주가 많으니 기회가 있을 것이오. 나는 양주 사람이고 오차우라고 하오. 아무리 해도 살길이 막막하면 양주에 계시는 아버님께 보내줄까 하오. 내가 과거시험을 보는 대로 같이 내려가도록 하는 게 어떻겠소?"

명주로서는 그야말로 구세주를 만난 셈이었다. 그는 곧 오차우 앞에 털썩 무릎을 꿇었다. 그 다음에는 소매 속에서 붓을 꺼내 툭 부러뜨리고는 쿵쿵 소리가 나도록 머리를 땅바닥에 조아리면서 맹세했다.

"선생님의 은혜를 저버리는 날엔 이 명주가 방금 두 동강난 붓대처럼 될 것을 맹세합니다."

두 사람은 시간가는 줄 모르고 의기투합하고 있었다. 그때 하계주가 들어섰다.

"둘째 도련님, 방금 십삼아문十三衙門 순찰대장 왕 태감이 그러는데 순치황제께서 붕어崩御하셨다고 합니다."

'황제가 죽었다'는 소문은 날개 돋친 듯 입에서 입으로 전해졌다. 순식간에 술집과 찻집 등으로 퍼져 나갔다. 하지만 황궁에서는 조지詔旨가 없었다. 그래서 그저 다들 쉬쉬하고 각자 나름대로 추측만 할 뿐이었다.

"황제의 나이가 기껏해야 스물네 살밖에 안 되는데, 갑자기 죽다니?"

"그건 모르지. 사람은 아침에 눈을 떠 봐야 안다잖아. 저녁에 벗어놓은 신발을 다음날 아침에 자기 발로 신을 수 있을지 없을지 누가 알아? 너도 예외는 아니야."

사람들이 구석구석에서 수군대는 소리는 대충 이런 것이었다. 그 와중에도 기름이 뿌려지고 조미료가 더해지면서 더욱 맛깔스레 소문을 요리하는 사람도 없지 않았다.

"모르는 소리 하지 마. 사실은 여자 때문이야! 그 동董 아무개라는 여자 때문에 상사병을 앓고 있었다 하더라고. 그 화가의 이름이 뭐였더라? 음…… 맞아! 진라운陳羅雲 말이야. 그가 동 아무개의 자화상을 그려주고 떼돈을 벌었다잖아. 역시 사람은 무조건 운이 좋고 봐야 해!"

"다들 말이 하고 싶어서 안달이 난 사람들 같군! 그게 아니고 며칠 전에도 황제가 소극살합蘇克薩哈을 불러서 얘기를 나눴다고 들었어. 어딘가 좀 이상해!"

"조용히 해. 너야말로 네 멋대로 말하지 마. 솔직히 황제가 죽고 사는 것을 두고 우리가 흥분할 일은 아니잖아."

이렇듯 소문들은 난무했다. 그 가운데 분명한 사실은 황궁 내무부內務府 사람들이 정월 초여드레부터 일제히 소복素服 차림을 하기 시작했다는 것이었다. 또 주마정駐馬亭 옆으로 시커먼 가마들이 쭉 늘어서 있었던 것도 분명한 사실이었다. 그뿐만이 아니었다. 심심할 때면 새가 들어 있는 조롱을 치켜들고 문턱이 닳도록 찻집을 찾던 태감들 역시 완전히 종적을 감췄다. 나이가 지긋한 북경의 노인들은 명나라 만력萬曆황제가 죽었을 때를 기억하고 있었다. 당시 그 조문행렬은 거대하고도 장엄했다. 때문에 그들은 소문도 없이 궁금증만 자아내는 이번 일이 예사롭지가 않다고 입을 모았다.

　오차우는 행동에서부터 선비 티가 물씬 났다. 날씨가 춥다는 핑계로 난로 옆에 단정히 앉아 책읽기에만 열중하고 있었다. 하지만 아직 젊은 이의 호기심이 발동할 나이인 명주는 그러지 못했다. 잠시도 가만히 앉아 있지 못하고 여기저기 쏘다녔다. 그가 정양문正陽門 쪽으로 발길을 옮겼을 때였다. 사람들이 웅성거리는 모습이 보였다. 줄줄이 늘어선 가마들 중에는 유난히 크고 호화로운 가마가 눈에 띄었다. 맨 앞에 있는 가마였다. 그 가마 위에는 소록소록 내리기 시작한 눈이 한 뼘 두께로 쌓여 있었다. 사람들 사이에서는 정월 초사흗날부터 강친왕康親王 걸서杰書를 비롯해 색니索尼, 알필륭遏必隆, 소극살합, 오배 등 대신들이 황궁에 입궁한 이후 며칠 동안 밖으로 나오지 않고 있다는 얘기가 오갔다.
　명주는 입을 헤벌리고 호기심에 이리저리 더욱 열심히 기웃거렸다. 그때 누군가가 툭! 등을 두드렸다. 깜짝 놀란 그의 눈에 허리춤에 칼을 꽂고 의젓하게 미소 짓고 있는 청년이 들어왔다. 그는 상대가 누군지를 한눈에 알아보았다. 다름 아닌 황태자의 유모로 있는 이모 손씨의 외아들이자 이종사촌 형인 위동정魏東亭이었다. 5년의 세월이 바꿔놓은 것치고는 너무나 대조적이라고 해도 멋진 모습이었다.
　위동정은 황실을 상징하는 무늬가 새겨진 제복을 입고 있었다. 또 그 아래에는 비단 바지를 입은 모습이 화려했다. 번쩍이는 검은 장화를 신은 모습 역시 예사롭지 않았다. 허리춤에 비스듬히 걸려 있는 커다란 군도軍刀는 척 보기에도 출세한 흔적을 말해주고 있었다. 그에 비해 명주는 너무나 초라했다. 그는 자꾸만 작아지는 자신을 추스를 힘조차 없다는 사실을 실감하지 않을 수 없었다. 위동정은 유모로 있는 어머니의 도움으로 북경에 왔다고 명주에게 자랑했다. 이어 지금은 황궁 밖의 초소에서 일한다고 덧붙였다. 명주는 새삼 자신의 처지가 서글퍼져 고개를 떨구면서 투덜거렸다.

"우리 집은 망했어, 형. 나는 보다시피 이렇게 떠돌이 거지 신세이고. 그냥 콱 죽어버리고 싶어."

"야, 무슨 그런 소리를 해? 앞길이 구만 리 같은데."

위동정이 재빨리 명주를 위로했다. 그리고는 술이나 마시면서 회포를 풀자고 합선루合仙樓로 데리고 갔다.

"야, 곧 중대한 일이 벌어질 거야. 그러니 너무 쉽게 자포자기할 필요 없어. 그러지 말라고."

명주는 거두절미하고 내뱉는 그의 말뜻을 알 길이 없어서 되물었다.

"형, 그게 무슨 소리야?"

위동정은 주위를 힐끗 살피고 나더니 명주의 귓가에 대고 나지막이 속삭였다.

"순치황제께서 돌아가셨어."

1장
속세를 등지는 순치황제

　'붕어'했다던 순치황제는 사실 멀쩡하게 살아 있었다. 그랬으니 죽음 아닌 '죽음을 택한 것'에 대한 황태후와 황후의 슬픔은 이루 말할 수가 없었다. 그들은 더 이상 돌이킬 수 없음을 알면서도 황제를 붙들고 한바탕 울음을 터뜨린 다음 돌아갔다. 그제야 비로소 순치는 마음이 평온해졌다. 그는 양심전養心殿에 앉아 눈을 지그시 감고 있었다. 모든 것을 버리고 떠나는 마당임에도 말로는 표현하지 못할 온갖 상념들이 서서히 가슴을 파고들었다. 법랑琺瑯을 입힌 향대 위에는 여느 때와 다름없이 백합향百合香이 타오르고 있었다. 하지만 오늘 따라 향이 유난히 짙었다. 숨이 막힐 지경이었다. 그는 주위의 시위侍衛들을 불러 향을 치워버리게 했다. 그럼에도 명치가 옥죄어오는 것 같은 갑갑함은 더해만 갔다.

　순치는 양심전을 나왔다. 밖에는 낮게 드리운 희뿌연 하늘 아래로 살을 에는 삭풍만 포효하고 있었다. 기분전환에 도움이 되는 것은 아무

것도 없었다. 그가 세찬 바람을 맞으면서 한동안 서 있자 늙은 내시가 조심스럽게 다가와서는 용무늬가 수놓인, 여우의 털로 만든 초록색 외투를 걸쳐주었다. 순치는 이맛살을 잔뜩 찌푸렸다.

"왜 또 이 외투를 주는가. 이 색깔은 싫다고 하지 않았는가!"

내시가 이내 꿇어앉았다.

"황제폐하, 황태후마마의 분부셔서 감히 거역할 수가 없었사옵니다. 마마께서 심기가 불편하시니 흰색은 피하라고 명령하셨사옵니다."

순치는 황태후의 뜻이니 할 수 없이 받아들이기는 했어도 썩 내키지는 않았다. 냉랭하고 무표정한 그의 얼굴에는 그래서일까, 시답잖게 생각하는 기색이 역력했다.

"머지않아 폭설이 닥칠 것 같군. 그때가 되면 황궁 전체가 흰 눈에 덮이는 것마저 막을 수는 없을 텐데……. 아무튼 극성스럽기는!"

순치 17년은 그의 통치 사상 최악의 한 해였다. 우선 정월부터 거성莒城, 영양寧陽 일대에서 연일 가뭄으로 인한 아우성이 심했다. 6월에는 더욱 심각해졌다. 직예, 산동, 섬서陝西, 숙주肅州 일대에도 풀 한 포기 남아 있지 않을 정도였다. 백성들은 한 해 농사를 망치고 살길을 찾아 유랑을 떠나야 했다. 도중에 굶어죽기도 하는 등 비참함은 이루 말할 수 없었다. 그러나 그가 이른바 대국의 황제로서 할 수 있는 것은 아무것도 없었다. 순치는 자신이 전생에 무슨 용서받을 수 없는 죄를 저질러 하늘이 이토록 벌을 주는 것일까 생각했다. 가뭄이 든 지역을 순방하면서 민심을 다독이는 것을 게을리하지 않은 것도 다 그 때문이었다. 뿐만 아니라 물에 빠진 사람이 지푸라기라도 잡는 심정으로 주술사를 불러 액땜도 했다. 그의 노력에 하늘도 감화됐는지 그 후부터 연이어 며칠 동안 폭우가 쏟아졌다.

더 이상의 재앙은 피했다는 안도감에 한숨 돌리는 것도 잠시였다. 그에게는 더 큰 불행이 다가오고 있었다. 그해 8월, 그가 목숨보다 더 사랑하던 귀비貴妃 동악董鄂씨가 병으로 급사한 것이었다. 그는 진짜 일편단심으로 그녀를 사랑했다. 그녀에게서 삶의 보람을 느꼈다. 그랬던 그였기에 그녀의 죽음은 살아남은 자의 슬픔으로 몸부림치게 만드는 아픔 그 자체였다. 그는 너무나 갑작스런 죽음 앞에서 눈앞이 캄캄했다. 짐승처럼 울부짖기도 했으나 눈물조차 나오지 않았다.

순치는 일곱 살 때 황제로 즉위했다. 열다섯 살 때는 예친왕 다이곤의 세력을 잠재웠다. 위협적으로 다가오는 명나라의 잔여 세력 소탕에도 성공했다. 또 통치체제를 공고히 하기 위해 한족漢族 출신의 인재를 물색해 안팎으로 조정의 안정과 발전을 꾀했다. 당시 그는 나이가 스무 살밖에 되지 않았다. 모든 일이 순풍에 돛단 듯 순조로웠다. 그러나 사랑 문제만큼은 만족스럽지 못했다. 궁중에는 3000명의 미녀들이 미모와 재주를 뽐내고 있었다. 하나같이 승은承恩을 입기를 학수고대하고 있었다. 그러나 그는 이미 한 여인에게 마음을 송두리째 빼앗긴 상태였다.

공교롭게도 그 여인은 바로 예친왕 다이곤이 강제로 입궁시켰다가 내친 동악씨였다. 그로서는 그녀의 과거가 말할 수 없이 싫었다. 그럼에도 막무가내로 좋은 것은 어쩔 수 없었다. 그녀는 자신을 내친 다이곤을 여전히 잊지 못하는 눈치였다. 황제의 체면이 말이 아니었다. 자존심이 여지없이 바닥에 내동댕이쳐졌다. 하지만 순치는 첫눈에 반했던 그녀를 포기할 수가 없었다. 그녀는 자신보다 다섯 살이나 연상이었다. 게다가 얼굴도 걱정과 슬픔으로 도배돼 있었다. 그런 얼굴이나마 먼발치에서 볼 수 있다는 사실만으로 가슴이 설렜다. 그는 자신이 정말 어이없다는 생각도 들었다. 하지만 그녀의 환심을 사기 위해 백방으로 노력하던 때가 그래도 행복했다. 그런데…… 옆에 있어주는 것만으로도 좋았던 그녀가 죽다니! 순치는 헤어날 수 없는 슬픔에 허우적댔다. 점차 삶의 의욕을 잃어갔다.

순치는 미동도 없이 찬바람을 맞으면서 밖에 서 있었다. 큼직한 빗방울이 후드득후드득 떨어지기 시작했다. 그제야 그는 약간 추위를 느꼈다. 전각 안으로 돌아온 그는 산더미처럼 쌓인 상주문上奏文을 무시한 채 곧바로 서난각西暖閣으로 발걸음을 옮겼다. 문 앞에서 공손히 기다리고 있던 궁녀 소마라고蘇麻喇姑가 밖에서 기다리고 있는 내시들에게 물러가라는 눈치를 줬다. 그녀는 순치 8년에 입궁해 황태후의 총애를 한 몸에 받고 있었다. 궁녀라고 하기에는 너무 가까운 존재였다. 눈치 빠르고 충성스런 그녀는 궁중에서 벌어지는 일들을 속속들이 알고 있었다. 그래서 황제답지 않게 힘들어하는 순치를 바라보면서 착잡해했다.

소마라고는 여섯 살에 어머니를 여의었다. 아버지는 팔기八旗 중 정람기正藍旗 소속의 장군으로 집안 사정은 괜찮았다. 그러나 그녀는 아버지의 재혼으로 어릴 때부터 계모의 박대를 견뎌야 했다. 그 와중에 다행히 궁녀로 선발될 수 있었다. 당시 궁녀가 되려고 했던 수많은 소녀들은 황궁 마당에 조마조마한 심정으로 꿇어앉아 있었다. 하지만 황태후의 시선을 사로잡은 것은 그 중에서도 눈망울이 유난히 초롱초롱한 여자애 한 명이었다. 황태후는 연민을 느낀 그 아이에게 손을 내밀었다. 소마라고는 어머니가 세상을 떠난 다음 처음으로 살가움을 느꼈다. 이내 눈물을 글썽이면서 "할머니!" 하고 불렀다. 순간 황태후는 이 또랑또랑한 목소리의 주인공에게서 운명 같은 것을 느꼈다. 왠지 측은하고 보호해줘야 할 것 같은 느낌에 사로잡히게 됐다. 황태후는 허리를 굽혀 얼굴을 가까이 갖다 대면서 아이를 품에 꼭 껴안았다. 이어 온화하고 자상한 얼굴에 친할머니에게서만 느낄 수 있는 미소를 머금으면서 한없이 즐거워했다.

"이 애는 이제부터 나와 같이 살 거야. 경험 많고 품성 좋은 시녀를 이 애한테 붙여줘! 아가, 할머니한테는 맛있는 것도 많아. 어서 할미를 따라가자!"

황태후는 마치 친손녀 대하듯 소마라고의 손을 잡아끌었다. 그렇게 해서 소마라고는 효장태후孝莊太后를 따라 황궁으로 들어왔다. 그 전에는 감히 상상할 수도 없는 대우를 받으면서 지냈다. 효장태후는 하루 일과 중 소마라고와 함께 있는 시간을 가장 즐거워했다. 그때마다 그녀는 소마라고에게 글을 가르쳤다. 책을 읽어주고 재미나는 얘기도 들려줬다. 간혹 명나라와 청나라 황실의 법도와 규율 같은 것도 얘기해줬다. 소마라고는 똑똑하고 명민했다. 열 살이 되자 옛 시를 곧잘 읊조렸다. 열네 살 때는 제자백가諸子百家의 문장을 줄줄 외웠다. 문학적 소양이 웬만한 선비를 능가했다. 태후는 이렇게 자신이 심혈을 기울여 만든 '걸작'을 순치에게 선물했다.

순치는 서난각에서 넋을 잃고 있었다. 4개월 사이 가장 많이 들렀던 이곳에서 그는 동악씨의 체취를 그대로 느낄 수 있었다. 모든 것이 그녀의 생전과 다름이 없었다. 그 사실이 오히려 슬펐다. 단풍나무 받침대 위에는 옥쟁반에 담긴 모과의 향이 그대로 은은하게 실내를 감돌았다. 줄 끊어진 거문고는 비스듬히 쓰러진 채로 먼지를 뒤집어쓰고 있었다. 화장대 위에 진열돼 있는 연지나 머리장식용 장신구들 역시 고스란히 제자리를 지키고 있었다. 그러나 벽에 걸린 동악씨의 화상畵像은 말이 없었다. 푹 빠져버리고 싶을 정도로 맑은 두 눈은 무심하게 이 못난 사내를 바라보고 있었다. 그 그림은 강녕 순무江寧巡撫 주국치朱國治가 추천한 어느 유명한 화가가 그려낸 초상화였다.

순치는 동악씨가 죽자 몸져누웠다. 연이어 며칠씩이나 식음을 전폐하고 침대에서 미동도 하지 않았다. 목숨이 겨우 붙어 있다는 느낌이 들 정도였다. 당연히 몰골은 말이 아니었다. 보는 이들의 마음은 타들어갈 수밖에 없었다. 어의는 백방으로 치료를 해봤다. 그러나 허사였다. 하기야 사람이 그리운데 무슨 약이 필요하고, 어떤 침이 효과가 있겠는가!

다행히 홍승주洪承疇라는 노회한 대신이 묘안을 내놓았다. 한번 시험 삼아 해보자고 했다. 묘안은 죽은 동악씨의 모습을 재현해 보자는 것이었다. 황태후는 일리가 있다고 생각했다. 곧 동악씨를 황후로 추대한 다음 전국 각지에서 이름난 화가들을 불러들였다. 하지만 아무리 생김새를 자세하게 설명해도 제대로 그려내는 사람이 없다는 것이 문제였다. 그러던 어느 날 진라운陳羅雲이라는 사람이 동악씨를 재현해냈다. 그가 그린 동악씨의 모습이 병상에 누웠던 순치를 발딱 일어나도록 만든 것이다. 얼마나 비슷한지 당장이라도 걸어 나와 초췌한 순치의 얼굴을 매만지면서 눈물을 흘릴 것만 같았다. 순치는 와락 그림을 끌어안은 채 중얼거렸다.

"그대여, 왜 이렇게 사람을 놀라게 하는가? 당신이 영원히 간 줄 알고 짐도 따라가려고 하던 참이었소!"

이 광경을 지켜보던 황태후는 너무도 기쁜 나머지 백은白銀 1만 냥을 진라운에게 하사했다. 이 일은 훗날 미담으로 전해져 백성들에게 훈훈함을 줬다는 후문이 있다. 또 진라운을 추천한 주국치朱國治도 직위가 단박에 껑충 뛰어올랐다.

순치는 점차 기력을 찾아갔다. 하지만 여전히 대신들이 올린 상주문 따위에는 관심을 보이지 않았다. 아침에 황태후에게 인사만 올리고는 온종일 자신을 서난각에 가둬둔 채 동악씨의 화상 앞에서 넋을 잃기가 일쑤였다. 하루는 황태후의 시중을 드는 이가 기척도 없이 들어왔다. 깜짝 놀란 순치는 호되게 혼을 냈다. 순치는 웬만하면 황태후 앞에서는 절제를 했다. 하지만 그날은 몹시 화를 내면서 시중을 드는 이를 크게 벌주었다. 태후가 지켜보는 가운데 꿇어앉은 채 자기 손으로 따귀 40대를 치게 한 것이다. 그 일이 있은 후로 사람들은 멀리서라도 순치를 보면 슬금슬금 피했다.

순치는 이맛살을 찌푸리고 무심히 자신을 쳐다보는 동악씨의 수정 같은 두 눈을 바라보면서 아련한 추억 속에 잠기는 것이 유일한 위안이었다. 나중에는 헛된 희망도 생겼다. 그녀가 금세라도 치맛자락을 나풀거리면서 걸어 나올 것만 같았던 것이다. 순치는 넋을 잃은 채 중얼거렸다.

"왜 짐을 그렇게 미워했소. 짐 혼자 남겨두고 떠나면 어떡하냐고!"

비슷한 시각이었다. 양심전에서 멀리 떨어지지 않은 건청궁乾淸宮 동쪽의 작은방에서는 친왕 걸서를 비롯한 여섯 명의 대신들이 모여 앉았다. 순치황제의 사촌인 걸서와 색니, 알필륭, 소극살합, 오배 등은 하나같이 무표정한 얼굴로 묵묵히 앉아 있었다. 침대에 비스듬히 기대 애꿎은 담배만 연신 피워대는 이도 있었다. 언제나 이야깃거리를 몰고 다니던 꾀주머니 홍승주도 입을 꾹 다물고 있었다. 그야말로 속수무책인 듯 창밖만 바라보고 있었다. 다급해진 걸서가 막무가내로 이들을 다그쳤다.

"말들 좀 해보십시오! 다들 벙어리가 돼버리기라도 한 겁니까? 황제께서 머리 깎고 입산한다는데, 대신들이 돼가지고 그렇게도 할 말이 없어요?"

의정대신議政大臣 색니는 대신들 중에서도 가장 연로하고 위상이 높았다. 하지만 그 역시 칠순 고령이었기에 체력이 달리는지 비스듬히 침대에 몸을 기대고 있었다. 걸서의 닦달에도 불구하고 별 뾰족한 방법이 없기는 입을 철문처럼 꾹 다물고 있는 다른 대신들과 다를 바 없었다. 색니는 어쩔 수 없이 긴 한숨을 내쉬면서 입을 열었다.

"어떻게든 말려보려고 온갖 수를 다 써보았잖소! 나중에는 태후마저 울면서 꿇어앉아 싹싹 빌 정도였다면 말 다 했지 뭐!"

옆에 앉아 묵묵히 듣고만 있던 오배가 험상궂은 표정을 지은 채 "퉤!" 하고 침을 뱉었다. 이어 쥐어짜듯 한마디 던졌다.

"이 놈의 나라가 어떻게 되려는 건지……. 재수 없는 여자 하나가 병 들어 죽었기로서니 황제가 어떻게 이렇게 무책임한 결정을 한다는 말입니까? 정말 기가 막혀서……. 여자 때문에 목매는 군주는 믿을 수가 없어요!"

오배의 말이 끝나기가 바쁘게 색니가 제동을 걸고 나섰다.

"무슨 말을 그렇게 합니까? 이미 엎질러진 물인데 합심해서 수습책을 강구하는 게 급선무지 서로 물고 뜯고 하자고 모인 줄 아세요? 시위를 벗어난 화살이 돌아오는 법은 없으니 다음 행보를 고민해 보자고요!"

오배는 여러 사람 앞에서 보기 좋게 당했다. 얼굴이 붉으락푸르락해진 채 그대로 앉아 있었다. 그 모습을 본 알필륭이 자세를 고쳐 앉았다.

"내가 보기에 폐하께서는 이미 마음을 굳힌 상태입니다. 조만간에 뭔가 중대한 발표가 있지 않겠나 싶어요. 차기 황제는 틀림없이 셋째 황자일 테고!"

알필륭의 말에 다들 어지간히 놀라는 눈치였다. 진중하고 입이 무겁기로 소문난 알필륭의 말은 그만큼 신빙성이 있었다. 소극살합은 몸을 알필륭 쪽으로 기울이면서 슬며시 물었다.

"무슨 근거라도 있는 겁니까?"

알필륭은 목소리를 최대한 내리깔며 대답했다.

"그것은 탕약망湯若望(아담 샬Adam Schall)의 예언입니다. 셋째 황자는 일찍이 천연두를 앓았기 때문에 명줄이 길다는 거예요."

탕약망은 독일 사람으로, 선교사로 중국에 온 지 40여 년이 지난 중국통이었다. 명나라 때 한림원翰林院에서 일했을 만큼 예언에 뛰어난 사람이었다. 그는 서력西曆에도 박식했다. 일식과 월식을 정확하게 예측하는 천문학의 달인으로 추대 받았을 정도였다. 순치의 신임과 존경을 한 몸에 받은 것은 하나도 이상할 것이 없었다. 게다가 황후가 천주교天主教(가톨릭)에 귀의할 만큼 조정의 신임도 받고 있었다. 한마디로 대단한 사람이었다. 좌중에 모인 사람들은 그의 예언이라면 믿고 말고 할 것도 없다는 것을 잘 알았다. 그들은 동시에 차기 황제 자리에 앉을 현엽玄燁을 떠올렸다.

한동안 침묵하고 있던 걸서가 뭔가 할 말이 남았는지 입을 열었다.

"그러지 말고 우리 한 번만 더 황제를 만나 보는 것이 어떻겠습니까?"

오배는 구질구질하게 구는 걸서를 째려보면서 받아쳤다.

"무시무시한 철문이 네 개씩이나 버티고 있어요. 몸에 날개가 돋지 않은 한 꿈을 깨시죠!"

오배가 말한 '철문'은 황제 주변을 철저하게 통제하는 왜혁倭赫 등 네 명의 시위들을 일컬었다. 이들은 순치의 명령 외에는 어느 누구의 말도 무시할 수 있는 막강한 권한을 가지고 있었다.

분위기는 용케도 그냥 넘어가나 싶었다. 그러나 불만을 터뜨리지 않고는 삭신이 쑤셔 견딜 수 없는 오배가 또다시 빈정거리고 나섰다.

"꼴 한번 좋습니다. 자기 나라 황제를 오랑캐가 정해주는 데도 입을 헤벌린 채 침만 질질 흘리고 있으니 말입니다!"

극단적이고 공격적으로 나오는 오배를 보면서 소극살합이 반대의견을 제기했다.

"오랑캐든 누구든 맞는 말이면 들어두는 것도 나쁠 것은 없다고 봐요!"

오배는 소극살합을 은근히 멸시하고 미워하던 터였다. 곧장 매몰차게 몰아붙였다.

"할 말이 없다고 괜히 억지만 쓰지 마세요. 말이 되는 소리를 하세요!"

색니는 만나기만 하면 서로 잡아먹지 못해 안달이 난 두 사람이 지겨운 모양이었다. 싸움을 그칠 기미가 보이지 않자 준엄하게 꾸짖었다.

"보자보자 하니 체통이 영 말이 아니군요. 명색이 대국의 대신이라는 사람들이 사적인 감정으로 툭탁거려 분위기를 망쳐서야 되겠어요? 애들도 아니고!"

두 사람은 색니의 정문일침에 말문이 막혔다. 그저 씩씩대면서 등지고 앉은 채 담배만 뻑뻑 피워댔다. 그렇지 않아도 혼탁한 공기는 갈수록 사람을 더욱 질식하도록 만들었다. 괴로운 듯 머리를 두 손으로 괸 채 말없이 듣고만 있던 홍승주가 마침내 초췌한 얼굴에 알 듯 모를 듯한 미소를 띠었다.

"폐하의 의중을 우리가 어찌 헤아릴 수 있겠습니까? 머리 맞대고 있어 봤자 서로 비위나 긁어놓기 마련이에요. 오늘은 이만하고 무슨 소식이 있을 때까지 기다려 봅시다."

순치는 서난각에서 동악씨 화상 앞에 서서 넋을 잃고 있었다. 그는 가슴이 터질 것만 같아 바람이라도 쐴 겸 밖으로 나왔다. 소록소록 소리 없이 내리던 눈은 어느새 주위를 온통 흰색으로 단장해놓고 있었다. 눈에 덮인 황궁은 피폐한 절과도 같았다. 순치는 새하얀 눈을 하염없이 바라보니 기분이 약간 좋아졌다. 그는 홍승주의 예상대로 여러 가지 중대한 발표를 준비하고 있었다.

"폐하, 범승모范承謨가 성지聖旨를 받잡고 왔사옵니다."

시위이자 측근인 왜혁의 목소리가 들렸다. 의자에 앉은 순치는 잠깐 동안 방안이 따스해지는 것 같다는 느낌을 받았다. 하지만 그것도 잠시였다. 어느새 온몸이 참을 수 없을 정도로 갑갑해지기 시작했다. 그는 신경질적으로 단추를 잡아 뜯었다. 소마라고는 눈치가 빨랐다. 이내 달려와 단추를 풀어줬다. 그제야 순치는 앞에 엎드려 있는 범승모를 쳐다볼 여유가 생겼다.

범승모는 40세 전후로 보였다. 그러나 흰머리가 듬성듬성해 할아버지같이 초췌하고 볼품이 없었다. 게다가 탄력이라고는 없는 긴 머리채가 땅바닥까지 닿은 탓에 더욱 몰골이 말이 아니었다. 순치가 마른기침을 했다. 그러자 범승모가 머리를 쿵쿵 소리가 나게 세 번 땅에 찧으면서 아뢰었다.

"신 범승모가 성지를 받잡고 왔사옵니다."

순치는 담담했다.

"범 선생, 어서 일어나 저기 의자에 앉지."

범승모는 꿇었던 왼쪽 다리를 조심스레 일으켰다. 이어 허리를 구부정하게 숙인 채 뒷걸음질을 쳐 엉덩이를 의자에 반쯤 걸치고 앉았다.

"황공하옵니다만 폐하께서 늦은 시간에 신을 부르신 까닭이……?"

순치는 범승모의 조심스런 물음에 가벼운 한숨을 내쉬었다.

"다름이 아니라 조서詔書 초안을 작성해야겠기에 자네를 불렀네."

범승모는 순간 몰래 속으로 중얼거렸다.

'하마터면 간 떨어질 뻔했네. 도대체 무슨 조서이기에 이 밤에 쓴다는 거야? 동남쪽에 무슨 군사정변이라도 일어난 건가?'

소마라고가 붓과 먹을 가져왔다. 범승모는 소매를 걷어붙이고 자세를 취했다.

순치의 얼굴은 갈수록 창백하게 질렸다. 동시에 목이 바싹바싹 말라갔다. 그가 차를 한 모금 마시고는 천천히 말했다.

"해놓은 것 없이 떡하니 이 자리를 차지한 지 벌써 십팔 년이 흘렀다. 태조, 태종께서 피땀 흘려 이룬 강산을 민심이 돌아서고 거지가 득실거리게 망쳐 놓았다. 정말 무능한 군주로 오명이 날려도 할 말이 없게 됐다. 하루가 다르게 한족들에게 코가 꿰어 끌려 다니게 된 것도 인재등용 면에서 실수를 거듭한 것이 주된 원인이다. 나라꼴을 이 모양으로 만든 장본인은 바로 나, 순치이다."

무턱대고 써내려가던 범승모는 그 대목에서 불에 덴 듯 화들짝 놀랐다. 그 바람에 붓을 떨어뜨렸다. 먹물 역시 엎지르고 말았다. 내용이 너무 충격적이었다. 범승모는 자신이 보인 실수는 잊어버린 채 급히 꿇어앉아 허겁지겁 아뢰었다.

"폐하께서는 어린 나이에 즉위하신 이래 오랑캐들의 창궐과 침입을 용감하게 물리치셨사옵니다. 또 안으로는 간신들을 슬기롭게 몰아냈사옵니다. 그렇게 해서 오늘의 영화를 이룩하셨사옵니다. 이 어찌 후세에 길이 남을 업적이 아니라 할 수 있겠사옵니까. 간혹 불찰이 있었다 해도 그것은 건국 초기에 나라 안팎이 뒤숭숭한 탓이지 결코 폐하의 무능함 때문은 아니었사옵니다. 신, 감히 폐하의 명을 어기려고 하옵니다!"

"그러지 말고 어서 일어나!"

순치가 담담하게 말을 이었다.

"시간이 없으니 어서 쓰라!"

나지막하지만 위엄스러운 목소리였다. 범승모는 소름이 쫙 끼쳤다. 어쩔 수 없었다. 다시 제자리로 돌아온 그는 희뿌옇게 흐려오는 눈을 연거푸 껌벅이면서 글을 써내려가기 시작했다.

"십팔 년 동안 덕을 쌓기는커녕 잃어버린 게 훨씬 많았다. 이로 인해 믿고 따른 죄밖에 없는 백성들을 굶주림과 추위에 떨게 했다. 이것이 결코 용서받을 수 없는 죄라는 사실을 뼈저리게 느낀다. 독선과 아집으로 일관된 정치는 간신이 득세하고 충신이 설 곳 없는 현실로 만들어버렸다. 정말 한심하구나."

순치는 잠시 머뭇거리더니 다시 말을 이었다.

"선제께서 붕어하실 때 내 나이 여섯 살, 효도를 알기에는 너무 어린 나이였다. 선제께 미처 다하지 못한 효도를 황태후에게 몇 배로 하려 했건만……."

순치는 효도 한번 못 받아보고 떠나간 태종太宗(청나라 2대 황제 황태극皇太極, 홍타이지)에 대한 절절한 애정과 황태후에게 막심한 불효를 저지르고 떠나는 것에 대한 죄책감을 남김없이 쏟아냈다. 범승모는 다른 사람을 비난하듯 담담하게 말하는 순치의 태도에 다시 한 번 놀랐다. 순치 역시 나중에는 감정이 북받쳐 오르는지 손수건으로 얼굴을 막고 흐느꼈다.

"버리고 떠나는 것은 일부 이기적인 사람들의 소극적인 현실 도피의 수단이다. 도덕군자로 자칭하는 자들의 억지스러운 자기 미화에 불과하다. 그런 비난을 퍼부을 때가 어제 같은데 내가 이렇게 고스란히 답습할 줄은 정말 몰랐다. 어린 나를 지키느라 심혈을 기울이다 못해 늙고 병든 황태후를 생각하면……."

순치는 마침내 감정을 억제하지 못하고 목 놓아 울어버렸다. 범승모는 들을수록 황망함을 금할 길 없었다. 그가 바닥에 엎드려 부서져라 머리를 땅에 찧었다.

"폐하, 앞길이 창창하신데 어찌 그런 말씀을 하시옵니까? 신에게 분명하게 왜 그러는지 말씀하지 않으신다면 신은 죽어도 더 이상 써내려 갈 수가 없사옵니다."

범승모는 겨우 말을 마치고 또다시 머리가 떨어져라 조아렸다. 순치는 그러는 범승모를 이해하고도 남았다. 하기야 그로서도 불과 몇 개월 전만 해도 24세의 젊은 나이에 출가승이 될 자신의 모습을 상상이나 했겠는가. 하지만 매정하게 굴지 않으면 범승모가 언제까지 그러고 있을지 몰랐다. 순치는 단호한 어조였다.

"범 선생, 지금은 있는 격식 없는 격식 다 차릴 때가 아니야. 이러고 있다가는 밤을 꼬박 새워도 다 못 쓰겠어. 어서 서두르게! 사실 짐은 유조遺詔를 작성 중이야. 곧 출가승이 되기로 했어. 하지만 대외적으로는 죽은 걸로 해야 되지 않겠나!"

범승모는 그야말로 기절초풍할 듯 놀랐다.

'세상에! 황제가 출가를 하다니! 아무튼 이 만주족들은 별종들이야. 정말 못 말려! 몇 년 전에는 섭정왕攝政王 다이곤이 태후와 정분이 나서 난리를 치더니. 그런 일이 있은 지 얼마나 됐다고 황제가 또 이 난리야? 정말 갈수록 가관이구만!'

원래 아랫사람들의 생리는 겉과 속이 다르다. 범승모 역시 예외는 아니었다. 그는 속내와는 달리 아주 그럴 듯하게 여쭈었다.

"아무리 미련 없는 속세라지만 아쉬울 게 없는 폐하께서 도대체 무슨 까닭으로 이런 결심을 하셨사옵니까?"

범승모는 순치가 귀에 못이 박히게 들어온 말들을 곱씹고 있었다. 순치는 짜증스럽다는 표정으로 버럭 소리를 질렀다.

"누구 앞에서 감히 토를 달고 그래!"

범승모는 이럴 때일수록 순순히 물러나면 모든 노력이 헛것이 된다는 것을 잘 알고 있었다. 그는 불호령이 떨어질 것을 예상하면서도 덧붙였다.

"소신이 알기로는 폐하께서는 동악씨에게 하실 만큼 하신 줄로 아옵니다. 살아생전에는 귀비로 봉했사옵니다. 또 사후에는 황후로 추대하셨사옵니다. 더 이상 뭘 어떻게……."

"입 다물지 못할까!"

예상했던 대로 순치의 불호령이 떨어졌다.

"누구나 살아가는 삶의 방식이 있어. 황제라고 평민들처럼 감정에 이 끌려서는 안 된다는 법이 어디 있는가?"

"사실 소신은 아무 생각 없이 조서를 작성했다가 나중에 황태후마마 께 야단맞을 것이 걱정스러워서 그만……."

마침내 범승모가 끙끙 앓던 속내를 드러냈다. 순치는 그의 말이 끝나 기 바쁘게 탁자가 부서져라 내리치면서 대로했다.

"이런 맹랑한 것 같으니! 짐이 아무리 무책임하기로서니 이런 일까지 덮어씌우고 갈 것 같아서 그런가? 황태후에게 혼나는 것은 두렵고 황명 을 어겨 목숨을 잃는 것은 괜찮은 거야?"

범승모는 순치가 밤새 얘기한 말 가운데 이 말이 가장 마음에 와 닿았 다. 그는 솔직히 이 말이 듣고 싶어 구질구질하게 말머리를 끌고 다녔다.

순치는 처음 말을 꺼낼 때보다 훨씬 더 조리 있고 매끄럽게 얘기를 이어나갔다. 만주족 관료들을 다독이고 키워줘야 함에도 오히려 한족 들을 중용해 위기를 자초한 일, 남의 말에 귀 기울일 줄 모르고 독주 를 감행한 결과 충신을 멀리하고 간신을 키워주는 격이 된 사연 등을 입에 올렸다. 이어 13개 중요 부처에 간신이 득시글거릴 정도로 명나라 말기 황제의 무능을 능가한 자신의 과실을 담담하게 술회했다. 범승모 는 머리가 한없이 팽창해 바로 터져버릴 것 같은 긴박감 속에서 부지런 히 붓을 놀렸다.

말을 마친 순치는 온몸을 짓누르고 있던 무거운 짐짝을 내려놓은 듯 한 후련함에 스르르 눈을 감았다. 밤새워 흘린 눈물의 하중을 이기지 못한 촛농이 마룻바닥에 방울방울 떨어져 내리고 있었다. 마침 그때 밤 11시를 알리는 육중한 시계추 소리가 진저리치듯 울려 퍼졌다. 범승모는 시계 소리가 이처럼 두렵게 다가오기는 처음인 듯 몸을 부르르 떨었다.

범승모는 순치가 뭔가 중요한 사안에 대한 발표를 앞두고 있음을 직감적으로 느꼈다. 그는 붓을 잡은 손에 더욱 힘을 주고 기다렸다. 그때 순치의 지친 목소리가 조용히 들려왔다.

"소마라고!"

소마라고는 초조하게 전각 안에서 들리는 소리에 귀를 기울이고 있었다. 갑자기 자신을 부르는 순치의 목소리에 흠칫 놀라면서도 순식간에 안으로 들어섰다.

"노비 소마라고, 성지聖旨를 받잡고 왔사옵니다!"

"시위들을 불러 오거라."

순치의 말이 끝나기 바쁘게 그녀는 밖으로 나가 시위들을 불러들였다.

곧 왜혁을 비롯한 네 명의 시위들이 차례로 들어섰다. 소마라고는 임무를 다 마쳤기에 밖으로 나가려고 돌아섰다. 그러자 순치가 급히 불러 세웠다.

"나갈 것 없이 여기서 같이 듣도록 하라. 나중에라도 도움이 될 테니! 사실 네가 황태후를 섬기는 이 몇 년 동안 짐은 친여동생 이상으로 널 생각해왔다. 그러니 잘 들어두어라."

소마라고는 순치의 말에 고개를 말없이 끄덕였다. 순치는 소마라고에게서 시선을 거둔 다음 습관처럼 기침을 했다. 이어 천천히, 아주 천천히, 그러나 카랑카랑한 목소리로 말했다.

"짐을 대신할 황제로는 셋째 황자 현엽을 염두에 두고 있다."

순치는 잠시 좌중을 둘러보았다.

"현엽은 아직 나이가 어리다. 때문에 여러분의 각별한 보호가 필요하다. 하지만 그 아이는 어려도 유난히 똑똑하고 영악해. 조금만 지켜봐주면 하루하루가 다를 거야. 게다가 현엽의 생모 동가佟佳씨는 워낙 품위 있고 온화하므로 포용력 있는 국모감이 될 것이야. 모전자전을 믿어도 될 거야!"

순치는 계속 생각을 하면서 말을 이었다.

"짐이 보기에는 황제의 신변을 보호해주고 보필해줄 대신으로 색니, 소극살합, 알필륭, 오배 등 네 사람만한 사람이 없어. 그러면 충분할 것 같아."

범승모는 마치 사막에서 청량음료를 얻어 마신 것 같은 기분이었다. 이들 네 명의 대신들이 바람막이가 되어주면 적어도 불똥이 자신에게 튈지라도 화상은 입지 않을 거라는 계산이 들었던 것이다. 그는 붓에 날개가 돋친 듯 순치의 말을 받아 적어 내려갔다.

"대신 색니, 소극살합, 알필륭, 오배를 보정대신輔政大臣으로 특별히 임명한다."

원래 순치는 건강이 좋지 않았다. 그럼에도 이날 저녁 내내 흥분한 상태에 있었다. 그러다 보니 구술을 마쳤을 때는 이미 녹초가 돼 있었다. 얼굴이 발갛게 상기된 채 끊임없이 기침을 했다. 입에서는 가래가 끓고 있었다. 그런 순치를 안쓰럽게 바라보던 소마라고가 급히 대야를 가져다 받쳐주었다. 그러자 왜혁이 다가가서 가볍게 순치의 등을 두드렸다. 감정이 북받친 순치는 와락 왜혁의 손을 잡아당겼다.

"자네한테 면목이 없네. 못난 짐을 따라다니면서 고생한 세월이 벌써 몇 년은 족히 되지? 이럴 줄 알았더라면 평소에 조금 더 잘해줬을 텐데 하는 마음이 드는군. 속세의 인연을 끊는 마당에도 많이 괴롭네! 어린 현엽을 잘 부탁하네! 각별히 안전에 주의하면서 말이네!"

용케 잘 참고 있던 왜혁은 순치의 마지막 한마디에 그만 어린애처럼 목놓아 울고 말았다.

"소신, 폐하를 위해서라면 언제든 이 한 몸 바칠 각오가 돼 있사옵니다."

순치는 왜혁의 말에 눈시울이 붉어졌다.

"참고 견디면 분명히 좋은 날이 올 것이야. 힘들더라도 어린 현엽을 잘 부탁하네."

순치가 다시 범승모에게 물었다.

"범 선생, 선생이 보기에 이들 보정대신 네 사람이 어떤 것 같은가?"

범승모는 급히 붓을 내려놓았다. 순치가 원하는 대답을 하려고 안간힘을 쓰는 눈치가 역력했다.

"신이 보기에는 네 사람 모두 황제를 보필하는데 일가견이 있는 인재들이라고 생각하옵니다. 폐하께서는 역시 사람을 보는 안목이 뛰어나시옵니다."

순치는 범승모의 뻔한 대답을 예견한 듯했다. 바로 머리를 절레절레 흔들었다.

"그렇지만은 않네. 짐이 보기에 색니는 경험이 풍부하고 조정의 오랜 공신이라 위상이 드높기는 하지. 그러나 나이가 너무 많아. 소극살합은 성품이 곧고 정직한 것은 좋으나 경험이 부족해. 알필륭은 매사에 침착하고 포용력이 있는 반면 조금 소심한 것 같고. 오배는 문무를 겸비하고 결단성이 있는 반면 너무 성미가 조급하고 이해심이 부족한 것이 흠이라면 흠이야. 짐의 지나친 욕심이기는 하지만 네 사람을 합쳐놓으면 아쉬울 것이 없을 텐데……."

어느새 밤이 깊어가고 있었다. 범승모는 그제야 '악의 소굴'에서 벗어날 수 있었다. 커다란 눈꽃이 하늘거리면서 자금성紫禁城을 하얗게 뒤덮고 있었다. 희미한 등불이 하나둘씩 꺼지고 촛대 위에는 빨간 촛농이 덕지덕지 달라붙어 있었다. 야경꾼의 딱따기 소리는 칠흑 같은 어둠을 가르고 처량하게 울려 퍼졌다.

마침내 떠날 채비가 된 순치는 이 밤 어둠을 타고 황궁을 떠나기로 마음을 먹었다. 그는 눈물어린 두 눈을 들었다. 이어 꿈과 사랑이 있어 행복했고, 이별과 싸움이 있어 아쉬웠던 황궁을 마지막으로 둘러봤다. 이승에서 황제로서의 마지막 성지가 곧 그의 입에서 흘러나왔다.

"경사방敬事房(황제의 침실 담당 기구)에 전하라! 짐이 즉시 출궁할 것이니, 궁문을 열고 수레를 대령하라!"

2장
여덟 살 어린 황제의 등극

　순치황제의 '국상'國喪은 정말 그럴 듯했다. '영당'靈堂은 양심전에 설치
돼 있었다. 관 위에는 노란 비단에 범자경문梵字經文(범어 불교경전)을 수
놓은 금실 이불이 덮여 있었다. 또 법랑을 입힌 향대에서는 파르스름한
향이 가늘게 타오르면서 궁궐 안을 감돌았다. 관 속에 누워 있는 사람
이 이승의 끈을 놓았음을 설명해주기에 충분했다. 의식이 거행된다는
명령이 떨어졌다. 문무백관들은 일제히 모자에 드리워진 붉은 끈을 잡
아당겨 끊어버렸다. 곧이어 유조가 발표되고 즉위식도 있을 예정이었다.
　순치황제의 입관식은 오전 9시쯤 거행됐다. 건청궁 밖에는 각 지방에
서 올라온 친왕親王들과 군왕郡王, 패륵貝勒, 패자貝子를 비롯한 황실 종친
들과 각 부처 책임자 및 궁중의 태감, 내시들이 콩나물시루처럼 서 있
었다. 그 가운데는 내무부의 수석태감인 오양보吳良輔도 끼어 있었다. 그
는 현관 앞의 붉은 계단 위에 서서 목을 이리저리 비틀면서 심각한 얼

굴로 서 있었다. 아래위 입술을 너무 힘줘 깨문 탓인지 수염 하나 없이 반들반들한 턱에는 깊은 주름이 자리 잡고 있었다. 표정만 본다면 그는 현재 무척이나 화가 나 있는 듯했다.

그러나 사실 그 시각 오양보만큼 기분이 날아갈 듯한 사람도 없었다. 그는 순치의 몽고족蒙古族 후궁 중 한 명이 입궁할 때 내시 신분으로 궁 중생활을 시작했다. 이후 그녀의 운명에 의해 그 역시 출렁이는 삶을 살아야 했다. 그녀가 순치에게 버림을 받고 독수공방 신세가 됐을 때는 자연스럽게 찬밥 신세가 되었다. 그야말로 있는 설움 없는 설움을 다 받고 살아왔다. 다행히 그는 잘 나가는 오배를 양아버지로 둔 덕에 후궁의 몰락과 함께 궁에서 쫓겨나는 신세가 되지는 않았다. 하지만 그는 늘 누구보다 유능한 자신을 중용해주지 않는 게 불만이었다. 그런 그에게 오늘 이 중대한 자리를 주재하는 영광이 온 것은 그야말로 절호의 기회였다. 호박이 넝쿨째 굴러왔다고 해도 좋았다. 황제의 죽음이 가져다준 '행운'치고는 너무 감당하기 버겁기도 했으나 아무튼 그는 한없이 들떠 있었다. 그는 한때의 뒷배였던 후궁의 운명이 달라진 지난 8년 동안 자신을 쓰레기처럼 대하던 사람들을 오늘만이라도 자기 마음대로 호령할 수 있다는 것이 그렇게 즐거울 수가 없었다. 특히 의정왕議政王 걸서, 보정대신 색니와 소극살합, 패륵과 패자들을 호령한다는 것이 그랬다.

오전 10시쯤이었다. 예순을 넘긴 보정대신 색니가 태황태후의 부름을 받고 자녕궁慈寧宮으로 왔다. 애신각라愛新覺羅 현엽과 함께 순치황제의 입관식에 참가해야 했기 때문이다. 현엽의 생모인 동가씨는 워낙 말수가 적은 사람이었다. 사람을 다뤄본 적도 없었다. 때문에 순간적으로 당황해 무슨 말을 해야 할지를 몰랐다. 그저 효장태후에게 "어머님이 자애로운 가르침을 내려주소서!"라고 말한 것이 고작이었다. 효장태후는 자신의 발밑에 엎드려 명령을 기다리는 늙고 병든 색니를 바라봤다. 그녀의 머리 속에서는 이 나라의 아픔과 고통을 함께 해온 세월이 주마등처럼 스쳐 지나가고 있었다.

그녀는 어린 나이에 입궁해 온갖 고초를 다 겪으면서 한 세월을 버텨왔다. 그러다 이제 겨우 한숨 돌리는가 했더니 또다시 이런 일이 벌어져버렸다. 그녀는 그에 대해 형언할 수 없는 슬픔을 느꼈다. 다이곤에게 정조까지 바쳐가면서 아들 순치의 황제자리를 지켜주려고 피나는 대가를 치러왔지 않은가? 그런데 뜬금없이 출가라니! 세상에 이런 날벼락이 또 있으랴! 효장태후는 이런저런 생각에 마음이 아렸다. 급기야 눈물을 보이고 말았다.

"색니 대인, 그대는 누가 뭐래도 우리 대청大淸의 둘도 없는 공신이오. 내 개인적으로도 고마운 사람이오. 살다 살다 별일을 다 본다고 한탄했을 것이오. 하지만 어쩌겠소. 이미 마음이 떠난 사람인데! 하루 빨리 충격에서 벗어나 셋째를 우리 한번 제대로 키워보세. 워낙 똑똑한 애인지라 잘 해낼 거라고 믿소. 또 나중에라도 은혜를 저버릴 애는 절대 아니오. 내가 장담할 수 있소! 조금 있다 여러 보정대신들에게 내 말을 그대로 전하시오. 하나 덧붙일 것은 새 황제가 나이가 어리다고 우습게 보는 자가 생기면 나도 그렇게 호락호락 당하고만 있지는 않을 것이라고 따끔하게 일러두시오. 늙은이가 목숨 걸고 덤벼들면 그것도 만만치가 않을 거라는 사실을 미리 못박아두란 말이오!"

따끔하게 일침을 가한 태황태후는 소마라고에게 현엽을 데리고 오라고 명령했다. 소마라고는 곧 여덟 살 먹은 현엽을 태황태후의 앞으로 데리고 왔다. 현엽은 평소와는 다른 분위기에 쭈뼛거렸다. 그러나 태황태후와 태후에게 다가가 인사를 올렸다.

"할머니, 나 유모할머니하고 손잡고 갈래요!"

유모할머니는 바로 위동정의 어머니인 손씨였다. 손씨는 현엽의 말에 재빨리 태황태후의 눈치를 살폈다. 이어 현엽의 손을 잡고 말했다.

"황태자마마, 오늘부터는 황제가 되옵니다. 그러니 예전처럼 떼쓰고 장난치시면 아니 되옵니다. 유모는 하인이라 그런 자리에는 나갈 수가 없사옵니다."

현엽은 쉽게 말을 들으려고 하지 않았다.

"소마라고가 그랬어요. 누구를 막론하고 황제의 명을 어기면 목이 달아날 각오를 하라고요. 황명皇命은 곧 천명天命이라고 했다고요. 소마라고, 그렇지? 그러니까 내가 지금 명령을 내릴 거야. 유모 할머니더러 나를 데려다 주라고!"

현엽은 고집스레 몸을 뒤틀면서 앙탈을 부렸다. 소마라고는 그 모습이 못내 귀여운 듯 옆에서 입을 막고 조용히 웃으면서 태황태후를 바라봤다.

'원님 덕에 나팔을 분다'고 현엽의 생모 동가씨는 자신이 하루아침에 태후가 돼버렸다는 사실이 실감이 나지 않았다. 하지만 똑똑한 아들 덕에 국모가 되어보는 뿌듯함은 대단했다. 그녀는 옆에 앉은 태황태후의 눈치를 살폈다. 태황태후는 현엽이 기특한 듯 말없이 웃고만 있었다. 황태후는 그녀의 표정을 허락으로 받아들이고 머리를 끄덕였다. 그러자 모든 것을 빼놓지 않고 지켜보고 있던 색니가 준엄하게 손씨를 나무랐다.

"어서 빨리 마마께 영광을 하사하셔서서 감사하다는 인사를 올리지 않고 뭐해!"

손씨는 색니의 말과 거의 동시에 꿇어앉았다. 이어 현엽에게 큰절을 올리면서 머리를 조아렸다.

"노비 손씨, 마마의 은혜를 가슴에 아로새기겠사옵니다!"

손씨가 현엽의 앞으로 다가가 손을 내밀었다. 현엽은 자신의 소원이 이뤄지자 몹시 즐거워하면서 손씨와 소마라고의 손을 하나씩 잡고 뛰쳐나가려고 했다. 다급해진 색니가 큰 소리로 좌우에 명령을 내렸다.

"황태자마마께서 행차하신다! 가마를 대령하라!"

건청궁 밖에서 대기하고 있던 황친과 대신들은 기다리다 못해 완전히 지쳐 있었다. 두 번째 줄에 서 있던 알필륭이 네 번째 줄에 서 있는 오배에게 천천히 다가갔다. 그는 말보다 눈이 앞서는 특이한 습관이 있었다. 할 말이 있으면 눈부터 연거푸 껌벅이고 나서 말을 시작하는 버릇은 궁중에서 모르는 사람이 없을 정도였다. 이번에도 마찬가지였다. 하지만 오배는 눈길 한 번 주지 않고 거만하게 서 있었다. 알필륭은 그에 아랑곳하지 않고 열심히 두 눈을 껌벅이면서 참았던 말들을 꺼내기 시작했다. 하고 싶은 말을 못 하면 병이 나는 사람이 바로 알필륭이었다.

"저기⋯⋯. 오, 오 대인에게 급히 드릴 말씀이 있습니다. 왜혁이라는 자가 승덕承德을 둘러보고 온 모양이에요. 그런데, 대인이 그 쪽의 땅을 거머쥐고 있더라면서 이런 무법천지가 어디 있느냐고 처벌해 달라고 진정서를 냈어요. 어떻게 해야 할지⋯⋯."

오배의 얼굴이 험상궂게 굳어졌다. 입을 꾹 다문 채 조금 전과 마찬가지로 말이 없었다. 알필륭에게는 눈길 한 번 주지 않을 태세였다. 하지만 그는 한참 후에 입을 열더니 알필륭의 말을 받아쳤다.

"축하합니다. 마마에게 점수 딸 일이 생겼으니!"

"그게 아닌 줄 뻔히 아시면서 또 왜 이러세요! 우리는 같은 배를 탄 거나 다름없어요. 내가 벌써 그 진정서를 중도에서 쥐도 새도 모르게 없애버렸어요. 그런 소인배들은 적당히 피해가면 되니까 특별히 신경 쓸 것 없어요. 색니 대인도 나이가 나이니만큼 크게 관여하지는 않을 것입니다."

이쯤 되자 오배로서도 아는 체하지 않을 수가 없었다. 그는 머리를 돌려 정색하고 서 있는 알필륭을 쳐다봤다. 의미심장한 웃음이 얼굴에 감돌았다.

"조만간 찾아뵙고 인사드리겠습니다."

알필륭이 머리를 끄덕였다. 이어 한마디 쏘아붙였다.

"이런 일이 또다시 있었다가는 그때는 정말 위험할 겁니다."

알필륭은 그 와중에도 수시로 맨 앞줄에 서 있는 소극살합에게 눈길을 줬다. 오배 역시 소극살합을 악의에 찬 눈으로 노려보면서 입을 앙다물었다.

"황태자마마 납시오!"

오양보의 찢어질 듯한 목소리가 울려 퍼졌다. 그러자 나름대로 편한 자세로 서 있던 사람들이 일제히 머리를 숙였다. 약속이나 한 듯 두 팔을 드리운 채 공손한 자세를 취했다. 알필륭은 누가 볼세라 급히 자신의 자리로 돌아와 아무 일도 없었던 것처럼 서 있었다.

소마라고와 손씨는 건청궁 서쪽 영항永巷 골목에서 현엽을 부축해서 내렸다. 현엽은 새카맣게 늘어선 사람들이 같은 자세로 서 있는 모습에 호기심이 동했다. 대책 없이 급히 궁 안으로 뛰어 들어가려고 했다. 다급해진 소마라고가 현엽을 붙잡은 채 그의 귓가에 대고 작은 소리로 말했다.

"이제부터는 저 많은 신하들을 이끌고 가야 할 황제폐하이옵니다. 그러니 아무 데서나 껑충껑충 뛰어다니면 아니 되옵니다. 뒷짐을 지고 천천히 팔자걸음을 걸어야 하옵니다. 처음부터 기선을 제압해야 하기 때문에 걷는 자세도 소홀히 해서는 아니 되옵니다!"

소마라고는 간절하게 당부한 후 손씨와 함께 현엽을 궁 안에까지 들여보내줬다.

그 다음부터는 색니가 앞장서서 길을 열었다. 그 뒤를 왜혁을 비롯한 시위들이 보무당당하게 따랐다. 왜혁이 오양보의 곁을 지날 때 마침 둘의 눈이 마주쳤다. 왜혁은 매섭게 그를 쩨려봤다. 순간 하늘 높은 줄 모르고 설치던 오양보는 된서리 맞은 가지처럼 후줄근해져서 어쩔 줄 몰라 쩔쩔맸다.

왜혁은 내대신內大臣 비양고費揚古(만주정황기 출신)의 아들이었다. 용맹하고 강직하다는 인정을 받아왔다. 순치 8년에 입궁한 이후 순치의 손발처럼 최측근으로 일할 수 있었던 것도 그래서였다. 하루라도 곁에 없으면 순치가 불안해 할 정도였다. 한마디로 순치의 각별한 총애를 한 몸에 받아온 충신이었다. 몇 년 전 어느 날이었다. 오양보는 순치가 동악씨에게 직접 선물한 불상을 훔치려고 했다. 그러다 왜혁에게 잡혀 호되게 얻어맞았다. 그는 억울함을 호소하기 위해 순치를 찾아갔다. 당시 순치는 "나는 왜혁의 말이라면 팥으로 메주를 쑨다고 해도 믿는다"면서 서슴없이 왜혁의 손을 들어줬다. 오양보는 그 일이 있은 후부터 왜혁을 눈엣가시처럼 여겼다.

현엽이 단상에 올라 의자에 앉았다. 색니를 비롯한 보정대신과 태감들이 일제히 무릎을 꿇었다. 색니가 큰 소리로 "황태자마마께 인사를 올려라!"하고 외치자 단상 아래의 인파들도 물결치듯 무릎을 꿇고 머리를 숙였다. 그런데 오배가 어느새 색니와 똑같이 맨 앞줄에 떡하니 엎드려 있는 것이 아닌가. 색니는 그를 발견하고는 낮지만 준엄한 목소리로 꾸짖었다

"자기 앉을 자리도 분간 못하시오? 분수를 지키시오!"

오배는 늘 색니를 경외했다. 색니는 늙고 보잘것없었다. 하지만 왕년에는 동에 번쩍 서에 번쩍 하면서 천하를 호령했던 영웅호걸이었다. 대청제국을 세우기까지 수많은 전투에서 혁혁한 전공을 세운 공신이기도

했다. 황궁에서 그 사실을 모르는 사람은 아무도 없었다. 하기야 천하의 예친왕 다이곤도 색니 앞에서는 다소 격식을 갖췄다면 더 이상의 설명은 사족일 뿐이다. 오배는 사실 의도적으로 색니를 화나게 할 생각은 전혀 없었다. 그저 새로운 황제에게 깊은 첫인상을 주고 싶었을 뿐이었다. 색니에게 미운털이 박혀 득이 될 것이 없다고 생각한 오배는 슬슬 가재걸음을 쳤다.

서난각에서는 그 시각 더 없이 숙연한 분위기가 감돌고 있었다. 흰 휘장과 병풍 사이로 옅은 향내가 감돌았다. 한가운데 마련된 영전 위에는 금빛으로 반짝이는 글자가 유난스레 눈길을 끌었다. '유능하고 지혜로운 임금, 자상하고 인간적인 효장황제 영위'라고 쓰여 있었다. 이곳은 바로 순치의 '영전'이었다.

현엽은 색니가 사전에 귀띔해준 대로 아홉 번 큰절을 올렸다. 준비해둔 술잔을 정중히 받들어 영전에 술을 뿌렸다. 색니는 순간 출가를 했다고는 하나 죽은 것과 다름없는 순치를 떠올렸다. 너무나 인간적이고 의욕적이던 그의 옛 모습 역시 그려봤다. 눈물이 흘렀다. 색니에게는 황제로 군림하기 이전에 인간적으로 먼저 다가왔던 순치였기에 그의 빈자리가 더욱 커 보였다. 그는 끝내 엉엉 흐느끼고 말았다. 그 바람에 장내에서는 훌쩍거리는 소리가 여기저기에서 들려왔다.

황태자 현엽은 이로써 선제를 떠나보내고 새롭게 즉위한 강희康熙황제가 됐다. 오양보가 손짓을 보내자 진작부터 대기하고 있던 가무단이 축하노래를 불렀다. 문무백관들이 하나씩 차례로 까치발을 한 채 강희 앞을 지나갔다. 현엽은 하루아침에 떠밀리듯 황제가 되어서 그런지 약간 어리둥절했다. 그러나 이내 호기심이 가득한 눈매로 할아버지뻘 되는 태감들과 황친들을 바라봤다. 그는 지금 비록 여덟 살의 어린 나이였으나 자그마치 18개 성省, 수억 명에 달하는 백성들의 황제가 돼 있었다.

강희는 그야말로 다리가 저려오고 엉덩이가 마비될 정도로 의자에 앉아 있었다. 드디어 즉위식이 끝나자 천천히 몸을 일으켜 네 명의 보정대신에게로 다가갔다. 그들의 손을 일일이 잡아주면서 관심 가득한 어조로 똑같은 물음을 반복했다.

"그대가 색니인가?"

"당신은 소극살합이고?"

"그대는 알필륭이고?"

"당신은 오배라는 사람이고?"

네 명의 대신들은 하나같이 머리 숙여 대답했다. 강희는 만족스런 웃음을 머금었다.

"선제先帝께서 유조遺詔를 남기셨소. 그대들은 만주의 호걸들이자 충신들이오. 짐더러 조언을 잘 들으라고 했소. 어디 한번 잘해봅시다!"

네 사람은 선제가 자기들을 잊지 않고 유서에서 이름을 일일이 거명했다는 사실에 감격해마지 않았다. 정말 목 놓아 울고 싶은 심정이었다. 하지만 새로운 시작을 뜻하는 성스러운 날에 울고불고 해서는 안 될 일이었다. 터져 나오려는 울음을 애써 참고 있던 색니가 풀썩 무릎을 꿇었다. 나머지 셋도 영문을 모른 채 따라 엎드렸다.

색니가 갑자기 단호한 어조로 세 대신에게 물었다.

"선제의 은혜에 우리가 무엇으로 보답해야 하겠소? 다들 어떻게 해야 할지 잘 알고 있겠지만 노파심에서 한마디 하겠소. 하늘이 갈라진다고 해도 우리 넷은 하나가 되어 나이 어리신 군주를 성심성의껏 보필해야 하오. 개개인의 감정에 치우쳐 대사를 그르치는 자는 용서하지 않을 것이오. 사리사욕에 혈안이 돼 딴 주머니를 차는 자는 내 눈에 흙이 들어가도 용서하지 않겠소. 다들 내 말에 공감하오?"

오배는 지나치게 자신의 말을 강조하는 색니가 못마땅했다. 그러나 어쩔 수 없이 나머지 두 사람을 따라 대답했다.

"명심하겠습니다!"

강희는 색니의 말들을 전부 이해하지는 못했다. 조금 전에 했던 말들도 소마라고가 오는 길에 가르쳐준 것이었다. 강희는 그러나 색니의 입에서 나온 말이라는 이유만으로 자신에게 유리한 것이 틀림없다는 사실을 직감적으로 눈치챘다.

"훌륭했소! 그만하고 물러들 가오!"

강희는 네 명의 대신들이 자리를 비우자 참고 참았던 숨을 크게 내쉬면서 몇 시간 만에 찾아온 자유를 만끽했다. 마치 어머니 품에서 놓여난 애가 그럴까 싶게 깡충깡충 뛰면서 밖으로 나갔다. 그는 어느새 여덟 살 어린애로 돌아가 있었다. 왜혁이 옆에서 아무리 타일러도 소용이 없었다. 그는 막무가내인 강희의 뒤를 급히 쫓아갔다. 누군가 뒤따라오는 것을 눈치 챈 강희는 돌아서서 손을 내저으면서 소리쳤다.

"따라오지 마!"

왜혁이 그 소리에 잠깐 머뭇거렸다. 그 사이 강희는 어느새 골목으로 사라지고 말았다. 강희는 뛰어가다가 문 앞에 엎드려 있는 소마라고와 손씨를 발견했다. 순식간에 천진난만한 어린애로 다시 돌아온 그가 평소처럼 소마라고와 손씨를 향해 줄달음쳤다.

손씨는 강희가 행여 넘어지기라도 할까 봐 조마조마해져 다급하게 외쳤다.

"아이고, 폐하. 천천히 걸어오시지 넘어져서 이빨이라도 부러지면 어떡하시려고요!"

강희는 손씨의 걱정에는 아랑곳하지 않고 깔깔 웃으면서 손을 저어댔다.

"어서 일어나지 않고 뭘 하는 거야? 내가 왔으면 엎드리지 않아도 괜찮아!"

강희는 말이 떨어지기 바쁘게 어느새 손씨의 품에 안겼다. 그 모습을 대견스레 바라보던 소마라고가 손씨의 품에 안긴 강희의 옷매무새를 바로잡아 줬다.

"이제부터는 황제 폐하이옵니다. 그러니 저희 같은 노비들과 어울려서는 아니 되옵니다. 뒷짐을 지고 무게를 잡으면서 목소리도 깔고 해야되옵니다. 노비가 엎드려 있다고 해서 오늘처럼 일어나라고 소리 질러서도 아니 되옵니다."

하지만 강희는 대수롭지 않게 여기겠다는 듯 생글생글 웃는 얼굴이었다.

"다시는 이런 자리에 있기 싫어! 꼼짝 않고 앉아 있느라 죽기 일보직전이었지 뭐야. 어서 태황태후마마와 황태후마마를 만나러 가야겠어!"

손씨는 감회가 정말 남달랐다. 한밤중에 빽빽 울면 일어나 젖 물리고 기저귀 갈아주고 엉덩이 툭툭 쳐서 기른 애가 황제가 되었으니 그럴 수밖에 없었다. 그녀는 이제 인간 현엽과 살갗 접촉을 못하게 된 것이 못내 아쉬웠다. 그녀가 마지막으로 강희의 포동포동 젖살이 오른 뺨을 살짝 꼬집었다.

"오늘은 폐하께 좋은 날이니 노비가 안고 가겠사옵니다."

손씨는 말을 마치자 두 팔을 벌려 달려드는 강희를 덥석 안아 든 채자녕궁으로 향했다. 그때 누군가가 고래고래 소리를 지르면서 기분 좋은 웃음을 흘리면서 걸어가고 있는 그들을 불러 세웠다.

"거기 못 내려놓을까?"

세 사람은 깜짝 놀라 약속이나 한 듯 주춤하면서 머리를 돌렸다. 오양보였다. 오양보는 얼른 강희를 향해 비굴하게 웃어 보인 다음 이내 돌아서면서 독기를 품은 두 눈을 부릅뜨고 호되게 야단을 쳤다.

"대낮에 폐하를 안고 히히거리면서 뭣들 하는 거야!"

손씨는 원래 겁이 많았다. 그녀가 얼른 강희를 내려놓으면서 떨리는 목소리로 변명했다.

"폐하께서 워낙 어린 데다⋯⋯."

"뭐라고? 아무리 어려도 황제야, 황제! 정신 차려 이년아! 황제가 동네 애인 줄 알아?"

오양보는 손씨가 말대꾸를 했다고 생각했다. 순간적으로 아랫사람들마저 자신을 무시한다는 자격지심이 퍼뜩 들었다. 급기야 이성을 잃고 소리를 내질렀다. 그래도 성에 차지 않았는지 어린 태감에게 명령했다.

"가서 자녕궁 수령태감^{首領太監}인 이명촌^{李明村}을 불러와!"

강희는 오양보가 그토록 게거품을 물고 덤비는 이유를 몰랐다. 어정쩡한 자세로 있을 수밖에 없었다. 그러나 어린 태감에게 자녕궁 수령태감을 불러오라는 말에는 일단 제동을 걸었다.

"가기는 어디를 가? 누구 마음대로?"

그러나 이내 할 말이 궁해져 평소 습관대로 소마라고에게 구원의 눈길을 보냈다. 강희와 소마라고는 눈길 하나만으로도 충분히 교감이 이뤄지는 사이였다. 소마라고가 강희 앞에 무릎을 꿇으면서 아뢰었다.

"폐하, 이번 일은 노비가 알아서 하게 맡겨주실 수 있겠사옵니까?"

강희는 재빨리 "그렇게 하라!"며 머리를 끄덕였다.

소마라고는 강희의 허락을 받자마자 추호의 거리낌도 없이 오양보에게 호통을 쳤다.

"오양보, 자네 뭘 잘못 먹었나? 누구 앞이라고 감히 큰 소리를 지르는가!"

오양보가 가만히 있을 까닭이 없었다.

"개돼지보다 못한 하찮은 궁녀 주제에 뭘 믿고 까불어? 너, 죽고 싶어?"

"뭐? 궁녀 어쩌고 어째? 당신, 궁녀를 우습게 봤다가 큰코다칠 줄 알아!"

소마라고가 냉소를 머금으면서 오양보를 똑바로 쳐다봤다.

"당신도 귀가 있으니 들었겠지만 지금 나는 성지를 받은 흠차欽差(황제의 명을 받은 대신)나 다름이 없어. 지금 당장 꿇어 앉아!"

오양보는 궁녀마저 자신을 깔아뭉개려고 한다는 생각이 들자 눈이 뒤집혔다.

"뭐라고? 꿇어앉으라고?"

오양보가 목을 비틀면서 악을 썼다.

"네년이 뭔데……."

순간 소마라고가 손바닥이 얼얼해질 정도로 오양보의 뺨을 힘껏 후려갈겼다. 오양보는 얼떨결에 무방비상태에서 당할 수밖에 없었다. 그가 얼굴을 감싸 쥐고 있는 사이 소마라고의 다음 말이 천둥처럼 터져 나왔다.

"순치황제께서 떠나신 지 며칠이나 됐다고 별 놈이 다 어린 폐하를 업신여기고 그러는 거야? 다시 한 번 말하는데, 무릎 꿇어!"

소마라고는 강희를 바라봤다. 강희가 머리를 끄덕이면서 명령했다.

"꿇어앉힌 다음 뺨 오십 대를 쳐라!"

오양보는 강희의 말에 어쩔 수 없이 꿇어앉았다. 그러나 억울하기 그지없었다. 더욱 화가 나는 것은 옆에 있던 어린 태감이 달려와 소매를 걷어붙이고 내려칠 자세를 취했다는 사실이었다. 소마라고가 어린 태감을 제지했다.

"그럴 것 없어! 괜히 힘 뺄 것 없이 이자더러 자기 손으로 자기 뺨을 때리도록 해! 너는 옆에서 꼬박꼬박 숫자나 세도록 해. 태황태후마마께서 기다리고 계시니 우리는 이만 가봐야겠다!"

소마라고와 강희 일행은 뒤도 안 돌아보고 횡하니 가버렸다.

오양보는 소마라고가 궁녀 주제에 뭘 믿고 이토록 행패를 부리는지 쉽게 이해가 되지 않았다. 게다가 궁녀한테 귀싸대기를 맞았다는 수치감과 모멸감은 좀체 가시지 않았다. 그는 온몸을 부르르 떨었다. 기가 막히게도 어린 태감은 옆에서 구경거리라도 생긴 듯 진짜 손가락을 꼽을 준비를 하고 있었다. 오양보는 녀석에게 느닷없이 다가가 있는 힘껏 귀싸대기를 후려쳤다.

"개돼지보다 못한 자식! 어서 꺼지지 못해?"

그야말로 동쪽에서 뺨 맞고 서쪽에서 화풀이하는 격이었다. 오양보가 씩씩대면서 그렇게 애꿎은 제3자에게 분풀이를 하고 있을 때 뒤에서 누군가가 그를 불렀다.

"형, 그까짓 소인배들이 조금 까불었기로서니 그렇게 화낼 필요는 없지."

오배의 양자이기도 한 시위 눌모訥謨였다. 그가 빙그레 웃으면서 화가 치밀어 있는 오양보의 어깨를 감싸 안았다.

"오늘 저녁 오배 대인이 연회를 베푸니 꼭 참석하라고 하셨어. 평소에는 얼굴 한 번 보기도 힘든 지체 높은 여러 고관들이 모이는 자리니까 알아서 해. 분풀이하는 것은 시간문제라고 생각하고 훌훌 털어버리고 와!"

오양보는 눌모의 말에 머리를 끄덕였다.

강희는 예기치 못한 소동에 약간 기분이 잡쳐서 그런지 말이 없었다. 찝찝하기는 소마라고와 손씨도 크게 다를 것은 없었다. 특히 손씨는 더욱 아쉬웠다. 오늘 강희가 기분 좋은 틈을 타 아들 위동정의 일자리를

부탁해 보려고 했었다. 솔직히 그녀가 봐도 허구한 날 성 밖에서 순찰만
도는 것은 좋을 것이 없었다. 설사 말단일지라도 황제 주변에서 일하게
되면 일거에 운 좋게 발탁될 기회를 잡아 모든 게 바뀔 수도 있는 것이
인생이니까. 게다가 그녀는 아들이 궁 안에서 일하게 될 경우 모자간의
생이별도 끝날 것이라고 잔뜩 기대에 부풀어 있었다. 하지만 오늘은 모
든 것이 물 건너가고 말았다. 손씨는 자신이 말하는 것보다는 소마라고
를 시켜 사정해 보는 것이 훨씬 효과적이라는 생각도 했다. 그녀가 나이
는 열다섯 살밖에 안 됐어도 특유의 치밀함과 영리함으로 태황태후의
총애를 한 몸에 받고 있으니 그게 훨씬 효과적일 수 있었던 것이다. 그
래서 소마라고에게도 말을 붙여보려던 참이었다. 하지만 중뿔나게 그놈
의 오양보인가 하는 놈이 방해를 하는 바람에 그 역시 무산되고 말았
다. 그녀는 그 생각을 하니 더욱 속이 상했다. 그야말로 짧은 시간에 많
은 생각이 머릿속을 훑고 지나갔다. 그러나 그 시각 소마라고는 나름대
로 다른 생각을 하고 있었다.

'오양보가 뭘 믿고 저렇게 무법천지로 나온 걸까?'

소마라고가 돌아서서 강희를 보고 아뢰었다.

"폐하, 오늘은 좋은 날이니 그깟 소인배 때문에 기분 상하지 마시고
조금 있다 태황태후마마를 만나 뵙거든 즐겁게 해드리시옵소서!"

강희는 알았다는 듯이 머리를 끄덕였다. 곧 그의 잰걸음이 자녕궁에
울려 퍼졌다.

태황태후와 황태후는 강희가 언제 오나 기다리다 지쳐 떨어졌다. 두
사람은 약속이나 한 듯 의자와 침대에 각각 비스듬히 기대고 있었다. 그
때 강희가 짧은 팔다리를 씩씩하게 흔들면서 들어섰다. 그 뒤로는 노란
손수건을 들고 사뿐사뿐 걸어오는 소마라고와 손씨가 보였다. 두 사람
은 기뻐서 어쩔 줄을 몰랐다.

"정말 그럴 듯하구나! 어디 보자, 내 새끼."

황태후가 강희를 가슴에 와락 끌어안은 채 머리를 쓰다듬으면서 이것저것 묻기 시작했다.

"그래, 춥지는 않았어? 이 어미가 오늘 같은 날에 먹으면 길하다는 음식을 많이 마련했단다. 어디 이것 한번 먹어 보거라!"

황태후가 탁자 위에 놓인 음식을 가리켰다. 이어 소마라고에게 지시했다.

"소마라고, 어서 가서 호랑이 털가죽을 가져다 황제에게 걸쳐주어라. 오늘 고생을 많이 했을 테니까!"

화기애애한 분위기가 한껏 무르익었다. 그 틈을 타 손씨가 조심스레 끼어들었다.

"역시 폐하께서는 위엄을 타고나셨나 보옵니다. 옆에서 지켜보는 저희도 다리가 후들후들 떨리는데, 폐하께서는 처음부터 끝까지 의젓하게 흐트러짐 없이 앉아 계시더라고요!"

소마라고가 호랑이 털가죽을 가져와 입혀줬다. 그러자 강희는 어른스레 거울 앞으로 걸어가 여러 각도로 비춰보았다.

"너무 마음에 들어요. 고맙습니다!"

황태후가 그런 인사치레는 굳이 하지 않아도 좋다는 듯 강희에게 어서 와 앉으라며 불렀다. 그런 다음 조심스레 태황태후에게 말했다.

"순치황제 때문에 다들 정신이 없었어요. 그런데 이제 한숨을 돌렸으니 강희에게도 적당한 스승을 붙여줘서 공부를 시작하도록 하는 것이 어떨까요?"

태황태후가 공감했다.

"나도 그 생각을 했네. 예전에 소마라고에게서 배운 것과는 차원이 다른 것들을 배워야 하니 좋은 스승을 물색해 봐야겠네. 하지만 무턱대고 서두른다고 될 일이 아니야. 우선은 입안의 혀처럼 수족이 될 사람이 필요해. 또 이런 일은 소마라고보다 더 잘 할 사람이 없다고 생각해! 소마라고, 내 말 무슨 뜻인지 잘 알겠지?"

소마라고가 급히 무릎을 꿇으면서 대답했다.

"태황태후마마의 명을 잘 받들 것을 맹세하옵니다! 하지만 노비, 드릴 말씀이 있사온데 감히 말씀드려도 되겠사옵니까?"

태황태후는 궁금한 모양이었다.

"뭔데? 어서 말해 봐."

소마라고가 침착하게 말을 이어나갔다.

"노비가 폐하께 해드릴 수 있는 것은 건강관리나 자질구레한 일을 챙겨드리는 것 외에는 없사옵니다. 자고로 사람 마음은 천 층, 만 층을 지나 구만 층에 이른다고 했사옵니다. 혹 어린 황제라고 얕잡아보고 호시탐탐 노리는 자들이 있을지도 모르니 유능한 시위를 붙여주는 것이 급선무라고 생각하옵니다."

소마라고의 말에 장내에 있던 사람들은 모두 깜짝 놀랐다. 황태후는 몸을 반쯤 일으키면서 다그치듯 물었다.

"밖에 무슨 안 좋은 소문이라도 돌고 있는 것인가?"

소마라고는 방금 오양보와 있었던 마찰을 자세하게 설명했다. 그러자 이번에는 태황태후가 물었다.

"그 오양보란 자는 도대체 뭘 하는 놈이야!"

그런데 황태후가 웬일인지 태황태후의 말을 끊으면서 황급히 화제를 돌리려 했다.

"사실 무슨 큰일이야 있었겠습니까! 소마라고와 손씨가 괜히 호들갑을 떨어서 그렇지 별일이 있는 것은 아닐 겁니다. 오양보가 오배의 양자라는 후광을 업고 조금 까불기는 하는 걸로 알고 있습니다만 제까짓게 뛰어봤자 벼룩이지 뭘 어떻게 하기야 하겠습니까. 왜혁이 있으니까 걱정할 게 없습니다."

황태후의 말에 태황태후는 한동안 침묵을 지키더니 천천히 입을 열었다.

"하지만 소마라고의 걱정이 기우는 아닐 거야. 오늘은 강희도 지쳤고 하니 다들 돌아가. 참 소마라고는 가서 황제의 시중을 들도록 하라."

강희는 일어서서 두 사람에게 허리를 굽혀 인사를 하고는 손씨와 소마라고의 뒤를 따라나섰다. 하지만 이내 홱 돌아서더니 엉뚱한 질문을 던졌다.

"태황태후, 황태후 마마! 대사면에 관한 얘기는 진행하고 있나요?"

황태후는 갑자기 정색한 표정을 한 강희의 모습에 얼굴 가득 웃음을 머금었다.

"걱정 말고 가서 푹 쉬거라. 색니가 다 알아서 할 테니!"

강희는 그 대답을 듣자마자 소마라고와 손씨를 따라 성큼성큼 걸어갔다.

3장
의리의 협객

　새로운 황제가 즉위하면 대개 대사면이 이뤄진다. 과거시험을 치러 인재를 선발하기도 한다. 이는 누구나 다 아는 불문율이라고 할 수 있었다. 때문에 공식적인 발표가 있기 전이었는데도 권력이라면 환장을 하는 사람들은 이 냄새를 귀신같이 맡을 수 있었다. 전국 각지에서 이런 야심가들이 줄을 지어 북경으로 향한 것은 그래서 전혀 이상할 것이 없었다. 당연히 이들을 태운 마차들은 꼬리에 꼬리를 문 채 북경으로 가는 길목에 줄줄이 늘어서 있었다. 봄날의 강가에는 아지랑이가 하늘하늘 피어오르고 있었다. 토실토실한 감자처럼 얼굴이 부풀어 오른 동네 꼬마들은 나무를 대충 깎아 만든 썰매를 들고 강가에서 놀고 있었다. 그들은 뿌지직대면서 녹아내리는 수면이 못내 아쉬운지 강 가운데를 한참이나 바라보고 있었다.

　겨우내 무척이나 추위에 움츠렸던 열봉점에도 봄을 맞아 손님들이 삼삼오오 찾아오기 시작했다. 대부분 과거를 보러온 선비들이었다. 혼자서 이층 방을 세 개씩이나 차지하고 있던 오차우로서는 미안한 마음이 들지 않을 수 없었다. 그는 곧 명주를 불러 같이 한 방을 쓰는 결정을 내렸다. 둘은 여전히 죽이 잘 맞았다. 밤이 새는 줄도 모르고 시를 읊조리거나 논쟁을 벌였다.

그 날은 용이 기지개를 켠다는 음력 2월 2일이었다. 명절은 아니었으나 기분만 따라준다면 어떻게든 놀러 다닐 명분을 만들 수는 있는 날이었다. 오차우도 그랬다. 명주를 살살 꼬드겨 바람이라도 쐬고 싶어 근처의 서산西山으로 향한 것이다. 봄이라곤 했으나 아직 일렀다. 그래서인지 바람이 약간은 차가웠다. 두 사람은 나뭇가지에 연초록 싹이 움트는 거리를 산책하다 어느덧 서쪽 강변인 서하西河까지 걸어왔다.

가는 날이 마침 장날이었다. 명나라 때는 부두였던 이곳이 번화가로 변했던 것이다. 주변에 가게들이 즐비했고, 각종 잡동사니들이 없는 것 빼고는 다 있는 듯했다. 나름 역사가 깃든 붓과 벼루, 궁중에서 누군가가 몰래 훔쳐냈을 법한 금수저와 은수저, 금으로 장식한 골동품 같은 비싼 물건들이 주인을 기다리고 있었다. 외국에서 들여온 갖가지 진귀한 물품, 명망가들의 서예작품 등도 역시 주인을 찾고 있었다.

그러나 두 사람은 체질적으로 시끌벅적한 시장이 질색이었다. 번지수가 틀린 것이었다. 둘은 간신히 인파를 헤집고 밖으로 나왔다. 명주는 오차우의 기분이 별로 좋지 않다는 것을 느꼈는지 조용한 곳으로 가자면서 그의 옷을 잡아끌었다.

두 사람이 어디로 갈까 생각하고 있을 때였다. 갑자기 길 왼쪽에서 왁자지껄하는 소리가 들려왔다. 수시로 사람들의 환호성과 함께 박수도 터져 나왔다. 호기심이 동한 명주가 사람들 사이를 비집고 들어갔다. 안에는 40대 중반의 남자와 아직 어려 보이는 여자애가 유랑곡예단 옷차림을 한 채 무술 시범을 보이고 있었다. 남자는 웃통을 벗어던진 채 기다란 머리채를 목에 감고 두 손으로 반 토막짜리 벽돌을 움켜쥐고 있었다. 남자는 사람들의 시선을 다 모았다고 생각했는지 표정을 일그러뜨린 채 손가락에 힘을 주었다. 그러자 순식간에 벽돌이 가루가 돼 손가락 사이로 쏟아져 내리는 것이 아닌가! 정말 보기 드문 볼거리였다. 사람들은 가던 길을 멈추고 환호성을 터뜨렸다.

남자는 구경꾼들의 탄성에 신이 난 듯했다.

"먹고 사는 것이 뭔지 앉아서 굶어죽을 수는 없더라고요. 배운 게 도둑질뿐이어서 이 짓을 하고 있습니다. 서툰 동작일지라도 재미있게 봐주신다면 감사하겠습니다!"

말을 마친 남자는 옆에 있는 여자애를 가리키면서 말을 이었다.

"이 애는 제 딸 사감매史鑒梅입니다. 올해 열일곱 살입니다. 아직 시집은 안 갔죠. 하지만 오늘 이 자리에서 누구라도 이 애와 겨뤄 이긴다면 그 사람에게 첩으로라도 보내드릴 것을 약속드리겠습니다."

명주는 여자애의 얼굴이 이상하게 낯이 익었다. 그는 오차우에게 조금 구경하고 가자고 졸랐다.

도리 없이 명주를 따라간 오차우는 여자애를 주의 깊게 살펴봤다. 무척이나 수줍어하고 앳돼 보이는 얼굴이었다. 하지만 어딘가 감히 범접 못할 위엄이 있었다. 예쁘다고 하기는 어려웠으나 꽤나 매력적인 얼굴이었다.

소녀는 아버지의 말이 끝나기 무섭게 가운데로 나와 두 손을 맞잡은 채 좌중을 둘러봤다. 이어 깍듯하게 인사를 한 다음 준비 동작을 하기 시작했다. 먼저 채 한줌도 되지 않는 가느다란 허리를 가볍게 움직였다. 곧 몇 가지 기초 동작이 이어졌다. 몸 풀기 동작 몇 개만 보더라도 소녀의 실력은 보통이 아니었다. 그것은 무예에 일가견이 있는 사람이라면 바로 알 수 있을 정도였다. 구경꾼들이 그녀와 겨룰 내용은 간단했다. 어떤 수단을 동원해서라도 땅바닥에 버티고 서 있는 그녀를 한 발짝이라도 움직이게 하면 이기는 것이었다.

가볍게 몸을 푼 그녀가 곧 한바퀴 돌았다. 상대를 기다리겠다는 의사였다. 장내에는 서로 밀치고 당기면서 한바탕 소란이 일었다. 곧 건장하게 생긴 한 사내가 앞으로 나섰다. 구경꾼들에게 떠밀려 나온 남자였다. 사내는 소녀와 마주 서자 얼굴을 붉혔다. 그래도 한번 겨뤄 보겠노라는 말은 잊지 않았다.

사람들의 환호 속에서 힘겨루기는 시작됐다. 사내는 젖 먹던 힘까지 다해 소녀를 잡아당겼다. 그러나 그녀는 땅에 못 박혀 있는 듯 버티고 선 채 꼼짝도 하지 않았다. 사내의 얼굴은 갈수록 일그러졌다. 아무리 막무가내로 밀고 잡아당겨 보아도 허사였다. 그녀는 여전히 방실방실 웃고 있었다. 남자는 얼굴이 붉으락푸르락해져서 도대체 꼴이 말이 아니었다. 소녀는 한참 승강이를 하고 나자 더 이상 재미가 없는지 한 손으로 그녀의 옷자락을 움켜쥐고 있던 남자의 가슴팍을 확 밀쳐냈다. 그러자 남자가 두어 번 허우적거리는가 싶더니 육중한 몸을 가누지 못하고 쿵 쓰러졌다. 구경꾼들의 박수가 터져 나왔다. 체면이 구겨질 대로 구겨진 사내가 얼굴을 찡그리면서 일어서자마자 항의했다.

"얕은수를 써서 사람을 밀어뜨리면 안 되지!"

소녀의 아버지가 옆에서 말없이 지켜보다 입을 열었다.

"아쉬우면 다시 한 번 붙어 보세요."

남자는 악을 바락바락 쓰면서 달려들었다. 이번에는 체면을 만회해 보려는 것 같았다. 하지만 그는 이내 후회했다. 아무리 해 봐도 소녀는 꼼짝도 하지 않았다. 그가 다시 한 번 엉덩방아를 찧느니 깨끗이 물러나는 것이 낫겠다는 생각을 하고 있을 때였다. 보다 못한 소녀의 아버지가 한마디 툭 던졌다.

"젊은 친구, 친구들이 같이 왔으면 합심해서 한번 당겨보게나."

남자는 체면이고 뭐고 가릴 상황이 아니었다. 이내 구경꾼들 사이에서 자신의 친구들을 불러냈다. 곧 30대 초반의 건장한 남자 세 사람이 걸어 나왔다. 구경꾼들은 은근히 소녀가 걱정이 됐다. 자신들도 모르게 땀이 밴 손을 꼭 쥐었다.

그러나 소녀는 태연했다. 아주 천연덕스럽게 노끈 두 개를 꺼낸 다음 한 손에 하나씩 들고 네 끝자락을 네 명의 건장한 사내들 손에 쥐어주었다. 네 명이 한 사람을 끌어당기는 시합이었다. 그러자 사내들 가운데 한 사람이 투덜거렸다.

"만약 이 여자가 손을 놓아버리면 우리는 어떻게 되겠소. 우리 엉덩이는 시퍼렇게 멍이 들 텐데."

소녀의 아버지가 껄껄 웃음을 터트렸다.

"누가 손을 먼저 놓거나 하면 그건 반칙이오."

누가 봐도 불 보듯 뻔한 시합이 다시 시작됐다. 그러나 아니었다. 남자들이 눈앞이 캄캄해지도록 있는 힘껏 잡아 당겨도 허사였다. 그들은 괜히 객기를 부린 자신들을 탓하지 않을 수 없었다. 그때 소녀가 갑자기 노끈을 안으로 잡아당기는 척하더니 느닷없이 힘을 주면서 두어 번 세차게 흔들었다. 엉겁결에 놀란 남자들이 노끈을 놓아버리고 뒤로 벌렁 넘어가 버렸다. 아슬아슬한 광경을 지켜보던 구경꾼들은 연신 환호성을 보냈다. 소녀의 아버지는 이때다 싶어 동전 한 푼이라도 달라며 사발을 들고 빙빙 돌았다.

바로 그때였다. 어디에서 한바탕 요란한 말발굽 소리가 들려왔다. 이어 험상궂게 생긴 사내 몇 명이 채찍으로 사람들을 내리치면서 길을 비키라고 고함을 내질렀다.

"저리 꺼지지 못해? 꺼지라고! 목리마穆里瑪 대인이 행차하셨다!"

사람들은 목리마라는 말에 혼비백산했다. 순식간에 모두들 뿔뿔이 흩어졌다. 명주 역시 목리마의 행패를 귀가 따갑게 들어오던 터였다. 우선 피하고 볼 일이었다. 그는 슬그머니 오차우의 옷자락을 잡아당겼다.

"형님, 여기 더 있어봐야 좋은 꼴 못 봐요. 어서 자리를 뜨자구요."

그러나 오차우는 비겁한 사람이 아니었다. 특히 남이 어려운 상황에 몰릴 수도 있을 때는 더 말할 나위가 없었다. 아나나 다를까, 목리마는 말에서 내리자마자 채찍을 졸병에게 던져주고는 몇 가닥 안 되는 턱수염을 만지작거리면서 사감매 부녀 앞으로 다가섰다.

"노인장, 당신 딸인가?"

사감매의 아버지는 앞의 사람을 건드려봤자 전혀 득이 될 게 없다고 생각했다. 바로 공손한 어조로 대답했다.

"어르신께 아룁니다. 이 애는 저의 딸로, 감매라고 합니다."

"그래? 몸매 하나는 좋은 것 같은데?"

목리마의 얼굴에는 기름기가 번드르르했다. 유들유들한 웃음도 머금고 있었다.

"몇몇 장정들이 이 아가씨와 겨뤄서 엉덩방아만 찧었다는데, 그게 사실인가?"

사감매의 아버지가 급히 변명을 했다.

"아닙니다. 하도 생계가 막막해서 무작정 데리고 나왔을 뿐입니다. 저 애가 하는 것은 무예라고 할 수도 없는 것입니다."

목리마가 뱁새 같은 눈을 치켜떴다. 그리고는 사감매를 음흉한 눈빛으로 훑어봤다. 이어 졸병들에게 물었다.

"이 애 좀 쓸 만한 것 같지 않은가? 아무튼 한번 겨뤄보고 싶군!"

목리마는 말을 마치자마자 무작정 사감매를 거칠게 잡아당겼다. 그렇다고 무서워할 사감매가 아니었다. 그녀는 몸을 약간 움츠리면서 품에서 비단 조각을 꺼냈다. 그래도 목리마는 음흉하게 웃으면서 그녀를 잡아당기려고 했다. 그러자 자신만만하던 사감매가 갑자기 손을 움츠리면서 가볍게 옆으로 비켜섰다. 그녀의 입에서 바로 싸늘한 냉소가 터져 나왔다.

"수작 부리지 말아요. 실력으로 승부하라고요!"

구경꾼들은 영문을 알 턱이 없었다. 그저 서로 마주보면서 무슨 일이냐고 떠들어대기만 했다. 하지만 사감매의 아버지는 고수였다. 사태가 심상찮게 돌아간다는 사실을 간파하고는 얼른 목리마에게 다가갔다.

"어르신, 우리가 졌습니다. 한 번만 봐주세요."

"봐달라고? 뭘 봐달라는 거야?"

목리마가 너털웃음을 지으면서 덧붙였다.

"내가 도대체 무슨 수작을 부렸다는 것인지 한번 말해 보게. 이 아가씨는 내가 좋은 것 같은데! 따라가고 싶어 일부러 지는 척하는 것이 분명해. 안 그래?"

사감매의 아버지는 급한 마음에 목리마의 팔을 붙잡았다.

"어르신, 솔직히 방금 독침을 사용한 것은 사실이잖아요."

목리마가 귀찮다는 표정으로 손을 가로저으면서 뇌까렸다.

"쓸데없는 소리 하지 마. 죽고 싶지 않으면 빨리 길이나 비켜!"

목리마가 손짓을 하자 두 명의 졸병이 바로 움직였다. 눈 깜짝할 사이에 사감매를 납치해 말 위에 앉히려고 했다.

오차우는 이 위기일발의 순간 "잠깐만!" 하고 외치면서 길을 막고 나섰다. 그는 먼저 두 손을 맞잡고 공손히 인사를 건넸다. 그리고는 카랑카랑한 목소리로 말했다.

"목리마 대인, 나는 무예에는 전혀 문외한입니다. 이 아가씨와도 아무런 관계가 없는 사람이고요. 하지만 아까부터 쭉 지켜봤는데, 지체 높은 어르신이 너무 막무가내로 나오는 것 같습니다. 그래서 이렇게 어르신의 앞길을 막고 나섰소. 어르신이면 어르신답게 굴어야지, 이게 뭐요? 환한 대낮에 노약자나 힘없는 여자를 괴롭히는 게 무슨 어르신이오!"

목리마가 오차우를 아래위로 훑어봤다. 얼굴에 기가 막힌다는 표정이 어려 있었다.

"이건 또 어디서 굴러먹다가 온 개뼈다귀 같은 자식이야? 제 앞가림도 못할 선비인 주제에 뭘 믿고 까불어, 까불기는!"

오차우는 화가 머리끝까지 치밀었다. 적반하장이 무색하게 오히려 자신을 무시하는 목리마의 무례를 참을 수가 없었던 것이다. 조급해진 쪽은 명주였다. 그는 괜히 벌집을 쑤셔서 좋을 게 없다면서 오차우를 잡아끌었다. 하지만 오차우의 눈에는 이미 보이는 게 없었다.

"여기는 황제가 계시는 북경이오. 당신 같은 무자비한 인간이 마음 놓고 설쳐도 다리 쭉 뻗고 잘 수 있는 데가 아니라고! 누가 이기나 어디한번 끝까지 해보자고!"

오차우의 말이 채 끝나기도 전이었다. 목리마가 오차우를 향해 힘껏 채찍을 날렸다.

"이놈이 죽고 싶어서 환장을 했구먼! 이 년이 네 마누라라도 되느냐? 오늘이 네놈의 제삿날이 되는 줄도 모르고 덤비긴 어딜 덤벼?"

오차우는 팔의 통증을 참으면서 입을 앙다물었다.

"웃기고 있네. 바로 너 같은 미꾸라지가 이 세상을 온통 흙탕물로 만든다는 건 알고 있어?"

명주는 사태가 커지는 것이 두려웠다. 연신 오차우의 소맷자락을 잡아당기느라고 여념이 없었다.

"형님, 그만 해요. 똥이 무서워서 피하나요, 더러워서 피하는 거지."

두 사람이 서로 눈을 치켜뜨고 노려보고 있을 때였다. 한 청년이 사람들 사이를 비집고 앞으로 걸어 나왔다. 그는 사감매 앞으로 다가가 말없이 손을 잡아당겨 손바닥을 살펴봤다. 그녀의 손에는 독침에 맞은 흔적이 역력했다. 청년은 목리마 쪽으로 돌아서면서 말했다.

"목리마 대인, 이런 야비한 방법을 사용하면 되겠어요?"

목리마는 궁중 제복을 차려입은 청년을 쩨려봤다. 곧 그의 입에서 호통이 터져 나왔다.

"호적에 먹물도 안 마른 놈이 감히 이 어르신에게 야비하다는 말을 해?"

명주는 깜짝 놀랐다. 청년은 바로 위동정이었던 것이다. 그가 오차우에게 말했다.

"저 사람은 제 사촌형 위동정이라는 사람입니다."

오차우는 명주의 말에 고개를 끄덕였다. 얼굴에는 위동정의 언행에 대해 감탄하는 표정이 어려 있었다.

목리마는 위동정의 궁중 제복 차림이 유난히 신경 쓰였다. 그러나 화를 참을 수가 없었다. 그는 오배의 친동생으로, 형의 부름을 받고 북경으로 오는 길이었다. 오배는 얼마 전 동생이 지방에서 썩지 않고 황제의 주변에서 얼쩡거리는 아무 일이라도 맡으면 자신에게 도움이 될 것이라는 계산을 했었다. 그래서 무식하기 이를 데 없기는 했으나 동생을 불러들였던 것이다. 목리마는 평소에 형의 도움을 수없이 많이 받아온 터라 아무리 형제간이라고 해도 뭔가 보답은 해야겠다고 생각하고 있었다. 그러던 차에 마침 사감매가 눈에 들어왔다. 여자를 유난히 밝히는 형에게 줄 선물로는 완전 그만이라고 생각했다. 그래서 가던 길을 멈추고 평소대로 수작을 부린 것이었다. 그러나 가는 날이 장날이라고, 거지 같은 놈들이 기분을 잡치게 만들었다. 도저히 참을 수가 없었다. 물론 그는 제복 입은 청년을 잘못 건드렸다가 괜히 형에게 폐를 끼칠 수도 있다는 사실을 모르지는 않았다. 여차 하면 삼십육계 줄행랑을 쳐야겠다는 생각도 하고 있었다.

위동정은 목리마의 속셈을 미리 간파했다. 목리마의 졸병 두 명이 사감매를 끌고 가려고 하자 바로 행동을 개시했다. 그는 둘을 순식간에 걸어차 말 위에서 떨어뜨린 다음 사감매의 손을 부여잡고 냅다 뛰었다. 깜짝 놀란 목리마는 다른 졸병들을 황급히 다그쳐 위동정과 사감매 부녀를 쫓기 시작했다. 위동정은 안 되겠다고 생각했는지 가슴 속에서 뭔가를 한줌 가득 꺼냈다. 곧 그의 손이 휙 하늘을 갈랐다. 동시에 기세등등하게 따라붙던 목리마의 졸병들이 하나둘씩 비명을 지르면서 쓰러졌다. 만일의 경우를 대비해 늘 가지고 다니던 독침이 효과를 발휘한 것이다.

겨우 목리마를 따돌린 위동정은 가쁜 숨을 몰아쉬며 주변의 숲속으로 피신했다. 그는 목리마 일행을 따돌리자마자 땅바닥에 주저앉았다. 그리고 한참이 지나서야 자신이 구출해낸 사감매의 얼굴을 정면으로 바라보았다. 너무 급한 나머지 손을 잡고 달리기만 했지 그녀의 얼굴을 뜯어볼 경황이 없었던 것이다. 그런데 맙소사, 세상에 어찌 이런 일이! 위동정과 소녀는 서로 마주 보면서 입만 씰룩거릴 뿐 한동안 입을 다물지 못했다. 그야말로 기막힌 인생유전이 아닐 수 없었다.

원래 둘은 고향인 열하에서 살 때 서로 옆집에 살았던 이웃사촌이었다. 어릴 때는 매일 시간만 나면 머리를 맞대고 장난치면서 놀았던 사이였다. 당시 둘은 소꿉놀이를 하면서도 순수했다. 영원히 친하게 지내자면서 흙장난 때문에 시커멓게 된 손가락을 걸기도 했다.

사감매는 눈앞의 현실이 믿어지지 않는지 얼 빠진 사람처럼 한동안 멍하니 있었다. 그러다 눈물이 그렁그렁 맺힌 눈을 들어 애틋하게 불렀다.

"동정오빠? 분명히 동정오빠 맞죠? 아, 이렇게도 만날 수가 있는 거구나!"

사감매는 눈물을 비 오듯 흘렸다. 위동정 역시 어느새 눈가가 촉촉이 젖어 있었다. 그는 얼른 손수건을 꺼내 사감매에게 쥐어주었다.

"정말 거짓말 같아. 아까부터 같이 있었으면서도 서로 못 알아봤다는 것이 말이야!"

사감매는 그야말로 실컷 울었다. 한참을 울고 난 다음 어리둥절한 표정으로 있는 자신의 아버지에게 위동정을 소개했다.

"아버지, 이분이 바로 제가 항상 말씀드린 위동정 오빠예요. 열하에서 이웃해 살았었는데……."

사감매는 말을 끝까지 잇지 못했다. 그래도 위동정을 향해 돌아서면서 덧붙이는 것은 잊지 않았다.

"이분은 제가 재작년에 만나 양아버지로 모시기로 한 사용표史龍彪라는 분이에요. 이번에 북경에 온 것은……."

사감매가 말을 하다 말고 입을 닫았다. 양아버지 사용표가 그녀에게 몰래 눈짓을 한 것이다. 순간 그녀가 얼른 말머리를 바꿨다.

"사실은 동정오빠를 만나러 이번에 북경에 온 거예요."

"그래? 고명高名이 사용표라고요?"

위동정이 고개를 갸웃거렸다. 어디서 많이 들어본 이름 같았다. 그러다 갑자기 뭔가 생각난 듯 소스라치게 놀라면서 물었다.

"혹시 강호江湖에 그 이름도 고명한 철나한鐵羅漢 사 대협史大俠이 아니십니까?"

사감매의 양아버지가 쑥스럽다는 듯 웃었다.

"솔직히 사람들이 그렇게 대단하게 생각하고 불러서 그렇지, 아무런 능력도 없어요."

위동정은 궁금한 것이 많았다. 그가 다시 물었다.

"도대체 두 사람은 어떻게 만나게 된 건가요?"

사감매의 아버지가 땅이 꺼질 듯 한숨을 내쉬었다.

"모든 걸 말하자면 며칠 동안 밤을 새워도 다 못하죠. 댁 한 사람만 믿고 왔으니 얘기보따리는 나중에 천천히 풀기로 합시다. 우선 어디 사는지나 알려주시오."

위동정은 얼른 '호방교虎坊橋 동쪽 세 번째 집'이라고 대답했다. 하지만 그게 중요한 것이 아니었다. 우선 갈 길이 급했다. 그는 수레라도 타야겠다고 생각하고 주위를 살피면서 일어섰다.

"절대로 움직이지 말고 여기 그대로 계세요. 제가 얼른 가서 수레를 불러 올 테니까요."

위동정은 곧장 숲속을 헤치고 밖으로 나왔다. 하지만 공교롭게도 주위에는 수레들이 하나도 보이지 않았다. 조금 전 소동에 시장도 일찍 파하고 수레들도 영업을 포기하고 돌아간 모양이었다. 그래도 한참을 기다렸다. 다행히 수레 하나가 눈에 들어왔다. 그는 서둘러 수레에 올라 사감매 등이 기다리는 곳으로 향했다.

그는 수레꾼에게 잠깐 기다려 달라고 부탁하고는 숲으로 돌아왔다. 하지만 사감매 부녀는 보이지 않았다! 주위를 살펴본 그는 큰 소리를 질렀다. 그럼에도 둘의 자취는 찾을 길이 없었다. 둘이 앉았던 자리에서부터 시작해 주변에 이르기까지 샅샅이 뒤졌다. 겨우 사감매의 것으로 보이는 옥팔찌 하나가 그의 눈에 들어왔다.

위동정은 순간적으로 사태가 심상치 않게 돌아간다는 사실을 깨달았다. 자신이 자리를 비운 틈을 이용해 목리마가 사람을 풀어 잡아갔다는 확신이 들었다. 그는 자신이 아무리 넋 놓고 서 있어봐야 달라질 것이 없다고 판단했다. 곧바로 수레에 올라타면서 수레꾼에게 소리쳤다.

"빨리 자금성으로 갑시다!"

위동정은 황궁의 내무부로 들어와 일한 지 불과 2개월밖에 되지 않았다. 때문에 어려운 일을 부탁할 마땅한 사람이 없었다. 물론 어머니 손씨에게 부탁하면 일이 빨리 풀릴 수도 있었다. 그러나 아무리 머리를 쥐어짜도 어머니를 만날 길이 없었다. 그가 내무부 앞에서 고민을 하고 있을 때였다. 저 멀리 약간 안면이 있는 어차방御茶房(황제가 마시는 차를 담당하는 기관)에서 일하는 소모자小毛子(어린 아이의 흔한 아명)가 세월아 네월아 하면서 걸어오는 모습이 보였다. 그는 두어 번 본 적이 있는 소모자의 사촌형 문촌생文寸生이 내무부에서 힘깨나 쓰면서 일하고 있다는 사실을 순간적으로 떠올렸다. 순간적으로 소모자를 이용해보면 어떨까 하는 생각이 뇌리를 스쳤다. 내궁에서 차 심부름을 하는 소모자가 이 시간에 사촌형을 찾는 이유는 뻔했다. 도박을 좋아하는 그가 또 쥐꼬리보다 못한 녹봉을 통째로 날리고 형에게 돈을 빌리러 오는 것이 틀림없었다. 그는 스치고 지나가는 소모자를 황급히 붙잡았다.

"소모자, 사촌형한테 가는 거야?"

"그래요! 우리 형은 안에 있어요?"

위동정은 선의의 거짓말을 해야 했다. 어떻게든 소모자를 붙잡아두려면 그럴 수밖에 없었다.

"네 형은 지금 무지무지하게 바빠. 무슨 일인지는 모르겠으나 지금 가봤자 좋은 소리 못 들을 거야."

소모자는 위동정의 말에 풀이 팍 죽어 버렸다. 어깻죽지를 축 늘어트린 채 발길을 돌리려고 했다. 위동정은 기회는 이때다 싶어 잽싸게 물었다.

"무슨 일인데 그래? 어디 나한테 말해 봐. 나는 네 형과 평소에 호형호제하는 막역한 사이야. 들어보고 웬만한 일 같으면 내가 도와줄 수도 있어."

소모자가 인상을 찌푸렸다.

"쑥스러워 말이 안 나오네요! 어제 집에 가 보니 어머니가 아주 심하게 앓아누워 계시더라고요. 그런데 녹봉이 나올 날은 아직 멀었잖아요. 어쩔 수 없이 별소리 다 들을 각오를 하고 형을 찾아왔지 뭐예요."

위동정은 소모자의 말이 거짓말이라는 것을 모르지 않았다. 아마도 어머니 약 지을 돈까지 다 날리고 꾸며대는 말일 터였다. 그걸 알면서도 위동정은 가슴팍을 툭툭 치면서 호기를 부렸다.

"소모자, 너 오늘 진짜 운 좋은 줄 알아라. 나는 원래 주변 사람들이 부모님에게 효도한다면 빚이라도 내서 도와주는 성격이야! 말해 봐, 얼마면 되겠어? 넉넉하게 계산해서 잘 말하라고. 약도 짓고 맛있는 것도 사 드려야 할 테니까!"

소모자는 좋아서 어쩔 줄 몰라 했다. 어제 저녁 돼지꿈을 꾼 것도 아닌데 횡재도 진짜 이런 횡재가 없었다. 하지만 겉으로는 짐짓 점잖은 척했다.

"형도 넉넉하지는 않을 텐데 이거 미안해서 어쩌죠? 한 냥 반이면 충분해요."

위동정은 하하하 크게 웃으면서 대답했다.

"그것 가지고 뭘 하겠어? 이걸 가져 가. 다섯 냥이야. 이 정도면 맛있는 것도 사 드릴 수 있을 거야!"

호박이 넝쿨째 떨어진다는 말이 따로 없었다. 소모자의 입은 완전히 귀에 걸렸다.

"형 한 달 녹봉이라고 해봤자 이 정도밖에 안 될 텐데, 나한테 이걸 다 주면 나중에는 어떡하려고 그래요?"

위동정은 뭐 그걸 가지고 그러느냐는 표정으로 웃어보였다.

"우리는 형제나 다름없잖아. 안 그래?"

소모자가 돈을 받아들더니 자세를 갖춰 인사를 했다. 입에서는 은혜를 잊지 않겠노라는 맹세가 연신 터져 나왔다. 위동정은 그가 떠나려 할 때에야 비로소 넌지시 물었다.

"지금 어디 가는 거냐?"

"안에 들어가 봐야 해요. 오늘 당직이라 내일 아침은 돼야 다시 나올 수 있을 거예요!"

소모자가 말한 '안'은 다른 것이 아니었다. 바로 위동정의 어머니가 일하는 궁중이었다. 위동정은 배고플 때 하늘에서 떡이 우수수 떨어지는 것과 별반 다를 바 없는 기쁨을 느꼈다. 하지만 그는 아무렇지도 않다는 듯 "그래?" 하고 말하면서 다시 은근슬쩍 물었다.

"안에서 일하면 황제의 유모로 있는 손씨 알겠네?"

소모자는 당연한 걸 가지고 왜 그러냐는 듯한 표정을 지었다.

"손씨 모르면 안에서 일한다고 할 수 없죠. 손씨와 소마라고는 그냥 하인이라고 할 수 없는 분들이에요! 그런데 그건 왜 물어요?"

위동정은 그제야 무심한 듯 내뱉었다.

"사실 그 손씨가 우리 어머니야."

"그래요?"

소모자는 눈을 휘둥그렇게 떴다. 그러더니 갑자기 무릎을 꿇었다.

"나는 처음부터 형의 몸에서 귀티가 철철 흐른다고 생각했어요. 또 이렇게 큰돈도 시원스럽게 주시고! 알고 보니 형은 귀족의 혈통이었군요!"

위동정은 듣기가 거북해 서둘러 소모자의 수다를 막아버렸다.

"쓸데없는 소리 하지 말고 어서 가서 우리 어머니에게 내일 서각문西角門까지 잠깐 나왔다 가시라고 전해줘. 내가 급한 일이 있어서 그러니까 꼭 나오시라고 해야 해!"

"하늘이 무너져도 꼭 전하고 오겠습니다. 무조건 형한테는 잘 보이고 봐야 할 것 같으니까요!"

소모자는 말을 마치자마자 순식간에 연기처럼 사라졌다.

위동정은 다음 날 서각문 밖에서 족히 반나절은 기다렸다. 어머니 손씨는 거의 점심때가 다 되어서야 모습을 드러냈다. 황제의 유모는 황실의 규정에 따라 가족을 자주 못 만나게 돼 있었다. 집안일로 괜히 신경을 쓰거나 하면 젖의 품질에 문제가 생기기 때문이었다. 이 규제는 순치 때부터 어느 정도 완화되기는 했다. 그러나 가족을 마음대로 만날 수 없는 것은 여전한 현실이었다.

손씨는 옷깃을 여미면서 서둘러 서각문으로 나왔다. 오랜만에 보는 아들이었으므로 반가워해야 정상이었다. 그러나 그녀는 그러지 않았다. 오히려 일하는데 불러냈다고 꾸지람부터 했다.

"빨리 말해, 급한 일이라는 게 도대체 뭔지. 폐하의 시중을 들고 있는 중이라 빨리 가봐야 해. 별것 아니었다가는 혼날 줄 알아!"

위동정은 어머니의 진짜 속내를 모르지 않았다. 욕을 하면서도 여전히 웃는 얼굴이었다.

"어머니 생각에는 어머니 아들이 그것밖에 안 돼요? 어머니 처지를 뻔히 알면서 아무 일도 아닌 것 가지고 어머니를 불안하게 만들게요? 그게 아니에요. 감매가 놈들에게 붙잡혀가서 그래요!"

손씨는 느닷없이 사감매 얘기가 나오자 어리둥절해져서 다급하게 물었다.

"너, 지금 뭐라고 그랬어? 감매가 어떻게 됐다고? 그리고 감매는 어디서 만났는데? 그 애가 어쩌다가 잡혀갔어?"

위동정은 그제야 자초지종을 설명하기 시작했다. 손씨는 눈물을 머금고 아들의 말을 다 들었다. 말을 다 듣고서도 한동안은 침묵했다. 그러더니 혼잣말처럼 중얼거렸다.

"불쌍한 애지. 그 애 어머니가 죽으면서 내 손을 붙잡고 그렇게 울더라고. 저 어린 것을 이 살벌한 세상에 내버려두고 차마 못 가겠다고. 그때 나보고 잘 돌봐달라고 신신당부를 했어. 하지만 너나없이 살기가 힘들다 보니 내가 입궁하고부터는 관심을 전혀 못 가졌어. 그나저나 이 일을 어쩌면 좋아?"

위동정이 오히려 어머니를 위로해야 할 지경이었다. 하지만 방법이 없었다.

"이렇게 될 줄 알았더라면 감매한테 조금 더 상세하게 물어봤을 텐데."

손씨는 대책 없이 눈물만 흘렸다. 도움을 받으러 온 아들을 오히려 허탈하게 만들었다. 그러나 역시 윗사람답게 의연하게 입을 열었다.

"지금 당장에는 뾰족한 수가 나올 수가 없지. 앞으로 시간을 갖고 찾아보자. 그 애는 어릴 적부터 유난히 영리했어. 무슨 봉변은 안 당했을 거야. 기회를 봐서 나도 폐하께 한번 여쭤나 볼게."

위동정은 아무것도 얻은 것 없이 마음만 더 무거워졌다. 어머니를 뒤로 하고 돌아서는 발걸음도 천근만근이었다. 그가 몇 걸음 채 떼지 않았을 때였다. 손씨가 그를 불러 세웠다.

"얘야, 그냥 듣기만 해라. 폐하께서 너에게 궁 안의 일을 맡게 해주신다고 하셨어. 그렇게 되면 별로 눈에 띄게 좋아질 것은 없지만 신분상승의 기회는 얼마든지 있어. 너만 열심히 한다면 말이야. 하지만 만약 이 어미 얼굴에 똥칠을 하는 일을 저질렀다가는 그때는 너 죽고 나 죽어, 알았어?"

손씨는 속사포처럼 말을 쏟아낸 후 곧장 궁내로 들어가 버렸다.

오차우는 요즘 들어 통 기운이 없었다. 봄을 타는지 괜히 몸도 무거워 보였다. 기분이 울적해서 바깥바람을 쐬러 나갔다가 오히려 불쾌한 광경만 보고 돌아온 뒤로는 더욱 그랬다. 목리마의 안하무인과 자신의 무능함에 화가 났던 것이다. 연 며칠을 독방에 자신을 가둬놓고 신경질만 바락바락 냈다.

명주는 그런 오차우를 쳐다보고 있는 것이 불안했다. 뭔가 해줄 말이 없을까 고민도 적지 않게 했다. 그러다 겨우 한마디를 던졌다.

"형님, 과거시험이 곧 있을 텐데 왜 소식이 없는 거죠?"

오차우가 겨우 입을 열려고 할 때였다. 죽렴竹簾(대나무로 만든 발)이 걷히면서 하계주가 얼굴 가득 웃음을 띠고 들어섰다. 왼손에는 찬합을 들고 오른팔에는 커다란 항아리를 껴안고 있었다. 그는 찬합을 탁자 위에 올려놓은 다음 항아리를 조심스럽게 내려놓았다. 이어 오차우에게 인사를 올렸다.

"둘째 도련님, 올해는 봄철 과거시험이 없다고 하네요. 그렇다고 해서 인재들을 뽑지 않는 것은 아닙니다. 새로운 황제가 즉위한 만큼 각 부처에서 알아서 대량으로 선발할 예정이라고 하네요. 둘째 도련님은 아마 눈 감고 왼손으로 답을 써도 합격하실 겁니다. 걱정하실 필요 없습니다!"

하계주가 사람 좋게 웃으면서 찬합을 열었다. 3단으로 된 찬합에는 김이 모락모락 나는 자라요리와 떡이 한가득 들어 있었다. 또 두 번째 칸에는 무려 여섯 가지나 되는 찜이 입맛을 당기고 있었다. 방 안에는 삽시간에 먹음직한 향내가 감돌았다. 하계주는 음식을 꺼내 탁자 위에 놓으면서 입을 열었다.

"인재등용 시험을 앞두고 둘째 도련님이 잘 됐으면 하는 소인의 바람을 담아 정성껏 마련한 음식입니다. 변변치는 않더라도 많이 드셔주셨으면 합니다. 물론 도련님 집안이 유학을 숭상하는 만큼 이런 미신 같은 것은 믿지 않는다는 것은 압니다. 좀 유치하더라도 그냥 받아주십시오!"

말을 마친 하계주는 붓과 먹, 그리고 여의如意(일이 잘 되기를 기원하는 마스코트 같은 액세서리. 옥 등으로 만듦)를 꺼내놓았다. 하계주가 익살을 떨자 며칠 동안 착 가라앉았던 분위기는 말끔히 씻겨 내려갔다. 오차우 역시 기분이 좋아진 듯 환하게 웃었다.

"수고했네. 또 고맙고. 그러나 격식 차릴 것은 없네. 뱃속을 든든하게 채우는 것이 우선일세. 명주, 계주! 쓸데없는 격식 차리지 말고 어서 다 같이 앉게."

하계주는 오차우의 기분이 좋아지자 자신도 즐거웠다. 그 기분은 얼굴 표정에도 여실히 드러나고 있었다. 게다가 평소에는 어림도 없던 동석까지 하게 됐으니 더욱 기분이 좋아졌다. 갑자기 자신의 신분이 일거에 하늘로 치솟는 것 같은 착각에 휩싸였다. 그가 오차우의 옆에 엉덩이를 딱 붙이고 앉은 채 옆의 일꾼에게 지시했다.

"어서 술을 데워놓도록 해라. 그리고 가흥루嘉興樓에 가서 취고翠姑(취 아가씨라는 뜻)도 좀 빨리 오라고 하고!"

오차우는 하계주의 말에 깜짝 놀랐다. 가흥루와 취고라는 말이 뜻하는 바를 알았던 것이다. 그는 질겁하며 하계주를 말렸다.

"그러지 마, 그러지 말라고. 그냥 마시는 건 좋아. 하지만 그런 건 싫네. 게다가 지금은 국상國喪 기간이 아닌가!"

하계주는 오차우가 뭘 오해하고 있다고 판단했다.

"아무튼 둘째 도련님은 알아줘야 한다니까요! 취 아가씨는 술집에서 일하는 여자가 아닙니다. 그 날 그 날 기분에 맞춰 좋은 노랫말과 곡을 만들어 주흥을 북돋워주기로 유명한 아가씨죠. 술을 파는 여자들과는 차원이 다릅니다. 그리고 말이 났으니까 하는 말인데요, 선제先帝의 장례식이 뭐 문제가 됩니까? 새로운 황제가 등극했잖아요. 적당히 먹고 마시고 논다고 한들 누가 뭐라고 하겠습니까? 어제 오배의 집에서는 가흥루의 막내를 데려갔다더군요. 오늘은 우리도 한번 둘째 도련님을 위해 취 아가씨를 불러 즐겁게 놀아보는 것도 필요한 것 아닐까요? 좋은 일을 앞두고 있는데 말입니다."

오차우는 한번 한다고 하면 반드시 하고야 마는 하계주의 고집을 너무나 잘 알았다. 못 이기는 척 응할 수밖에 없었다.

오차우는 뜨끈뜨끈한 술 석 잔을 연거푸 들이켰다. 찌푸려졌던 미간은 어느새 활짝 펴졌다. 약간 알딸딸한 기분에 술잔을 탁자 위에 내려놓으면서 마음속에 숨겨뒀던 얘기를 꺼내 놓았다.

"명예라는 것은 정말 도저히 종잡을 수 없는 것이야. 한없이 좋은 것 같아서 쫓아가다보면 어느새 신기루가 되어버리지. 더러운 쓰레기 같은 생각이 들어 외면하면 또 짓궂게 뒤쫓아 오고 말이야."

오차우의 말에 명주가 머리를 갸웃거렸다. 그러더니 술 한 잔을 마신 다음 질문을 던졌다.

"그러면 형님, 명예가 좋다는 것은 뭘 의미하는 건가요?"

"너는 말해도 아직 모를 거야. 계주한테 물어보면 아마 잘 가르쳐줄 거야."

오차우가 귀찮은지 하계주에게 공을 넘겼다. 하계주는 오차우가 자신의 이름을 들먹이면서 명주의 선생 노릇을 하라고 말하자 으쓱해져서 입을 열었다.

"나라에 도움이 되는 쓸모 있는 인재가 되라! 이 말은 양주에 계시는 우리 오 어르신의 좌우명이었어요. 도련님은 잘 모를 수도 있겠습니다만 오차우 도련님 가문은 칠대에 걸쳐 네 명이나 과거시험에 급제한 집안이에요. 또 진사도 서른 명이나 배출했어요. 그야말로 어마어마한 가문이죠. 그러니 양주 일대에서는 오 어르신네를 모르는 사람이 없어요. 어느 정도 뼈대 있는 가문인지는 도련님의 상상에 맡기겠어요. 이런 면만 보면 권력과 명예는 누구나 한 번쯤은 탐낼 만한 것이 아니겠어요?"

말을 마친 하계주는 누구에게 권할 새도 없이 술잔을 연거푸 입에 털어 넣었다. 오차우는 하계주의 말이 싫지는 않았는지 박수를 치면서 맞장구를 쳤다.

"명예라는 것은 집 나설 때 수레 백 대가 줄을 잇는 것이 아닐까? 또 일백 칸 궁궐에 열두 첩을 거느리는 것도 명예를 상징하는 것일 테고. 마른기침 한 번에 백관들이 엎드릴 수도 있지…… 뭐 대충 그런 것 아닐까? 나도 누군가에게서 귀동냥해서 들은 말이야. 잘은 모르겠으나 대개 이런 것이라고 봐야겠지."

명주는 오차우의 가문이 하계주의 말처럼 진짜 그렇게 대단한 줄은 몰랐다. 그는 진심으로 기뻐하면서 술 한 잔을 쭉 들이켰다. 곧 권커니 잣거니 하면서 술자리가 무르익어갔다. 그때였다. "취 누나, 여기에요!"라고 말하는 하인의 목소리가 들려왔다. 그와 함께 죽렴이 걷히면서 취고가 안으로 들어섰다. 하계주가 급히 일어서면서 취고를 반겼다.

"취 아가씨, 그동안 안녕하셨어요? 여기 이분이 우리 둘째 도련님이세요. 먼저 인사부터 올리세요!"

취고가 얼굴에 수줍은 웃음을 머금은 채 오차우와 명주를 향해 큰절을 올렸다. 아가씨라고 하기보다는 말괄량이 소녀라는 호칭이 더 어울릴 법한 모습이었다. 오차우와 명주는 그녀를 직접 보게 되자 하마터면 웃음을 터뜨릴 뻔했다. 그녀는 고작해야 열여덟, 아홉 살 정도밖에는 안 돼 보였다. 청순한 얼굴에는 화장기가 전혀 없었다. 생머리에 장신구 같은 것도 달려 있지 않았다. 오차우는 약간 어색한 기분이 들었다. 하지만 활달하고 순진한 취고가 싫지는 않았다. 취고가 오차우의 그런 생각을 아는지 모르는지 술좌석을 둘러보고 나서 입을 열었다.

"오늘 이 자리는 둘째 도련님을 위해 마련된 것이라고 들었는데요?"

오차우가 급히 손을 내저었다.

"그런 것에 구애받지 말아요. 모처럼 기분 좋게 만난 자리 아닙니까. 그러니 이것저것 골치 아프게 격식 따지지 말고 놀기나 합시다."

"도련님의 따뜻한 말씀 고맙습니다. 하지만 저는 술맛을 돋우기 위해 온 사람입니다. 마음껏 드세요. 먼저 퉁소를 불어드리겠습니다."

취고가 미리 준비해온 듯 품에서 퉁소를 꺼내들었다. 그러자 명주가 나섰다.

"취 아가씨는 그러지 말고 노래를 부르세요. 퉁소는 내가 불죠."

명주는 말을 마치기 무섭게 취고에게 넘겨받은 퉁소를 불었다. 취고는 "정말 훌륭한 솜씨네요!"라면서 찬탄을 금치 못했다. 그녀는 퉁소의 리듬에 따라 노래를 부르기 시작했다. 맑고 청아한 목소리였다. 노래는 연달아 두 곡이나 이어졌다.

장내의 분위기는 달아올라 화기애애해졌다. 이 날 이 자리에서만큼은 지위고하, 연배와 학식의 차이는 없었다. 수많은 벽은 순식간에 허물어졌다. 모두들 마음대로 망가지고 흐트러졌다. 바로 그때였다.

"다들 너무 하는군. 나만 쏙 빼놓고 즐기고 말이야!"

그 소리와 함께 누군가가 문을 열고 들어섰다.

4장
야심한 밤에 열붕점을 찾은 강희

소탈하게 웃으면서 들어선 사람은 다름 아닌 위동정이었다.

"이봐, 명주 동생! 얼굴 한 번 보기가 이렇게 힘들어서야 되겠어?"

오차우 등은 위동정의 말에서 그가 명주를 찾아온 손님이라는 사실을 확인할 수 있었다. 모두들 자리에서 일어나 인사를 했다. 오차우 역시 그가 지난번 시장 바닥에서 목리마와 싸울 때 용감하게 나섰던 청년인 것을 바로 알아차렸다. 인사에서부터 반가움이 물씬 묻어났다.

"어서 오세요. 지난번 나는 진정한 영웅을 봤어요. 진짜 다시 만나고 싶었죠. 우리는 아무래도 보통 인연이 아닌가 봅니다! 오늘은 여러모로 좋은 날이니까 잔칫날이 따로 없다고 해야겠네요. 술이나 한잔 합시다."

오차우는 말을 마치자마자 위동정을 자리에 눌러 앉혔다. 그리고 술을 권했다. 그러나 위동정 뒤에 따라 들어온 열 살쯤 돼 보이는 소년에게는 누구도 관심을 기울이지 않았다. 화려하게 차려 입지는 않았으나 어딘가 모르게 귀티가 철철 흘러넘쳤다. 소년을 유심히 살펴보던 취고가 급기야 궁금증을 참지 못하고 위동정에게 물었다.

"위 어르신과 같이 오신 이 귀공자는 누구예요?"

위동정은 웬만하면 모르는 척하고 지나치려고 했다. 그러나 굳이 주위의 관심을 불러 일으킬 필요는 없었다. 그는 미리 정해진 각본대로 입을 열었다.

"내가 모시고 있는 분의 늦둥이에요. 용공자龍公子라고 하죠. 같이 바람 쐬러 나왔다가 여기까지 온 김에 같이 들어오게 됐죠. 용공자, 좀 놀다 가도 되죠?"

용공자는 자신에 대한 소개가 끝나자 바로 일어서서 손을 맞잡은 다음 여러 사람에게 차례로 인사를 올렸다.

"모처럼 만난 것 아닙니까. 오래 놀다 가도 괜찮아요."

소년은 열 살쯤 먹은 어린애로 보기에는 너무 어른스러웠다. 게다가 꽤나 곱게 생겼다. 어디 그뿐인가. 위동정도 함부로 대하지 않고 깍듯이 예의를 갖추고 있었다. 그 모습을 보고 사람들 역시 소년에게 각별히 신경을 썼다. 오차우가 자리를 권하면서 용공자를 불렀다. 위동정도 재빨리 용공자를 맨 위의 손님 자리에 앉혔다.

"지위로 보면 용공자가 제일 높죠. 그러니 상석에 앉는 것이 당연합니다."

위동정의 말에 소년은 황급히 손을 내저었다.

"집에서라면 그럴 수 있죠. 하지만 이런 장소에서는 그게 오히려 불편하게 느껴져요."

용공자가 말을 마치면서 취고의 옆자리에 앉았다. 그는 자신들이 불쑥 들어왔기 때문에 오차우 등의 그럴 듯한 대화가 끊겼다고 생각했다.

"방금 들어올 때 들으니 오차우 선생님께서는 명예에 대해 열변을 토로하시는 것 같더군요. 아주 재미있게 들었어요. 우리를 의식하지 마시고 계속 말씀하세요."

오차우가 다시 자리에 앉았다. 점점 술기운이 오르는 듯했다. 술을 마셔서 그런지 평소와 다르게 말이 많아지고 있었다. 게다가 용공자의 칭찬에 고무되어 더욱 열변을 토했다.

"나는 그 말이 참 마음에 들어. '모든 관리는 백성들의 노예가 돼야 한다'는 말 말이야. 유하동柳河東이라는 사람이 했던 말이지. 진정 이 말이 사실이라면 관리들은 백성들을 위해 분골쇄신도 각오해야 해. 하지만 어떻게 된 일인지 요즘은 그렇지가 않아. 바로 그게 문제야."

오차우의 말에 용공자가 물었다.

"모든 관리들이 황제의 노예라는 말은 들어봤어요. 그러나 백성들의 노예라는 말은 처음 들어보네요."

오차우의 얼굴에 자신의 말에 진지하게 귀를 기울이는 소년이 기특하다는 표정이 어렸다.

"나는 천자와 백성의 관계는 바로 입술과 이빨의 관계와 같다고 봐요. 순망치한脣亡齒寒이라는 말이 괜히 나온 것이 아니죠. 자고로 민심을 얻는 자는 흥하고, 민심을 거스르는 자는 망하게 되어 있어요. 천자나 황제도 마찬가지예요. 이것은 만고불변의 우주 법칙과도 같은 것이오."

위동정은 여과 없이 마구 튀어나오는 오차우의 말을 조마조마하게 들었다. 그러면서 사이사이에 용공자의 눈치도 살폈다. 그러나 용공자는 아무렇지도 않은 듯했다. 오히려 바싹 다가앉으면서 귀를 쫑긋 세웠다. 그제야 위동정은 마음을 놓았다.

술 취한 사람의 기본 생리는 아주 간단하다. 단 한 사람이라도 자신의 말을 들어주는 사람이 있으면 했던 말을 열두 번 곱씹는 한이 있어도 아쉬워서 말문을 닫지 못한다. 오차우 역시 그런 면에서는 예외가 아니었다. 용공자가 두 눈을 반짝이며 자신의 말을 들어주자 완전 신이 났다. 연이어 시키지도 않은 말을 늘어놓기 시작했다.

"예로부터 인재를 선발하는 시험제도는 오늘의 과거시험에 이르기까지 수도 없이 바뀌었어요. 그래도 옛날의 선비들은 자존심이라는 것이 있었어요. 아니다 싶은 것은 칼이 목을 겨눠도 아니었죠. 줏대가 있어 군주라도 마음에 들지 않으면 섬기기를 거부했을 정도였다고요. 그러나 지금의 선비들은 옛 사람들의 발뒤꿈치도 못 따라가요. 지금 선비들은 머리에 허영심만 가득한 골 빈 선비들이에요. 돈 보따리나 싸들고 관청을 기웃거리는 것이 고작이에요. 이러니 나라 돌아가는 꼴이야 불 보듯 뻔한 게 아니겠어요?"

하계주는 술이라면 사족을 못 쓰는 위동정이 처음부터 술을 입에 대다말다 한다는 것을 별로 어렵지 않게 눈치챘다. 그가 고개를 갸웃거리면서 물었다.

"위 어르신은 둘째가라면 서러워 할 주량을 가지고 있다고 명주 도련님이 늘 입버릇처럼 말하고 다녔어요. 그런데 오늘은 술이 별로 받지 않는 모양이죠?"

위동정이 하계주의 말에 깜짝 놀라 황급히 대답했다.

"저는 술을 끊은 지 한참 됐습니다. 건강이 조금 안 좋아서요. 그러나 오늘은 특별히 기분 좋은 날이라 에라 모르겠다는 심정으로 몇 잔 마시기는 했네요."

용공자가 위동정에게 술을 권했다.

"그러지 말고 오늘 사나이의 자존심을 걸고 저 분과 한번 겨뤄보지 그래요!"

명주는 위동정이 거짓말을 한다는 사실을 즉각 알아차렸다. 곧바로 짓궂게 술을 권했다.

"술꾼이 술을 마다하는 경우가 어디 있어! 용공자가 괜찮다고 하잖아. 이제는 발뺌을 할 수 없겠지?"

위동정은 용공자와 잠시 시선을 주고받았다. 그리고는 어쩔 수 없다는 듯 잔을 들었다.

"목숨을 걸고 한번 해보는 수밖에 없네요."

이미 거나하게 취한 하계주가 빙그레 웃으면서 자리를 떴다. 이어 한참 후에 뭔가를 가지고 왔다. 글씨가 쓰여 있는 대나무 조각이 들어 있는 통이었다. 아마도 그냥 마시는 것이 심심하다고 생각해서 제비뽑기 내기를 하려는 모양이었다. 하기야 진 사람에게 술을 마시게 하는 것도 남다른 재미가 있을 터였다. 사람들도 다들 좋아했다. 술기운이 도도하게 오른 오차우가 먼저 자리를 박차고 일어났다.

"찬물도 위아래가 있소. 내가 제일 형이니까 우선 시범을 보이겠소."

오차우가 먼저 대나무 조각 하나를 뽑아 손에 거머쥐었다. 모두들 약속이나 한 듯 어서 펴보라고 했다. 표정들이 조각에 뭐가 쓰여 있는지 무척 궁금해 하는 것 같았다. 오차우는 한참이나 뜸을 들였다. 그런 다음에야 손을 펴 보이면서 명주더러 읽어보라고 했다. 조각에는 '사람이 성품이 좋으면 누가 뭐라고 말하지 않아도 인심을 얻는다'라는 글이 쓰여 있었다. 또 그 옆에는 '말을 하지 않은 사람은 마시지 않아도 된다. 하지만 말한 사람은 벌주 석 잔을 마셔야 한다'라고 쓰여 있었다. 그러나 좌중에서 말을 하지 않은 사람은 아무도 없었다. 모두들 술을 마셔야 했다.

"이 방법 아주 지독하네요. 나는 도저히 할 수가 없어요! 우리 술을 마신 다음 다른 방법을 찾아봐요."

모두들 취고의 말에는 아랑곳하지 않고 경쟁이라도 하듯 술 석 잔을 단숨에 비웠다. 오차우와 명주, 하계주는 혀가 슬슬 꼬이기 시작했다. 취고의 얼굴 역시 발갛게 달아올랐다. 그녀가 다시 말했다.

"나는 이미 취했어요. 더 이상 못하겠어요!"

그러나 오차우는 술 취한 사람이 언제나 자기는 괜찮다고 하듯 아무렇지도 않다는 표정이었다.

"이 정도는 아무 것도 아니에요. 내가 예전에 양주에서 우리 형하고 마실 때는 날이 새는 줄도 몰랐어요. 세상 돌아가는 얘기하면서 그야말로 떡이 되게 마셨죠. 목에 핏대를 세워가면서 문학을 논하다보면 마셨던 술이 확 깨고는 했죠. 그러면 다시 마시고. 그게 술을 마시는 참맛이 아닐까요?"

오차우는 신바람이 났다. 손사래까지 치면서 열변을 토했다. 과거를 회상하니 감개가 무량한 모양이었다. 이때 눈을 지그시 감고 졸듯이 머리를 끄덕끄덕하던 명주가 갑자기 탁자를 부서져라 내리쳤다.

"우리는 불쌍한 술꾼이에요. 세상 돌아가는 얘기를 해야 하는데 전혀 할 말이 없으니. 그 도둑놈이 죽지 않는 한 이 나라는 희망이라고는 없어요! 안 그래요?"

"도둑놈이 누구입니까? 도둑놈이 이 나라하고 무슨 관계가 있어요? 그 놈이 어떻게 이 나라를 쥐락펴락 한다는 거예요?"

용공자가 호기심이 가득한 두 눈을 깜빡이며 물었다.

위동정은 조마조마했다. 얼굴에 당황한 기색이 역력했다. 그는 힐끔힐끔 용공자의 눈치를 살폈다. 명주를 그대로 놔뒀다가는 입에서 무슨 말이 나올지 불안했던 것이다. 그가 황급히 명주의 팔을 붙잡았다.

"동생, 오늘 너무 취한 것 같아. 지금 무슨 말이 나오는지도 모르고 막 내뱉는 거지? 내일 아침에 다시 들으면 기절할지도 몰라. 그만해!"

그러자 오차우가 위동정을 밉지 않게 째려보았다.

"뭘 모르면 가만히 있으시오! 명주가 틀린 말을 하는 게 아니오! 오배 그 놈이 청나라의 도둑놈이라는 말이오. 그 놈이 죽지 않으면 청나라 황실은 태평할 수가 없소!"

위동정은 흥분한 오차우를 부축해 자리에 눕히려고 했다. 그 순간, 용공자가 오차우에게 물었다.

"오배는 오랑캐를 물리치고 청나라를 세우는 데 혁혁한 전공을 세운 것으로 알려진 사람 아니에요? 그런데 갑자기 도둑놈이라뇨?"

오차우는 술기운에 몽롱해진 눈을 게슴츠레 떴다. 유난히 자신의 말에 호기심을 가지는 소년이 귀여운 모양이었다. 그가 히죽 웃으면서 대답했다.

"예로부터 권력자들치고 공로를 세우지 않은 자가 누가 있소? 하지만 나라를 쑥대밭으로 만든다면 어떻게 해야 하오? 사리사욕에 눈이 먼 자가 옛날의 공로가 있다고 해서 면죄부를 받을 수 있겠소? 더구나 그 자는 백성들을 죽음으로 내몰고도 추호의 반성도 하지 않고 있소. 여전히 만행을 일삼고 있소. 그런 자가 버젓이 활개치고 다니는 이놈의 세상이 정상이오? 말세지!"

오차우가 명주를 가리키면서 다시 위동정에게 말했다.

"멀리 갈 것도 없이 여기 산 증인이 있소. 동생 명주가 어땠는지 아시오. 단란하던 가정이 완전히 풍비박산이 났소. 거지가 돼 북경을 떠돌다가 얼어 죽을 뻔도 했었소. 이게 다 그놈 때문이라고! 어디 한번 두고 보자고. 이번 시험을 통해 내가 아주 그놈의 만행을 샅샅이 폭로해 버릴 거야."

오차우는 마치 생수를 마시듯 술병을 들어 꿀꺽꿀꺽 들이부었다. 명주도 자신의 처지가 한스럽게 생각되는 모양이었다. 얼굴은 이미 눈물 투성이가 돼 있었다. 어깨도 약간 들썩거렸다.

위동정은 더 있어봐야 좋을 것이 없다고 생각했다. 빨리 자리를 뜨는

게 상책이라고 판단했다. 그가 급히 자리에서 일어나면서 말했다.

"날이 저물었네. 우리 용공자 어머니께서 걱정하실 것 같아서 저는 이만 돌아가야겠어요. 용공자도 내일 공부를 해야 하니까요."

위동정은 용공자의 손을 잡고 서둘러 자리를 떴다.

위동정이 열붕점을 나섰을 때 주변은 어느새 어두워져 있었다. 그는 습관처럼 칼집에 손을 갖다 대면서 주위를 휙 둘러봤다. 이상한 기미는 보이지 않았다. 그제야 얼굴에 웃음을 띤 채 용공자로 신분을 위장한 강희에게 말했다.

"오늘 혀 깨물고 술을 안 마셨으니 망정이지 폐하를 모시고 나와 실수를 할 뻔했사옵니다. 만약 그랬다면 어머니한테 맞아 죽을 것이옵니다. 색액도索額圖(색니의 셋째아들) 대인께서 저를 잘 보셔서 이렇게 중임을 맡겨주셨는데, 어르신한테도 실망을 끼쳐드리게 됐을 거고요!"

강희는 위동정의 말은 듣는 둥 마는 둥 했다.

"좋은 친구들을 둔 자네가 부럽군. 많은 시간을 같이 보내도록 노력하게나. 배울 것이 많은 친구들인 것 같더군. 특히 그 오차우 선생은 여간 박식한 게 아니었어. 조만간 크게 될 인재였어."

위동정은 머리를 끄덕이면서 대답했다.

"오 선생은 정말 대단한 인물이옵니다. 가끔 지나치다 싶을 정도로 외골수가 돼서 그렇지만요."

강희가 그런 것이 뭐가 흠이 되겠느냐는 표정을 지었다.

"내 눈에는 그 사람의 약점도 장점으로 보이더군. 아무튼 나는 그 사람이 너무 마음에 들었어!"

강희가 한참을 말없이 걷기만 했다. 내내 오차우 생각을 하는 모양이었다. 그가 얼마 후 다시 조용히 입을 열었다.

"자네, 오차우 저 사람을 어디 다른 곳에서도 만난 적이 있나?"

위동정은 강희에게 얼마 전 시장에서 불의를 못 참고 뛰쳐나왔던 오차우에 대한 설명을 자세하게 해줬다. 강희는 얘기를 듣는 내내 얼굴에 미소를 띠웠다. 만족스러운 듯 머리도 끄덕였다. 강희가 사감매의 처지를 안타깝게 생각하는지 발걸음을 멈추면서 물었다.

"나중에 그 여자의 행방에 대해 들은 얘기가 있는가?"

위동정은 다시는 없을 기회가 왔다고 생각했다. 자신도 모르게 단도직입적인 말이 튀어나왔다.

"오배에게 붙잡혀 갔을 가능성이 높사옵니다. 폐하께서 관심을 가져주시니 소인이 빠른 시일 내에 잘 알아보고 보고를 올리겠사옵니다."

강희가 머리를 끄덕였다. 이어 뭔가를 말하려는 듯하다가 이내 입을 도로 다물어버렸다.

두 사람은 얘기를 나누면서 천천히 걸었다. 얼마 후 둘은 정양문正陽門에 도착했다. 아침에 황궁에서 나올 때 수행했던 시위들이 그곳에서 초조하게 서성이고 있었다. 그들은 황제가 무사히 돌아오는 것을 보고 대단히 기뻐했다. 누가 먼저라고 할 것도 없이 우르르 다가와 강희를 에워쌌다. 누구보다 마음을 졸였던 손씨가 황급히 강희에게 옷을 걸쳐주면서 위동정을 호되게 나무랐다.

"지금이 어느 때인데 이제야 오는 거야? 폐하께서 감기라도 걸리는 날에는 내 손에 죽을 줄 알아!"

위동정은 허리를 굽히고 선 채 머리를 깊숙이 숙였다. 이 모습을 지켜보던 강희가 위동정을 거들고 나섰다.

"너무 그러지 말아요. 짐이 노느라고 정신이 없어서 그런 거니까."

강희를 태운 가마는 어느새 황궁에 거의 가까이 다가가고 있었다. 그러자 강희가 내려서 걷고 싶다고 말했다. 그 말에 손씨가 간절한 어조로 말렸다. 안 그래도 그동안 속이 조마조마해져 있었으니 그럴 수도 있었다.

"폐하, 너무 어둡사옵니다. 또 바람도 차옵니다. 오늘은 그냥 들어가는 것이 좋을 듯하옵니다. 잘못하면 노비가 태황태후마마와 황태후마마께 크게 혼이 나옵니다. 조금만 봐주시옵소서, 폐하."

강희는 똑똑한 사람이었다. 항상 가슴을 옥죄고 기를 못 펴고 사는 하인들의 처지를 모를 리가 없었다. 그가 머리를 끄덕였다.

이윽고 강희 일행은 황궁 안에 도착했다. 언제부터 나와 있었는지 일행을 기다리는 소마라고의 모습이 보였다. 그녀는 말없이 강희를 부축해서 내려준 후 곤녕궁坤寧宮으로 데리고 들어갔다. 그녀의 안색은 여느 때와는 달리 그다지 좋지 않아 보였다. 말도 없었다. 강희가 그런 소마라고를 힐끔 쳐다봤다. 그는 자신이 늦게 와서 기다리다 못해 화가 났다고 지레짐작했다.

"높은 곳에 앉아 내려다만 볼 것이 아니라 낮은 곳으로 가서 서민들의 애환을 직접 체험하라고 그랬잖아. 그래 놓고 짐이 조금 늦게 왔다고 그렇게 화를 내면 되겠어?"

소마라고가 차를 따르면서 황급히 고개를 가로저었다.

"그래서가 아니옵니다, 폐하."

강희가 자세를 고쳐 앉으면서 머리를 갸우뚱거렸다.

"그러면 왜 그래? 점점 더 궁금해지잖아."

소마라고는 머리를 가볍게 흔들었다.

"노비도 자세히는 모르겠사오나 오늘 오후에 웬일인지 오양보가 사람을 풀어 왜혁 일행을 붙잡아 갔사옵니다. 뭣 때문에, 왜 그랬는지 전혀 짐작이 가지 않사옵니다!"

강희는 경악했다. 자신이 자리를 비운 반나절 사이에 이렇듯 엄청난 일이 벌어질 수가 있었다니! 오죽했으면 막 들이마시려던 뜨거운 찻물이 튕겨 나와 손등을 따갑게 했을까. 그러나 그는 그에 아랑곳하지 않고 다그치듯 물었다.

"왜혁은 선제 때부터 인정받은 충신이야. 누가, 무엇 때문에 그를 잡아들인다는 말인가?"

"노비도 자세한 내막은 모르겠사옵니다. 그러나 몇몇 보정대신들의 소행이라는 말은 들었사옵니다."

강희는 화가 치밀었다. 도저히 참을 수가 없었다. 황제가 아끼는 사람을 잡아들이면서 사전에 한마디 통보도 없다는 말인가? 이런 무법천지가 있을 수 있다니! 강희는 벌떡 자리를 박차고 일어섰다. 이어 부산하게 방안을 왔다 갔다 하면서 버럭 화를 냈다.

"의정왕 걸서는 도대체 뭘 하고 있었던 거야! 멍하니 쳐다보고 있었다면 허수아비나 다를 바 없잖아! 소극살합도 집구석에 처박혀 도대체 무슨 짓거리를 한 거야. 이런 행패도 못 막다니! 병신들 같으니라고!"

강희는 점점 더 흥분했다. 그에 비해 소마라고는 놀라울만큼 냉정했다.

"소극살합은 아마 겁이 나서 숨어 있기에 급급할 것이옵니다. 하기야 상대도 안 되겠죠. 색니의 경우는 몸져누웠다고 하옵니다. 걸서는 더하옵니다. 덜덜 떨면서 오줌이라도 지릴 것처럼 끽소리 못하고 있죠. 알필륭은 교활하게도 자기 앞가림만 하느라고 정신을 못 차리고! 소위 대신이라는 위인들이 나 죽었소, 하고 있는 것이옵니다. 빈집털이 범인이 신이 날 수밖에 없죠! 조금 더 말씀을 올리죠. 오배가 어땠는지 아시옵니까? 가관이 따로 없었사옵니다. 눌모라는 자가 거들먹거리면서 앞장을 서고 오배는 너털웃음을 지은 채 그 뒤를 따라다니고. 완전히 궁중을 이 잡듯 뒤지고 다녔다니까요!"

강희는 사태가 자신이 생각한 것보다 심각하다는 것을 직감적으로 느졌다. 침착하기로 소문난 소마라고가 극도로 흥분하는 모습만 봐도 확실히 그랬다. 사실 왜혁이 무슨 큰 죄를 지었다고 해도 오배의 오만한 행보는 말이 안 됐다. 황제가 잠깐 자리를 비웠기로서니 자기 마음대로 궁 안을 무단으로 출입하고 충신을 잡기 위해 궁중을 쥐 잡듯 헤집고 다녔다는 것이 어디 말이 되는가. 도저히 용납할 수 없는 일이었다.

"당장 가서 경사방의 책임자를 불러오도록 하라!"

강희가 소마라고에게 명령했다. 그러자 이번에는 소마라고가 오히려 강희를 만류했다. 화를 억제하지 못할 경우 일을 그르칠 수 있다고 걱정한 것이다.

"오늘은 늦었사옵니다. 잘 모르기는 해도 경사방도 일의 자초지종을 안다고 할 수 없사옵니다. 내일 아침조회 때 물어보는 것이 어떻겠사옵니까? 무슨 대답이 나오나 보게요."

5장
측근의 처형에 대한 복수

　다음날 이른 새벽이었다. 강희는 밤새 뒤척이면서 잠을 제대로 이루지 못했다. 결국에는 일찍 자리를 박차고 일어나고 말았다. 손씨와 소마라고는 그가 갈아입을 옷을 미리 준비해두고 있었다. 밖에는 수레도 대기하고 있었다. 강희는 소금물로 대충 이를 닦은 다음 빵을 한 입 먹는 둥 마는 둥 하고 바로 건청궁으로 향했다. 원래 황궁에서는 순치황제 때부터 황제가 일어나서 일을 보는 시간에는 황자들도 반드시 일어나 책을 읽어야 했다. 그래서 강희도 이른 새벽에 일어나는 것이 습관이 돼 있었다.

　강희는 정신이 멍멍했다. 밤새 잠을 설쳤으니 그럴 만도 했다. 하지만 그는 여느 때와 마찬가지로 시원한 아침공기를 마시면서 몸을 풀었다. 정원에 서서 하는 가벼운 몸동작에 뒤이은 제법 격렬한 몸놀림이 한바탕 이어졌다. 그제야 비로소 머리가 약간 맑아졌다.

운동을 마친 강희는 건청궁으로 천천히 걸어 들어갔다. 걸서를 비롯한 오배, 알필륭, 소극살합이 차례로 엎드려 있는 모습이 한눈에 들어왔다. 그들의 뒤에는 자정대신資政大臣 색액도가 무슨 서류를 한아름 안고 서 있었다. 시위들은 현관 붉은 계단 위에 두 줄로 나눠 서 있었다. 눈에 확 띄는 색깔의 제복을 입고 칼을 허리에 찬 숙연한 모습이었다. 위동정도 맨 끝에 고개를 숙이고 서 있었다. 하지만 그가 아무리 눈을 부릅뜨고 봐도 왜혁 등 네 명의 모습은 보이지 않았다.

강희는 그 순간 더욱 화가 치밀었다. 자신도 모르게 수행원을 제치고 성큼성큼 궁전에 들어가 앉았다. 소극살합, 오배, 걸서, 알필륭과 색액도 등은 그 모습에 놀랐는지 차례로 들어와 바닥에 엎드렸다.

조회를 책임진 색액도가 각 지방에서 올라온 상주문들을 읽었다. 또 당면한 문제들에 대해 황제에게 아뢰기 시작했다. 바로 어제까지 하던 그대로였다. 색액도의 입에서 먼저 과거시험 때마다 있던 팔고문八股文(명나라 초기 과거시험 답안 작성을 위해 만든 문체의 일종. 체제가 엄격하고 사상적 속박을 가져와 명나라 말기와 청나라 초기에는 학문으로서의 폐해가 심했음)을 폐지하고 정책이나 시사 문제로 대신하기로 한 결정에 대한 말이 흘러나왔다. 순치 15년 이전에 내지 못한 토지세를 면제해 달라는 백성들의 상주문도 있었다. 또 600리 밖에서 명나라 잔당인 이내형李來亨의 부대를 완전히 독 안에 가뒀으니 소탕에 필요한 지원병을 보내달라는 급보 역시 있었다. 색액도는 그저 상주문을 읽기만 한 것이 아니었다. 각각의 글에 대한 해석도 달았다. 강희가 여러 문제들에 대해 아직 잘 알지 못한 것을 염려한 탓이었다.

그러나 강희는 색액도의 말에는 별로 신경을 기울이지 않았다. 그저 푸른 옥으로 만든 여의만 만지작거리고 있었다. 왜혁 등의 일이 궁금했기 때문이다. 한마디로 마음이 콩밭에 가 있었다. 그는 잡혀간 왜혁과 관련한 문제를 어떻게 자연스럽게 화제에 올릴까를 계속 고민했다. 그 와중에도 밑에서는 소극살합이 계속 숨죽이고 엎드려 있었다. 알필륭은 오배의 눈치를 살피느라 여념이 없었다. 마침내 오배가 짜증스럽다는 표정으로 색액도를 쩨려보면서 말을 끊었다. 같은 말을 여러 번 반복하는 그의 태도가 불만스러웠던 모양이었다.

"하여튼 수다스러운 거 하나는 알아줘야 한다니까. 제대로 읽기나 할 것이지 토는 왜 다는 거요? 폐하가 그것도 못 알아듣는 바보라고 생각하오?"

색액도는 오배의 성격을 잘 알았다. 벌집을 쑤시는 것이 부담스러울 수 있었다. 그래서였는지 그는 비굴할 정도로 굽실거렸다.

"오배 대인, 이것은 아직 이쪽 실정을 잘 모르시는 폐하를 걱정하신 태황태후마마의 특별지시라고요……."

오배는 귀찮다는 듯한 표정을 지어보였다. 바로 색액도의 말허리를 잘랐다.

"그래도 귀에 못이 박힐 정도로 들은 얘기 아니오. 새삼스레 들고 나오면 뭘 어떻게 하겠다는 거요!"

강희는 일방적으로 당하기만 하는 색액도가 안쓰러웠다. 즉각 끼어들어 말머리를 돌리는 순발력을 발휘했다.

"색액도, 그대 아버지의 병세는 좀 어떠신가?"

색액도가 강희의 말에 어쩔 줄 몰라 하면서 머리를 조아렸다. 황제가 여러 사람들 앞에서 자신의 아버지인 색니의 병세를 걱정해주는 것이 황송한 눈치였다.

"폐하께서 염려해 주시는 덕분에 오늘은 다소 호전이 되었사옵니다."

"조금 있다 돌아가서 짐의 안부를 전해주게나."

"폐하의 은혜를 가슴 깊이 새기겠사옵니다."

색액도는 머리를 끊임없이 조아렸다. 먹이를 쪼아 먹느라 정신없는 닭이 따로 없었다.

강희가 이처럼 일과는 무관한 사적인 얘기를 꺼내자 오배가 샘이 난 듯했다.

"폐하께서 달리 지적할 사항이 없으시면 소신들은 이만 물러날까 하옵니다."

말을 마친 오배가 몸을 일으켰다. 거만함이 하늘을 찔렀다. 그 모습을 조용히 지켜보던 강희가 여의를 내려놓으면서 말했다.

"뭐가 그리도 급한가? 좀 쉬어가면서 하지 그래? 짐은 지금 왜혁 등의 소식이 궁금하다. 일을 너무 잘해 그들에게 특별한 보상을 해주려고 어디다 따로 모신 건가, 아니면 뭘 잘못해서 붙잡아 들였는가? 어떻게 처리할 것인지 궁금하네."

조정의 관례대로라면 아직 정식으로 정치에 참여하지 않는 강희 같은 황제는 당분간 모든 일에 직접 관여할 권한이 없었다. 적당하게 보정대신들이 하는 대로 따라가는 것이 상식이었다. 하지만 강희는 그런 관례를 깨고 느닷없이 대신들이 알아서 한 일에 토를 달고 나섰다. 그러자 꽤나 당황한 모습을 보이며 알필륭이 머리를 조아렸다.

"폐하, 실은 어제 왜혁 등이 건방지게도 어원御苑(황제의 정원)에서 어마御馬(황제의 말)를 타고 소란을 피웠사옵니다. 게다가 화살로 사슴사냥까지 했사옵니다. 이런 불경스런 자를 그냥 놔둘 수가 없었사옵니다. 어제 우리 보정대신들이 합의를 하여 엄중 문책해야 한다는 결론을 내렸사옵니다. 일단은 그의 직무를 박탈하기로 했사옵니다. 이후에 어떻게 처리할지는……."

알필륭이 잠시 멈추었다가 다시 말을 이었다.

"곧 보정대신들이 상의한 결과를 조속한 시일 내에 폐하께 아뢰도록 하겠사옵니다."

오배는 간단히 해도 되는 말을 길게 늘어놓는 알필륭이 마음에 들지 않았다. 그러나 두 사람은 이미 입안의 혀처럼 떨어지려야 떨어질 수 없는 사이였다. 너무나 많은 비밀을 공유하고 있었으므로 서로 함부로 할 수가 없었다. 그럼에도 화를 참지 못했다. 오배가 머리를 쳐들고 차갑게 말했다.

"폐하께서는 아직 어려서 일을 그르치기 십상이옵니다. 그러니 앞으로도 이런 일은 보정대신들에게 맡겨 주시옵소서. 보정대신들이 알아서 하게끔 배려해 주시면 좋겠사옵니다."

강희가 오배의 말에 도저히 참을 수가 없다는 듯 한마디 쏘아붙였다.

"그렇다면 짐이 아무것도 물어서는 안 된다는 얘기인가?"

강희의 말에 여러 대신들이 숨을 들이켰다. 당황해서 어쩔 줄 몰라 하는 기색이 역력했다. 하지만 그렇다고 해서 쉽게 물러날 오배가 아니었다.

'이번에 아주 깔아뭉개지 않으면 사사건건 간섭하려고 들 거야. 보정대신이라는 이름은 그냥 멋으로 붙여놓은 것이 아니지 않은가!'

오배는 속으로 이렇게 생각을 했다. 얼마 후 그가 서서히 머리를 치켜들었다.

"역사적으로도 정식으로 정치에 참여하지 않은 황제는 보정대신들이 한 일에 대해 꼬치꼬치 캐묻지 못한 것으로 아옵니다. 그러나 이번 일은 워낙 파장이 크기 때문에 한 번쯤은 예외로 생각할 수도 있을 것 같사옵니다."

"이번만이라고?"

강희가 냉소를 흘리면서 물었다.

"다 좋아. 그러나 말끝을 얼버무리지 말고 제대로 대답해 봐. 왜혁이 도대체 무슨 죄를 지었다는 거야?"

"다시 한 번 말씀드리겠사옵니다. 자금성 내에서 어마를 탄 채……."

오배가 입술을 깨물었다. 그럼에도 여전히 고개를 빳빳이 든 채 대답했다.

"폐하를 우습게 여기지 않고서는 이런 일을 저지를 수 없사옵니다. 처형을 하는 것이 마땅하옵니다. 또 그의 아버지 비양고도 그런 자식을 말리기는커녕 우리에게 거칠게 대항했사옵니다. 같이 기시棄市(사형을 시킨 다음 길거리에 시신을 버리는 것)해야 할 것이옵니다!"

강희는 기시까지 입에 올리는 오배의 말에 기절초풍할 듯 놀랐다. 그가 겨우 정신을 가다듬고 말했다.

"왜혁 등은 선제께서 아꼈던 충신들이야. 비양고 역시 충성스런 대신이고. 그런데 좀 거만했다고 해서 처형한다는 것은 말도 안 돼! 곤장 몇 대 때리고 끝내도록 하라!"

"이미 늦었사옵니다!"

강희의 명령에 오배가 차가운 어조로 덧붙였다.

"폐하, 개인적인 감정 때문에 법전을 뜯어고칠 수는 없지 않사옵니까? 안 됐기는 했으나 비양고와 왜혁 등 네 명은 어제 벌써 처형해 버렸사옵니다!"

마른하늘의 날벼락이라는 말이 있다. 아마 그런 날벼락도 오배의 말이 주는 충격보다는 덜했을 것이다. 강희만 놀란 것이 아니었다. 알필륭과 소극살합 역시 깜짝 놀랐다. 오죽했으면 얼굴이 백지장처럼 하얗게 질렸을까. 소극살합이 순간적으로 사태의 심각성을 깨달았는지 재빨리 머리를 조아렸다.

"왜혁 등을 죽인 것은 오 중당中堂(재상의 별칭)이 혼자 한 것이옵니다. 결코 저희 대신들의 의사가 아니었사옵니다. 폐하의 충신을 처형한 것은 죄를 물어 마땅하옵니다!"

오배가 비굴하게 나오는 소극살합을 노려봤다. 그러더니 껄껄 웃음을 터트렸다.

"소 중당, 왜 이렇게 치사하게 나오는 겁니까. 건방진 자식이라면서 없애버려야 한다고 못을 박을 때는 언제고요. 진짜 죽여 버리니까 이제야 폐하의 질책이 겁이 나나 보네요!"

오배의 말에 소극살합의 말문이 막혀버렸다. 오배의 말이 거짓은 아닌 듯했다.

바로 그때였다. 태황태후가 무섭게 일그러진 얼굴을 한 채 시녀들의 부축을 받으면서 들어섰다. 오배는 가슴이 철렁했다. 화가 나면 물불 안 가릴 정도로 무서운 태황태후의 성격을 잘 알기 때문이었다. 그러나 이내 마음을 추스르면서 속으로 자신을 위안했다.

'제까짓 게 뛰어봤자 벼룩이지. 으르렁대봤자 이빨 빠진 호랑이고. 뭘 어쩔 건데!'

태황태후는 한동안 침묵했다. 그러다 천천히 입을 열었다.

"늙으면 이 꼴 저 꼴 보지 말고 죽어야 해. 그런데 늙은 것이 죽지도 않고 살아있으니 일이 꼬이기만 하는 것 아닌지 모르겠소. 이제 나는 헛된 욕심 같은 것은 없소. 그저 나라가 평화롭고 태평성세가 오랫동안 지속됐으면 하는 것이 바람이라면 바람이오. 내 아무것도 모르는 어린 황제를 잘 보필할 여러 보정대신들이 있어 별 걱정을 하지 않았었는데……."

대신들은 태황태후의 말에 모두들 어지간히 놀랐다. 들어서자마자 불호령이 떨어질 것이라고 생각했는데, 그녀가 약한 모습을 보여줬으니 말이다. 하지만 곧 태황태후의 태도는 돌변했다. 순식간에 분위기는 정반대로 바뀌었다.

"그런데 믿는 도끼에 발등을 찍혀도 유분수지. 그대들이 어쩌면 이렇게 사람을 배신할 수 있나! 미친개를 데리고 있느니 차라리 없애버리는 게 나아. 내가 그대들을 없애버릴 거라는 생각은 한 번도 하지 않았는가?"

태황태후가 흥분이 과한 듯 느닷없이 탁자를 부서져라 내리쳤다. 강희는 할머니의 성격이 대단하다는 말을 걸서를 통해 여러 번 들어 알고는 있었다. 하지만 그녀는 손자에게만큼은 마냥 자상했다. 그가 놀라움을 금치 못한 것은 당연했다. 세 명의 보정대신들 역시 마찬가지였다. 연신 머리를 조아리면서 위기를 모면하려고 안간힘을 다했다. 특히 소극살합은 떨리는 목소리로 뭔가 자신을 위한 변명을 하려 했다. 그러자 태황태후가 단박에 막아버렸다.

"여기서 자네에게 볼일은 없네. 내가 이해할 수 없는 것은 알필륭과 오배의 행각이야. 도대체 뭘 믿고 함부로 황제의 측근을 잡아다 죽이기까지 했느냐는 거지! 나는 수십 년 동안 별의별 꼴을 다 보고 살았어. 그랬어도 이런 경우는 처음 봐!"

알필륭은 누군가 나서지 않으면 일이 쉽게 풀리지 않을 것이라고 단정했다. 자신이 직접 나서서 분위기를 바꿔보려고 목소리를 가다듬었다.

"태황태후마마 만세, 만세, 만만세를 누리시옵소서! 사실은 저희들이 직접 궁으로 들어가 잡아들인 것이 아니옵니다. 오양보가 밖으로 유인을 해준 덕에 밖에서 결박한 것이옵니다."

색액도 역시 재빨리 끼어들었다.

"폐하와 태황태후마마께서는 그만 화를 푸셨으면 하옵니다. 이미 엎질러진 물이 아니옵니까. 옥체의 건강을 생각하시옵소서!"

색액도는 이어 강희에게 그만 끝내라는 의미의 눈짓을 보냈다. 그러나 강희는 색액도의 눈짓을 정확하게 읽지 못했다. 다행히 자리에서 일어난 태황태후가 강희에게 다가가 손을 잡으면서 좌중을 향해 말했다.

"이미 엎질러진 물이라고 하니 더 묻지는 않겠어. 하지만 황제가 어리다고 얕보지는 말게. 또 내 건강 걱정은 말고 여러 보정대신들의 귀하신 몸이나 잘 살피도록 해."

태황태후는 말을 마치자마자 강희를 데리고 획 하고 나가버렸다. 그와 동시에 강희가 만지작거리던 푸른 옥의 여의가 바닥에 떨어져 산산조각이 났다.

강희와 태황태후가 떠나간 궁전 안은 쥐 죽은 듯 고요했다. 대신들의 얼굴은 백지장처럼 하얗게 질려 있었다. 하지만 유독 오배만은 아무렇지도 않다는 듯 툭툭 털고 일어나면서 웃음을 지었다.

"다들 일어서지 않고 뭘 합니까! 갑시다! 소극살합 대인한테는 오늘 미안했어요."

태황태후는 강희를 데리고 건청궁을 나왔다. 이어 시종들에게 명령을 내렸다.

"황제께서 양심전으로 돌아가시도록 하라. 소마라고는 잘 시중들도록 하고."

태황태후는 돌아서는 강희에게 덧붙였다.

"오늘 오후 적당한 시간을 봐서 색액도를 자녕궁으로 보내도록 하게."

황태후는 바로 난여鸞輿(황실 어른의 수레)를 타고 떠나버렸다. 위동정 등 시위들은 강희를 바짝 따랐다. 강희는 손씨와 소마라고가 마중 나와 있었으나 본 척도 하지 않고 그저 걸음만 옮겼다. 심기가 불편한 듯했다.

월화문月華門까지 왔을 때였다. 강희는 몇몇 태감들과 희희낙락하면서 팔보八寶 유리 병풍을 나르고 있는 오양보와 정면으로 마주쳤다.

오양보는 몸이 재빨랐다. 강희를 발견한 것과 거의 동시에 앞으로 다가서더니 무릎을 꿇고 인사를 올렸다. 오양보는 무슨 좋은 일이 있는지 입이 귀에 걸려 있었다. 그 모습을 본 강희는 더 참을 수가 없었다. 여전히 화가 가라앉지 않은 상태였으니 그럴 만도 했다. 오양보 일행은 붉으락푸르락한 채 인사도 받지 않는 강희를 훔쳐보다 움찔했다. 바로 땅에 엎드린 채 숨을 죽였다.

강희는 겨우 화를 참으면서 소마라고에게 말했다.

"모처럼 날씨가 기막히게 좋네. 여기 좀 앉았다 가겠어. 의자를 가져오라고 해."

소마라고가 주위를 향해 뭐라고 명령을 내리기도 전에 누군가가 재빨리 의자를 가져다 놓았다. 강희는 자리에 앉아 엎드린 채 낑낑대고 있는 오양보에게 물었다.

"자네는 지금 이 팔보 병풍을 어디로 가져가고 있는 중인가?"

강희가 드디어 입을 열자 오양보는 그제야 살았다는 듯 "후유!" 하고 한숨을 길게 내쉬었다.

"이 병풍은 지난번에 태황태후마마께서 오배 대인에게 하사하신 것으로 알고 있사옵니다."

강희는 그런 말을 들어본 적이 없었기에 되물을 수밖에 없었다.

"그러면 그때 가져갔어야지 왜 지금에야 옮기는 건가?"

"그 당시에는 오배 대인이 사양하신 줄로 아옵니다."

"그렇다면 더 이상하지 않은가? 지금까지 필요없다고 안 가져갔는데, 지금에야 가져가야만 하는 특별한 이유라도 있는 것인가?"

강희는 오양보를 바짝 다그쳤다. 그러면서도 그의 얼굴 표정을 하나도 빠뜨리지 않고 주시하고 있었다. 그에 반해 오양보는 무슨 일이 있을 것이라는 생각은 전혀 하지 않고 있었다. 완전 무방비상태였다. 단순하기로 소문난 그다웠다. 당연히 강희의 심리전에 걸려들고 말았다. 강희가 오배 때문에 심기가 불편해진 줄은 전혀 모르고 실토를 한 것이다.

"사실은 색니 대인께서 병석에 누운 이후로는 오배 대인의 권력이 커지는 것 같아서 이 기회에 좀 잘 보이려고……."

"아주 죽고 싶어 환장을 했군!"

강희가 오양보의 말을 더 이상 들을 필요도 없다는 듯 크게 화를 내
며 소리쳤다.

"그래서 그자한테 잘 보이고 싶어 궁중의 재산인 팔보 병풍을 훔쳐가
는 건가? 그자한테만 잘 보이면 다른 사람은 우습다 이거야? 짐이 한
가지 물어보겠어. 왜혁은 누가 잡아들인 거야?"

오양보는 강희가 왜혁의 문제까지 거론하는 것을 듣고는 뒤늦게 사태
의 심각성을 인식했다. 그의 뇌리에서 오배를 끌어들이지 않으면 도저히
사태를 수습할 길이 없다는 생각이 빠르게 스쳐 지나갔다.

"노재奴才(신하들이 황제에게 자신을 낮춰 부르는 호칭)는 그저 위에서 시
키는 대로만 했을 뿐이옵니다. 오배 대인의 권한 정도면 이런 무법천지
불량배들을 처치하는 것은 당연하다고 생각하고 따랐을 뿐이옵니다. 노
재에게 무슨 죄가 있겠사옵니까?"

과연 오양보의 생각은 틀리지 않았다. 오배의 이름을 입에 올리자 그
의 표정에서 두려움이 사라지기 시작한 것이다. 완전히 간덩이가 부어올
랐다고 할 수 있었다. 실제로 그는 머리를 뻣뻣이 쳐든 채 강희를 바라
보고 있었다. 눈 역시 똑바로 치켜뜨고 있었다. 강희는 그 모습을 보는
순간 절대로 용서를 해서는 안 되겠다는 마음을 굳게 먹었다. 괘씸죄라
는 것이 아무것도 아닌 듯하나 이처럼 간과할 수 없는 것이라는 사실을
확실하게 깨달았다. 그가 머리를 돌려 소마라고에게 물었다.

"이자가 자기 잘못은 없다고 하네. 과연 그렇다고 생각해?"

소마라고는 강희의 눈빛만 봐도 마음을 읽어내는 경지에 이르고 있었
다. 자연스럽게 입에서 강희가 바라는 말이 나왔다.

"다른 것은 제쳐놓더라도 방금 전의 하늘을 찌르는 거만함 하나만으

로도 이자는 절대로 용서해서는 아니 되옵니다. 그러나 잘 나가는 오배 대인의 끔찍한 수양아들이라고 하니 한 번만 고쳐 생각하시는 것도 크게 나쁘지는 않을 것 같사옵니다.”

“오배의 수양아들이라서 한 번만 봐주라고?”

강희는 더욱더 화가 치밀었다. 소마라고의 말이 생각지도 않았던 두루뭉술한 대답인 탓이었다. 그가 의자를 박차고 일어나면서 일갈했다.

“네놈 부자가 부당하게 짐의 최측근을 쥐도 새도 모르게 없애버렸어. 그런데도 잘못한 것이 없다고? 여봐라, 경사방의 조병정趙秉正을 불러들여라!”

오양보는 평소 무척이나 거들먹거렸다. 당연히 주위의 미움을 많이 샀다. 아래위를 막론하고 이를 부드득 갈고 있는 사람이 적지 않았다. 그런데 오늘 천하무적인 이 오양보를 황제가 친히 손보겠다고 하지 않는가. 강희 주변 사람들은 그야말로 한바탕 춤이라도 추고 싶은 심정을 감추지 못했다. 반면에 오양보는 가슴이 덜컹거리면서 뛰기 시작했다. 그는 초조한 얼굴로 강희의 꾹 닫힌 입술을 훔쳐봤다. 조병정을 부르러 간 태감이 새삼스레 원망스러웠다.

‘혹시 오늘 중으로 나를 쫓아내는 것이 아닐까?’

오양보는 갈수록 불길한 생각이 뇌리를 스치자 등골이 오싹해졌다. 나중에는 머리칼마저 쭈뼛쭈뼛 일어서고 있었다. 순간 그는 지금이라도 꼬리를 내리고 싹싹 빌어보는 것이 낫겠다는 판단을 내렸다. 곧장 무릎을 꿇은 채 강희에게로 기어가 오만상을 찌푸리면서 울먹였다.

“폐하, 노재가 정말 죽을죄를 지었사옵니다. 아까는 이 눈에 뭔가가 씌었나 보옵니다. 개돼지보다 못한 인간 손보시느라고 귀하고 깨끗한 손을 더럽히지는 마시옵소서. 처음 저지른 잘못이니 만큼 한 번만 용서해 주시옵소서!”

"뭐? 처음이라고?"

오양보의 말에 소마라고가 매몰차게 쏘아붙였다.

"지난번에 폐하께서 귀싸대기 오십 대를 치라고 명령하셨어. 그거 어떻게 됐어?"

오양보는 거짓말에 관한 한 선수나 다름없었다. 죽음이 눈앞에서 어른거리는데도 능청스럽게 대답했다.

"쳤습니다, 쳤고말고요. 얼굴이 퉁퉁 붓고 멍이 들었다고요. 그 때문에 몇 날 며칠을 바깥출입조차 제대로 못했습니다. 믿어지지 않으시면 제 주변 사람들한테 물어보셔도 됩니다!"

소마라고는 오양보의 뻔뻔스러움에 코웃음을 치면서 더욱 매섭게 몰아붙였다.

"이 사람이 누구를 바보 멍청이로 아나? 내가 당신 같은 사람을 상대로 싸우면서 그 정도 뒷조사도 안 해봤을 것 같아? 나도 상당히 치밀한 사람이야. 그날 그 태감은 비록 아랫사람이라도 성지를 받은 몸이었어. 그런데 당신은 감히 그의 뺨을 후려쳤다고 하더군!"

강희는 소마라고의 말에 온몸이 주체하지 못할 정도로 떨렸다. 화가 치미는 정도가 아니었다. 오양보가 처음부터 작정을 하고 자신을 무시했다고 판단했다. 그는 이를 악문 채 죽을죄를 지었노라고 사정없이 머리를 조아리는 오양보를 노려봤다.

"계속 나를 우습게 봤다 이거지! 어디 한번 무서운 맛을 좀 봐야 하겠군! 조병정은 아직 도착하지 않았나?"

사실 이때 조병정은 이미 한걸음에 달려와 대기하고 있었다. 그러나 그에게 황제는 말할 것도 없고 오배조차도 감히 범접하기 어려운 존재였다. 그로서는 어떻게 하면 자신에게 불똥이 튀지 않고 일을 무사히 잘 처리할 수 있을까 고민하는 것이 너무나 당연했다. 그는 그 생각을 하다 강희의 말을 듣고 소스라치듯 놀라서 무릎을 꿇었다.

"폐하! 노재 조병정, 성지를 받고 도착했사옵니다!"

강희는 무슨 일을 결정할 때 습관처럼 주위의 의견을 물어보고는 하는 버릇을 다시 보여줬다.

"뭣 때문에 불렀는지 알 테지? 어떻게 처리할지 감도 왔을 것이고. 어디 한번 말해 보게."

조병정은 다급해졌다. 갑자기 오배의 흉악무도한 얼굴이 뇌리에 떠올랐다. 순간의 실수가 평생의 한을 자초할 수도 있다는 생각 역시 번개처럼 스치고 지나갔다. 그는 몸을 부르르 떨었다. 소름이 끼쳤던 것이다. 그럼에도 하늘이 도왔는지 그의 머리에서는 곧 묘안이 떠올랐다. 그가 다급히 머리를 조아렸다.

"호되게 곤장을 때리겠사옵니다!"

사실 어떤 벌을 안길지 결정을 내리지 못하기는 강희도 크게 다를 바 없었다. 조병정이 입에 올린 벌은 무겁다면 무겁다고 할 수 있었다. 또 가볍다고 해도 크게 틀리지는 않았다. 그렇게 생각한 강희가 머리를 끄덕였다.

"그렇게 하도록 하게! 손 한번 제대로 봐주라고. 가능하면 무겁게!"

조병정이 자리에서 일어나 손을 흔들어 보였다. 그러자 대기하고 있던 형부刑部의 태감들이 우르르 몰려와 혼비백산한 오양보를 마치 짐짝을 끌듯 질질 끌고 갔다. 조병정은 그래 놓고도 다음 일을 어떻게 진행해야 할지를 몰랐다. 잠깐 머뭇거린 것도 그 때문이었다. 그 사이에 강희의 불호령이 떨어졌다.

"어서 가서 감시하지 않고 뭘 얼쩡거리는 거야!"

조병정이 철썩 무릎을 꿇었다.

"곤장은 얼마나 때려야 하는지 폐하께서 명령을 내려주시옵소서."

강희는 그것도 모르느냐는 듯 귀찮게 손을 내저으면서 퉁명스레 대답했다.

"그런 걱정은 하지 않는 게 낫지 않겠어? 짐의 분이 풀릴 때까지 때리면 돼!"

오양보는 곤장을 무려 서른 대나 맞았다. 제 아무리 맷집이 좋아도 견디기 어려운 매였다. 피투성이가 돼 죽은 개구리처럼 쭉 뻗어 버린 것은 당연했다. 그러나 연신 살려달라는 돼지 멱따는 소리는 잊지 않았다. 사정없이 내리꽂히는 몽둥이세례에 죽음의 위기를 느낀 것이다.

"오배 어르신, 내 아버지, 살려줘요! 나 죽어요!"

강희의 화는 어느 정도 풀려가고 있었다. 하지만 순간적으로 분노가 있는 대로 치밀어 올랐다. 오양보가 죽음의 문턱에서도 오배의 이름을 부르면서 살려달라는 비명을 지른 탓이었다. 강희는 어리석은 자의 비극적인 결말이 눈앞에 그려졌다. 여기까지 생각이 미치자 그의 목소리는 더욱 커졌다.

"더 때려! 힘껏! 그 잘난 오배에게도 한계가 있다는 것을 짐이 보여주지. 오배가 아니라 죽은 오배의 아버지가 살아 돌아온다고 해도 속수무책이 될 거라고."

그러나 강희의 말이 끝남과 동시에 매질 소리도 멈췄다. 이어 조병정이 헐레벌떡 달려와 아뢰었다.

"폐하, 오양보가 기절했사옵니다."

강희는 말없이 옆에 있는 소마라고를 쳐다봤다. 소마라고는 알 듯 말 듯한 미소를 지으면서 입을 열었다.

"잘 하시고 계신 것 같사옵니다. 하지만 방금 하신 말씀은 하지 않으셔도 좋았을 것이옵니다."

그러나 손씨는 생각이 달랐다. 이까짓 소인배 하나로 인해 피비린내를 풍길 수는 없는 일이었다. 그녀는 강희에게 간절한 표정으로 애원을 했다.

"나무아미타불! 폐하, 그만 하시옵소서."

강희가 마음이 유난히 약한 손씨에게 말했다.

"짐이 다 알아서 할 것이니 걱정 말고 들어가세요!"

강희가 손씨의 등을 떠밀었다. 그런 다음 널브러져 있는 오양보를 경멸스럽게 쳐다보고는 다시 명령을 내렸다.

"계속해! 목숨이 끊어질 때까지!"

기절했던 오양보가 천천히 실눈을 떴다. 그와 조병정의 시선이 서로 마주친 것은 바로 그때였다. 조병정은 순간 뭔가 결심을 굳힌 표정을 지었다. 이어 살기등등한 모습으로 서 있는 형부의 집행관들에게 잠깐 기다리라는 눈치를 주면서 오양보에게 다가갔다.

"오 대인, 내가 몰인정하다고 원망하지는 마오. 폐하께서 오늘 끝장을 보고야 말겠다는 생각이신 것 같소. 지금 상황에서는 누구 하나 도와줄 수가 없소. 최후를 준비하는 게 좋을 듯하오. 우리는 생판 모르는 남도 아니오. 내가 평소 우리의 우정을 생각해서 고통 없이 빨리 좋은 세상으로 가게 해줄 테니 할 말이 있으면 해보시오."

오양보는 올 것이 오고야 말았다는 사실을 직감했다. 그의 머리가 힘없이 위아래로 흔들렸다. 조병정의 말을 알아듣겠다는 뜻이었다. 그가 맥없이 눈을 감으면서 띄엄띄엄 말했다.

"나의 양아버지…… 오……대인께…… 내가…… 억울한 죽음을…… 당했다고…… 나는 그 분을…… 위해……."

조병정이 오양보의 넋두리가 끝나기도 전에 손을 들어 보였다. 곧이어 태감이 몽둥이를 휘둘렀다. 오양보의 최후를 앞당기는 한 방이었다. 뒤통수를 심하게 얻어맞은 그는 피를 토한 채 다리를 두어 번 버둥대다 곧 숨을 거두었다.

강희는 오양보의 죽음을 확인하자 분이 조금 사그라 들었다. 그제야 궁으로 돌아가려고 했다. 바로 그 순간 태감 한 명이 달려와 아뢰었다.

"폐하, 오 중당이 폐하께 뵙기를 청했사옵니다."

"누구 마음대로? 안 보겠어!"

강희가 차갑게 쏘아붙이면서 위동정에게 지시했다.

"빨리 색니의 집에 가서 태황태후마마의 명령을 전하지 않고 뭘 해!"

6장
탈지난국奪地亂國

강희가 즉위한 초기에는 많은 일들이 일어났다. 하나같이 세상을 온통 시끄럽게 만들었던 굵직굵직한 사건들이었다. 나중에는 거론하는 사람들이 없었으나 순치황제가 양심전에서 붕어崩御한 것이 무엇보다 그랬다. 왜혁이 억울하게 목숨을 잃은 것 역시 사람들이 기억할 만한 일이었다. 태감 오양보가 맞아죽은 것은 더 말할 것이 없었다. 하지만 이들 사건들은 시간이 흘러가면서 차츰 사람들의 기억 속에서 사라져 갔다. 가끔 '구관이 명관'이라는 타령이나 하는 사람들이 들춰내 심심풀이 땅콩으로 삼지 않은 것은 아니었으나 기본적으로 당시의 일에 대해 새삼 왈가왈부하는 사람은 거의 없었다. 사실 그게 당연하기도 했다. 웬만한 일은 할 일 없이 새장이나 들고 다니면서 시간만 죽이는 태감들의 입방아에도 못 오를 만큼 궁중에서는 날마다 여러 사건들이 터지고 있었던 탓이다. 색니의 병세가 날이 갈수록 악화일로를 치닫는 것이 그

중 가장 큰 사건이었다. 그의 병세는 조정의 분위기를 좌우할 만큼 중요한 관심사였다.

오배는 색니가 병으로 드러눕자 더욱 날뛰기 시작했다. 워낙 안하무인이었으므로 호랑이가 날개를 달았다고 해도 좋았다. 게다가 그는 알필륭을 진작부터 구워삶아 놓고 있었다. 또 소극살합은 물 위의 갈대처럼 요리하기가 그리 어렵지 않았다. 한마디로 오배로서는 세 명의 보정대신 중 가장 큰 걸림돌이 됐던 색니가 죽음을 코앞에 두고 있었으니 더 이상 두려울 것이 없었다.

오배의 생각은 분명했다. 강희가 아직 세상물정을 모르는 틈을 타 톡톡히 한몫 챙기는 것이었다. 20년 전 권지圈地를 통해 팔기군들이 땅을 나눠가질 때 다이곤은 정백기正白旗의 손을 들어줬다. 오배로서는 공정한 분할이 이뤄지지 않았다고 생각했다. 때문에 그는 이를 문제 삼아 정백기 소유인 땅을 지금이라도 자기 손아귀에 넣으려는 꿍꿍이를 꾸미고자 했다. 그러나 손만 뻗으면 닿을 것 같던 땅들은 손에 잡힐 것 같으면서도 잡히지 않았다. 오히려 예기치 않은 인재등용 시험 때문에 물 건너갈 위기에 놓여 있었다.

어느새 세월은 서서히 흘러 강희 6년이 됐다. 강희가 친정을 시작했다.

드디어 과거시험이 끝났다. 오차우는 하나같이 병에 걸리거나 부황든 사람들처럼 창백한 얼굴을 한 수재들과 함께 거리로 나왔다. 긴장이 풀렸다. 온몸도 나른해졌다. 다른 수재들 역시 크게 다를 것 없었다. 길가의 백성들은 그런 그들을 유심히 살펴보고 있었다. 그들은 포악하고 욕심 많은 저질 관리들에게 신물이 난 나머지 정직한 '포청천'을 기대하고 있는 듯했다. 그들 가운데 누군가는 조만간 자신들의 운명에 막대한 영향을 끼치리라는 생각을 하기 때문에 더욱더 유심히 살펴보는 것인지도 모를 일이었다.

오차우가 지친 몸을 이끌고 열봉점으로 돌아왔을 때는 이미 점심때가 훨씬 지난 시간이었다. 이제나 저제나 초조하게 기다리던 하계주가 반색을 하면서 그를 맞았다.

"둘째 도련님, 눈 감고 왼손으로 써도 그까짓 거야 문제없겠죠? 그런데 왜 수레를 타지 않고 걸어오셨어요?"

하계주가 한바탕 수다를 떨다 말고 일꾼을 시켜 더운 물과 수건을 가져오도록 했다. 손발을 닦고 푹 쉬도록 하려는 배려였다. 오차우는 피곤이 역력한 얼굴을 하고 있었으나 억지로 웃음을 지어보였다.

"좋은 말만 해줘서 고맙네. 며칠 동안 골방에 갇혀 있었더니 시원한 공기가 마시고 싶었어. 그래서 다리품을 조금 팔았을 뿐이야. 별 문제 없어."

명주가 오차우의 말이 떨어지는 것과 동시에 사람 좋은 웃음을 흘리면서 등 뒤에서 나타났다. 오차우는 같이 시험 보러 갔다가 혼자 먼저 나온 것이 민망했는지 먼저 물었다.

"시험 잘 봤어? 글은 자신 있고?"

명주는 일부러 이맛살을 찌푸려 보이면서 익살맞게 대답했다.

"대충 몇 글자 적어 냈죠, 뭐. 워낙 글솜씨가 없어서 턱걸이나 할지 모르겠네요."

오차우가 털털하게 웃음을 터트렸다.

"나는 연이어 두 번씩이나 미역국을 먹고 나니까 눈에 뵈는 게 없더라고. 그래서 이번에는 조금 파격적인 글을 써 봤어. 지난번 술김에 한 소리는 괜한 게 아니었어. 이번에는 진짜로 오배 놈을 한번 찔렀다고. 제목부터가 놀랍지 않아? 권지난국圈地亂國 말이야! 땅을 마구 도둑질해 가서 나라를 어지럽힌다는 뜻이지."

오차우가 장난스런 자세를 취했다. 하지만 사람들은 그의 말에 모두

넋이 나가고 말았다. 하계주 역시 그랬다. 당장 무슨 큰일이라도 일어날 것처럼 당황하면서 그의 팔을 잡으며 울상을 지었다.

"둘째 도련님, 무슨 배짱으로 벌집을 건드리셨습니까그래! 제세濟世라는 그 시험 감독관은 오배의 오른팔이라고요! 세상에 칼날을 잡은 사람이 이기는 법은 없어요. 왜 잠자는 사자의 코털을 건드렸습니까!"

명주 역시 안달이 나서 두 발을 동동 굴렸다.

"형님, 손이 좀 근질거리더라도 이를 악물고 참지 그랬어요?"

여러 사람들이 서로 경쟁을 하듯 호들갑을 떨었다. 그러나 오차우는 아무렇지도 않다는 듯 더운 수건으로 얼굴을 쓱쓱 문지르면서 말했다.

"제대로 된 황제라면 직언을 하는 사람을 내치지 않아! 오히려 크게 중용하지. 만약 바른 말을 한 것이 죄가 된다면 그런 관리 같은 것은 시켜준다고 해도 안 해! 더구나 내가 무슨 못할 말을 했는가!"

하계주의 얼굴에는 근심이 가득 어렸다. 오차우의 강경한 자세가 걱정이 된 것이다.

"지금은 오배가 황제보다 더 힘이 있습니다. 오배에게 잘못 보여 득이 될 것이 뭐 있어요? 하기야 시험을 주관하는 최고위 관리가 소극살합이라는 사람이니 이런 답안지 정도는 알아서 걸러내겠죠!"

오차우는 두 발을 더운 물에 담그고 있었다. 그러면서 눈을 감은 채 냉소를 터트렸다.

"그건 그놈이 읽어보라고 쓴 거야. 안 읽어보면 내 노력이 헛된 것이 되지. 그 글을 읽으면 화가 날 거야. 나를 죽이니 살리니 하겠지만 적어도 인간이라면 어느 정도쯤은 반성하지 않을까 싶어!"

오차우의 표정이 서서히 굳어지기 시작했다. 대화가 꼬이기만 하는 것이 기분 나쁜 모양이었다. 사실 그가 처음부터 작정을 하고 답안지를 쓴 것은 아니었다. 처음에는 이름을 거명하지 않고 에둘러 적당히 꼬집으려고 했다. 그런데 쓰다 보니 점점 감정이 격해졌다. 급기야 마지막에는 그만 직격탄을 날리고 말았다. 그도 대책은 없으면서 괜히 벌집부터 쑤셔놓은 것은 아닌가 하는 걱정을 하긴 했었다. 게다가 열붕점 형제들도 한심스럽다는 듯이 줄이어 공격을 해댔다. 오차우는 당당하던 처음과는 달리 기분이 울적해지고 말았다.

오차우는 한참을 말없이 먼 산만 바라보다 훌훌 털고 일어났다. 아무렇지도 않다는 듯이 웃음을 머금고 있었다.

"운명에 맡길 수밖에 없는 거지 뭐! 진인사대천명盡人事待天命 아닌가!"

오차우는 조정에서 잡으러 오지만 않으면 다행이라고 여기는 듯했다. 합격은 꿈도 꾸지 않는 것 같았다.

하지만 명주는 달랐다. 은근히 기대에 부풀어 있었다. 그러나 며칠 동안 아무런 소식도 없었다. 명주는 슬슬 조급해지기 시작했다. 밤마다 이리 저리 뒤척이면서 제대로 잠을 이루지 못했다. 그는 다음 날 아침 일찍 몸을 정갈하게 씻은 다음 집을 나섰다. 가게에 가서 향을 사들고 돌아온 그는 바로 향불을 피웠다. 이어 거울을 앞에 내려놓고 경건하게 기도를 올리기 시작했다. 그의 입에서 스님의 염불 같은 무슨 소리가 흘러나왔다. 한참 후 그는 손거울을 다시 호주머니에 집어넣고 집을 나섰다. 그는 이른바 '거울점'이라는 것을 보고 있었다. 그건 집을 나서자마자 처음 들려오는 말을 분석해 운세를 보는 미신이었다. 그 말 속에 '거울신'의 계시가 있다는 것이다.

거리에는 아직 이른 아침인 탓인지 오가는 사람이 거의 없었다. 가끔가다 새벽잠 없는 노인네들이 거리의 바닥을 쓸거나 몸을 풀고 있는 모습만 보일 뿐이었다. 명주는 발길을 새벽시장 쪽으로 돌렸다. 마침 어떤 아낙이 부추장수와 흥정을 벌이고 있었다.

"한 근에 세 문文(10문이 1원元이다)이라고 했잖아요. 왜 갑자기 말을 바꾸고 그래요? 시들어 빠진 부추 가지고!"

아낙이 살모사 같은 눈을 부릅떴다.

"사지 않으면 그만이지 않소. 왜 남의 부추는 발로 툭툭 차고 그래요? 재수 없게! 그리고 눈이 똑바로 박혀 있으면 잘 봐요. 얼마나 싱싱한지 여기 아침이슬까지 맺혀 있잖아요."

부추장사가 화를 버럭 내면서 쏘아붙였다. 아낙은 우락부락한 사내의 모습에 기가 질린 듯했다. 더 이상 아무 말도 하지 않고 휙 가버렸다. 사내는 아침부터 재수 옴 붙었다면서 씩씩거렸다. 궁시렁거리는 소리가 아낙의 등 뒤에서 울려 퍼졌다.

"풀이나 처먹고 사는 주제에 고상한 척하기는! 집에 가 토끼한테 먹일지언정 너 같은 사람한테는 안 판다, 안 팔아!"

명주는 사내와 아낙이 주고받던 말들을 곱씹어봤다. 기분이 좋을 까닭이 없었다. 아침부터 바락바락 악을 쓰고 싸우는 모습과 거친 욕설들이 좋게 보이거나 들린다면 오히려 그게 이상할 일이었다. 다시 곱씹을 필요도 없었다. 명주는 풀이 푹 죽은 얼굴로 열봉점으로 돌아왔다.

오차우의 방에는 아침 일찍 마실을 나온 위동정이 자리를 함께 하고 있었다. 하계주의 얼굴도 보였다. 위동정은 명주를 보자마자 황급히 일어나 자리를 내주었다.

"이렇게 일찍 어디를 나갔다 오는가? 무슨 급한 일이라도 있는 거야?"

명주는 방금 거리에서 봤던 일들을 자세하게 들려주었다. 가장 먼저 웃음을 터뜨린 하계주가 어이가 없다는 듯이 투덜거렸다.

"거울점이니 뭐니 하는 것은 다 머리에 든 것 없는 아낙네들이나 하는 짓입니다. 고추 달린 사나이 대장부가 어찌 거울을 들고 나가 남의 말이나 엿듣고 그럴 수 있어요? 초조하고 불안한 것은 충분히 이해가 가요. 하지만 조금만 더 기다려 보자고요. 곧 좋은 소식이 있겠죠."

명주가 하계주의 말에 머리를 끄덕이고는 말없이 자리에 앉았다. 잠시 좌중에 침묵이 흘렀다. 위동정이 먼저 오차우에게 말을 건넸다.

"제가 이제껏 지켜본 바에 의하면 오 선생님은 출세에 대한 욕심이 별로 없는 것 같아요."

오차우는 위동정의 말에 웃음을 지었다. 반드시 그렇지만은 않다는 뜻인 듯했다.

"목을 매지 않을 따름이지, 나도 소위 출세라는 것으로부터 완전히 자유로운 것은 아니야. 두 번씩이나 연달아 와장창 깨지면서도 이 바닥을 못 떠나는 것을 보면 알 수가 있지 않은가. 하지만 나는 곧게 뻗은 대나무처럼 살고 싶어. 물 위에 뜬 갈대로는 절대로 하루도 살지 않을 거야."

위동정이 오차우를 존경스런 눈매로 바라봤다.

"오 선생님은 정말 강직하고 박식하시네요. 그런데 이번 시험에 써내신 그 답안은 정말 괜찮을까요?"

오차우가 초연한 표정을 지었다.

"명예라는 것은 집착만 하지 않으면 쓰레기 취급을 할 수 있는 것이지! 그래봤자 목이 달아나기밖에 더 하겠어?"

오차우의 말은 비장했다. 그 말에 모두들 고개를 숙이면서 입을 다물었다. 농담으로 들어 넘기기에는 너무 무거운 탓이었다. 위동정이 한참 동안 침묵을 지키다 물었다.

"그러면 다음 행보는 어떻게 준비하고 계신지요?"

오차우가 막 대답을 하려고 할 때였다. 갑자기 밖에서 와자지껄한 소리와 함께 징소리, 꽹과리 소리가 요란하게 들려왔다. 동시에 '거리의 소식통'이라고 불리는 사람들이 손에 빨간 봉투를 들고 들어서면서 떠들어댔다.

"어떤 분이 명주 어르신입니까? 축하드립니다. 급제하셨습니다!"

명주는 깜짝 놀라 자신도 모르게 허겁지겁 달려가 빨간 봉투를 낚아챘다. 정신없이 훑어보는 그의 눈에 붉은 도장이 선명한 통지서가 들어왔다. 뒤이어 그는 풀썩 그 자리에 주저앉고 말았다. 두 다리가 후들거려 도저히 똑바로 서 있을 수가 없었던 것이다. 오차우는 명주의 어깨를 힘주어 잡아주면서 신바람이 난 얼굴을 한 채 주방을 향해 소리를 질렀다.

"어서 술상을 준비하게! 명주하고 한잔 해야겠어!"

위동정 역시 자기 일처럼 기뻐하면서 명주에게 축하를 건넸다. 하지만 하계주는 달랐다. 처음 가게 앞에 쓰러져 있던 명주를 화장장에 보내려 했던 일이 떠올랐는지 공연히 자책감에 휩싸여 죄인처럼 머리를 푹 숙였다.

"제가 정말 죽을죄를 지었습니다. 둘째 도련님이 아니었더라면 정말 귀인을 잃을 뻔했네요!"

하계주는 무릎걸음으로 명주 앞에 다가가 머리를 조아렸다.

"명주 어른, 저를 용서해주는 거죠?"

하계주의 말에 비로소 제정신이 돌아온 명주가 급히 하계주를 일으켜 세웠다.

"다시는 그런 소리 하지 마세요. 당신은 누가 뭐라고 해도 내 생명의 은인입니다. 괜히 서먹서먹해지지 않게 두 번 다시 이러지 말아요."

하계주가 감격에 겨운 듯 머리를 끄덕였다. 하계주의 집 하인들도 주인과 크게 다를 바 없었다. 게다가 그 주인에 그 일꾼이라는 말처럼 동작이 빨랐다. 분위기 파악에 이골이 난 사람들답게 어느새 푸짐한 술자리를 마련해 놓았던 것이다. 심지어 누가 무엇을 즐겨 먹는지를 잘 아는 그들은 좌중의 사람들이 좋아하는 음식을 한 가지씩 마련하는 노련함까지 보여줬다.

상석은 역시 오차우의 차지였다. 그 다음에는 위동정, 명주가 차례대로 앉았다. 하계주는 맨 끝자리에 엉덩이를 붙인 채 앉았다. 오차우는 순식간에 술 석 잔이 목을 타고 넘어가자 흥분을 주체하지 못했다.

"안 그래도 오늘 여러분을 불러 술을 한잔 하려고 했었지. 내일 모레 명주를 데리고 고향 양주에 내려가려고 했었다고! 그런데 명주 아우가 떡하니 급제를 했으니 정말 기분 끝내주는군. 며칠 더 놀다가 가도 되겠어."

오차우의 말을 듣고 있던 명주가 어리광을 부렸다.

"동생에게 이런 영광스런 오늘이 있기까지는 형님의 공로가 절대적이었어요! 아무튼 저는 복이 많은 놈인가 봐요!"

명주가 정감어린 눈매로 오차우를 바라보면서 말을 이었다.

"형님의 실력은 자타가 공인하는 것입니다. 이번에 안 되면 다음에 한 번만 더 보세요. 이상한 글만 쓰지 않으면 형님은 반드시 붙을 거예요."

오차우는 명주의 말에 그저 히죽 웃기만 했다. 그러자 옆에서 가만히 듣고만 있던 위동정이 느닷없이 입을 감싸 쥔 채 웃음을 터트렸다. 그 모습을 본 오차우가 물었다.

"동생은 왜 웃는가?"

오차우가 이제는 친해진 사이인지라 반말 투로 위동정에게 물었다. 위동정이 대답했다.

"다름이 아니라 명주 말이 맞는 것 같아서 그래요. 오 선생님, 정말 한 번만 더 도전해 보시는 것이 어떨까요?"

오차우의 목소리는 여전히 담담했다.

"솔직히 명주가 급제하게 될 줄은 진작부터 알았어. 워낙 실력이 있고 침착하니까 말이야. 며칠 동안 소식이 없어 궁금했으나 지금 보니 호사다마였네!"

오차우는 끝까지 다시 도전해 보겠다는 대답을 하지 않았다. 그래도 명주는 끈질기게 달라붙었다.

"형님, 한번 칼을 뽑았으면 죽이 되든 밥이 되든 결과를 봐야죠. 형님답지 않게 왜 그래요?"

오차우는 이미 다시 한 번 더 도전해보기로 마음의 결정을 내린 상태였다. 그럼에도 일부러 명주 등을 놀리기 위해 딴소리를 하고 있었다. 그러나 이제는 진지해질 때였다. 그는 술잔을 들어 천천히 입안에 부어 넣으면서 전의를 다졌다.

"좋아, 내 자네들 소원대로 하지!"

다음날 아침이었다. 지난 밤에 당직을 선 위동정이 강희를 찾아왔다.

"폐하, 오 선생의 답안지를 빼내서 가져왔사옵니다!"

위동정이 싱글벙글 웃으면서 강희 앞으로 다가섰다. 옷소매 안에는 둘둘 감긴 종이뭉치가 들어 있었다. 그는 그것을 꺼내 강희에게 넘겨주었다. 강희는 오래 기다렸다는 듯이 거친 손동작으로 겉봉을 뜯어내고 답안지를 펼쳐봤다. 순간 그의 두 눈이 휘둥그레졌다. 며칠 굶은 사람이 갓 쪄낸 만두 앞에 서 있는 것 같은 눈빛을 하고는 연신 "좋군!"이라는 말을 되뇌었다. 그럴 수밖에 없었다. 마치 용이 기지개를 켜는 듯한 글씨체가 두 눈 가득 확 들어왔던 것이다. 봉황이 날갯짓을 하는 듯한 느낌도 받았다.

"첩보전이 따로 없었사옵니다. 소극살합 대인이 부시험관을 따돌리고 겨우 빼돌렸사옵니다. 하나하나 살펴보느라고 고생 좀 했사옵니다."

강희는 위동정의 공치사 따위에는 신경 쓸 틈이 없었다. 내용을 훑어보느라 정신이 없었던 것이다. 찻잔을 집어 든다는 것이 뜨거운 찻물에 닿아 손가락을 데었을 정도로 그야말로 집중하고 있었다. 그랬음에도 그는 다 읽고 나자 아무 일도 아닌 듯 말했다.

"인재는 인재군! 자, 어서 와서 자네도 읽어보게!"

위동정은 조심스레 강희에게 다가갔다. 이어 허리를 굽히고 나지막한 목소리로 글을 읽어나갔다. 다음과 같은 내용이었다.

땅은 삶의 기본이자 생명의 원천이다. 고관대작들이 몸에 감고 다니는 비단이나 먹고 마시는 음식 모두가 땅을 떠나서는 있을 수 없다. 백성들에게 땅은 곧 자식이고 목숨과도 같은 것이다. 백성들은 눈만 뜨면 흙과 씨름하고 그것을 유일한 삶의 위안으로 살아간다. 이런 백성들에게서 땅을 빼앗고 삶의 터전을 박탈한다는 것은 바로 죽음으로 내모는 것과 같다. 숨죽이면서 산 죄밖에 없는 백성들의 굶어죽은 시체가 거리를 뒤덮고 있구나. 도대체 나라꼴이 이게 뭔가! 땅을 빼앗았으면 농사라도 지을 것이지 황폐하게 내버려두니 식량이 부족한 병사들의 사기가 떨어지지 않는가. 나라 안팎이 온통 뒤숭숭하니 도망갔던 오랑캐들이 또다시 얕잡아 보고 덤비지 말라는 법이 어디 있다는 말인가! 천인공노할 일이로다. 나라가 나라꼴을 잃어버리게 되지 않겠는가!

위동정은 한숨을 돌리는 척하면서 읽기를 멈췄다. 강희의 표정을 살펴보기 위해서였다. 아니나 다를까, 강희의 얼굴은 벌겋게 상기돼 있었다. 뒷짐을 지고 부산스레 방안을 거니는 모습이 화가 난 것도 같았다. 그는 계속 읽어야 하나 말아야 하나 고민하지 않을 수 없었다. 그 순간 강희의 불호령이 떨어졌다.

"뭐 하는 거야! 누구는 목숨을 걸고 이렇게 좋은 글을 써냈는데, 자네는 그걸 제대로 읽지도 못해?"

위동정은 강희의 닦달에 목소리를 가다듬고 다시 읽어 내려가기 시작했다.

……불행 중 다행으로 지금의 천자는 현명하다. 즉위한 이후 여러 차례 권지를 금하고 땅을 백성들에게 돌려주라는 명령을 내렸다. 하지만 사악한 간신이 득세해 황제의 말을 무시한 채 여전히 만행을 자행하고 있다. 그러니 지방의 흡혈귀들이 살판이 났다고 설쳐대지 않는가! 왕망王莽(전한前漢을 멸하고 신新나라를 세운 인물) 이후 1500년 역사에서 이런 무법천지는 일찍이 없었다. 더 이상 있어서는 안 된다!

위동정은 식은땀을 훔치면서 겨우 글을 다 읽었다. 강희는 언제 위동정에게 화를 냈는가 싶게 흐뭇한 표정으로 혼잣말처럼 중얼거렸다.

"틀린 말이 하나도 없어! 누군가 나에게 스승을 찾아 준다고 했지. 그런데 이보다 더 훌륭한 스승이 어디 있겠는가?"

위동정은 강희의 말뜻을 완전히 알아채지 못했다. 그러나 강희의 눈길을 받자 어쩔 수 없이 건성으로 대답했다.

"정말 대단한 용기라고 생각하옵니다."

"자네 말이 맞아."

강희가 답안지를 위동정에게 넘겨주면서 말했다.

"짐은 이런 스승이 필요해. 그러니까 자네는 무슨 수를 써서라도 오선생을 붙잡아두게."

"폐하, 소인에게 맡겨 주시옵소서! 어제도 열붕점에서 만났사옵니다."

"좋아."

강희는 기분이 상당히 좋아보였다.

"먼저 이 답안지를 소극살합 대인에게 한번 보라고 전해. 잘 보관해

두라고도 전하고. 만약 비밀이 새어 나가면 어떻게 되는지는 잘 알 거야."

두 사람이 주거니 받거니 하고 사이좋게 대화를 나누고 있을 때였다. 태감 장만강張萬强이 온갖 서류들을 가득 안고 다급히 걸어와 무릎을 꿇었다.

"폐하, 색니 대인의 병세가 악화되어 간다고 하옵니다."

강희의 얼굴이 갑자기 굳어졌다. 조금 전까지만 해도 다분히 남아 있던 웃음기는 사라져버리고 말았다. 그가 자리에서 벌떡 일어나면서 물었다.

"어떻게 안 좋은 건가?"

"임종을 앞두고 있다고 전해 들었사옵니다!"

"어서 가서 직접 확인한 다음에 자세히 알려주게."

위동정이 옆에서 듣고 있다 조심스레 끼어들었다.

"폐하, 소인 생각에는 폐하께서 친히 다녀오시는 것이 어떨까 하옵니다."

강희는 위동정의 말에 일리가 있다고 생각했다. 직접 가보기 위해 가마를 대라는 명령을 급히 내렸다. 그러자 엎드려 있던 장만강이 머리를 번뜩 쳐들면서 반대했다.

"폐하, 아니 되옵니다!"

"왜 안 된다는 건가?"

강희가 의아한 표정으로 물었다.

"폐하께서 친히 다녀가시면 색니 대인이 지나치게 흥분할 것이옵니다. 그러면 병세에 오히려 도움이 되지 않을 줄로 아옵니다!"

강희는 장만강의 말을 듣는 순간 선조들이 지켜오던 가법家法을 떠올렸다. 아끼던 대신들이 몹시 아플 때면 오히려 발길을 금하던 선제들의 가법을. 색니의 병세가 악화됐다는 사실에 충격을 받아 미처 생각을 못 했던 부분이었다. 황제가 친히 병문안을 가면 환자가 부담스러울 것이라는 사실을 잘 알고 있었던 것이다. 강희는 풀이 죽은 채 생각에 잠겼다.

"옆에 있어 주는 것만으로도 힘이 됐던 산 같은 존재였어. 오배를 견제하는데 한몫을 톡톡히 해주리라 믿었는데 저렇게 병들어 누워 있으니……."

강희는 힘없이 손사래를 쳐서 장만강을 내보냈다. 자신의 병문안이 오히려 해가 된다면 가지 말아야 했던 것이다.

시계바늘은 어느덧 낮 11시를 가리키고 있었다. 보정대신 소극살합이 알현을 요청한다는 소식이 전해졌다. 강희는 마음이 엉킨 실타래처럼 복잡하고 안절부절 못하는 상태인지라 위동정에게 자신을 계속 따르라는 명령을 내렸다.

"양심전으로 같이 한번 가보지 않을 텐가?"

위동정은 자신의 귀를 의심하면서 황급히 대답했다.

"노재 같은 천한 육품六品 시위 신분에 어찌 단독으로 폐하를 뫼시고 대신을 만날 수 있겠사옵니까!"

위동정이 정색을 하면서 말하자 강희가 미소를 지어보였다.

"뭐가 문제겠어! 소극살합에게 상서방上書房(황자皇子들을 교육시키는 곳)으로 오라고 해. 양심전까지 갈 것 없이 여기서 만나게. 또 자네는 굳이 자리를 피하지 않아도 되니 알아서 해. 그런데 이 시간에 웬일이지?"

소극살합의 얼굴은 창백했다. 그래서일까, 휘청거리면서 안으로 들어서더니 바닥에 엎드려 머리를 조아렸다.

"폐하! 오배를 처단하라는 성지를 내려주시옵소서!"

소극살합은 거두절미한 채 본론만 말했다. 좌중의 사람들은 그의 한마디에 기절초풍할 듯이 놀랐다. 강희 역시 가슴이 쿵! 하고 내려앉았다. 그러나 황제답게 애써 감정을 억제하면서 물었다.

"무슨 일인데 그렇게 흥분하오! 보정대신들이 충분한 논의를 했는 가?"

소극살합은 두려운 기색이라고는 전혀 없었다. 오히려 기세 좋게 옷소매에서 종이 한 장을 꺼내 훑어보면서 아뢰었다.

"땅을 무작위로 나눠가지는 권지는 앞선 왕조의 말도 안 되는 이상한 소유 방식이옵니다. 그게 잘못됐다는 사실이 백일하에 드러나기도 했사옵니다. 그런데 우리가 대중화大中華를 이룩한 지금에 와서도 그 악습은 여전하옵니다."

강희가 물었다.

"내가 정식으로 정치에 참여하지 않고 있을 때인 작년에 보정대신들이 머리를 맞대고 이 문제로 고민한 줄 알고 있는데?"

강희의 말에 소극살합이 다시 한 번 머리를 조아렸다.

"폐하께서 알고 계신 그대로이옵니다. 여러 번 금지령을 내렸사옵니다. 그러나 오배는 눈 하나 깜빡 하지 않았사옵니다. 오히려 더욱 날뛰었사옵니다. 그야말로 정말 대책이 없사옵니다. 현재 오배의 정황기는 여전히 호륜패이呼倫貝爾(지금의 중국 내몽고內蒙古 지역) 서쪽과 과이심科爾沁 (내몽고 일대) 남쪽의 비옥한 땅을 손아귀에 움켜쥔 채 놓지 않고 있사옵니다. 요즘에는 열하 지역에 있는 폐하의 장원莊園에마저 손을 뻗쳤사옵니다. 웅사리熊賜履가 철저한 조사 끝에 올린 상주문에 나온 내용이니 노재는 그 진실을 믿어마저 않사옵니다. 오배 같은 놈을 그냥 놔둬서는 절대로 아니 되옵니다!"

소극살합은 나름대로 소신 있게 말했다. 그러나 듣고 있던 강희의 태도는 많이 달랐다. 탁자를 부셔져라 내리치면서 자리를 박차고 벌떡 일어나 소극살합에게 화를 내려고 했다. 그러나 그는 "매사에 침착하라"

고 한 소마라고의 말을 되새기고는 심하게 혼내주려던 마음을 고쳐먹고 다시 제자리에 주저앉았다.

"진짜 증거가 충분한가?"

"폐하께서 소신의 말을 못 믿으시면 친히 사람을 파견하셔서 사실 여부를 확인하시는 게 좋을 듯하옵니다. 얼마나 많은 백성들이 하루아침에 알거지가 돼 북경을 떠돌고 있는지 모르옵니다! 소신은 얼마 전 나이가 든 하인을 들인 적이 있사옵니다. 그런데 그 사람 역시 땅을 잃고 쫓겨나 살길을 찾아 북경까지 왔다고 하옵니다. 나중에는 목리마에게 딸까지 빼앗겼다고 하옵니다. 그 딸은 더욱 비참하게 됐사옵니다. 오배의 노예로 끌려갔다고 하옵니다. 이 노인도 그나마 무예를 좀 익혔기에 망정이지 그렇지 않았다면 비참하게 객사할 뻔했다고 했사옵니다!"

강희의 옆에 서 있던 위동정은 순간 가슴이 철렁했다. 모든 상황으로 미루어 볼 때 소극살합이 말하는 사람들은 사감매 부녀가 틀림없었다. 몇 년 동안이나 죽어라 찾아 헤맸는데, 드디어 생사를 확인하게 되다니! 위동정은 당장 소극살합을 붙잡고 자세한 상황을 묻고 싶었다. 하지만 처지가 처지이니만큼 입을 다물고 있을 수밖에 없었다.

강희는 "흥!" 하고 콧방귀를 뀌면서 뒷짐을 진 채 방안을 서성거렸다. 숨소리마저 크게 들릴 정도로 무거운 침묵이 흘렀다. 잠시 후 강희의 목소리가 좌중 사람들의 귀청을 때렸다.

"소극살합, 혹시 그대의 땅도 빼앗긴 것인가?"

소극살합은 강희가 뭔가를 알고 있는 것으로 믿고 즉시 대답했다.

"백성들이 겪고 있는 고초에 비한다면 새 발의 피라고 할 수 있사옵니다!"

강희는 소극살합의 대답에 처음으로 만족한 듯 머리를 끄덕였다. 그러나 이 자리에서 소극살합의 요구를 즉시 들어줄 수는 없는 일이었다.

강희가 일부러 쌀쌀맞게 말했다.

"자네의 말과 관련된 얘기는 짐이 직접 조사해 보고 결정할 생각이네. 한 배를 탄 사람끼리는 마음이 맞아야 배가 목적지에 다다를 수 있어. 서로 헐뜯고 서로 뱃사공이 되겠노라고 싸운다면 어떻게 되겠는가? 그대와 오배는 둘 다 선제의 고명顧命을 받은 보정대신들이야. 그러니 어떤 일이 있더라도 합심해야 해. 알았으니 그만 가보게."

소극살합이 물러갔다. 강희는 기다렸다는 듯 위동정만 빼고 주변을 물리쳤다.

"자네는 소극살합의 말을 어떻게 생각하는가?"

"노재가 감히 뭐라고 말씀드릴 수는 없사옵니다. 그러나 어쨌든 북경이 거지들 때문에 몸살을 앓는 것만은 틀림없는 사실이옵니다."

강희가 머리를 끄덕였다.

"짐이 그걸 왜 모르겠는가? 저번에 웅사리의 반년 녹봉을 지불 정지시킨 것도 안 되는 줄 알면서 어쩔 수 없이……. 에이, 속상하니까 그만 얘기해야겠어."

강희가 무슨 말을 하려다 말고 깊은 한숨을 내쉬면서 입을 다물었다. 한참 후에야 강희가 다시금 입을 열었다.

"소극살합의 충성심을 짐이 몰라서 그런 게 아니었어. 그 사람에게 찬물을 끼얹을 수밖에 없었던 것도 다 그를 위해서라고. 아직 실권도 별로 없는 사람에게 괜히 바람만 잔뜩 넣어서도 안 될 것 같아서 말이야. 소극살합은 힘이 너무 없어!"

위동정은 강희가 속내를 드러내 보이자 비로소 용기를 냈다.

"그러면 폐하께서 소극살합에게 실권을 부여하시면 되지 않겠사옵니까?"

강희가 쓴웃음을 지어보였다.

"짐이 무슨 황제이기는 한 건가? 종이호랑이에 불과하잖아."

"그렇다면 조정에 조조曹操와 같은 막후 실권자가 생겼다는 말씀이시옵니까?"

강희의 두 눈은 위동정의 느닷없는 말에 갑자기 별처럼 빛났다. 강희는 약간 흥분한 상태로 잠시 창밖을 내다보면서 생각에 잠겼다. 그러다 갑작스레 태도가 돌변하더니 혹독하게 위동정을 나무랐다.

"허튼소리 말아. 조조는 무슨 조조야! 아닌 밤중에 홍두깨라더니, 오냐오냐 했더니 짐 앞에서 못하는 소리가 없어!"

강희의 목소리는 컸다. 그러나 악의는 없었다. 위동정은 뭐가 잘못됐는지도 모른 채 연신 머리를 조아렸다.

"노재, 죽을죄를 지었사옵니다! 노재, 죽을죄를 지었사옵니다!"

사실 위동정이 무심코 내뱉은 한마디는 강희에게 커다란 깨달음을 주었다. 바로 그런 느낌이 있었기 때문에 그의 눈이 반짝반짝 빛났던 것이다. 그러나 군주의 체면에 준다고 덥석 받아먹을 수는 없는 일이었다. 여섯 살 때부터 읽은 《제왕심감》帝王心鑑에서도 군주의 존엄에 대해서 자세하게 적고 있지 않았던가.

자고로 군주의 위엄은 아첨하는 무리들의 무조건적인 숭배와 추대로 지켜지기도 한다. 그러나 군주 자신의 의리와 지혜에 의해서도 지켜진다. 나아가 닿을 듯 말 듯한 신기루 같은 거리감에서도 나타난다. 적당한 거리가 가져다주는 신비함과 거리감이 없다면 황제일지라도 존엄성은 보장받기 어렵다.

강희는 기분이 좋았다. 유능한 군주로 잘 알려진 선제들이 처세술에 많이 적용했다는 대목을 오늘 비로소 소극살합과 위동정에게 제법 잘

써먹은 것 같았으니 말이다. 그는 갑자기 소마라고에게 자랑을 하고 싶어졌다. "폐하, 정말 잘 하셨사옵니다!" 하고 소마라고가 칭찬을 아끼지 않을 것 같았다. 또 새삼스레 그런 칭찬이 듣고도 싶어졌다. 그야말로 어린 군주다운 생각이었다.

강희가 이런저런 생각에 휩싸여 있을 때였다. 갑자기 태감 장만강이 두 손을 늘어뜨리고 서 있는 모습이 눈에 들어왔다. 색니의 병문안을 갔다 온 모양이었다. 강희가 다급하게 물었다.

"그래, 가보니 어떻던가?"

"폐하, 색니 대인의 병세가 악화일로를 치닫고 있사옵니다. 목숨이 잘 해야 며칠밖에 남지 않았다고 태의太醫가 말했사옵니다. 그럼에도 생각보다 정신이 맑아 보여 노재가 물어보았사옵니다. 그랬더니 자신은 서산에 꼴깍 하고 넘어가기 직전의 저녁노을이라고 말했사옵니다. 또 죽기 전 마지막 소원이 폐하를 한 번만 뵙는 것이라고……."

장만강이 말을 잇지 못하고 눈시울을 붉혔다. 강희는 길게 생각할 것도 없이 위동정에게 명령을 내렸다.

"미복微服으로 갈아입고 색니에게 다녀와야겠다. 가마를 대령하라!"

색니의 집은 옥황묘玉皇廟 거리에 있었다. 아늑하고 한적한 곳에 자리잡은 이 으리으리한 저택은 조상대대로 조정에 기여한 공로를 인정받아 선제에게 친히 하사받은 것이었다. 네 사람이 강희가 앉은 가마를 메고 황궁을 나섰다. 그 뒤를 위동정과 또 다른 한 명의 시위가 말을 탄 채 따랐다. 색니의 집은 멀지 않았다. 한 시간이 채 걸리지 않아 도착할 수 있었다. 그러나 바로 들어갈 수는 없었다. 하인 한 명이 강희 일행을 막고 나선 것이다.

"주인어른이신 색니 대인께서 많이 편찮으셔서 손님을 맞을 수가 없습니다!"

강희는 생각지도 않았던 하인의 행동에 깜짝 놀랐다. 그러자 위동정이 강희가 뭐라고 하기도 전에 재빨리 가슴 속에서 여의를 꺼냈다.

"이걸 색니 대인에게 보여주면 무슨 말씀이 있을 테니 가져가게."

색니의 집 대문은 얼마 지나지 않아 활짝 열렸다. 저만치에서 색액도가 황급히 걸어 나오는 모습이 보였다. 그가 엎드리면서 머리를 조아렸다.

"폐하께서 행차하셨는데 불경을 저질러 노재가 죽을죄를 지었사옵니다!"

강희가 재빨리 색액도를 일으켜 세웠다.

"오늘은 미복차림으로 바람 쐬러 나온 김에 생각이 나서 와본 걸세. 너무 부담 갖지 말게나. 말이 새어 나가지 않게 아랫사람들 입단속을 잘 시키게!"

장만강의 말대로 색니는 미라처럼 바싹 마른 모습으로 침상에 누워 있었다. 그는 아들 색액도가 귓가에 대고 "폐하께서 병문안을 오셨다"고 하자 어디에서 힘이 솟구쳤는지 갑자기 눈을 크게 뜬 채 사방을 둘러보면서 강희를 찾았다. 강희가 급히 앞으로 다가갔다.

"지나가던 길에 들렀으니 부담 갖지 말고 편히 누워 계시게."

색니는 강희가 거짓말을 하는 것을 잘 아는 듯했다. 머리를 절레절레 흔들면서 눈을 감는 것이 그래 보였다. 그의 쭈글쭈글한 눈가로 희뿌연 눈물이 소리 없이 흘러내렸다. 베갯잇은 바로 흥건하게 젖었다. 색니는 드러눕기 전만 해도 강희의 앞길을 훤히 비춰주고 싶어 했다. 강희가 장성할 때까지 조금이라도 더 살아있게 해달라고 하늘에 간절히 빌고 또 빌었다. 강희를 볼 때마다 강가에 내놓은 애처럼 불안해서 손에 땀을 쥐었던 적이 한두 번이 아니었다. 마음 역시 칼로 도려내는 듯 아팠다. 호시탐탐 노리는 늑대들이 설쳐대는 이승에 강희를 혼자 버려두고 길을 떠나야 하니 왜 그렇지 않겠는가.

강희는 말도 못하고 하염없이 눈물을 쏟고 있는 색니를 내려다봤다. 그의 눈에도 눈물이 가득 차올랐다. 그러나 그는 용하게도 여러 사람들 앞에서 눈물을 흘리지는 않았다. 그저 속으로 눈물도 마음대로 흘릴 수 없는 처지를 한탄했다.

시간이 얼마나 흘렀을까. 색니가 서서히 실눈을 뜨면서 입술을 씰룩거렸다. 뭔가 말을 하려고 안간힘을 쓰는 모습이 역력했다. 그러나 실패했다. 그럼에도 그는 손가락을 들어 장롱 위에 놓인 검은 나무상자를 가리킬 수는 있었다. 색액도가 급히 상자를 가져왔다. 빈틈없이 봉해진 상자였다.

색니가 아주 힘겹게 상자를 봉한 종이를 뜯어냈다. 하지만 좀처럼 열어 보일 생각을 하지 않았다. 그저 위동정을 물끄러미 쳐다볼 뿐이었다. 위동정은 눈치가 빨랐다. 색니가 자신을 의식하고 있다는 사실을 알아차리고는 풀썩 그 자리에 꿇어앉았다.

"오늘 일은 하늘이 알고 땅이 알고 폐하와 대인께서만 아십니다. 소인 위동정은 아무것도 모르는 것으로 돼 있습니다. 만약 비밀이 탄로 나는 날에는 소인이 화살 세례를 받고 죽어도 여한이 없을 것입니다. 하늘에 맹세합니다!"

색니는 위동정의 맹세를 듣고서야 상자를 위동정에게 넘겨줬다. 상자 안에는 노란 종이와 흰 종이가 들어 있었다. 각각 황제와 아들 색액도에게 쓴 유서였다. 위동정이 강희를 쳐다봤다. 강희는 아무거나 빨리 읽어보라고 재촉했다.

위동정은 무릎을 꿇고 앉아 노란색 종이에 쓰인 유서부터 읽기 시작했다. 색액도 역시 공손히 꿇어앉아 들을 준비를 했다. 이윽고 나지막하고 또랑또랑한 위동정의 목소리가 들려왔다.

명색이 듣기 좋아 보정대신이옵니다. 그러나 폐하를 위해 해놓은 일은 아무것도 없사옵니다. 그런 이 늙은이가 죽음의 언저리에 서니 뭐라고 말을 꺼내기조차 부끄럽기 그지없사옵니다. 한 줌의 흙으로 돌아가는 마당에 할 말도 없사옵니다. 그러나 한 가지만은 꼭 말하고 떠나야 할 것 같아 붓을 들었사옵니다. 노재는 오랜 시간을 두고 깊이 오배를 살펴왔사옵니다. 그 결과 그 자는 역시 무서운 간신이라는 사실을 확인했사옵니다. 대학사大學士 웅사리와 범승모는 둘 다 의리의 충신이옵니다. 이들을 잘 활용해 오배의 목을 서서히 죄어가는 것이 필요하다고 생각하옵니다. 소인의 아들 색액도는 배운 것이 없고 다소 맹랑하기는 하나 마음만은 한결같습니다. 아비의 뜻을 잘 받들어 성심성의껏 폐하를 위해 싸울 것이라고 믿어 의심치 않사옵니다. 그렇게 해서라도 신의 죄를 씻을 수 있도록 하고 싶사옵니다. 아, 사람이 죽음에 이르면 그 말이 착하게 되옵니다. 모든 것이 공평무사하게 되기를 희망하옵니다. 신은 이 사실을 너무나 잘 알고 있사옵니다!

색액도는 눈물을 비 오듯 흘렸다. 입에서는 놀랍게도 피가 흘러내리고 있었다. 황제 앞이라 울음을 참으면서 소리를 내지 않으려다 그만 혀를 깨문 것이다. 위동정은 그에 아랑곳하지 않고 흰색 종이를 받쳐든 채 깨알 같은 글씨를 계속 읽어나갔다.

아들 색액도는 잘 들어라. 애비가 평소에 했던 얘기들을 가슴 깊은 곳에 간직하고 있으리라 믿어마지 않는다. 황제와 나라를 위한 일이라면 불바다에 뛰어들고 칼산에 오르는 한이 있더라도 절대로 몸을 사리지 말아야 한다. 당부하고 또 당부한다! 이 부탁을 어기는 날에는 저승 그 어디에서라도 이 애비를 만나볼 생각은 말아라!

마침내 색액도가 어린애처럼 목 놓아 울었다. 강희 역시 색니 부자의 충성심을 깊이 확인하고는 임종을 향해 달려가는 색니에게 진심을 토로했다.

"이 나라에, 짐에게 그대와 같은 충신이 있다는 것이 얼마나 다행스런 일인지 모르겠네. 새삼 이 사실을 느끼게 해주는 그대가 짐의 곁에 있어주었기에 정말 큰 힘이 되었네. 부디 빠른 시일 내에 툭툭 털고 일어나 짐의 곁으로 다시 돌아오기를 간절히 바라네."

색니는 강희의 말에 깊은 한숨을 몰아쉬었다. 그러다 서서히 두 눈을 감고 의식을 잃었다. 강희는 바늘에 찔린 것 같은 아픔을 달래면서 상심에 잠긴 색액도의 두 손을 힘주어 잡았다.

"이럴 때일수록 마음을 굳게 먹고 굳세게 버텨야 하네. 아버지 시중 잘 들고 무슨 약이 필요하면 즉시 태의원太醫院에 가서 필요한 대로 가져가도록 하게."

강희는 서둘러 자리에서 일어나 곧바로 궁으로 향했다.

7장

충신들의 잇따른 죽음

강희는 다음 날 이른 새벽에 일어나 건청궁으로 나갔다. 그런데 심상치 않은 분위기가 온몸으로 느껴졌다. 무엇보다 의정왕 걸서가 당황한 기색을 감추지 못한 채 서성이고 있었다. 또 그 뒤로는 알필륭과 소극살합이 나란히 현관 계단 앞에 엎드려 있었다. 반면 그 자리에 있어야 할 오배는 보이지 않았다. 무슨 일이 일어난 것이 분명했다. 일을 일으킨 장본인이 오배라는 사실은 의심의 여지가 없어 보였다. 그래서일까, 그를 경호하는 병력은 평소의 두 배나 됐다. 어딘지 모를 살벌함이 잔뜩 풍겼다. 해가 떠오르기 시작하는 이른 아침에 살랑살랑 부는 봄바람이 숨막히는 정적을 더해주고 있었다.

격식을 갖춰 인사를 올린 알필륭이 헛기침을 하면서 입을 열었다.

"폐하, 소납해蘇納海, 주창조朱昌祚, 왕등련王登聯 세 대신이 올린 상주문을 읽어보셨사옵니까?"

"어제 저녁에 한 번 보고 넣어 놓았지."

강희가 별로 대수롭지 않다는 듯이 대답했다. "넣어 놓았지"라는 말의 뜻은 서랍 속에 넣어두었다는 얘기였다. 말하자면 아직 상주한 사건에 대해 처리할 단계가 아니니 조금 시간을 갖고 천천히 처리하겠다는 뜻이었다. 당연히 그걸 모르는 사람은 없었다.

물론 강희는 어제 저녁에 소마라고가 읽어줄 때만 해도 순간적으로 이번에는 반드시 짚고 넘어가야 할 심각한 사건이라고 생각했다. 하지만 그것도 잠시, 생각을 달리 하게 됐다. 이 때문에 낮에 소극살합이 같은 문제로 찾아왔을 때도 보기 좋게 면박을 놓은 바 있었다. 그런데 이번에는 그의 제자인 왕등련마저 호들갑을 떨고 나섰다. 이런 사실에 비춰보면 두 사람이 무슨 다른 속셈이 있을 수도 있었다. 강희는 실제로도 그렇게 생각했다. 때문에 소마라고가 조속한 대책을 마련할 것을 제안했음에도 그는 상주문에 붉은색으로 동그라미를 커다랗게 그리면서 말했다.

"서두를 일이 아니야."

그런데 이제 다시 여러 대신들이 한결같이 문제의 심각성을 강조하고 있다. 강희는 다소 의아스러운 어조로 물었다.

"짐이 즉위한 후 여러 차례 권지에 대한 금지령을 내렸네. 그러나 완전히 좋아지지 않았다는 사실은 짐도 알고 있네. 그렇지만 이 정도로 심각하지는 않을 텐데?"

알필륭은 강희가 이 사건에 대해 이처럼 무지한 것이 새삼 놀랍기만 했다. 그는 속으로 쾌재를 불렀다. 어정쩡한 표정을 지으면서 또박또박 말했다.

"폐하께서는 정말 현명하시옵니다. 사람을 꿰뚫어보시는 혜안 역시 대단하시옵니다. 소인의 짧은 생각에도 이 세 사람은 별것도 아닌 것을 가지고 괜히 호들갑을 떠는 것이 분명하옵니다. 주변이 혼란한 틈을 타 뭔가 자기들의 꿍꿍이를 실현시키려는 것이 확실하옵니다!"

아무리 억지로 꿰맞추더라도 이런 억지가 어디 있는가? 강희는 알필 륭이 필요 이상으로 흥분하고 나서는 것이 석연치가 않아서 미심쩍은 눈빛으로 힐끗 쳐다봤다. 그런 다음 그때까지 단 한 마디도 하지 않고 있던 소극살합에게 질문을 던졌다.

"소극살합, 그대 생각은 어떤가?"

소극살합은 강희가 어제 자신을 몰아붙이던 순간을 떠올렸다. 그래 서 속으로는 알필륭의 말을 받아들이면서도 괜히 자신을 한번 찔러보 는 것으로 생각했다. 그가 마음에 없는 말로나마 강희의 기분을 맞춰주 려고 한 것은 크게 이상할 것이 없었다.

"왕등련은 저의 제자……."

소극살합이 입을 열려는 순간 갑자기 밖에서 왁자지껄하는 소리와 함 께 육중한 발걸음 소리가 들려왔다. 사람들은 대번에 그게 오배의 발걸 음이라는 사실을 알았다. 궁중에서 땅이 꺼져라 쿵쾅거리면서 다니는 사람은 오배 외에는 없었으므로.

과연 오배였다. 그의 옷차림은 오늘따라 유난히 더 주위의 시선을 끌 었다. 그는 여러 맹수의 가죽을 붙여 만든 긴 예복에 학 무늬를 수놓 은 마고자를 걸치고 있었다. 눈처럼 흰 옷깃을 곧추 세운 모습 역시 그 럴싸했다. 머리도 예사롭지 않았다. 두 마리의 공작새가 자태를 뽐내는 것 같은 관모官帽를 쓰고 있었다. 게다가 뒷짐을 진 채 주위를 두리번거 리면서 걸어오는 모습은 전혀 거침이 없었다. 오배는 입구에서 허리를 구부정한 채로 서 있는 병부시랑兵部侍郞 태필도泰必圖의 손에 들려 있는 빨간 겉봉의 서류뭉치를 목격했다. 그가 걸음을 멈추고 넌지시 물었다.

"손에 들고 있는 게 뭔가?"

태필도가 얼굴 가득 비굴한 웃음을 지어보이며 무릎을 꿇더니 대답했다.

"평서왕平西王 오삼계吳三桂 대인께서 보내온 급보입니다."

오배가 너털웃음을 터뜨렸다. 진작부터 뭘 알고 있었다는 듯한 웃음이었다. 그가 일부러 큰 소리로 말했다.

"그만 허리를 펴세요!"

오배가 입을 다시면서 다시 뭔가 말하려고 할 때였다. 안에서 강희의 목소리가 들렸다.

"누구야, 밖에서 소란을 피우는 자가?"

오배는 그제야 기다렸다는 듯 성큼성큼 궁전 안으로 들어섰다. 그리고는 주위 사람들을 철저히 무시한 채 가볍게 무릎을 꿇었다. 그래도 강희에게 인사는 올린 것이다. 하지만 강희가 어서 일어나라는 말을 하기도 전에 툭툭 털고 일어나면서 여유만만하게 말했다.

"나이가 나이인지라 삭신이 쑤시고 아프옵니다. 그냥 일어서겠사옵니다!"

강희가 아무렇지도 않은 듯 엷은 웃음을 흘렸다.

"안 될 거야 없지. 소극살합, 알필륭, 걸서 그대들도 그만 일어서게."

강희는 오배를 바라봤다. 오래 기다렸다는 듯한 말이 그의 입에서 흘러나왔다.

"소납해, 주창조, 왕등련 세 사람이 상주한 내용을 읽어봤겠지?"

오배는 턱을 슬며시 처들면서 대답했다. 얼굴에는 조금의 표정 변화도 없었다.

"신은 이미 읽어 봤사옵니다. 소납해, 주창조, 왕등련 이자들은 명색이 국토방위를 책임지는 관리이옵니다. 그런데도 감히 거짓말을 일삼아 폐하를 혼란에 빠트릴 뿐 아니라 흑백을 전도시키고 있사옵니다. 그 죄를 물어 처형하는 것이 마땅하다고 생각하옵니다! 폐하께서는 이런 얼토당토않은 거짓보고가 무슨 일고의 가치가 있다고 서랍 속에 넣어놓고 계시옵니까?"

오배의 목소리는 실내가 쩌렁쩌렁 울리도록 컸다. 또 당당했다. 황제에게 노골적으로 도전하겠다는 의지가 목소리와 몸짓에서 분명하게 드러나고 있었다. 장내에 있던 대신들과 여러 신하들은 서로 얼굴을 마주보면서 어쩔 줄을 몰라 했다. 강희 역시 자신의 코앞에서 곧 삿대질을 해댈 것만 같은 오배의 무례함에 적잖이 놀라지 않을 수 없었다. 강희는 이럴 때는 어떻게 해야 하는지 도무지 감을 잡지 못했다. 심지어 분노보다는 위협을 당하고 있다는 감정을 먼저 느꼈다.

'평소에 겁 없이 설쳐대는 것은 알았어. 그래도 이렇게 대놓고 건방을 떨 줄은 몰랐어. 색니가 병석에 누워 있으니까 이제 더 이상 겁나는 게 없다는 뜻인가?'

강희는 여기에까지 생각이 미치자 불쾌한 기분을 감출 수가 없었다. 생각대로라면 모든 것을 뒤집어엎고 길길이 날뛰면서 화를 폭발시키고 싶었다. 그러나 주위를 아무리 둘러봐도 도움을 줄 신하들은 없었다. 시위들 가운데서도 아는 사람이 드물었다. 그저 눌모와 목리마만 약간 안면이 있을 뿐이었다. 강희는 순간적으로 생명의 위협마저 느꼈다. 한 발 뒤로 물러나는 것이 상책이었다. 이럴 때 위동정이라도 옆에 있어 준다면 훨씬 위안이 됐을 텐데……. 강희는 피부 속까지 파고드는 살기에 온몸을 부르르 떨었다.

강희로서는 어떻게든 상황을 수습해야 했다. 다행히 조금은 진정이 되고 있었다. 억양 역시 어느 정도 부드러워졌다. 그가 천천히 입을 열었다.

"지난 이십여 년 동안 만주족과 한족은 각 기旗에 섞여서 나름대로 별다른 분쟁 없이 잘 살아왔네. 그런데 지금 와서 땅을 뺏고 무작정 쫓아내는 것은 아무래도 좀 심한 것 같네. 소납해 등이 무슨 악감정이 있어 그런 상주문을 올린 것은 아니라고 생각하고 있네."

오배는 거침없는 강희의 말솜씨에 속으로 찔끔했다. 어린 황제가 어느새 몰라보게 제법 위용을 갖추고 있었던 것이다.

"만주족은 한족과 같이 붙어 다니면서 자신의 신성한 정체성을 잃어가고 있사옵니다. 이는 상당히 우려할 만한 현상이 아닐 수 없사옵니다. 여러 선제들에게도 면목 없는 일이라고 생각하옵니다!"

강희는 오배의 말에 시원하게 답하지 않았다. 그러자 내내 말이 없던 소극살합이 냉소를 머금은 채 입을 열었다.

"오배 대인, 그러면 한족은 딴 나라 사람이라는 말입니까? 선제들께 그렇게 잘 보이고 싶은 사람이 고작 자기 동생을 시켜 한족 여자를 납치해 하인으로 부려먹는다는 말입니까? 게다가 열하의 여러 민족들을 이간질시켜서 피비린내 나는 싸움이나 벌이게 만들고요? 그대는 그 정도밖에 안 되는 사람입니까?"

오배와 소극살합이 한 치의 양보도 없는 입씨름을 벌이려는 조짐을 보였다. 강희는 발끈하는 모습이라도 보여야 했다.

"지금 도대체 뭣들 하는 거야? 싸우고 싶으면 나가서 싸우라고!"

사실 황제 앞에서 말도 안 되는 무례함을 빚었다면 나서야 할 사람은 분명했다. 장본인인 오배가 나서서 상황을 무마하려는 노력을 기울여야 했다. 그게 상식이었다. 그러나 오배는 상식 같은 것은 염두에 두지 않은 지 이미 오래였다. 그의 머릿속에는 강희를 만나러 오기 전 들은 색니의 결코 가볍지 않은 병세에 대한 생각만 맴돌 뿐이었다. 색니만 죽으면 진짜 두려울 게 없다고 생각한 오배는 턱을 있는 대로 치켜들고 강희의 말꼬리를 물고 늘어졌다.

"글쎄, 진짜 무슨 짓들을 하고 있는지 모르겠군요. 소납해 등의 죄는 절대로 용서할 수 없사옵니다! 만약 진작 각 기旗별로 땅을 나눠가지는 지방자치를 실시했더라면 세상이 달라졌을 것이옵니다. 소극살합 같은 저런 소인배들이 감히 유언비어를 만들어내 소신을 해코지하는 일도 없었을 거고요!"

강희는 처음 생각과는 달리 문제가 점점 복잡해지는 것을 느꼈다. 단호하게 오배의 말허리를 잘라버렸다.

"이 일은 짐이 알아서 처리하겠어. 이제 그만 접는 것이 좋겠네."

오배는 조금 전 소극살합이 드러내 보인 맞불작전에 잔뜩 화가 치밀어올라 있었다. 또 강희가 자신의 말에 신경조차 쓰지 않는 것도 기분이 좋지 않았다. 급기야 마구 삿대질까지 해가면서 고래고래 소리를 질러댔다.

"황제를 기만한 죄는 능지처참으로 다스려야 하옵니다. 목을 잘라 기시棄市하지 않으면 아니 되옵니다. 폐하께서 주저하는 이유가 무엇인지 소신은 궁금하옵니다. 이렇게 우유부단해서야 어찌 기강을 바로 잡을수 있겠사옵니까?"

오배의 말에 강희의 얼굴이 무섭게 일그러졌다. 그러나 일단은 참아야 했다. 실제로도 그는 한동안 침묵을 지켰다. 반면 곧 잡아먹기라도 할 듯 으르렁대던 오배와 소극살합은 완전히 달랐다. 두 눈에서 불꽃이 튕기고 살기가 번뜩였다. 강희가 오랜 동안의 침묵을 깨고 입을 꾹 다물고 서 있는 의정왕 걸서를 보면서 물었다.

"그대도 오래오래 많이 생각을 했을 거야. 어디 한번 말해보게. 이 일을 어떻게 처리하는 게 좋을지? 또 알필륭 그대도."

걸서는 살기등등한 오배를 부담스러운 시선으로 훔쳐보면서 시간을 벌어보려는 눈치였다. 과연 그의 예상대로 화살은 알필륭에게 쏜살같이 날아갔다. 알필륭은 부산스러울 정도로 눈을 껌벅이는가 싶더니 바로 무릎을 꿇었다.

"아무래도 오 중당의 처리방식이 현명하지 않을까 생각하옵니다."

알필륭이 한숨을 내쉬었다. 그러자 걸서도 기다렸다는 듯이 대답했다.

"소신도 같은 생각을 하고 있었사옵니다."

오배가 갑자기 껄껄 웃었다. 그러더니 소극살합에게 다가가 그의 어깨를 툭툭 쳤다.

"소극살합 대인, 그대의 제자 왕등련이 안쓰럽겠죠?"

소극살합은 등골이 오싹해졌다. 두려움이 몰려왔다. 혹시나 하는 생각으로 가만히 앉아 있는 강희를 바라봤다. 그러나 강희는 기대를 저버리고 아무런 응답도 없었다. 그것은 그가 무언의 결정을 내렸다는 사실을 암시했다. 소극살합은 자신의 입만 뚫어져라 쳐다보는 오배와 알필륭의 시선을 가능하면 피하고 싶었다. 하지만 그럴 수가 없었다. 그는 한참 후 신음과도 같은 소리를 토했다.

"어쩌면 이럴 수가!"

소극살합의 말은 곧 복종을 의미했다. 오배는 득의양양한 자세로 강희를 향해 두 손을 맞잡은 채 다시 한 번 압박을 가했다.

"폐하, 우리 보정대신들의 의사가 일치하옵니다. 이제 명령을 내려주시옵소서!"

강희는 입술을 깨물었다. 시선을 밖에다 고정시킨 채 아무 말도 하지 않았다. 의자의 팔걸이를 으스러지게 붙잡은 손이 가볍게 떨리고 있었다. 노련한 오배의 두 눈은 강희의 일거수일투족을 놓치지 않았다. 별로 어렵지 않게 불안에 떠는 강희의 마음을 읽을 수 있었다. 그가 여유만만하게 웃음을 지었다.

"아, 이 정신 좀 봐. 폐하께서는 아직 조서를 꾸밀 줄 모르시지. 그에 대해 난감해하시는 줄도 눈치를 못 채다니. 그렇게 늙으면 죽으라고 했지. 그렇다면 어쩔 수 없이 못난 재주라도 한번 부려봐야 하겠구면."

오배는 혼잣말처럼 중얼거린 다음 옷소매를 쓱쓱 걷어 올렸다. 이어 황제의 탁자 앞으로 다가가 붓을 꺼내 들더니 미리 외워두기라도 한 듯 거침없이 글을 써내려가기 시작했다. 금세 붓을 내려놓은 오배는 강희의 눈치도 보지 않은 채 즉석에서 자신이 쓴 글을 읽어 내려갔다.

"성지聖旨: 소납해, 주창조, 왕등련 등은 군주를 기만한 죄를 지었다. 이에 처형한다!"

오배는 침까지 튕겨가면서 큰 소리로 글을 읽고 나서 탁! 하는 소리와 함께 종이를 접었다. 종이는 바로 태필도에게 전해졌다.

"이것을 형부刑部에 전해주도록 하시오."

오배는 처음부터 끝까지 거의 독주했다. 하지만 그러고서도 성에 차지 않은 모양이었다. 느닷없이 강희를 보면서 조롱하는 듯한 웃음까지 지어보였다.

"이 늙은이가 오늘 조금 무례한 언행을 보이기는 했사옵니다. 그러나 이 나라를 위해서는 어쩔 수 없었사옵니다! 폐하께서 너그럽게 이해해 주시리라 믿어마지 않사옵니다. 소신은 또 다소 걱정스러운 것이 있사옵니다. 폐하께서 마냥 노는 것에만 골몰하는 듯한 모습이 바로 그것이옵니다. 이제는 스승을 모셔서 책도 읽고 공부도 좀 해야 하지 않겠사옵니까? 제가 찾아보니 스승으로 적당한 사람이 한 명 있사옵니다. 제세濟世라고, 대단히 박식한 선비인데 내일 한번 와보라고 해야겠사옵니다."

강희가 더는 못 듣겠다는 듯 벌떡 일어섰다. 병 주고 약 주고 하는 오배와 덩달아 춤추는 보정대신들이 역겨웠다. 결국에는 성질을 참지 못하고 소리를 버럭 내질렀다.

"짐 주제에 스승은 무슨 얼어 죽을 스승이야!"

강희는 말을 끝내기 무섭게 휭하니 나가버렸다. 그 뒤를 장만강 등 몇 명의 태감들이 종종걸음으로 뒤따랐다.

걸서를 비롯해 알필륭, 소극살합 등은 마치 한 차례 악몽을 꾸고 난 것처럼 정신을 차리지 못했다. 하기야 오배의 안하무인에 질색을 한 데다 혼신의 신경을 쓰고 난 터라 그럴 법도 했다. 그러나 정작 당사자인 오배는 아무렇지도 않았다. 그 자리에 떡 버티고 서서는 열 손가락 마디마디를 차례대로 딱딱 꺾고 있었다.

오배가 대필한 성지聖旨에는 '직위해제'라는 말이 없었다. 그랬기에 소납해를 비롯한 세 사람은 결박당한 채 사형장으로 향했음에도 관복을 그대로 입고 있었다. 사실 송宋나라 말기 문천상文天祥이 억울하게 죽임을 당한 이후 이렇듯 충신들을 마구잡이로 한꺼번에 처형하는 경우는 거의 없었다. 멀리서 세 사람을 지켜보고 있던 백성들이 안타까움에 두 발을 동동 구른 것은 당연했다. 하지만 그들은 세 사람이 오배의 모략에 의해 세상을 떠나게 됐다는 사실은 전혀 모르고 있었다.

형을 집행하기 전에 마련된 술자리가 거의 끝나갈 무렵이었다. 소납해가 서글픈 웃음을 지으면서 주창조에게 말했다.

"상주문을 올릴 때 이런 상황을 생각하지 못한 것은 아니지 않습니까. 우리 너무 상심하지 맙시다."

그러나 옆에 앉은 왕등련은 소납해의 태도와는 전혀 다른 모습을 보였다. 갑자기 몸을 일으키는가 싶더니 술잔을 들어 땅바닥에 내동댕이치면서 산산조각 내버렸다. 그의 우는 것 같기도 하고 웃는 것 같기도 한 얼굴에는 억울함과 비감함이 가득했다.

"제발 나 죽은 후에 악귀로 변해 저놈들을 하나도 남기지 않고 데려가게 해 주시옵소서. 하하하하……. 하하하하……."

왕등련은 하늘을 우러러 자신의 기원을 빌고 난 다음 소납해의 손을 잡으면서 단호하게 말했다.

"자, 배불리 잘 먹고 마셨으니 어둡기 전에 길을 떠납시다!"

세 사람이 형을 받기 위해 주섬주섬 주변을 정리하고 있을 때였다. 소극살합이 사람들을 데리고 들어섰다. 소납해는 황급히 한걸음 앞으로 나서면서 두 손을 맞잡고 예를 올렸다.

"소극살합 대인, 그래도 우리를 전송해주기 위해 와 주시니 정말 고맙습니다!"

왕등련은 자신을 보낼 수밖에 없는 소극살합의 아픔을 이해한다는 듯 눈물을 펑펑 쏟았다. 쓰러지듯 꿇어앉으며 울먹였다.

"제자, 죽어도 아쉬울 것은 없습니다. 칠순노모 외에는……. 은사님, 제발 부탁드립니다. 저의 불쌍한 노모를……."

왕등련은 말을 마치지도 못하고 그대로 쓰러졌다. 그를 황급히 일으켜 세운 소극살합 역시 눈물을 비 오듯 흘렸다. 한 줄기 눈물에 수많은 애절함을 담은 사내들의 비장한 이별의 순간이었다. 소극살합은 투박한 손등으로 눈물을 쓱 닦으면서 하얗게 질린 얼굴에 참담한 미소를 지어보였다.

"자네들을 구해내지 못하는 이 못난 스승을 부디 용서하게!"

소극살합은 부들부들 떨리는 손으로 술병을 들어 술 석 잔을 따랐다. 세 사람에게 일일이 술잔을 건네주면서 다시 눈물을 보였다.

"자, 청풍淸風을 친구 삼아 한잔 술로 설움을 씻어내세. 멀다면 멀고 가깝다면 가까운 게 그 길이 아닌가. 이 한잔 술로 몸을 훈훈하게 덥히고 길 떠나게. 추울지도 모르니까……."

서로 옷자락을 부여잡고 울고 웃으면서 작별 인사를 나누는 시간은 길지 않았다. 사형 집행관을 맡은 형부시랑刑部侍郎 오정치吳正治가 어서 자리를 정리하라는 명령을 내린 것이다. 소극살합은 눈을 감은 채 어서 떠나라는 손짓을 했다.

오정치인들 심기가 좋을 까닭이 없었다. 아니 걱정이 태산이었다. 그는 죄를 지은 사람을 처형하는 집행관으로 꽤 오랫동안 일해 오면서 수많은 죽음을 지켜보았다. 그러나 이처럼 억울한 죽음은 일찍이 본 적이 없었다. 자칫하다가는 상황을 잘 모르는 백성들에 의해 맞아죽을지도 모른다고 생각한 것은 결코 괜한 걱정이 아니었다. 사형 집행 시간이 촉박함에도 재촉하지 않은 것 역시 그것 때문이었다. 그는 행여나 관청으로부터 다른 명령이 내려지는 것은 아닐까 하는 기대도 해봤다. 그러나 시간이 다 되도록 아무런 소식도 들려오지 않았다.

바로 그때였다. 하늘도 세 사람의 억울함을 아는지 회오리바람이 몰아쳤다. 순식간에 황사와 먼지가 시커멓게 일어났다. 곧 울음을 터뜨릴 것 같은 시꺼먼 하늘 저편에는 희미한 태양이 맥없이 걸려 있었다. 오정치는 내키지 않았으나 천천히 소맷자락을 털면서 신호를 보냈다.

"집행하라!"

8장
오배, 탈궁奪宮을 모의하다

오배가 집 앞에 당도하자 하인이 기다렸다는 듯 달려와서 아뢰었다.

"반포이선班布爾善, 제세, 태필도 대인들과 둘째, 넷째 도련님이 동화청東花廳의 난각暖閣(큰 방에 딸린 작은 방. 보통 난로 등이 설치돼 있음)에서 기다리고 있습니다."

오배는 알았다는 듯이 마른기침을 하면서 목소리를 내리깔았다.

"알필륭은? 알필륭은 오지 않았는가?"

"알필륭 어른은 몸이 불편해 다음에 만나 뵈러 오시겠다고 했습니다."

"교활한 놈 같으니라고!"

오배는 욕을 하면서 손을 홱 내젓고는 곧장 동화청으로 걸어갔다. 그는 긴 복도를 팔자걸음으로 느릿느릿 걸어가면서 생각에 잠겼다. 가묘家廟를 피해 멀리 돌아가다 보니 저만치 수사방水榭房 난각에서 한바탕 웃고 떠드는 소리가 바람을 타고 은은히 들려왔다. 그는 왁자지껄 먹고 마시는 소리에 미간을 찌푸리면서 발걸음을 재촉했다. 반포이선, 목리마, 새본득塞本得, 태필도, 눌모, 제세 등을 비롯한 측근들과 가족이 여기저기에 앉거나 서 있었다. 기생 두 명은 비파를 안고 온갖 아양을 떨어대면서 노래를 부르고 있었다. 노래의 가사는 하나같이 듣기만 해도 유치찬란한 그런 것들이었다.

당신은 왜 이리 내 마음을 몰라주나요.
당신 없는 이 세상 생각해 본 적이 없어요.
당신 말고 그 누가 나를 울릴 수 있겠어요.

노랫소리는 온몸을 간질이기에 충분했다. 그래도 멈추지는 않았다. 또다시 이어지면서 듣는 사람들의 애간장을 태웠다.

사랑하지도 않는다면서 문은 왜 두드리나요!
원수 같은 당신 바늘로 찔러주고 싶어요.

노래를 부르는 기생은 요염하게 주위를 둘러보면서 바늘을 든 채 누군가를 찌르는 시늉을 해보였다. 다들 그 모습이 우스워서 배꼽을 잡았다. 목리마는 이상야릇한 웃음까지 흘리면서 그 기생에게 얼굴을 바싹 갖다 댔다. 입에서는 능글맞은 말이 흘러나왔다.

"그래, 알았어! 너는 내 거야. 여기에다 한번만 찔러줘!"

사람들은 목리마의 흐느적거리는 몸동작에 다시 한 번 배꼽을 잡았다. 제세와 반포이선은 선비 출신이라는 티를 냈다. 처음 보는 생소한 장면인 듯 입을 막고 조용히 웃었다. 오배는 화가 났다. 할 일이 태산이고 바깥은 시끌시끌한데 태평스럽게 모여앉아 웃고 떠드는 것이 불만이었던 것이다. 그는 씩씩대면서 눈을 부릅뜨고 들어와 다짜고짜 고함을 질렀다.

"지금이 어느 때라고 이런 짓들을 하고 있는 거야? 한가하게 기생들 껴안고 술이나 처마시고 있을 때냐고!"

두 기생은 졸지에 쫓겨났다. 목리마는 불쾌한 빛이 역력한 오배의 얼굴을 대하자 즉각 앞으로 나서면서 기분을 돌려보려고 했다.

"형님, 엊그제 소납해 등을 하늘나라로 보내줬다면서요? 그거 정말 잘 됐습니다. 앓던 이를 빼버린 것 같이 통쾌합니다!"

오배는 동생의 말에 "흥!"하고 콧방귀를 뀌었다.

"까불지 마, 좀! 세상일은 모르는 거야. 이러고 있다가 어느 날 밤에 우리 가족 모두가 쥐도 새도 모르게 없어질지 누가 알아! 쳇값을 톡톡히 치르는 거지 뭐. 이게 다 너 때문이야. 네가 쏘다니면서 저지른 일들이 좀 적어? 그걸 무마하려니까 억울한 원혼도 만든 것 아니야. 그래서 꿈자리도 사나운 거지!"

목리마는 거두절미하고 무작정 화만 내는 오배를 이해하기 어렵다는 듯 어정쩡하게 되물었다.

"나? 나 때문이라니요?"

오배는 뭐 하나 제대로 하는 일 없는 목리마가 눈꼴이 시었던 터였다. 게다가 말대꾸까지 하자 더는 참을 수가 없었다.

"뭐라고? 잘못한 게 없다고? 내가 윗대가리가 바뀌니 한동안은 떡이나 먹고 굿이나 보자고 했어, 안 했어? 그 사이를 못 참고 정홍기正紅旗와 양황기鑲黃旗를 이간질시켜 싸움질이나 시키다니! 열하에 있는 황제의 장원은 왜 손댔어? 황제의 눈앞에서 그따위 짓을 하는 게 무모한 불장난이 아니고 뭐야? 또 뭐라고? 하필이면 왜 황제 유모의 친척이 되는 여자를 건드려!"

오배는 말을 하면 할수록 감정이 격해졌다. 급기야 손에 들고 있던 상주문을 목리마의 얼굴에 홱 집어던지면서 덧붙였다.

"눈깔이 똑바로 박혔으면 어디 한번 읽어 봐! 황제한테 불려가서 얼마나 혼쭐이 났는지 네놈이 알기나 해?"

목리마는 형이 마구 속사포처럼 뱉어낸 두 가지 일 때문에 그토록 길길이 날뛰는 것이 이해가 되지 않는 모양이었다. 머리를 갸우뚱하면서 속으로 중얼거렸다.

'젠장, 권지라는 게 말을 풀어 자신이 소유할 땅의 반경을 정하는 거잖아. 말이 그게 황제의 땅인 줄 알고 건너뛰기라도 했어야 한다는 거야? 유모의 친척인가 뭔가 하는 여자만 해도 그렇지. 처음에는 좋아서 침을 질질 흘리더니, 이제 와서 뭐가 마음대로 안 되나 보지? 나한테 화풀이나 하고!'

그러나 그것으로 만족해야 했다. 자신의 생각은 하늘이 두 동강이 나도 입 밖으로 내보내서는 안 되는 말이었다. 그의 입에서는 생각과는 다른 엉뚱한 말이 튀어나왔다.

"어떤 놈이 간덩이가 부어터졌구먼! 감히 우리 오 대인을 화나게 만들다니!"

오배는 의자에 주저앉은 채 말이 없었다. 정신적으로나 육체적으로나 너무 지쳐 있었던 것이다. 눈치 빠른 제세가 오배의 마음을 풀어주려고 했다.

"다 지나간 일입니다. 목리마 형도 잘못을 충분히 뉘우치는 것 같으니까 그만 화를 푸십시오. 몸 생각도 하셔야죠."

오배는 제세를 힐끔 쳐다보며 무덤덤하게 입을 열었다.

"다 끝난 일 가지고 내가 새삼스레 화를 내겠는가? 저 자식이 여자를 납치하는 날 현장에 있었던 사람 중에 위동정이라는 친구가 있었어.

황제 유모의 아들이지. 괘씸죄라는 게 별 게 아닌 것 같다가도 슬그머니 목을 조이면 무서워. 그 친구가 호락호락 넘어갈 것 같아? 정말 후환이 두렵네!"

"도대체 뭔데 후환까지 거론하고 그래요?"

좌중의 사람들은 갑작스레 들려오는 목소리에 깜짝 놀랐다. 시선을 돌린 그들의 눈에 팔자걸음을 하면서 걸어 들어오는 오배의 부인 영泰씨의 모습이 들어왔다. 40세 전후로 보이는 그녀는 곰방대를 뻑뻑 빨고 있었다. 또 뒤로는 시녀가 따르고 있었다. 그 시녀가 바로 목리마가 납치해온 사감매였다.

오배는 마누라 앞에서 쩔쩔매는 공처가였다. 한 번도 마누라의 말에 토를 달아본 적이 없었다. 그런 오배가 오늘은 많은 사람들 앞이라 그런지 일부러 "흥!"하고 콧방귀를 뀌면서 씩씩대고 앉아 있었다. 후환이 두려운 목리마가 비굴한 웃음을 지으면서 자리에서 일어났다.

"형수님! 다른 게 아니고요, 형이 감매의 일 때문에 저한테 화를 내는 겁니다."

영씨가 귀이개를 꺼내 담뱃대에 끼어있던 담뱃재를 후벼팠다. 그녀는 그 재를 후! 하는 입김과 함께 날려 보냈다.

"감매가 아니지. 이제는 소추素秋라고 불러야지. 이름을 바꾼 지가 언젠데!"

영씨가 목리마에게 면박을 준 다음 오배를 향해 돌아서면서 대뜸 빈정거렸다.

"당신은 나이가 도대체 몇인데 아직도 그 모양이에요? 어른답게 좀 건설적인 생각을 해야지 아직도 유치하기 이를 데 없는 꿍꿍이나 꾸미고 그래요!"

반포이선이 영씨의 말이 끝나기 무섭게 입을 꾹 다물고 있는 오배에게 조심스럽게 다가갔다.

"오 대인, 대책 없이 고민만 해서는 안 됩니다. 좋은 방법이 없나 머리를 맞대고 생각을 해봐야죠."

반포이선은 황실의 유명한 대신이었던 보국공輔國公 탑배塔拜의 아들이었다. 강희와는 먼 친척뻘이 되었다. 그러나 아버지인 탑배가 죽고 나서는 가세가 차츰 기울어 나중에는 생활고마저 겪게 됐다. 할 수 없이 못 이기는 척하고 오배의 많은 도움을 받고 지냈다. 하기야 그의 입장에서는 툭하면 천문학적 거금이나 다름없는 돈을 던져주는 오배에게 붙어 있지 않을 수 없었을 것이었다. 자연스럽게 꾀주머니라고 불리는 뛰어난 머리를 오배를 위해 사용했다. 나중에는 오배의 일이라면 신발까지 벗고 뛰는 최측근이 됐다.

사감매를 돌려보내는 것으로 무성한 소문을 잠재워보자고 새본득이 제안했다. 반포이선은 그 제안이 틀리다고는 생각하지 않았다. 그러나 그것이 완벽한 대책이라고도 생각하지 않았다.

"그건 안 되오! 지금 돌려보내면 오히려 약점을 잡힐 게 뻔하다고. 또 소추가 가겠다고 생떼를 쓰는 것도 아니잖소. 부인께서도 소추를 무척이나 마음에 들어 하시고. 억지로 보낼 것까지는 없다고 생각하오."

"보내기는 어디로 보내신다고 그러세요! 저는 죽어도 안 갈 거예요!"

좌중의 대화에 갑자기 사감매가 끼어들었다. 아주 단호했다. 좌중의 사람들은 그녀의 당돌함에 어지간히 놀랐다.

"마님께서 얼마나 잘해주시는데 제가 그런 소굴로 다시 들어가겠어요? 허구한 날 얻어터지고 돈 벌어 오라고 쫓아내기나 하는데. 저도 사람이에요. 이제부터라도 인간대접 받으면서 살고 싶다고요!"

사감매는 전혀 거침이 없었다. 오배 역시 그녀의 반응이 의외라는 듯 물었다.

"황제의 유모로 있는 손씨가 친척이라면서? 잘 안 해줘?"

오배의 말에 사감매가 분노했다.

"친척이요? 저에게는 그런 거지 같은 친척은 없어요. 제가 열 살 때였어요. 그 여자는 돈 좀 꿔주고 사흘이 멀다 하고 빚 독촉을 했다고요. 그 바람에 아버지가 협박과 갖은 모욕을 못 이겨 투신자살을 했죠. 어머니 역시 그 충격에 목을 매 돌아가셨고요! 어디 그뿐인 줄 아세요? 그렇게 해서 가정이 풍비박산이 났는데도 위동정의 아버지는 빚도 대물림을 해야 한다면서 저를 떠돌이 장사꾼 아저씨에게 팔았지 뭐예요. 그런데 지금에 와서 갑작스레 친척이라니요? 삶은 돼지머리가 웃을 일이에요. 대인과 마님께서 굳이 저를 내쫓지만 않으신다면 저는 죽어도 여기에서 죽고 싶어요."

말을 마친 사감매, 아니 소추가 서럽게 울기 시작했다. 영씨가 다급히 다가가 그런 소추를 껴안았다.

"소추야, 괜찮아. 내가 있잖아. 누가 감히 너의 털끝 하나라도 건드릴 수 있겠느냐!"

영씨는 소추의 손을 잡고 돌아서더니 휭하니 나가버렸다. 두 사람 모습이 멀어지자 오배가 별일도 다 있다는 표정으로 말했다.

"그러면 소극살합이 나중에라도 이 일을 문제 삼고 나서면 어떡하오?"

반포이선이 곰방대를 꺼내 쿵쿵 냄새를 맡으면서 대답했다.

"오 대인, 네 명의 보정대신들 중에서 색니는 오늘내일하고 있습니다. 알필륭은 잘 달래면 간이고 쓸개고 다 빼줄 위인이고요. 소극살합이야 있으나 마나한 존재입니다. 걱정을 할 필요가 뭐 있습니까. 황제라면…… 글쎄, 굳이 걱정거리로 치자면 어린 황제한테 있다고 해도 과언이 아니죠. 지난번에 보니까 애라고 얕잡아 봤다가는 큰일나겠더라고요. 왜혁을 제거하자마자 바로 오 대인의 심복이자 양아들인 오양보를 잔인하게 때려죽이지를 않나…… 그럼에도 법에 의해 처단하는 절차를 밟았어요. 오배 대인이 발끈하고 나설 명분조차 없게 만들었어요. 정말 대단한 수완이 아닙니까? 위동정 역시 자신의 주변에 데려다놓고. 듣자 하니 두 사람이 미복 차림으로 여러 차례 밖에 나갔다 왔다더군요. 그런데 한숨을 돌리기도 전에 소납해 무리의 사건이 터져버리니…… 사태가 꽤나 긴박하게 돌아가는 것 같군요!"

반포이선이 잠깐 말을 멈추더니 주변을 둘러보면서 느릿느릿 말을 이었다.

"하지만 크게 걱정할 것은 없습니다. 칼자루는 여전히 오배 대인이 잡고 있어요! 소납해 등이 까불다가 끽소리 못하고 죽는 것을 본 사람들이 많으니 눈치 빠른 작자들은 어느 줄에 서야 할지 잘 알 것이고……"

반포이선이 무슨 말을 더 하려다 말고 목구멍까지 올라온 말을 끊더니 아리송한 한마디를 던졌다.

"아무튼 쉬운 일은 아닙니다. 오 대인께서는 신중을 기하시는 게 좋을 듯합니다."

반포이선은 꾀주머니였다. 그래서 그의 말은 항상 무슨 지침서 같은 힘을 발휘하고는 했다. 자리에 앉았던 사람들은 그 사실을 잘 아는지라 하나같이 얼굴 표정이 예사롭지가 않았다. 새본득은 순간 속으로 자리에 없는 알필륭에 대해 탄복했다.

'아무튼 냄새 하나는 기가 막히게 잘 맡는다니까. 누가 힘이 있는지를 너무나 잘 알아.'

목리마가 넋 나간 사람처럼 듣고 있다 입을 열었다.

"반포이선 대인은 정말 대단한 선견지명을 가지고 계십니다. 이번 일은 그렇다 칩시다. 그러면 다음에는 어떻게 해야 할까요?"

반포이선이 대답을 피했다. 그저 오배만 힐끔 쳐다볼 뿐이었다. 오배는 섬세하고 눈치 빠른 사람답게 반포이선이 더 이상 입을 열려고 하지 않자 뭔가 낌새를 알아채고 황급히 말머리를 돌렸다.

"아무튼 황제의 은혜는 영원히 잊을 수가 없어요. 자, 그만하고 술이나 마시자고요."

바로 그때였다. 하인 하나가 노란 상자를 들고 왔다. 강희가 매일매일 읽어보고 의견을 첨부한 대신들의 상주문을 차곡차곡 넣어둔 상자였다. 순치 때부터 내려온 관례에 따르면 이런 상주문들은 대신들이 함부로 집에 가져와서는 안 됐다. 그러나 강희는 상주문 처리 담당인 색니에게만 특혜를 베풀었다. 색니의 병이 악화돼 병석에 누웠기 때문이다. 이후 오배가 색니의 업무까지 맡게 되면서 상주문을 넣은 상자를 집으로 가져오는 것은 아주 자연스러운 일이 됐다.

오배가 심드렁한 표정으로 상자를 열어 손에 잡히는 대로 아무거나 꺼내들었다. 이내 그가 이맛살을 찌푸렸다.

"이건…… 이건……."

좌중의 사람들은 오배의 심상찮은 표정을 보자마자 다투듯 오배의 주위로 몰려들었다. 상주문의 내용이 궁금했던 것이다. 오배가 손에 들고 있던 상주문을 태필도에게 넘겨주었다.

"소극살합이 선제의 능陵이나 지키러 가겠다고 상주를 올렸어. 옆에 황제가 빨간 글씨로 뭐라고 적어놓았는지 한번 읽어보게."

태필도는 품속에서 외국에서 들어온 안경을 꺼내 쓰고는 목소리를 가다듬고 크게 읽어 내려갔다.

"소극살합은 나라가 인정하는 공신이다. 선제의 측근으로 총애를 한 몸에 받아왔다. 보정대신으로서 황제를 힘껏 보필해 위업을 달성해야 마땅한 이 마당에 무슨 이런 해괴한 말을 꺼낸다는 말인가! 의정왕 걸서를 시켜 소극살합에게 묻고 싶다. 내가 군주로서 무슨 용서 못할 잘못을 저질렀기에 대신이 보정을 거부하고 조정을 떠나 선제의 능이나 지키려 하는가? 배제할 수 없는 또 다른 하나의 가능성도 있을 것이다. 도대체 누가 무슨 이유로 온갖 협박을 가하고 있기에 떠날 수밖에 없는 것인가?"

태필도가 상주문을 읽은 다음 안경을 벗고 오배와 다른 사람들의 눈치를 살폈다. 오배는 손에 들었던 부채를 신경질적으로 접었다.

"반포이선 대인, 이걸 보면 무슨 생각이 듭니까?"

반포이선은 뭔가 할 말이 있는 듯했다. 그러나 이내 머리를 절레절레 흔들면서 입을 꾹 다물어버렸다. 오배는 반포이선의 심중을 헤아릴 수 있었다. 즉각 주변 사람들을 밖으로 내보내고 태필도, 눌모, 제세, 목리마 등 최측근만 남도록 했다. 목리마는 늘 자기주장이 너무 강한 반포이선을 좋지 않게 여기고 있었다. 남들 몰래 정색을 하고 있는 그를 째려보면서 속으로 '잘난 척은!' 하고 욕을 퍼부었다

반포이선은 주변에 특별히 신경 쓰이는 사람이 없자 젓가락으로 술을 찍어 탁자 위에 줄 하나를 그었다.

"우선 황제가 궁금해 하는 첫째 의문에 대해 알아봅시다. 소극살합은 분명히 뭔가 쌓인 것이 많은 사람입니다. 궁중에서 은퇴하고 선제의 능을 지키러 가겠다고 나서기까지 고민에 고민을 거듭했을 것입니다. 제가 알고 있는 것만 해도 지난번 황제 앞에서 오배 대인을 찔러보다가 보기 좋게 물을 먹은 일이 있지 않습니까. 게다가 소납해 무리들이 끽소리 못하고 죽어가는 것을 보고 무섭기도 하고 속상하기도 했을 겁니다."

반포이선의 말에 다들 공감을 표했다. 소극살합으로서는 충분히 그럴 만한 까닭이 있었던 것이다. 반포이선이 다시 말을 이었다.

"그건 그렇고 황제는 나름대로 이 상주문을 이용하려 든 것이 분명

합니다. 왜냐하면 굳이 걸서에게 가서 물으라고 하는 이유가 뭐냐는 거죠. 오배 대인이나 다른 사람은 안 되는 겁니까? 또 자신이 무슨 용서받지 못할 잘못을 저질렀기에 떠나려 하느냐고 물었는데, 이것 역시 함정이 있는 게 틀림없습니다. 즉위하고 여태껏 직접 정치에 참여하지도 않은 황제가 잘못을 저지를 게 뭐 있겠어요! 그러니 이것은 오배 대인을 빗대어 하는 말임에 틀림없습니다."

반포이선이 자신 있게 주장을 펼치면서 또 다시 젓가락으로 술을 찍어 탁자 위에 두 번째 줄을 그었다.

"여기에서 가장 주목할 부분은 두 번째와 세 번째 질문이에요. 누가 무슨 협박을 하느냐고 물었어요. 이것은 소극살합의 목을 졸라 오배 대인의 흉을 보게 하자는 속셈입니다. 따라서 걸서가 앞장서서 오배 대인을 탄핵하도록 부추기는 계략이라고 볼 수 있어요. 열네 살 어린애가 생각하는 것치고는 정말 대단하다고 할 수밖에 없어요. 섬뜩할 정도로 말이에요. 잘하면 자신은 손 하나 까딱하지 않고 우환거리를 제거할 수 있지요. 밑져 봐야 있으나 마나한 소극살합을 잃는 것이니……."

꼼꼼하게 분석을 해나가던 반포이선이 말을 멈추고 잠시 머뭇거리면서 생각에 잠겼다. 이어 고개까지 저었다.

"태황태후까지 이 일에 관여하지는 말아야 하는데……."

반포이선의 분석은 치밀했다. 모든 사람들의 간담을 서늘하게 하고도 남을 정도였다. 그때 듣고만 있던 제세가 끼어들었다.

"왼쪽을 치는 척하면서 오른쪽을 공격하는 겁니다. 또 앞을 바라보면서 뒷발질을 하는 것과 다름없어요. 황제는 큰 것을 위해서는 작은 것을 버릴 각오가 되어 있다고 볼 수 있어요. 넋 놓고 있다가는 무슨 봉변을 당할지 모릅니다!"

제세의 말은 오배를 제외한 다른 사람들의 마음을 대변하는 것이기도 했다. 그러나 오배는 태연자약한 모습을 보이면서 길고 짧은 것은 대봐야 한다는 듯 냉소를 터트렸다.

"흥! 웃기고 있군! 아무리 그렇게 날고 긴다고 해봤자 내가 선수를 칠 텐데!"

좌중의 사람들은 오늘의 술자리에서 여느 때와 달리 뭔가 중요한 이야기가 있을 것임을 모르지는 않았다. 그러나 이토록 노골적이고도 심도 있게 진행될 줄은 그 누구도 예상하지 못했다. 태필도 역시 크게 다르지 않았다. 평소 이들 축에 끼지도 못하다가 반포이선 덕분에 처음으로 자리를 같이 한 상황에서 그야말로 피를 부를 수도 있는 분위기가 조성될 줄은 상상조차 못했다. 그는 자신도 모르게 전신에 소름이 끼치는 것을 느꼈다. 겉으로는 지극히 정직하고 충성을 다하는 사람들이 뒤로 이런 호박씨를 까고 있다는 사실이 무서웠다. 그는 다음 상황이 어떻게 전개될지가 못내 궁금해서 오배에게 조심스레 물었다.

"오 대인, 처음부터 너무 세게 나가지 말아야 합니다. 일부러 지는 척하면서 한발 물러서서 관망하는 것도 괜찮습니다. 그게 어떨까요?"

오배는 척하면 삼천리라는 말처럼 태필도의 마음을 꿰뚫고 있었다. 그가 껄껄 웃으면서 태필도의 어깨에 손을 얹었다.

"왜? 무섭소? 걱정 말고 나만 따라다니라고요. 제까짓 게 날 호락호락하게 여겼다가는 혼쭐이 나죠! 생각해 봐요. 뭘 믿고 큰소리 칠 거야? 제대로 움직이지도 못하고 열만 받으면 기절해 버리는 그 늙은 효장孝莊 할멈과 젖내도 안 가신 소마라고 계집밖에 더 있어요? 또 눈치가 무디기로는 썩은 도끼 같은 위동정인가 뭔가 하는 새파란 녀석도 있기는 하지요. 그래봤자 그들밖에 더 있겠어요? 내가 보기에 소극살합도 살 날이 며칠 남지 않았어요!"

오배가 몸을 일으켜 뒷짐을 진 채 몇 발자국 옮겨 디뎠다. 그러다 갑자기 단호하게 내뱉었다.

"반포이선 대인, 어서 준비해요. 나하고 같이 걸서를 만나러 갑시다. 제까짓 놈이 내 등쌀에 배기나 어디 보자고! 기부터 죽여 버려야 해! 눌모는 얼른 가서 오늘 저녁 당직 서는 애들을 제외한 나머지 건청궁 시위들을 모조리 불러오도록 해. 내가 맛있는 밥도 사주고 끝내주는 연극도 보여준다고 하고!"

말을 마친 오배가 머리를 번쩍 쳐들고 밖을 향해 소리를 내질렀다.

"가마를 준비하라!"

9장
오차우, 황제의 스승이 되다

오배가 모종의 음모를 꾸미고 있던 그 시각 의정왕 걸서는 서재에서 소설 《삼국연의》三國演義를 뒤적이고 있었다. 뭔가 머리를 가뿐하게 해줄 깨달음 비슷한 계시가 없을까 하고 때아닌 요행을 바라고 있었던 것이다. 그 정도로 그에게는 골치 아픈 현안들을 무난하게 소화해낼 수 있는 방법을 찾는 것이 피를 말리는 다급한 과제였다. 그는 아침에 강희한테 불려갔던 일을 생각했다. 마음이 뭐라고 형언할 수 없이 착잡하고 초조했다. 목구멍에서 불이라도 날 것 같았다. 그는 그 기분을 떨쳐내기 위해 물을 벌컥벌컥 들이켰다. 또 명치가 옥죄어오는 아픔에 가슴을 부여잡았다.

태감 장만강이 집으로 찾아온 것은 대략 그날 오전 9시쯤이었다. 그는 성지를 전하러 왔으나 소리 소문 없이 행동해야 한다면서 대문도 못 열게 하고 조용히 뒷문으로 들어왔다. 이어 숨 돌릴 새도 없이 선 채로 입을 열었다.

"의정왕 걸서는 의논할 일이 있으니 지금 즉시 류경궁柳慶宮으로 오도록 하라!"

장만강은 단숨에 딱딱한 성지를 전했다. 그의 다음 행동 역시 무척이나 사무적이었다. 차 한 잔 마실 생각도 하지 않고, 한마디 말도 없이 그저 조용히 말을 타고 사라졌다.

걸서는 평소와 다른 긴박한 분위기로 보아 비밀에 붙여야 할 만큼 중대한 일이 있다는 것을 느꼈다. 하지만 그것이 정확히 무엇인지는 알 수가 없었다. 그저 곧 튀어나올 것 같은 가슴을 부여안은 채 류경궁으로 향했다. 그를 맞는 장만강의 표정은 조금 전과는 확연하게 달랐다. 만면에 웃음을 띠면서 맞아주었다.

걸서는 궁전 안으로 발을 들여놓는 순간 깜짝 놀라서 멍하니 서 있었다. 분위기가 생각하던 것 이상으로 살벌했던 것이다. 우선 강희가 허리춤에 보검을 차고 서쪽을 향해 앉아 있었다. 또 그 뒤에는 남자 하나와 여자 하나가 서 있었다. 남자는 새로 진급한 육품 어전시위 위동정이었다. 여자는 여의를 손에 든 채 숙연한 얼굴을 하고 있는 소마라고였다.

걸서는 뭔가 이상한 느낌에 서서히 머리를 쳐들다 더욱더 놀라 뒤로 자빠질 뻔했다. 태황태후가 단상에 다리를 꼬고 앉은 채 근엄한 표정으로 자신을 내려다보고 있었던 것이다.

그는 어쩔 줄 몰라 하며 본능적으로 사시나무처럼 떨리는 두 다리를 모은 채 조심스레 무릎을 꿇고 큰절을 올렸다.

"노재 걸서, 성지를 받고 왔사옵니다!"

태황태후가 가볍게 손을 내저었다.

"칠숙七叔(일곱 번째 삼촌이라는 뜻), 어서 일어나세요!"

눈치 빠른 장만강이 잽싸게 의자를 가져왔다. 걸서는 황송한 몸짓을 보이면서 엉덩이를 의자 끝에 살짝 걸치고 앉았다.

넓디넓은 궁전 안에 고작 다섯 명만 있게 되자 분위기는 고요하다 못해 적막하기까지 했다. 목소리가 윙윙 하는 소리와 함께 메아리로 울려 퍼졌다. 강희가 오랜 침묵을 깨고 입을 열었다. 그의 목소리는 걸서가 깜짝 놀라 몸을 흠칫 떨 정도로 카랑카랑했다.

"칠숙, 오배의 행패가 더 이상 묵과하지 못할 지경에 이르렀소. 알고 있었소?"

걸서는 강희의 말을 듣고서야 머리를 들어 강희를 바라봤다. 소마라고의 날카로운 시선과 위동정의 흐트러짐 없는 표정이 그의 눈에 들어왔다. 기가 질린 그는 황급히 시선을 피하면서 나지막이 대답했다.

"알고 있었사옵니다."

그러자 이번에는 태황태후가 무거운 어조로 입을 열었다.

"태종太宗황제께서는 살아생전에 입에 침이 마르도록 칠숙을 칭찬했었지. 순치황제 역시 그 충성심을 높이 사서 별다른 고민 없이 그대를 의정왕 자리에 앉힌 것이고. 하지만 칠숙은 의정왕이 도대체 왜 필요한지 알고 있는지 모르겠어. 힘없는 여자들과 어린 황제를 업신여기고 나쁜 마음을 품는 자가 생길 가능성을 배제할 수 없었기 때문에 다른 사람이 아닌 그대를 의정왕으로 봉했어. 우리에게 울타리가 되어 주라는 뜻이었지. 그런데 이제 색니가 조금 전에 이승의 끈을 놓았다고 하니까 오배라는 자가 마치 자기 세상이 된 것처럼 설쳐대기 시작했어. 이를 어찌하면 좋단 말인가. 그놈은 당금 황제가 직접 정치에 참여한 지 일 년이 넘었는데도 아직 실권을 거머쥐고 놓아주지 않고 있어. 그놈의 속셈은 뻔할 뻔자 아니겠어?"

단숨에 자신의 생각을 말한 태황태후가 목소리를 낮추면서 다시 말을 이었다.

"지금 남쪽에서는 전쟁이 계속되고 있어. 대만臺灣은 아직 정성공鄭成功의 손아귀에 들어있지. 또 북으로는 나찰국羅刹國(지금의 러시아)이 침을 질질 흘리면서 우리를 넘보고 있지. 심히 걱정스러운 일이 아닐 수 없네. 우리 조정 내부라고 크게 다를 것은 없어. 오배라는 미꾸라지가 흙탕물을 일으키면서 자기가 나설 자리, 나서지 말아야 할 자리를 모르고 설쳐대고 있어. 아니 주인행세를 하려고 덤비고 있지. 이게 도대체 말이 되는 소리야? 뭐가 잘못 돼도 한참 잘못 되어가고 있어!"

태황태후는 말을 마무리하면서 시선을 걸서에게 옮겼다. 그러자 강희가 태황태후에 이어 나섰다.

"오늘 상의하고자 하는 일은 다름이 아니오. 오배의 병권을 빼앗고 군부 내에서의 위력을 약화시키려고 하오!"

강희의 말은 짧았으나 명쾌했다. 하지만 자신의 의사를 충분히 전달했다고 판단했는지 더 이상 입을 열지 않았다.

걸서는 잠깐 침묵하다 꿇어앉으면서 대답했다.

"오배를 저대로 방치해서는 아니 되옵니다. 무슨 화를 불러올지 모르옵니다. 그가 암적인 존재라는 것을 모르는 사람도 없사옵니다. 그러나 그는 이미 군부를 손아귀에 틀어쥔 지가 오래 됐사옵니다. 순찰 기관을 장악한 것은 기본이고 초소와 궁내 핵심부서 등에 자기 사람을 확실하게 심어 놓았사옵니다. 때문에 잘못하면 오히려 반격을 당할지 모르옵니다!"

"그렇기 때문에 그대를 부른 것이 아닌가!"

태황태후가 걸서의 말꼬리를 잡았다.

"파내려면 단 한 삽에 뿌리까지 파헤칠 수도 있어. 단칼에 죽일 수도 있지. 그가 오랫동안 조정을 위해 봉사해온 대신이라는 사실을 감안해 차마 마지막 험상궂은 얼굴을 보이고 싶지 않아서 그렇지!"

"왕야王爺(황실 친왕을 높여 부르는 말)!"

강희 뒤에 서 있던 소마라고가 걸서를 향해 입을 열었다.

"왕야께서는 사건의 단편적인 면만 보고 계십니다. 이 고름을 지금 짜 버리지 않으면 결과는 수습할 수 없게 됩니다. 옛날의 공로는 그야말로 지나간 세월의 흔적일 뿐입니다. 지금 그자는 자신이 공신이라는 이유로 어떤 만행을 저질러도 면죄부를 받을 거라고 생각하고 있습니다. 우리는 이를 더 이상 방관해서는 안 됩니다. 그가 병부를 호령할 수 있는 실권을 가진 것은 사실입니다. 그러나 그만큼 인심을 잃고 원한을 산 경우도 많습니다. 오배의 이름만 들어도 칼을 가는 사람들이 수도 없이 많을 것입니다. 치밀한 전술과 틀림없이 제거할 수 있다는 확신만 가지면 별로 어려울 것도 없는 일이라고 생각합니다. 게다가 폐하께서는 병권만 빼앗을 뿐이지 다른 위협은 주지 않을 거라고 하셨잖습니까."

걸서는 일개 궁녀가 감히 자신의 말에 토를 단다는 사실에 약간 당황했다. 기분 역시 조금은 언짢았다. 하지만 뭐라고 할 수는 없었다. 궁녀가 궁전 안에서 대담한 발언을 하는 것은 사전에 태황태후와 황제의 허락을 받았기 때문에 가능하다는 사실을 누구보다 잘 알고 있었던 것이다. 더구나 그녀는 당당하고도 의연했다. 속으로는 탄복을 금치 못했다.

'과연 듣던 대로 똑똑하구나!'

그때 태황태후의 목소리가 다시 들려왔다.

"난감할 것이라는 것은 잘 아네. 우리도 막무가내는 아니야. 하지만 워낙 발등에 떨어진 불이 뜨거워. 또 언젠가는 우리가 사냥감이 돼 오배의 놀이판에 올라갈지도 몰라. 물론 그냥 우리가 도움을 바라는 것은 아니야. 일만 성사되면 어련히 알아서 잘해주지 않겠는가!"

걸서는 태황태후가 자신에게 미끼를 던진다고 생각했다. 만약 그녀의 말대로라면 자신은 의정왕 자리를 빼앗길 위험은 전혀 없었다. 오히려 잘하면 그 이상의 자리도 넘볼 수 있었다. 그는 평소 자손에게 의정왕 자리만이라도 세습시킬 수 있었으면 하는 소망을 가지고 있었다. 태황 태후는 그런 간절한 마음을 제대로 읽었던 걸까? 그는 갑자기 머리가 뜨거워졌다. 지나친 흥분으로 가슴도 울렁거렸다. 태황태후와 황제에게 이 기회에 점수를 따 평소의 부진을 만회함으로써 일석이조의 이득을 볼 수 있다는 계산이 선 것이다. 그가 다급히 머리를 조아렸다.

"태황태후마마와 폐하의 뜻은 충분히 알겠사옵니다. 일단 주위에서 납득을 할 수 있도록 오배를 제거하는 이유를 만들어야 하옵니다. 그러니 태황태후마마와 폐하의 지의가 계셨으면 하옵니다. 이 몸이 부서져 가루가 되는 한이 있더라도 최선을 다할 것을 맹세하옵니다."

걸서의 태도는 그가 이미 흔쾌히 대답한 것과 다름없다는 사실을 말해주고 있었다. 좌중의 분위기는 순식간에 부드러워졌다. 강희는 위동정에게 눈짓을 했다. 위동정은 강희의 뜻에 따라 소극살합의 상주문을 걸서에게 넘겨줬다. 걸서는 영문도 모르고 상주문을 받아든 다음 한 글자라도 빠뜨릴세라 천천히 황제의 주홍글씨부터 읽어 내려갔다. 그는 그동안의 경험을 통해 황제의 뜻을 충분히 알 수 있었다. 얼마 후 그가 황급히 상주문을 접으면서 머리를 조아렸다.

"폐하께서는 정말 현명하시옵니다. 소신이 이삼 일 내에 상주문대로 처리하겠사옵니다."

걸서가 이처럼 아침에 강희를 만났던 일들을 생각하면서 걱정에 잠겨 있을 때 하인이 들어와 아뢰었다.

"왕야! 오배 중당과 반포이선 대인이 오셨습니다."

걸서는 잠깐 생각한 다음 하인에게 지시했다.

"내가 몸이 안 좋아. 그러니 내일 만나자고 해."

걸서의 말이 채 끝나기도 전이었다. 갑자기 그의 등 뒤에서 떠나갈 듯

한 너털웃음 소리가 들려왔다.

"우리 의정왕께서 몸이 많이 안 좋으신가 보군요! 자나 깨나 나라 걱정에 앉으나 서나 간신 축출을 생각하고 계시니 병이 날 수밖에요! 하하하……."

오배가 간담을 서늘하게 하는 웃음소리와 함께 죽렴을 걷어 젖히면서 들어섰다. 그 뒤를 반포이선이 따랐다. 두 사람은 그럴 듯하게 격식을 갖춰 걸서에게 인사를 올렸다. 먼저 반포이선이 나섰다.

"왕야께 인사를 올립니다! 소인이 의술에 대해서는 몇 가지 기본을 익혀둔 것이 있습니다. 대대로 물려받은 비방으로 왕야의 병을 충분히 봐드릴 수 있을 것입니다."

말을 마친 두 사람은 곧바로 자리에 앉았다. 걸서는 마치 겁에 질린 아이처럼 두 눈을 휘둥그렇게 뜬 채 그들을 멍하니 바라봤다. 그는 한참이 지난 후에야 제정신이 들었다. 급하게 표정 관리부터 했다. 나중에는 못 말리겠다는 표정으로 씁쓸한 웃음을 지어보였다.

"어제 새벽에 찬바람을 쐬고 조금 무리를 했던 모양이오. 온 김에 한번 진찰을 받는 것도 나쁘지는 않겠네."

반포이선은 확실히 의술에 대해 문외한은 아니었다. 걸서 옆으로 다가가 두 눈을 지그시 감고 맥을 짚어보더니 웃으면서 일어섰다.

"소인이 감히 왕야의 증세를 말씀드릴 수 있을 것 같습니다. 지금 혈맥이 잘 통하지 않아 기운이 쇠잔해져 있습니다. 또 과도한 심적 부담으로 소화불량과 영양 불균형을 일으켜 머리가 어지러워지지 않았나 생각합니다. 아마 멀미를 하는 것과 같은 증세가 있을 것입니다. 여기에 정신적인 과부하가 주범인 것으로 보이는 악몽이 지속되니 우울과 두려움에 시달리기도 하는 것입니다. 안팎으로 너무 노심초사하시어 일어난 증세이니 만큼 특효약은 따로 없습니다. 마음을 깨끗이 비우고 욕심을 버리면 곧 기력을 회복하시지 않을까 싶습니다. 소인이 볼 때는 안정을 취한다면 별로 어렵지 않게 건강을 되찾을 것입니다."

오배가 옆에서 내내 웃으면서 지켜보다 입을 열었다.

"맥 한번 제대로 보는 것 같은데요? 마음을 깨끗하게 하지 않으면 현명한 판단을 내릴 수가 없지요. 또 심적인 평온이 없으면 멀리 내다볼 수가 없고. 예나 지금이나 성현들은 행동을 함에 있어서 모두 이 진리를 받들었어요. 왕야께서는 워낙 명석하신 분이니 이 몇 글자에 담긴 진정한 의미를 깨우치고도 남음이 있지 않겠습니까?"

반포이선은 오배의 말대로 족집게처럼 걸서의 증상을 짚어냈다. 진짜 뭘 알고 말했는지, 아니면 지레짐작으로 찍었는지는 모르지만 아무튼 틀리지는 않았다. 사실 걸서는 오배가 온갖 방정을 다 떨면서 궁전을 휘젓고 다니다가 소납해 등을 처형시킨 사건이 발생한 이후로 늘 왠지 모를 불안감에 가슴을 졸여왔다. 태황태후와 강희를 비밀리에 만난 이후부터는 더욱 그랬다. 안하무인에다 막강한 권력을 가진 오배와 한판 대결을 벌일 것을 생각하니 또다시 형언하기 어려운 번민의 소용돌이에 빠지기 시작한 것이다. 게다가 반포이선이 자신의 속에 들어갔다 나온 것처럼 간사한 웃음을 흘리면서 증세를 정확하게 짚어냈을 때는 방망이로 호되게 얻어맞은 느낌마저 들었다. 오배가 뭔가 냄새를 맡은 듯 애매모호한 말로 스산한 분위기를 만들어가는 눈치를 온몸으로 느꼈기 때문에 더욱 그럴 수밖에 없었다.

'이거 큰일 났네. 비밀이 샌 것이 틀림없어!'

그러나 걸서는 억지웃음을 지어내야 했다. 마음속에는 차가운 강풍이 불어도 겉으로는 웃어 보이지 않을 수 없는 입장이었던 것이다.

"오공鰲公께서는 어떻게 하는 것이 마음을 깨끗이 비우는 것이라고 생각하시는지요? 또 안으로 평온을 찾는 것은 도대체 무엇입니까?"

오배는 아무 말도 없이 술병이 놓여 있는 탁자 앞으로 걸어갔다. 그러더니 술잔을 들고 물었다.

"왕야, 이 술 이름이 뭔지 물어도 될까요?"

"폐하께서 하사하신 술이에요. 사천성四川省의 명주名酒인 옥루경玉樓傾이라고 합니다."

"옥루경이라고요? 이름이 예쁘군요! 술을 마시면 병이 기울어지는 모양이죠? 기울어진다는 의미의 '경'자가 들어 있으니 말입니다."

오배가 건성으로 말하면서 걸서에게는 눈길 한 번 주지 않고 혼자 술을 따랐다. 이어 입술을 적실 정도로 살짝 마셨다.

"반 대인, 좋은 술인 것 같아요. 이 기회에 맛이라도 한번 보지 그래요?"

오배가 이상야릇한 웃음을 흘리면서 반포이선을 쳐다보더니 단숨에 술을 입안에 털어 넣었다. 반포이선 역시 오배가 따라준 술을 단번에 마셨다.

"맛 한번 좋네요. 조금 독하기는 하지만."

"이 정도 가지고 독하다고 하면 어떡하나? 전혀 독하지 않아. 그건 그렇고 옥루경이라는 술을 마셨는데, 왜 술병은 기울어지지 않는 거지?"

오배는 자문자답하면서 아무렇지도 않게 반포이선이 다시 건네준 술잔을 만지작거렸다. 한참을 그러다 걸서를 쳐다보았다.

"어떻게 하는 것이 마음을 비우는 것이고 평온을 찾는 것이냐고 물으셨죠? 예를 들어 봅시다. 소극살합의 상주문을 처리하는 문제 같은 것이 그래요. 그것도 혼자서 고민하기보다 나하고 함께 지혜를 모으면 훨씬 가벼워질 것이 아니겠어요? 백지장도 맞들면 가볍다고 하잖아요. 내 생각이 어때요?"

걸서는 오배의 단도직입적인 말에 순간적으로 모든 계획이 수포로 돌아갔다는 사실을 직감했다.

"오 대인, 다 알고 오신 것 같네요. 오 대인이라면 소극살합의 문제를 어떻게 처리하실 건가요?"

오배는 걸서의 말에는 크게 아랑곳하지 않았다.

"원칙대로 처리하면 되는 거죠. 반 대인, 우리가 온 지 한참 되는 것 같군요. 할 일도 많으니 이만 돌아가 봐야겠어요. 의정왕께서도 조용히 생각해보셔야 할 일들이 많을 테니까 말입니다."

오배는 이내 반포이선을 데리고 횡하니 나가버렸다.

걸서는 오배와 반포이선을 대문까지 바래다주고는 다시 방으로 돌아왔다. 손잡이가 떨어져 나간 탁자 위에 놓인 유리 술잔이 그의 눈에 들어왔다. 오배가 손에 힘을 줘 부숴버린 것이 틀림없었다. 또 탁자에는 술이 낭자하게 엎질러져 있었다. 그는 서둘러 현장을 정리하기 위해 떨어져나간 술잔의 손잡이를 주워들었다. 그 순간이었다. 뭔가 벼락처럼 뒤통수를 내리치는 것 같은 섬뜩한 기분이 그의 전신을 감쌌다. 그는 사지에서 힘이 쭉 빠지는 느낌을 받았다. 그리고는 바로 맥없이 의자에 쓰러지고 말았다.

명주는 인재등용 시험 발표 다음부터 몇 개월 동안 하루도 쉴 새 없이 바쁘게 돌아다녔다. 집에 들어오는 날이 거의 없었다. 친구를 만나 축하주를 마신다거나 진심으로 축하해줄 만한 사람들을 찾아다니면서 인사를 하는 등 이런저런 이유도 많았다. 하지만 신이 나서 돌아다닌 그에게 들려온 소식은 충격이었다. 주어진 자리가 고작 어느 지방의 말단 관리였던 것이다. 그는 실망을 금치 못했다. 적어도 북경에서 중간 정도 이상의 직급을 받을 줄로 철석같이 믿고 있던 터였다. 오차우는 북경에서 다른 자리를 찾아보자면서 그런 그를 진심으로 위로했다. 명주는 오차우의 말에 행여나 하고 기다려봤다. 하지만 여전히 이렇다 할 기쁜 소식은 없었다.

오차우는 원래 명주를 위해 자신이 미력하나마 힘을 쓰려고 했었다. 그러나 상황이 좋지 않았다. 찬바람을 쐬면서 감기에 걸려 몇 개월을 몸져 누웠다. 병이 완쾌된 후에도 몸은 여전히 좋지 않았다. 다행히 명주와 하계주가 진심어린 간호를 해준 탓에 조금씩 차도는 보이기 시작했다.

하계주는 명주와 함께 오차우를 돌보면서도 그를 꽤 부담스럽게 생각했다. 인재등용 시험에 합격한 이후 왠지 건방을 떠는 것처럼 보였기 때문이었다. 그러나 오차우의 병세에 마음 아파하는 모습을 보면서 생각을 고쳐먹었다.

시간은 아침을 먹고 난 오전이었다. 날씨는 잔뜩 흐렸다. 오차우는 어디 나갈 수도 없다는 생각에 무료함을 달래기 위해 하계주를 불렀다.

"보아하니 명주는 또 내무부의 황 아무개를 찾아 갔나 보군. 가게 손님이 없으면 우리 장기나 한 판 두는 것이 어떨까?"

하계주의 얼굴에는 웃음기가 가득했다.

"둘째 도련님, 오늘은 기분이 괜찮으신가 보군요. 하지만 제가 워낙에 장기에는 자신이 없습니다. 공연히 도련님의 기분을 상하게 할까 봐 걱정이 되는군요."

하계주는 말은 그렇게 하면서도 어느새 안방에 들어가 장기판을 들고 나왔다. 그러면서 무조건 차車와 포包를 떼고 하자는 억지를 부렸다. 둘이 겨룬다기보다는 시간을 죽인다는 표현이 어울릴 법한 장기판에 슬슬 빠져들 무렵이었다. 갑자기 밖에서 누군가 헛기침을 요란하게 내뱉으면서 들어섰다.

둘은 깜짝 놀라 고개를 돌렸다. 위동정이 우비를 걸친 채 빙그레 웃으면서 서 있었다.

"아이고, 이게 누구신가? 어서 오세요, 위 어른!"

하계주가 급히 몸을 일으키면서 너스레를 떨었다. 오차우도 반갑게 맞아주었다.

"밖에 비가 내리나 보군? 감기 들겠어. 어서 비옷을 벗고 여기 따끈따끈한 아랫목으로 올라오게."

위동정은 손을 저었다. 뭐가 그리 급한지 우비도 벗지 않고 선 채로 말했다.

"오늘은 마음 편히 앉아서 놀 여유가 없네요. 어르신의 부탁을 받고 오 선생님을 찾아뵈려고 왔으니까요."

오차우는 하계주와는 달리 여전히 장기판에서 눈을 떼지 않고 있었다. 귀만 열어놓고 있었다.

"무슨 급한 일이라도 있는가?"

하계주는 위동정의 표정에서 예사롭지 않은 일이 있다는 사실을 직감하고는 재빨리 자리에서 일어섰다.

"제가 가서 차를 끓여오죠. 두 분께서는 천천히 얘기를 나누십시오."

위동정이 하계주의 팔을 붙잡았다. 일부러 자리를 피한다고 생각한 모양이었다.

"아니, 그럴 것 없소. 같이 들어도 괜찮으니까."

위동정이 가슴 속에서 조심스레 초대장으로 보이는 종이를 꺼내 보였다.

"오 선생님, 이것 좀 보세요!"

오차우가 어리둥절해하면서 초대장을 받았다. "말로만 듣던 유명한 오 선생님을 한번 만나 뵙는 영광을 주셨으면 합니다! 괜찮으시다면 저의 집에서 한번 뵈었으면 합니다"라는 내용의 멋진 해서체 글씨가 눈에 확 들어왔다. 맨 밑에는 '색액도'라는 이름이 적혀 있었다. 궁금한 사항은 초대장을 들고 간 사람이 말해줄 것이라는 추신도 덧붙였다.

오차우가 머리를 갸웃거리면서 물었다.

"이건 뭐 명함은 아니군. 그렇다고 진짜 초대장 같지도 않고. 게다가 색액도라는 사람은 당대의 세도가가 아닌가. 그가 나에게 직접 면담을 요청할 일이 뭐가 있겠는가?"

위동정은 오차우의 마음을 바로 헤아렸다. 장기판을 물끄러미 쳐다보면서 미리 준비한 말을 입에 올렸다.

"사실은 색액도 대인에게 아주 어린 동생이 하나 있어요. 열네 살밖에 안 된 늦둥이죠. 그런데 색액도 대인의 어머니께서 이 아이를 금이야 옥이야 하고 있어요. 어려서부터 학문이 뛰어난 스승 한 분을 찾아 주려 하셨죠."

위동정은 잠시 오차우의 표정을 한번 살피고는 계속 말을 이었다.

"색액도 대인의 아버님이신 색니 어르신은 돌아가시기 전에 이 아이의 교육문제를 특히 강조하셨어요. 무슨 수를 써서라도 덕망 높고 학문이 뛰어난 스승에게 맡기라고 유언도 남기셨어요. 때문에 오 선생님의 지식과 수양을 흠모해온 색액도 대인으로서는 선생님에게 집착할 수밖에 없는 것이고요. 하지만 품성이 고결하고 강직하기로 소문난 오 선생님께서 거절하실 것을 걱정했죠. 그래서 일부러 안면이 있는 저를 보내신 겁니다."

위동정이 말을 마치면서 바로 격식을 갖췄다. 오차우의 발밑에 꿇어 앉으면서 큰절을 올렸다.

"오 선생님도 평소 저한테 나쁜 인상을 가지고 계시지는 않았을 것으로 생각합니다. 이 동생의 체면을 생각해서라도 부디 한번 같이 가 주셨으면 합니다."

위동정의 부탁은 간절했다. 그의 말을 듣고 난 오차우가 마지못해 머리를 끄덕였다.

"정 그렇다면 어디 한번 만나나 보지. 이렇게 서로 알고 있다는 것도 인연 아니겠나!"

위동정은 의외로 쉽게 대답하는 오차우가 너무 고마웠다. 그는 어린 애처럼 즐거워했다.

"정말 남다른 인연이 있는 것이 분명합니다. 그 학생은 이미 오 선생님께서도 만난 적이 있으니까요."

오차우는 학생을 이미 만나봤다는 얘기에 흠칫 놀랐다. 얼른 생각이 나지 않는지 위동정을 쳐다보면서 머리를 절레절레 흔들었다.

"만난 적이 있다고? 나는 북경에 온 이후 바깥출입을 거의 하지 않아서 아는 사람이라곤 별로 없는데……. 아, 알겠네. 혹시 저번에 데리고 왔던 그 용공자인가?"

위동정이 박수를 치며 좋아했다.

"맞습니다! 바로 그 용공자입니다. 용공자는 지난번 오 선생님이 열변을 토로하는 모습에 완전히 반했습니다. 그래서 어머니인 태부인에게 빨리 스승으로 불러달라고 마구 졸랐죠. 태부인이 도리 없이 예정을 앞당긴 것으로 알고 있습니다."

오차우는 그제야 표정이 환해졌다.

"그 용공자라면 한번 잘 가르쳐 볼 욕심이 있네. 자질이 놀랍도록 뛰어났어! 영재를 잘 가르쳐 옥돌로 만드는 것도 선비로서 큰 행운이자 보람이 아닐 수 없지. 그러나……."

오차우가 잠깐 머뭇거리는가 싶더니 다시 입을 열었다.

"지난번 고향에 계신 연로하신 부친으로부터 편지를 받았네. 사람이 그리운지 한번 왔다 가라고 하셨어. 마침 적적하던 터라 양주로 내려가려던 참이었네……."

오차우의 말이 끝나기도 전에 위동정이 끼어들었다.

"그런 걱정은 조금도 하지 마십시오. 이번에 저의 친구 몇 명이 그쪽 양주에 물건을 사러 갈 일이 있습니다. 이 기회를 이용해 오 선생님 댁에 들러 어르신을 만나 뵙겠습니다. 허락을 하신다면 북경으로 모시고 와도 되지 않겠습니까. 이번 기회에 북경 구경도 할 겸해서 말이죠!"

하계주가 옆에서 듣기만 하다 분위기가 좋은 틈을 타 끼어들었다.

"둘째 도련님이 으리으리한 보정대신 댁에 스승으로 초대받아 간다고 하면 어르신께서도 무척 기뻐하실 겁니다. 도련님은 아무리 높은 곳에 계시더라도 명주 어른처럼 우리를 멀리하시지는 않으시겠죠?"

"명주는 누굴 얕볼 사람이 아니에요. 지난번 길에서 만났는데 식구들과 자리를 같이 할 시간이 없다면서 툴툴대던데요, 뭐. 두 분이 자기가 거만해졌다고 따돌리는 것은 아닐까 하고 걱정이 태산 같더라고요!"

위동정이 명주를 위한 변명을 하고는 자리에서 일어났다.

"오 선생님, 밖에 수레가 대기하고 있습니다. 괜찮으시다면 지금 저하고 함께 가시는 것이 어떨까요?"

오차우는 이미 마음의 결정을 내린 터였다. 자연스럽게 위동정을 따라 자리에서 일어섰다.

"색액도 대인께서 별 볼 일 없는 나를 그토록 잘 봐주셨다니 큰 영광으로 생각하고 움직이겠네. 자, 가세!"

오차우가 위동정에게 먼저 나가라고 손짓을 했다. 그러자 위동정이 황급히 뒤로 물러섰다.

"오늘부터 오 선생님께서는 용공자의 스승이자 제가 모셔야 하는 어른입니다. 그러니 예전처럼 스스럼없이 대할 수는 없습니다."

위동정이 정색을 했다. 그 말에 오차우가 갑자기 걸음을 뚝 멈추어

버렸다.

"스스럼없던 사이가 그런 이유로 해서 온갖 격식을 차려야 하는 어색한 사이로 변한다면 나는 용공자와 사제지간으로 지내고 싶지 않아. 그보다는 나이 차이가 좀 나는 형제지간으로 지내는 게 오히려 더 편하지. 나는 겉으로 생색내는 것은 딱 질색이야. 미리 정해진 틀에 옴짝달싹 못하게 가둬놓는다면 무슨 창의력이 나오겠나!"

사실 위동정은 강희가 용공자 행세를 하면 오차우와의 첫인사를 어떤 식으로 치러야 할지가 무엇보다 큰 걱정이었다. 그러던 차에 오차우가 미리 쓸데없는 인사치레에 질색을 하고 나섰으니 은근히 잘 됐다는 생각을 했다. 위동정은 오차우의 본심을 다시 한 번 넌지시 떠보았다.

"색액도 대인은 스스럼없이 터놓고 지내는 것을 허락하지 않을 걸요?"

그러나 오차우는 아무렇지도 않다는 듯 대답했다.

"스승 삼아 벗 삼아 지내는 것이 제일 좋아. 그건 내가 색액도 대인에게 알아서 얘기할게."

색액도는 상다리가 휘어지게 음식을 차려놓고 안절부절 못하고 기다리고 있었다. 일각이 여삼추라는 말이 딱 맞았다. 무엇보다 위동정이 제대로 일처리를 못해 오 선생을 노엽게 만들어 일이 물 건너갈까봐 걱정을 하고 있었다. 또 오 선생을 모셔왔다고 해도 자칫 기분을 언짢게 했다가는 문제가 될 수 있었다. 진짜 가슴이 조마조마했다.

솔직히 말해 색액도는 오차우를 부른 것이 썩 내키지는 않았다. 자고로 군주는 멀고 깊은 곳에서 들릴 듯 말 듯한 메아리를 보내옴으로써 그 위상과 존엄을 지켜왔다. 그런데 그런 황제가 공부를 한답시고 선비를 집안으로 들이는 것이 말이 되는가? 하지만 태황태후는 이 문제에 대해서는 단호했다. 직접 자신의 이름을 거명하면서 임무를 부여했다. 무슨 차질이라도 생기면 정말 곤란할 수 있었다. 그렇게 생각하자 그의 고민은 더욱 커져만 갔다. 귓속에서는 태황태후의 말이 계속 맴돌고 있었다.

"황제는 무엇이든 척척 알아서 할 수 있는 성인이 아니야. 그렇다고 물불을 못 가리는 어린애도 아니고. 때문에 더 이상 지체하지 말고 공부를 시작해야 해. 오배가 말하던 그 제세라는 사람은 절대 안 돼. 소마라고가 가르치는 것도 한계가 있어. 이러니 나도 어쩔 수가 없어!"

태황태후는 색액도의 걱정을 미리 짐작하고 있었다. 그럼에도 불구하고 색액도는 걱정이 가시지 않았다. 이 일이 밖으로 새어 나가 오배의 귀에까지 들어가지나 않을까 하는 것이 가장 염려스러웠다. 그렇게 되면 그렇잖아도 호시탐탐 기회만 노리던 오배가 살판났다고 여기저기 휘젓고 다니면서 강희를 찾아 나설 것이 뻔했다. 그로서는 오랫동안 누추한 별채에 강희를 눌러앉아 있게 하는 것만 해도 부담스러운 일이었다. 게다가 보안도 허술한 곳에 혹시 오배가 냄새를 맡고 들이닥친다면 그 후폭풍을 어떻게 감당할 것인가. 또 주변 사람들에게 뭐라고 설명을 할 것인지도 걱정되었다.

최악의 경우 그건 그렇다 칠 수 있었다. 당장 이 사제지간의 상견례를 치르는 문제도 그로서는 고민이었다. 아무리 사제지간이라도 강희에게 무릎을 꿇고 인사를 하게 하는 것은 지나치다는 생각이 든 것이다. 물론 아무 사고 없이 상견례를 잘 치러내면 문제가 될 것은 없다. 하지만 추호의 차질이라도 빚어진다면 모든 책임은 고스란히 자신의 몫으로 돌아올 것이 아닌가. 색액도는 이 사실을 모르지 않았다. 그의 얼굴은 급기야 붉어졌다 창백해졌다 하면서 초조한 빛을 띠기 시작했다.

강희는 색액도의 속내를 다 짐작하고 있었다. 웃으면서 농담인 듯도 하고 진담인 듯도 한 말을 건네며 여유를 보였다.

"우리가 각본과 연출을 맡은 만큼 들통 나지 않게 잘 해야지. 차질이 생기면 진짜 곤란해! 이제부터는 그대가 형, 짐은 동생이야. 또 짐은 비록 황제지만 그는 엄연히 스승이니 쓸데없는 걱정은 하지도 말라고. 짐이 그런 것도 모를까 봐!"

색액도는 강희의 의젓함에 한결 마음을 놓으면서 황급히 대답했다.

"폐하, 잘 알겠사옵니다."

"서재는 어느 방을 쓰기로 했지?"

강희가 물었다.

"집 뒤쪽의 화원에 있는 방을 쓰기로 했사옵니다. 선제께서 선친에게 하사하신 건물이옵니다. 조용하고 아담하여 괜찮으실 것이옵니다."

색액도가 허리를 굽실거리면서 대답했다. 강희는 형과 아우 사이로지낼 색액도가 아직 분위기에 적응하려면 한참 멀었다는 생각을 자연스럽게 했다.

"짐은 지금부터는 용공자야. 자네도 짐 앞에서 말투를 고치도록 각별히 신경을 써야 하네. 툭 하면 노재니 폐하니 하지 말고 자연스럽게 굴어야 한다고. 자꾸 어설프고 지나치게 조심스런 행동을 보이면 오 선생이 바로 눈치채게 될 테니까, 알겠는가?"

"주인공이 아직 도착하지 않았으니까요. 벌써부터 감히 그럴 수는 없사옵니다."

두 사람은 다소 긴장이 풀어져 기분 좋게 대화를 나누고 있었다. 드디어 하인이 들어와 아뢰었다.

"폐하! 대인! 위 어른이 오 선생님을 모시고 도착하였사옵니다."

강희가 황급히 의자에서 몸을 일으켰다. 즐거운 표정이 얼굴에 역력했다.

"짐이 직접 나가 맞아들이지!"

강희가 밖으로 나갔다. 색액도는 손에 땀을 쥔 채 뒤를 따랐다.

위동정과 오차우가 마중을 나온 강희와 뒤를 따르는 색액도와 정면으로 마주친 것은 나란히 가운데 문까지 걸어왔을 때였다. 위동정은 걸음을 멈추면서 오차우 옆으로 바로 비켜섰다. 그러자 오차우가 한 발 앞으로 나서면서 한쪽 무릎을 꿇어 정중하게 인사를 올렸다.

"대인의 자자한 명성은 익히 들어왔습니다. 이렇게 만나 뵈니 소인으로서는 일생일대 최고의 영광이 아닐 수 없습니다!"

색액도의 눈에 비친 오차우는 진짜 선비였다. 일거수일투족에서 품위와 교양이 흘러넘쳤다. 뿐만 아니라 행동거지에서 자신감과 패기가 넘쳐났다. 선비들에게서 가끔 풍기는 어쩔 수 없는 속물근성이나 물컹거리는 줏대 같은 것은 전혀 상상할 수가 없는 풍모였다. 색액도는 급히 다가가서 오차우의 손을 으스러지도록 꼭 잡았다.

"오 선생님 같은 스승을 모실 수 있는 것은 정말 행운이 아닐 수 없습니다."

색액도가 속마음을 간략하게 표현한 다음 강희의 손을 잡고 소개를 했다.

"이 아이가 바로 제 동생인 용공자입니다. 용아龍兒, 얼른 선생님께 인사를 올려야지."

색액도는 조금 전과는 달리 어느새 마음이 편해졌다. 하기야 강희가 다 알아서 한다고 했으니 말이다. 그는 심지어 강희가 도대체 어떤 반응을 보일지 궁금하기까지 했다.

강희는 어느새 천진난만한 소년으로 돌아가 있었다. 익살스레 맑은 두 눈을 깜박거리더니 색액도를 바라보았다.

"형님은 내가 오 선생님과는 구면인 줄 몰랐을 거야!"

색액도가 다 알면서도 일부러 가볍게 나무라는 척했다.

"실없는 소리 자꾸 할래! 스승님한테 어서 깍듯이 인사를 올리지 않고 뭐하는 거야?"

강희가 즉시 "예!" 하고 대답하면서 무릎을 꿇으려고 했다. 하지만 그보다 오차우의 손이 더 빨랐다. 오차우는 강희를 얼른 일으켜 세웠다. 이어 팔을 잡으면서 자상하게 말했다.

"나와 위 동생은 사전에 강화조약을 맺었다네. 우리 두 사람은 비록 사제지간이기는 하나 앞으로는 형과 동생처럼 편하게 지내도록 해. 호칭이나 예의범절에 있어서도 너무 세속에 얽매이지 않기로 하세."

색액도와 강희, 위동정은 오차우의 대답에 하나같이 놀란 표정을 지으면서 마주봤다. 전혀 예상치 못했던 말이었다. 역시 오차우는 겸허한 선비라는 사실이 입증되는 순간이었다. 색액도는 못내 흡족한 듯 껄껄 웃으면서 오차우를 방으로 안내했다.

오차우는 손님 자리에 앉았다. 강희는 맨 끝자리에 앉았다. 강희로서는 이런 경우가 말할 것도 없이 처음이었다. 즉위한 이후 태황태후나 황태후와 자리를 같이 했을 때만 상석을 양보했을 뿐이었다. 그러나 그는 기분이 상하기는커녕 오히려 새로운 즐거움을 느꼈다. 오차우가 강희의 뒤에 조심스레 서 있는 위동정을 바라보면서 말했다.

"같이 자리에 앉지 그래?"

오차우의 말에 색액도가 급히 나서며 뭐라고 말하려고 했다. 그러나 강희가 먼저 입을 열었다.

"오 선생님이 같이 앉아도 괜찮다고 하셨으니 이리로 오게! 허물없는 친구 사이잖아. 격식을 차리다보면 멀어지는 수가 있다고. 어서 와."

위동정은 어쩔 수 없이 어색한 자세로 함께 자리를 했다.

"그러면 오늘만 실례하겠습니다."

황제의 시위 신분인 위동정은 색액도와는 직급에서 현격한 차이가 있었다. 그럼에도 실제로는 공개석상에서나 사적인 자리에서나 상하의 구별만 있을 뿐 별다른 차이는 크게 없었다. 하지만 이날 만큼은 달랐다. 강희가 같이 자리했으니 도저히 색액도 옆에 앉을 수는 없었다. 그는 강희 뒤에 서 있을 수밖에 없었던 것이다. 오차우는 눈치 무디기로는 둘째 가라면 서러울 사람답게 이런 상황에 대해 전혀 이상하다는 생각을 하지 못했다. 물론 그건 위동정이 오차우에게 용공자가 심심해할 것 같아 함께 공부하는 학생으로 말해줬기 때문이기는 했다.

오차우가 이런저런 얘기를 나누다 색액도에게 평소 궁금했던 것에 대해 물었다.

"동생 분은 입을 다물고 있을 때도 뭔가 범상치 않은 기질을 타고 난 것 같은 느낌이 듭니다. 더구나 입을 열어 말을 하면 바르기가 대나무 같고요. 나이에 비해 당당하고 의젓하기도 합니다. 틀림없이 크게 될 인재입니다. 따로 공부를 하지 않더라도 스스로 잘 깨우칠 만큼 똑똑하고 영리한 것은 두 말할 필요가 없죠. 그런데 왜 군이 스승을 필요로 하는지 궁금하네요."

색액도가 즉각 대답했다.

"용아는 가문 대대로 이어온 권세나 명예 같은 것에는 전혀 관심이 없어요. 우리 어머니께서는 용아가 스승을 따라 역사 공부나 하고 시詩와 글공부를 해 문학적 소양을 키우기를 원하십니다. 팔고문 같은 것은 그만두게 하려는 거죠."

오차우는 팔고문을 가르치지 말라는 색액도의 말에 어지간히 놀랐다. 뭔가 반대의견을 말하려고 했다. 그러자 강희가 오차우의 표정을 읽고는 선수를 쳤다.

"팔고문은 정말 싫어요. 수백 년 동안 변함없이 했던 말을 하고 또 하잖아요. 완전히 구닥다리 같아서 싫증이 난단 말이에요. 그래 놓고도 무슨 성인군자의 필수과목이라고 하는지!"

오차우는 잠시 침묵하다 입을 열었다.

"용공자의 말도 백번 맞는 말이기는 해. 하지만 서민들한테는 아무짝에도 쓸모없는 팔고문이 천자나 천자를 꿈꾸는 사람들에게는 꼭 필요한 것일 수는 있지."

강희가 정색을 한 채 말하는 오차우를 바라보면서 천진난만한 표정으로 바싹 다가앉으면서 물었다.

"왜요?"

오차우가 술 한 모금을 마셨다.

"자고로 유능한 천자들은 인재를 대거 중용해야 해. 팔고에는 인재를 잘 고르고 적재적소에 등용하는 방법이 담겨 있다네."

오차우의 한마디는 강희에게 상당히 신선한 충격을 줬다. 팔고문에 대해 그렇게 이해하는 사람은 사실 지금껏 없었다고 해도 과언이 아니었다. 강희의 얼굴색이 약간 변했다.

'소마라고 말이 맞아. 스승은 감히 못하는 말이 없을 정도로 자기의 주장이 강해야 해! 상서방의 스승들은 단 한 명도 이렇게 말하지 않았어. 완전히 빈 깡통이야. 이 오차우라는 사람은 나하고 궁합이 딱 맞는 것 같군.'

색액도 역시 오차우의 말에 어지간히 놀랐다. 그러나 겉으로는 전혀 내색을 하지 않았다.

"우리는 천자와는 거리가 먼 사람들입니다. 인재를 중용하든 말든 술이나 마십시다."

강희 역시 웃음으로 화답했다.

"그래요. 우리와는 상관없는 일이에요. 그 놈의 팔고문은 끝까지 쓸모가 없군요."

그들이 대화를 나누는 중에 시녀 한 명이 차를 받쳐든 채 들어와서는 조심스레 차를 따라줬다. 그러자 색액도가 돌아서서 나가려는 그 시녀를 불러 세웠다.

"완낭婉娘! 오늘부터 완낭도 용아가 공부하는데 함께 있으라고 어머니께서 말씀하셨어. 어서 스승님에게 인사부터 올리도록 해."

시녀는 다른 사람이 아니었다. 완낭으로 이름을 바꾼 소마라고였다. 그녀는 미리 짜놓은 각본대로 머리를 숙이고 "예!" 하고 대답하면서 사뿐사뿐 다가와 몸을 굽혀 인사를 올렸다. 그런 다음 오차우를 찬찬히 뜯어봤다. 오차우는 완전히 무방비상태였던 터라 느닷없는 시녀의 당돌한 눈길에 어색함을 감추지 못했다. 그저 고개를 돌려 술을 빨리 마시라면서 애꿎은 위동정을 재촉하기만 했다. 소마라고는 오차우의 속마음을 읽었으면서도 수줍게 웃음을 머금은 채 물러설 생각은 하지 않았다. 아니 오히려 한 발 더 나아갔다.

"스승님은 워낙 유명한 수재시잖아요. 평소에 궁금했던 게 한 가지 있어요. 여쭤 봐도 되죠?"

"물론입니다. 뭐든지!"

"대단한 자신감이네요!"

소마라고는 그렇게 말하면서 손을 가리고 웃었다.

곧이어 두 사람은 역사에 나오는 고사들을 입에 올리면서 상당히 풀기 쉽지 않은 수수께끼들을 한참 동안이나 주고받았다. 전혀 막힘이 없었다. 먼저 감탄한 사람은 소마라고였다.

"선생님은 진짜 대단하시네요. 그렇다면 선생님께서는 맹자孟子가 여러 나라로부터 주목받지 못한 채 자신의 뜻을 펴지 못한 이유가 어디에 있다고 생각하시는지요?"

소마라고는 세상 돌아가는 것에 대해 전혀 무관심한 일반 시녀들과는 확실히 달랐다. 꽤 무게 있는 질문을 던졌다. 오차우가 소마라고를 한참이나 바라보다 입을 열었다.

"맹자가 살던 때는 춘추전국시대입니다. 복잡다단하고 변화무쌍한 시대였죠. 또 무자비하고 무질서한 상호 쟁탈과 살육이 난무했었죠. 그러니 각 나라의 대왕들이 아랫사람들의 목소리에 귀기울일 틈이 있었겠어요? 당연히 맹자의 애끓는 진언 역시 번번이 좌절되고 말았죠. 진실과 정의가 발붙이기 어려운 상황을 견디면서 여생을 살 수밖에 없었죠. 이것 역시 맹자의 어쩔 수 없는 운명 아니겠어요?"

오차우의 대답에 강희를 비롯한 모든 사람들은 갑자기 숙연한 표정이 됐다. 소마라고 역시 이해가 간다는 듯 머리를 끄덕였다. 그러나 그녀는 또 다른 질문을 던졌다.

"스승님은 옛 성현들과 지금 현자들이 남긴 말 중에서 어떤 말이 제일 기억에 남는지요?"

오차우는 짐짓 장난을 쳐보기로 마음을 먹었다. 계속 진지하게 대답했다가는 이 아가씨가 끝없이 질문을 퍼부을 것 같다는 생각을 한 것이다.

"여자와 소인은 정말 상대하기가 힘들다!"

점잖고 진지한 오차우의 입에서 뜻밖의 농담이 나왔다. 그러자 좌중의 사람들이 한바탕 웃음보를 터뜨렸다. 색액도도 마구 터져 나오는 웃음을 참느라 안간힘을 쓰다 연신 기침을 해댔다. 갑자기 담배연기를 삼켜버려 콜록거렸다. 강희 역시 배를 끌어안은 채 뒤로 넘어질 정도로 깔깔대면서 웃었다. 위동정은 아예 바닥에 주저앉아 버렸다. 무안해진 소마라고만 얼굴을 살짝 붉히면서 두 손 두 발 다 들었다는 표정으로 슬그머니 뺑소니를 쳤다.

오차우는 사실 이 당돌하기 그지없는 시녀의 입에서 무슨 말이 나올

까 은근히 걱정하던 터였다. 그런 상황에서 소마라고가 떠나가자 그제
야 "후유!" 하고 가벼운 한숨을 내쉬었다.

색액도는 마음이 한결 가벼워졌다. 어딘가 모르게 어색하고 조심스러
웠던 분위기가 오차우의 농담 한마디로 인해 사라진 탓이었다.

"조금 전 그 완낭이라는 애는 시녀이기는 하나 먹물을 좀 먹었습니
다. 우리 어머니께서 예뻐해 주시기 때문에 버릇이 좀 없는 것이 흠이
기는 합니다. 하지만 악의는 없는 애입니다. 부디 넓은 아량으로 잘 봐
주셨으면 합니다."

오차우는 멀어지는 소마라고의 뒷모습을 바라보면서 가볍게 머리를
흔들었다. 얼굴에는 여전히 웃음을 머금고 있었다.

"뭘요, 귀여운데요! 시녀라도 많이 가르쳐 놓는 것이 일단은 보기가
좋아요. 그러면 기품 있고 교양 있는 가문이라는 사실이 입증되고도 남
는 거죠."

오차우는 탁자 위에 놓여 있는 문방사우文房四友(종이와 먹, 붓과 벼루)
에 눈길을 돌렸다. 이어 자리에서 일어나더니 붓을 든 채 자못 진지한
태도로 뭔가를 시원스럽게 써 내려갔다. 사람들이 그의 붓 놀리는 자세
가 예사롭지가 않다고 감탄한 것도 잠시였다. 어느새 정신이 번쩍 드는
멋진 필체의 글이 그들의 눈앞에 펼쳐졌다.

노을은 구름의 혼백이요,
꿀벌은 꽃의 정신이다.

두 마리의 용이 꿈틀거리면서 막 날아오르려는 것처럼 대단히 멋진
필체였다. 강희는 글이 쓰여 있는 화선지를 둘둘 감아 챙기면서 환한 표
정으로 밝게 웃었다.

"어서 어머니께도 보여드려야지!"

강희는 익살스럽고 귀여운 몸짓을 지어보이고는 곧 위동정과 함께 자리를 떴다.

10장
오차우의 거문고 연주

하지夏至가 가까워오고 있었다. 그 때문인지 새벽 네 시가 채 지나지 않았는데도 벌써 동녘은 희뿌옇게 밝아오고 있었다. 자금성의 아침은 궁내의 모든 등燈을 담당하는 태감이 부산하게 움직이면서 시작된다. 그가 등불을 하나씩 꺼나가면 야간 당직을 섰던 태감은 늘어져라 기지개를 켜면서 잠을 자기 위해 뒷방으로 갔다.

전날 색액도의 집에서 오차우를 초대한 강희는 이튿날 아침까지 흥분을 감추지 못했다. 아침 일찍 일어나 장만강을 데리고 나와 어화원御花園에서 몸을 푼 것도 그 흥분 때문이었다. 그가 맞은편에서 오는 소마라고를 발견하고는 웃었다.

"백전백승을 자랑하던 우리 소마라고께서도 비참하게 무너질 때가 있더군! 만만치 않은 상대를 만났던 거지?"

소마라고가 인사를 올리면서 쑥스러운 표정을 지었다.

"폐하께서 사전에 말씀을 하지 않으셨더라면 노비가 감히 어디라고 까불었겠사옵니까?"

강희가 기분 좋게 웃으면서 장만강에게 말했다.

"가서 어제 오 선생이 일필휘지한 서예 작품을 가져오도록 하라."

장만강이 "예, 폐하!" 하고 대답을 하고 나서도 꾸물거렸다. 그 사이 눈치 빠른 어린 태감이 재빨리 달려가 화선지를 가지고 나왔다.

소마라고는 무슨 일인지 모른 채 잠깐 어리둥절했다. 그러다 화선지를 펴보는 순간 말로 표현 못할 감동이 밀물처럼 밀려왔다. 강희는 그새 이미 자리를 뜨고 없었다.

소마라고는 골목을 나와 대문을 나서다 두 명의 어린 태감이 구석에서 수군대고 있는 모습을 목격했다. 그녀는 자신도 모르게 발걸음을 멈추면서 귀를 기울였다.

"조趙씨한테 의정왕에게 가서 한번 통사정을 해보라고 해. 의정왕 정도면 네 형 하나쯤이야 빼내줄 수 있지 않겠어?"

"쳇! 뭘 모르는 소리. 이제 소용없어."

다른 한 태감이 머리를 절레절레 흔들었다. 그러자 처음에 의정왕을 들먹인 태감이 청동 항아리를 손가락으로 팅기면서 말했다.

"그러면 이 일은 누구한테 부탁해야 하는 거야?"

"조씨가 그러는데 나더러 시위 눌모를 찾아가 보라고 하더군."

태감이 말을 하다 말고 멈추었다. 이상한 낌새를 챈 것이다. 순간 그는 멀지 않은 곳에서 자신들을 곱지 않은 시선으로 쳐다보고 있는 소마라고를 발견했다. "앗!" 하는 비명 비슷한 소리가 그의 입에서 부지불식간에 터져 나왔다.

"어휴, 소마라고 누님이 서 계신 줄도 모르고……. 지금 폐하의 시중을 들기 위해 나가시려던 참인가요?"

태감은 사태를 모면하느라 말까지 더듬었다. 소마라고는 뭔가를 감추는 듯한 그들을 째려보다 차갑게 쏘아붙였다.

"나를 어떻게 보고 이러는 거야? 내가 귀머거리라도 되는 줄 알았어? 척척 알아서 기어췄더라면 귀엽게 봐췄을 텐데."

소마라고가 다 들었다고 엄포를 놓자 겁에 질린 태감이 비굴한 표정을 지었다.

"사실 누님도 잘 모르실 수 있어요. 소극살합 대인이 잡혀가는 바람에 이 황사촌黃四村의 형에게도 불똥이 튀어 함께 잡혀갔다고 하네요. 그래서 눌모를 찾아가 부탁해 보려던 참이었어요."

소마라고는 태감의 말에 가슴이 덜컥 내려앉았다. 그러나 초조한 기색을 보여서는 안 될 일이었다. 그녀는 짐짓 아무렇지도 않은 체하면서 일부러 웃음을 지어보였다.

"나는 또 무슨 큰일이라도 난 줄 알았네! 소극살합 대인은 아직 재직 중인데 무슨 소리야."

소마라고가 별일 아니라는 듯 말했다. 그러자 태감이 뭘 모르는 소리라면서 답답하다는 듯 발을 동동 굴렀다.

"아직 모르세요? 형부刑部와 순천부順天府(북경을 관할하는 관청) 사람들이 총출동해서 소극살합 대인의 집을 쑥대밭으로 만들어 놓았다고 하더군요. 뭐라고 하더라? 반역죄……."

흥분한 태감이 뭔가를 말하려고 했다. 그러자 황사촌이 옆에서 눈치를 주면서 입을 막아버렸다.

소마라고의 얼굴이 창백해졌다. 머리도 벌집을 쑤신 듯 복잡해졌다. 그러나 그녀는 애써 진정하면서 물었다.

"그까짓 것 가지고 뭘 그래? 의정왕이 곧 상주문을 올리러 올 거야. 그때 가서 의정왕에게 부탁하면 되잖아."

황사촌이 말을 즉각 반박했다.

"소 중당을 잡아들이라는 명령을 칠왕야七王爺(걸서)께서 내린 걸로 알려져 있는데요! 그런데 그분이 이런 부탁을 들어줄 리가 있겠어요?"

소라마고는 더욱 놀라움을 금할 길이 없었다. 태감의 말을 들으면 들을수록 뭔가 잘못되고 있다는 게 명백해졌다. 더 이상 지체할 수 없다고 판단한 소라마고가 서둘러 말을 맺었다.

"주방에서 일하는 아삼阿三이 눌모의 양자라는 것은 알지? 그 녀석을 찾아가면 안 되는 일이 없을 거야. 어서 가봐!"

소라마고는 그렇게 마음에도 없는 말로 대충 얼버무리고는 황급히 어화원을 향해 줄달음쳤다. 그러나 강희는 어화원 어디에도 보이지 않았다. 태감 장만강만이 일꾼들을 데리고 강희가 무예를 연습하고 떠난 자리를 정리하고 있었다. 다급해진 소라마고가 가쁜 숨을 몰아쉬면서 다그쳐 물었다.

"폐하께서는?"

장만강이 무덤덤하게 대답했다.

"아직 모르세요? 칠왕야께서 아뢸 일이 있다고 전해왔어요. 그래서 폐하께서 육경궁毓慶宮에서 기다리라고 하시고는 방금 그리로 떠나셨는데……."

소라마고는 강희가 육경궁으로 갔다는 말에 일말의 위안을 얻을 수 있었다.

육경궁은 원래 왜혁이 지키고 있던 안전지대였다. 물론 지금 왜혁은 저 세상 사람이었다. 하지만 그의 옛 부하들은 건재함을 과시한 채 여전히 제자리를 굳건히 지키고 있었다. 크게 걱정을 할 필요가 없었다. 게다가 낭심狼瞫이 대장을 맡고 있다. 어디 그뿐인가. 경사방의 손전신孫殿臣도 그쪽의 모든 것을 임시로 총괄하고 있었다. 겁이 많고 소심한 편이기는 하나 마음만은 일편단심인 손전신이 아니던가.

소마라고가 떨리는 가슴을 가라앉히면서 다시 물었다.

"경호는 누가 섰는데요?"

"그건 잘 모르겠네요. 당연히 당직 서는 시위가……."

장만강이 뒤통수를 긁적이면서 머뭇거렸다. 다급해진 소마라고가 그 사이를 못 참고 그의 말허리를 잘랐다.

"알았어요, 알았으니까 어서 빨리 사람을 풀어 위동정을 부르세요. 그런 다음 빨리 육경궁으로 보내요. 또 장 태감도 이러고 있을 때가 아니에요. 어서 움직여야 해요. 누가 물으면 성지 받고 왔다고 딱 잡아떼고서라도 폐하 곁에 붙어 있어야 해요! 나는 지금 자녕궁으로 빨리 가봐야겠어요."

소마라고는 침착하기로 소문이 나 있었다. 그런데 그런 그녀가 몹시 당황하고 있었다. 장만강은 일찍이 그 비슷한 모습조차 본 적이 없었다. 그 역시 슬슬 마음이 급해지기 시작했다. 그는 소마라고가 시킨 대로 우선 사람을 시켜 위동정을 찾아오게 했다. 이어 자신은 허겁지겁 육경궁으로 향했다.

한바탕 칼을 휘두르고 땀을 뺀 강희는 겉옷을 대충 걸치고 육경궁으로 향했다. 궁 앞에는 색액도, 웅사리, 태필도 등 각 부서의 책임자들이 공손히 서 있었다. 그들은 강희가 걸어오는 모습을 보고 일제히 무릎을 꿇었다.

강희는 계단을 오르면서 색액도에게 미소를 지어 보였다. 어제와 오늘 기분이 무척 상쾌했던 탓에 미소가 자연스레 나온 것이다. 그러나 색액도의 표정은 평소와는 달라 보였다. 뭔가 걱정스런 눈길로 힐끔 강희를 쳐다만 볼 뿐이었다.

강희는 심상찮은 분위기를 느끼고 서둘러 궁전 안으로 들어섰다. 나란히 엎드려 있는 걸서와 오배의 모습이 눈에 들어왔다. 그는 순간 주춤했다. 온갖 의문이 꼬리에 꼬리를 물고 떠올랐다. 하지만 그는 가까스로 감정을 추스른 다음 아무렇지도 않은 듯이 어의御椅(황제의 의자)에 앉았다. 그의 얼굴에 불안한 표정이 어렸다.

"두 사람은 그만 일어나지. 그런데 칠숙은 도대체 무슨 일로 짐을 보자고 했소?"

걸서는 강희의 예리한 시선에 순간적으로 흠칫했다. 자신도 모르게 고개를 떨구었다. 목소리 역시 기어들어갔다.

"소신들은 소극살합이 선제의 능을 지키러 가겠다고 한 일에 대해 신중히 처리하기로 합의했사옵니다. 그러니 폐하께서 명령을 내려주시옵소서."

강희는 입가에 이상야릇한 웃음을 머금고 있는 오배를 쳐다봤다. 그러다 걸서를 향해 천천히 입을 열었다.

"짐은 그대더러 처리하라고 했어. 그런데 소신들이라니? 그건 나중에 묻도록 하고, 일단 말해보게. 어떻게 신중하게 처리한다는 것인지!"

"예……."

걸서가 머리를 조아리면서 말을 이어나갔다.

"소신들이 며칠 동안 머리를 맞대고 고민한 결과 소극살합은 보정대신으로서의 직책을 망각했습니다. 선제를 배신……."

"잠깐!"

강희의 목소리는 화가 나서 떨리고 있었다.

"짐이 똑똑히 듣게 큰 소리로 말해!"

강희는 오배 등의 꿍꿍이속을 알 것 같았다. 경악과 분노가 치솟았다. 그는 이를 악물었다.

"이 크나큰 죄를 저지른 자를 과연 어떤 형벌로 죄를 물어 마땅하냐는 얘기인가?"

걸서는 강희의 말에 뼈가 있음을 알아챘다. 당황한 그는 오배의 눈치를 슬금슬금 살폈다. 오배는 껄껄 너털웃음을 터트리면서 살기가 번뜩이는 눈으로 그를 노려보았다. 걸서는 그런 오배를 보면서 깨진 술잔의 손잡이를 떠올렸다. 만사를 제치고 그대로 밀고 나가야 했다.

"군…… 군주를…… 무…… 무시한 것은 반역죄에 해당한다고 봐야 하옵니다. 능지처참……을 해야 마땅하옵니다. 가족 모두 처형……."

넓디넓은 육경궁에는 순식간에 마치 한밤의 공동묘지를 방불케 하는 공포와 침묵이 흘렀다. 구석에 세워둔 괘종시계소리만 규칙적으로 들려오고 있었다.

궁전 밖에 꿇어 엎드려 한껏 숨죽이고 있던 대신들도 놀란 것은 마찬가지였다. 서로 얼굴을 쳐다보면서 어쩔 줄 몰라 했다. 특히 색액도는 터질 것만 같은 가슴을 쥐어뜯으면서 안에서 들려오는 소리에 귀를 기울였다.

강희는 의자의 손잡이를 꽉 부여잡았다. 손에 땀이 흥건했다. 입을 열면 황제로서 체면을 완전히 구기는 욕설이 마구 터져 나올 것만 같았다. 그는 가까스로 분노를 눌러 참느라 약간 더듬거렸다.

"소…… 소극살합이 비록 말투가 좀 거칠고 행동이 당돌하기는 해. 그러나 그렇다고 해서 반역죄를 덮어씌울 것까진 없잖아? 또 짐은 그대에게 알아보라고만 했지, 더 이상의 권한은 안 준 것 같은데?"

강희의 싸늘한 말에 할 말이 궁해진 걸서가 입을 썰룩거렸다.

"그건…… 그게……."

오배가 대책 없이 쩔쩔매는 걸서를 한심하다는 듯 쳐다봤다. 자신이 직접 나서서 마무리를 해야겠다는 결심을 했다. 그는 성큼성큼 강희 앞으로 다가가더니 두루마기 자락을 움켜쥐고 꿇어앉았다.

"소극살합은 선제의 유조를 우습게 여겼사옵니다. 폐하에 대한 보정을 거부했습니다. 이는 반역죄를 저지른 것이나 마찬가지이옵니다. 소신들의 처사에 잘못된 것은 없사옵니다. 노재가 보기에 의정왕은 더도 덜도 아닌 중용中庸을 지켰다고 할 수 있사옵니다!"

오배는 우연인지는 몰라도 오차우가 어제 수업시간에 열변을 토한 '중용'을 입에 올렸다. 강희는 그 강의 내용을 떠올리면서 오배를 향해 따지듯 물었다.

"그대가 모시는 성현은 툭하면 사람을 극형에 처하는 것이 중용이라고 가르치던가? 소극살합이 왜 그대한테 걸림돌이 돼 억울한 죽음을 당해야 하는지 궁금하오!"

오배가 잠시 머뭇거리다 이내 카랑카랑한 목소리로 대답했다.

"맹세코 그런 것은 아니옵니다. 법과 규칙대로 처리하려고 했을 따름이옵니다!"

"알고 보니 법을 무척이나 잘 지키는 모범생이었군! 소극살합에 대한 원한이 진짜 많은 모양이네."

강희가 차갑게 내뱉었다. 오배는 그런 강희의 태도에도 아랑곳하지 않은 채 머리를 뻣뻣하게 쳐들었다.

"그렇지 않사옵니다. 전혀 개인적인 원한은 없사옵니다. 노재는 그저 공평무사하게 일을 처리하려고 할 뿐이옵니다. 만약 소극살합을 풀어주면 폐하께서는 대신들의 안하무인에 속수무책이 될 것이 분명하옵니다. 칼을 뽑았으면 무라도 썰어야 할 것이옵니다."

오배의 말이 끝남과 동시에 강희가 눈에 불을 켜고 탁자를 내리쳤다. 이어 "탁!"하는 둔탁한 소리와 함께 벌떡 일어섰다.

"군주에게 안하무인인 대신이 있다면 바로 짐의 눈앞에 있어! 소극살합은 그래도 예의라도 있다고!"

오배가 의외로 강하게 나오는 강희를 노려봤다. 무슨 수를 써서라도 이 기회를 이용해 강희를 명실상부한 꼭두각시로 만들겠다는 의지가 읽혀졌다. 또 소극살합을 제거해버리려는 눈치도 엿보였다. 그가 자리에서 벌떡 일어서더니 거친 몸짓과 함께 강희에게 바싹 접근하면서 이를 악물고 대들었다.

"그러면 폐하께서는 소신이 소극살합보다 더 안하무인이라는 말이옵니까?"

강희는 막무가내인 난봉꾼을 연상케 하는 오배의 서슬에 깜짝 놀라 몸을 한껏 뒤로 젖혔다. 경호를 책임진 손전신도 순간적으로 식은땀을 쫙 흘리면서 잽싸게 오배와 강희 사이에 뛰어들었다. 낭심 역시 어느새 강희 옆에 신속하게 나타났다.

밖에서 귀를 기울이던 목리마와 눌모는 재빨리 눈길을 주고받고는 허리춤에 손을 갖다댄 채로 살기등등하게 궁 안으로 들어섰다. 엎드려 있던 걸서는 이 두 사람을 몰랐기 때문에 소리를 내질렀다.

"네놈들은 뭐야? 나가!"

걸서의 호통에 목리마가 음흉한 웃음을 지었다.

"건청궁 시위 목리마와 눌모가 폐하의 안전을 염려해 대령했사옵니다."

둘은 걸서의 허락 따위는 전혀 개의치 않는다는 듯 바로 강희를 향해 다가갔다.

강희는 시위라는 말에 한숨을 돌렸다. 그러나 난데없이 목리마가 들어서는 것을 보고는 얼굴이 굳어졌다.

"누가 너한테 경호를 부탁했나? 필요 없으니 어서 나가!"

말 한마디 못한 채 엎드려 있던 걸서도 기회가 왔다 싶었는지 거들고 나섰다.

"어서들 못 나가? 건청궁이나 잘 지키고 있을 것이지 뭐 하러 여기까지 쏘다녀!"

목리마와 눌모는 황제와 걸서의 기세에 그만 주눅이 들고 말았다. 어쩔 수 없이 제자리에 멈춰선 채 오배의 눈치만 살폈다.

바로 그때 밖에서 웅사리가 큰 소리로 외쳤다.

"폐하, 시위 위동정이 대령했사옵니다!"

강희의 얼굴에서는 위동정이 왔다는 말에 순간적으로 안도와 기쁨이 교차했다.

"들라 하라!"

위동정이 땀투성이의 얼굴을 한 채 엎어질 듯 안으로 들어왔다. 목리마가 눈에 불을 켜면서 가로막았다. 그러나 위동정은 날렵한 동작으로 어느새 한 발 앞서 강희 쪽으로 향했다.

오배가 경멸에 찬 눈길로 위동정을 흘겨보면서 껄껄 웃어대다 물었다.

"폐하께 무슨 볼일이라도 있는 것인가?"

위동정은 오배의 말을 보기 좋게 묵살하고 강희 앞에 엎드렸다.

"늦게까지 무슨 일인지를 염려하고 계시는 태황태후마마와 황태후마마의 명을 받들고 왔사옵니다."

강희가 급히 일어서라는 손짓을 했다.

"이왕 왔으니 잠깐 기다렸다 같이 나가는 게 좋겠군."

위동정이 성지를 받들겠노라고 흔쾌히 대답했다. 그런 다음 뭔가 생각난 듯 오배에게 말했다.

"오 중당께 아룁니다. 태황태후마마와 황태후마마의 명을 받들어 폐하를 보호하러 왔습니다."

위동정은 말을 마치자 오배의 반응 따위는 아랑곳하지 않고 곧바로 그의 옆을 스치고 지나갔다. 곧이어 강희의 왼쪽에 서서 부리부리한 눈매로 좌우를 살폈다.

강희는 위동정이 나타나면서 마음의 안정을 되찾았다. 기회를 봐서 즉각 오배를 제거해야겠다는 욕심도 순간적으로 가졌다. 하지만 목리마와 눌모가 죽치고 있는 것이 문제였다. 그들의 무예 실력이 결코 호락호락하지 않기 때문에 섣불리 덤볐다가는 상상하지도 못한 큰 화를 자초할 수도 있었다. 그는 그 생각이 들자 오배를 제거해 보려던 욕심을 일단 접었다. 그가 오배의 살기등등한 얼굴을 쳐다보면서 천천히 입을 열었다.

"다들 소극살합을 못 잡아먹어서 안달이군. 그래도 능지처참 운운할 것까지야 없지 않은가?"

바로 그 시각 동상이몽이라는 말처럼 오배 역시 강희와 거의 같은 생각을 하고 있었다. 이 기회에 강희를 죽이고 싶다는 욕구에 불탔다. 하지만 위동정을 얕봐서는 안 된다는 생각이 들었다. 게다가 손전신을 비롯한 태감 수십 명도 대기 중이었다. 어디 그뿐인가. 일이 터질 경우 무관 출신인 색액도 역시 기를 쓰고 덤빌 것은 너무나도 뻔했다. 오배는 죽이려고 작정을 하면 기회가 없겠느냐고 자위를 하면서 좌우를 힐끔 살펴보다 한참 후에야 입을 열었다.

"소극살합의 죄상은 능지처참을 당해도 마땅하나 폐하께서 연민의 정을 어쩔 수 없어 하시니 선행을 베푸는 셈치겠사옵니다. 시체는 괴롭히지 않고 그저 참수만 하겠사옵니다!"

오배는 역시 치고 빠지는 데는 선수였다. 끝까지 소극살합을 제거하려는 의지를 굽히지 않았다. 그러나 목소리는 많이 누그러져 있었다.

강희는 오배의 말에 일단 신변의 위협에서는 벗어났다는 생각을 했다. 몰래 안도의 숨을 내쉬었다. 하지만 소극살합을 희생시켜야 한다는 생각에 마음이 무겁기만 했다.

걸서는 소극살합 문제에 있어서는 이제 오배와 한 배를 탔다고 할 수 있었다. 순간 그의 뇌리에 어서 빨리 소극살합을 제거한 다음 오배의 손아귀에서 벗어나고 싶다는 생각이 스치고 지나갔다. 급기야 그는 오배의 장단에 맞춰 춤을 추기 시작했다.

"소신의 생각도…… 그러하오니 그저…… 교수형에 처하는 것이 적당하다고 생각하옵니다."

강희는 몸을 움찔하면서 이를 악문 채 여전히 침묵을 지켰다. 오배는 그런 강희의 심중을 충분히 읽고도 남을 사람이었다. 그가 징글맞게 웃었다.

"정 그렇다면 폐하와 왕야의 뜻을 헤아려 능지처참만은 면하도록 하겠사옵니다!"

오배는 무릎을 꿇지도 않고 꼿꼿이 선 채로 막무가내로 결론을 내렸다.

"더 이상 지체할 것 없사옵니다. 지금 곧 집행하러 가겠사옵니다."

오배는 그런 다음 목리마와 눌모를 향해서 으르렁거렸다.

"바보천치 같은 자식들! 어서 따라나서지 않고 뭘 해?"

오배는 병 주고 약 주는 척하는 데 있어서는 완전히 이골이 나 있었다. 강희는 거드름을 피우면서 걸어가는 오배의 뒷모습을 멍하니 바라보았다. 벙어리 냉가슴이라는 말이 이럴 때 쓰는 말인가 싶었다. 그는 화가 나서 후들거리는 몸을 겨우 지탱하면서 간신히 자리에서 일어나 나가려고 했다. 걸서는 여전히 엎드린 채 미동도 하지 않았다. 강희는 걸서에게 천천히 다가가 이를 악물었다.

"걸서 친왕, 어디 머리를 들고 짐을 쳐다보지 그래!"

걸서는 고양이 앞에 끌려온 쥐처럼 겁에 질린 눈으로 강희를 올려다봤다. 분노로 이글거리는 강희의 눈길은 그로서는 처음 보는 것이었다.

그는 입술만 실룩일 뿐 할 말을 찾지 못했다.

그 순간 강희는 그를 발로 짓이겨 죽이고 싶은 충동을 느꼈다. 그렇게 믿고 알아듣게끔 말했는데도 마지막에 뒤통수를 치고 나섰으니 말이다. 그러나 강희는 살의를 가까스로 억누르면서 긴 한숨과 함께 톡 쏘아붙였다.

"자네…… 죽을 때까지 그러고 있게!"

강희 6년의 6월 어느 날이었다. 절기상으로는 하지인 터라 날씨는 무척이나 더웠다. 게다가 먹장구름이 낮게 드리워져 있었다. 사람들은 너 나없이 숨이 막혀 질식할 것만 같았다. 버들가지들도 수면 위에 축 늘어져 있었다. 동네가 떠나갈 듯 소리 지르고 다니던 빙과氷菓장수 역시 모기소리처럼 가늘고 쳐진 목소리로 휑한 거리를 외롭게 오가고 있었다.

강희는 낮잠에서 깨어나 습관대로 황태후에게 낮인사를 올리고는 여느 때처럼 소마라고와 위동정을 데리고 길을 나섰다. 쥐도 새도 모르게 신무문神武門을 나와 서직문西直門 안에 있는 색액도의 집으로 수업을 받으러 가는 길이었다.

강희 일행이 색액도의 집 뒷문에 도착하자 늙은 하인 한 명이 반갑게 그들을 맞이했다. 2대째 하인으로 일해 오다 노환으로 물러났던 그는 오로지 강희의 시중만을 들기 위해 다시 불려왔다. 게다가 뒷마당에서는 사복 차림을 한 시위들도 함께 일을 하고 있었기 때문에 집안의 다른 사람들의 도움을 전혀 필요로 하지 않았다. 강희는 하인들의 안내를 받으면서 조용히 공부방으로 들어갔다.

강희의 공부방이 있는 뒤뜰의 화원은 천 평은 충분히 되고도 남을 정도로 컸다. 크고 작은 정자들이 연못 주위에 질서정연하게 자리 잡은 곳이었다. 작은 아치형 구름다리는 그 연못과 정자들을 이어주고 있었다. 강희를 위해 특별히 마련된 공부방은 아담하고 정성스레 만들어진 가산假山을 에돌아 꼬불꼬불 돌담길을 걸어가면 바로 눈에 들어왔다. 오차우는 이곳에서 강희를 가르치고 있었다.

강희 일행은 구름다리까지 걷다 미풍을 타고 은은히 들려오는 거문고 소리를 들었다.

그들은 누가 먼저라고 할 것도 없이 약속이나 한 듯 걸음을 멈췄다. 때로는 여인이 조용히 흐느끼듯, 때로는 시냇물이 수군대면서 흘러가듯 간간이 들려오는 거문고 연주 소리와 그림 같은 풍경을 마주하자 황홀경에 들어선 것처럼 잠시 넋을 잃었다.

시간이 얼마나 흘렀을까, 갑자기 위동정이 강희의 옷자락을 잡아당겼다. 강희가 고개를 돌려보니 위동정이 턱짓으로 소마라고를 가리키면서 과장된 표정으로 웃었다. 강희가 멍하니 한 곳만 바라보면서 깊은 사색에 잠긴 듯한 소마라고를 발견하고 조용히 물었다.

"완낭, 무슨 생각을 그리 하는가?"

소마라고는 자신의 마음을 들켜버리기라도 한 듯 평소와는 달리 얼굴을 살짝 붉혔다.

"생각을 하기는요, 뭐! 거문고 소리가 하도 좋아 넋을 잃고 들었사옵니다."

강희가 얼굴까지 붉히면서 어쩔 줄 몰라 하는 소마라고의 모습을 지켜보다 의아한 눈빛으로 위동정을 바라봤다. 그러자 위동정이 짓궂은 웃음을 흘렸다.

"뻔할 뻔자라고 해야겠죠! 속에 품고 있던 연정을 들켰으니 저런 표정을 지었을 거예요. 누나, 맞죠?"

소마라고는 위동정의 말에 얼굴이 귀밑까지 붉어지더니 눈을 애교스럽게 흘기면서 그를 나무랐다.

"쓸데없는 소리! 폐하 앞에서 못하는 소리가 없네. 손아주머니한테 이르면 그대는 뼈도 못 추려요!"

이때 오차우는 용공자 일행이 언제나 올까 하고 눈이 빠지게 기다리고 있었다. 그러다 말소리가 들리자 거문고를 옆으로 제쳐놓고 일어나 문을 열었다. 아나나 다를까, 용공자 일행이었다.

"어쩐지 거문고 소리가 오늘따라 이상하더라니까. 알고 보니 누군가 밖에서 엿듣고 있었군. 그랬으니 거문고도 긴장을 할 수밖에. 어서들 들어오게!"

"선율이 너무 좋은데요. 무슨 곡인가요?"

강희가 진지한 표정으로 물었다. 오차우는 아무것도 아니라는 듯이 대답했다.

"그냥 무료해서 심심풀이로 하는 거야. 나도 사실은 뭐가 뭔지 잘 몰라. 아무튼 좋은 느낌을 받았다니까 그나마 다행이군!"

좌중의 사람들은 오차우의 말에 약속이나 한 듯 웃었다. 그러나 속마음은 다 제각각이었다. 오차우가 강희와 위동정이 말없이 앉아있는 모습을 보더니 탁자 위의 책을 정리하면서 빙그레 웃었다.

"오늘은《후한서》後漢書를 계속 공부해 볼까 하네."

소마라고가 오차우의 말에 책꽂이에서《후한서》를 꺼내 강희 앞에 펼쳐놓았다. 이어 오차우와 강희에게 차를 따라주고는 위동정과 함께 강희의 양 옆에 자리를 잡고 앉았다.

오차우는 우선 서한西漢이 망할 수밖에 없었던 이유를 간단히 설명하고는 덧붙였다.

"반고班固의《후한서》도 괜찮지만 내가 보기에는 범엽范曄의《후한서》중에도 기가 막힌 내용들이 많아. 세월이 아무리 흘러도 불후의 명문장으로 남을 글들이지. 애석하게도 저자의 실수로 빛을 보지 못하게 됐지만 말이야……."

오차우의 아리송한 말에 강희가 호기심이 발동한 듯 바싹 다가앉으면서 물었다.

"책을 썼으면 그만이죠. 저자가 책의 운명에도 영향을 미치는 건가요?"

"그렇지! 《후한서》가 바로 그 살아 있는 증거 아닌가!"

오차우가 말을 이었다.

"범엽은 너무 자만했던 거야. 옥중에서 조카에게 보내는 편지에 자신의 《후한서》가 천하무적이라고 주장했지. 그 자부심이 지나쳐 자신을 너무 극찬했어. 이미 세상 문인들의 극찬을 받고 있는 가의賈誼의 《과진론》過秦論까지 거론하면서 《후한서》에 비하면 유치하기 짝이 없다는 말까지 했잖아. 그가 얼마나 현명하지 못했던가를 알 수 있지!"

강희가 심각한 표정을 한 채 머리를 끄덕였다. 오차우가 차 한 모금으로 목을 축이고 나서 다시 말을 이었다.

"문인이라면 어느 정도의 자신감이나 거만은 미덕이 될 수도 있어. 하지만 범엽은 정도가 지나쳤어. 그래서 결국에는 책 내용과 상관없이 세인들의 외면을 받았지. 한바탕 비웃음과 함께 자신의 글쟁이로서의 삶도 여기에서 종지부를 찍고 말았던 거야."

오차우는 《후한서》의 작가 소개를 간단하게 마친 다음 바로 제기세계帝紀世系(황제들의 기록이나 족보)에 대해 설명하기 시작했다. 굵직굵직한 사건들은 자신만의 독특한 해석을 곁들이기도 했다.

강희는 질제質帝(동한東漢의 9대 황제 유찬劉纘)도 여덟 살에 즉위했다는 말을 듣자 순간적으로 유난히 관심을 가지며 두 눈을 초롱초롱하게 떴다. 이어 얼굴 가득 웃음을 담으면서 두 손을 무릎에 올려놓은 채 몸을 앞으로 내밀었다.

"그러면 지금의 황제와 똑같네요. 둘 다 여덟 살에 황제가 됐으니까."

위동정은 질제에 대한 얘기는 익히 들어왔던 터였다. 그러나 강희를 앞에 두고 그 얘기를 하는 것은 부적절하다고 생각했다. 때문에 그는 오차우에게 대충 넘어가자는 의미의 눈짓을 보냈다. 하지만 눈치 없는 오차우가 위동정의 속내를 알 리 없었다. 오히려 팔을 걷어붙인 채 차까지 마셔가면서 한바탕 열변을 토했다.

"이 질제로 말하면 여덟 살 어린이라고 보기에는 너무 경이로운 면이 많았어. 뭔가 크게 될 재목이었으나 그만……."

위동정이 오차우가 잠시 머뭇거리는 사이 재빨리 차를 더 따라주면서 어색한 웃음을 지어보였다.

"오 선생님, 이 부분은 나중에 시간을 내서 천천히 더 얘기하는 것이 좋을 듯합니다. 그 황제는 워낙에 얘깃거리가 많으니……."

그러나 옆에 앉은 소마라고의 생각은 달랐다. 그녀는 필요 이상으로 피하는 기색을 보이면 오히려 오차우에게 정체를 들킬 수도 있다고 생각했다. 그녀가 눈을 가볍게 흘기면서 위동정에게 눈치를 주었다.

"질제 얘기를 한다고 누가 잡아갈 것도 아니잖아요. 그런데 뭐가 그리 무서워요? 또 스승님 앞에서 감히 건방지게 하라, 하지 마라 해서야 되겠어요?"

강희 역시 소마라고를 거들었다.

"그래 맞아! 뭐가 어때서 그래? 질제황제는 질제황제이고, 당금의 황제는 당금의 황제지. 전혀 상관없는 사람들인데 뭘 그래!"

위동정은 예기치 않은 면박을 당하자 쑥스러움에 얼굴을 붉혔다.

"문제는 이 어린 질제가 너무 거침이 없었다는 거지. 때와 장소를 가리지 않고 아랫사람들에게 상처가 되는 말을 서슴지 않았어. 원한을 사고도 전혀 무서운 줄을 몰랐다고 하더군. 급기야 대장군 양익梁翼을 뭣도 모르고 천방지축 날뛰는 발호跋扈장군이라고 사람들 앞에서 질책했잖아. 이 일로 양익이 앙심을 품고 그를 독살했지……."

오차우는 숨 가쁘게 말하다 말고 길게 한숨을 내쉬면서 한마디 덧붙였다.

"그렇게 가기에는 너무 아까운 인물이었어!"

강희는 질제가 암살당했다는 말을 듣자 순간적으로 오배를 떠올렸다. 둘 사이에 벌어질 수밖에 없는 암투가 불러올 피비린내도 생각하지 않을 수 없었다. 순간적으로 오싹 소름이 끼쳤다.

순간 장내가 조용해졌다. 어린 강희는 겁에 질린 듯 넋 놓고 먼 산만 바라보고 있었다.

그러자 오차우가 서둘러 수습에 나섰다.

"이런 건 몰라도 되는 거야. 더 이상 말하지 않겠네. 대신 우리 환제 桓帝(질제에 뒤이어 보좌에 오른 황제) 얘기나 해보세."

그러나 강희가 황급히 오차우를 붙잡았다.

"아니, 조금 더 해요. 양익은 황제를 죽일 정도로 안하무인이고 야심가였어요. 그런데 왜 황제 자리는 넘보지 않았을까요?"

"넘보지 않은 것이 아니라 넘보지 못한 거지. 그 당시 목숨을 내걸고 충성하는 문무백관들이 있었거든. 그나마 그들이 힘이 있어 죽기 살기로 막은 거지."

강희가 잠시 침묵하다 다시 물었다.

"그렇다면 질제가 양익을 먼저 손을 봐주려고 했으면 어떻게 했어야 했죠?"

오차우는 유난히 질제의 운명에 관심을 가지는 용공자가 이상한 듯 머리를 갸웃거렸다. 하지만 잠시뿐이었다.

"그때 당시 양익 역시 주변의 세력들에게 많은 원한을 샀어. 인심을 깡그리 잃은 상태였지. 질제의 입장에서는 뜻있는 사람들의 지혜를 모아 안팎으로 서서히 목을 죄어가다가 시기가 성숙했을 때 한 방에 날려 보냈어야 했지."

강희는 연신 머리를 끄덕였다. 얼마 후 그의 얼굴에서 의미심장한 웃음이 떠올랐다.

11장

위동정, 성지聖旨를 받다

    수업이 끝났을 때는 오후 3시가 넘은 시간이었다. 강희 일행은 왔던 길을 통해 비밀리에 궁으로 다시 돌아왔다. 장만강이 신무문에서 기다리고 있었다. 위동정은 강희 일행이 무사히 궁 안으로 들어가는 것을 확인하고서야 말을 타고 돌아나왔다.

    날씨는 몹시 흐렸다. 게다가 찜통더위가 기승을 부리는 오후였다. 숨이 턱턱 막히는 게 당연했다. 서쪽에서 조금씩 다가오는 먹장구름은 거기에 스산함까지 더해주고 있었다. 위동정은 호방교 동쪽에 있는 자신의 집으로 돌아왔다. 별다를 것이 없는 극히 평범한 가옥에 열 몇 명의 하인을 빼면 조용한 곳이었다. 그는 시간이 나도 내무부 사람들과 잘 어울리지 않았다. 그럴 바에야 차라리 자신의 거처로 돌아와 할 일을 하는 것이 더 좋았다. 그는 이날도 매미소리만 나른하게 들려오는 뜰에서 웃통을 벗어던진 채 무예를 연마했다.

그는 봉천奉天에 있을 때부터 무당파武當派의 10대 장문인 야운野雲도인의 제자인 유명한 젊은 무술가 붕소안朋少安의 제자로 있었다. 그랬으니 나름 어깨너머로 익힌 무예만 해도 대단한 수준이었다. 그러나 좋은 시절은 딱 3년 동안이었다. 열심히 무예를 익히고 실력이 늘어나는가 싶은 순간에 아쉽게도 붕소안이 남쪽으로 떠나버렸다. 그로서는 그렇게도 좋아한 무예 공부를 접지 않으면 안 되었다. 그는 가만히 있어도 땀이 비 오듯 하는 더위 속에서 격렬한 무예 동작을 몇 차례나 연마했다. 그의 온몸은 얼마 지나지 않아 물을 끼얹은 것처럼 후줄근해졌다.

바로 그때 하인이 들어와 아뢰었다.

"밖에 명주 어른이 누구하고 싸웠는지 피투성이가 돼 어르신을 만나려고 와 있어요!"

위동정은 화들짝 놀라 다급하게 뛰쳐나갔다. 아니나 다를까, 옷이 군데군데 볼썽사납게 찢긴 명주가 얼굴에 피딱지를 덕지덕지 붙인 채 머리를 약간 옆으로 돌리고 서 있었다. 과거시험에 합격한 후부터는 나름 신사 차림을 하고 다니던 몇 개월 전의 명주라고 보기에는 너무나 초라한 몰골이었다.

위동정은 걱정보다 웃음이 터져 나오는 것을 가까스로 참았다.

"명주야, 귀인의 행색이 도대체 이게 뭐야?"

위동정이 명주에게 뭐라고 장난삼아 얘기를 더 하려고 했다. 그때 명주의 뒤에서 머리가 희끗희끗한 웬 노인이 나타났다. 노인은 무릎까지 올라오는 검은 가죽장화를 신고 옷자락을 대충 허리춤에 움켜 넣고 있었다. 두 눈에는 별로 어색하지 않은 위엄을 담은 채 위동정을 다정한 눈매로 바라봤다.

위동정은 갑자기 두 눈이 휘둥그레졌다. 인사할 겨를도 없이 성큼 다가가 노인의 두 손을 꼭 움켜잡으면서 흔들어댔다.

"사 어른, 이게 어떻게 된 일이에요! 제가 얼마나 애타게 찾았는데요. 그동안 어디 계셨어요? 감매는 어떻게 됐어요?"

"형, 여기에서 이러지 말고 우리 방으로 들어가서 천천히 얘기보따리를 풀어!"

명주가 옆에서 권하자 위동정은 알겠다는 듯이 머리를 끄덕여 보이면서 하인에게 지시했다.

"가서 좋은 술 좀 받아오게. 오래간만에 회포나 풀어야겠어."

세 사람이 서상방西廂房(가옥 서쪽의 곁채)에 자리하고 앉자마자 명주가 깊은 한숨과 함께 쓴웃음을 지었다.

"형, 오늘 하마터면 형도 못 보고 하늘나라로 갈 뻔했어! 사 어르신이 나서서 도와주지 않았더라면 나는 이 자리에 없었을 거야."

명주가 입을 열어 자초지종을 얘기하기 시작했다. 그는 며칠 동안 가흥루에서 취고의 도움을 받으면서 지냈다. 그러다 오차우를 비롯한 식구들의 소식이 궁금하기도 하고 손님도 만날 겸 열붕점으로 돌아왔다. 일은 그가 돌아온 그날 오후에 터졌다.

명주가 나타나자 제일 먼저 반색을 하면서 맞아준 사람은 하계주였다.

"어서 오세요, 어르신. 안에 좋은 자리 남겨뒀으니 어서 들어오세요!"

하계주는 평소와는 달리 완전히 모르는 사람 취급을 하면서 명주를 맞이했다. 명주는 이상하다면서 머리를 갸웃거렸다. 아니나 다를까, 앞자리에서 불량스럽게 생긴 사내들 서너 명이 술을 마시고 있는 모습이 보였다. 옷차림이나 행색으로 볼 때 황궁에서 일하는 듯했다. 그들은 이미 무슨 냄새를 맡았는지 눈을 굴리면서 명주를 힐끔힐끔 쳐다보고 있었다.

명주는 순간 뭔가 이상하다는 낌새를 챘다. 그래서 재빨리 자리를 뜨려고 일어났다. 하지만 늦었다. 어느새 그들이 앞을 떡 가로막고 나선 것이다. 얼굴이 하얗고 살모사 같은 눈을 게슴츠레하게 뜬 제일 앞의 사내가 두 손을 허리춤에 갖다 대면서 껄껄 너털웃음을 터트렸다.

"명주 어른과 이집 주인인 하계주 두 사람 모두 눈치가 보통은 넘는 것 같은데? 그 오차우란 사람도 이렇게 눈치가 빠른가?"

옆에 있던 또 다른 사내가 아첨을 떨었다.

"아무리 그렇더라도 우리 눌모 어른보다야 눈치가 빠르겠어? 척 보고 벌써 이 자가 명주라는 자임을 알아챘으니. 눌모 어른이 아니었더라면 이자를 눈앞에서 놓칠 뻔했지 뭐야."

눌모라고 불린 자가 음흉하게 웃으면서 명주의 멱살을 거칠게 움켜잡았다.

"어서 말해! 오차우 그 자식, 요새 어디를 그렇게 쏘다니는 거야?"

명주는 처음과는 달리 오기가 발동했다. 전혀 기죽지 않고 무섭게 눌모를 쏘아봤다.

"당신 도대체 누구야? 누군데 나에게 함부로 하나! 내가 누군 줄이나 알아?"

"누군데?"

눌모가 하늘이 떠나가라 웃어대면서 비아냥거렸다.

"그래봤자 말단 진사進士밖에 더 되겠어? 꼴에 어디서 주워들은 것은 있어 가지고! 어디 가서 명함도 못 내밀 그깟 진사 가지고 까불지 마, 이 자식아. 아 참, 그 진사 자리조차도 오배 대인이 이미 오래 전에 잘라버렸지!"

명주는 체면이 말이 아니었다. 주변 사람들은 그가 꼼짝 못하고 당하는 것을 구경삼아 보면서 낄낄거리고 있었다. 마침 그때 어떤 노인이 사람들 사이로 비집고 나오더니 다짜고짜 험상궂은 얼굴로 눌모의 손목을 잡고 비틀었다.

"너는 누, 누구야? 이 손 놓지 못해?"

눌모가 얼떨결에 놀랐는지 두 눈을 부릅뜨면서 있는 힘을 다해 손목을 빼내려 했다. 그러나 요지부동이었다. 팔목 통증과 수치심에 얼굴이 붉으락푸르락해진 눌모가 드디어 고래고래 소리를 내질렀다.

"이거 못 놔? 이 개뼈다귀 같은 놈아! 너, 죽고 싶어?"

명주는 위급한 찰나에 나타난 눈앞의 노인을 어디선가 만났던 기억을 떠올렸다. 아, 그는 순간적으로 무릎을 쳤다. 지난번 길가에서 무예를 겨루다 목리마에게 봉변을 당한 그 노인, 사용표가 틀림없었다. 명주는 그렇게 확신하고는 다급히 눌모를 가리키면서 노인에게 도움을 요청했다.

"아이고 어르신, 이자들이 무슨 짓을 벌일지 모릅니다. 저 좀 살려주세요!"

사실 명주가 구태여 호들갑을 떨 필요조차 없었다. 사용표도 눌모를 잘 알고 있었으니까. 지난번 오배가 소극살합을 공격하기 위해 쳐들어왔을 때였다. 당시 눌모는 병사들을 거느리고 와서는 소극살합의 집을 완전히 쑥대밭으로 만들었다. 이때 소극살합에게 몸을 의탁했던 사용표는 혼란한 틈을 타 겨우 목숨을 부지할 수 있었다. 그에 대한 앙금이 쉽게 사라질 리가 만무했다. 한마디로 원수가 외나무다리에서 만난 셈이었다. 사용표는 명주에게 시선을 줄 사이도 없이 눌모에게 물었다.

"허구한 날 힘없는 백성들이나 괴롭히고……. 당신, 도대체 뭐하는 사람이야!"

"안 물어주면 어쩌나 했는데, 잘 물었어. 내가 누구냐 하면 말이지, 듣기만 하면 곧바로 기절할 걸?"

눌모는 거들먹거리면서 가슴팍을 힘껏 내밀었다.

"이 북경 바닥에서 날 모르면 첩자라고 할 수 있지. 황제의 안위가 내 손에 달려 있다는 것을 알고나 있나? 나는 천자의 총애를 받는 사품 어전시위라고! 지금 명을 받고 죄를 지은 놈을 붙잡으러 온 거야."

눌모의 말에 사용표는 냉소를 머금었다.

"근거가 있나?"

눌모가 누런 이빨을 있는 대로 드러낸 채 징그럽게 웃었다. 이어 기다리기라도 했다는 듯 속주머니에서 뭔가를 홱 잡아채듯 꺼내더니 사용표의 얼굴에 내던지면서 뇌까렸다.

"눈깔 제대로 박혔으면 어디 한번 읽어 봐!"

사용표는 눌모의 꿍꿍이를 진작 간파했다는 듯 종잇장을 힐끔 훑어보고는 곧바로 두 겹으로 접었다. 그러더니 보란 듯이 쫙쫙 찢어버리면서 일갈했다.

"이건 가짜야! 네 놈이 누굴 속이려고 그러는 거야? 어림 반푼어치도 없어, 이 자식아!"

"어, 어……? 이…… 이 자식이!"

눌모는 생각보다 세게 나오는 사용표의 태도에 화가 잔뜩 치밀었다. 사용표를 향한 손가락을 부들부들 떨면서 말도 제대로 잇지 못했다. 화가 나면 물불을 안 가리는 눌모는 급기야 사용표가 잠깐 한눈을 파는 사이에 열흘 굶은 호랑이처럼 그를 덮쳤다.

그러나 사용표는 명주 같은 선비가 아니었다. 난세에 몸을 담고 살면서 자신을 보호한 산전수전 다 겪은 강호의 인물이었다. 눈치 하나로 발 빠르게 대응하는 방법에 대해서는 완전 이골이 나 있었다. 그가 마치 기다리고 있었다는 듯 여유 있게 웃어보이면서 눌모의 두 팔을 낚아채 뒤로 꺾었다. 눌모는 아프다고 오만상을 찌푸렸다. 그러나 사용표는 사정을 봐주지 않았다. 내친김에 눌모의 등을 힘껏 떠밀어 버렸다. 상대를 만만하게 보고 덤볐던 눌모는 마치 대취한 취객이 당장 땅에 코를 처박기라도 할 것처럼 비틀대다 곧바로 저 먼발치에 푹! 하는 소리와 함께 고꾸라졌다.

"꼴좋다, 아가야! 불철주야 열심히 더 무예를 닦고 오거라!"

사용표는 휘하의 병사들 앞에서 체면이 구겨진 채 끙끙거리는 눌모를 마음껏 비웃었다. 그러나 눌모도 그대로 순순히 물러날 위인은 아니었다. 엉덩이를 툭툭 털고 일어서면서 병사들에게 고래고래 소리를 질러댔다.

"이 병신 같은 놈들아, 어서 저놈을 잡지 않고 뭘 해!"

눌모의 명령이 떨어지기 무섭게 열댓 명의 사복 병사들이 벌떼처럼 사용표에게 달려들었다. 사용표는 침착하게 몸을 놀렸다. 우선 맨 앞에 선 세 놈을 날렵하게 땅에 꽂아버리고는 명주의 손을 잡아끌고 열붕점을 뛰쳐나왔다. 그런 다음 죽어라 하고 인파 속으로 뛰어들어 눌모의 포위망을 그럭저럭 빠져나올 수 있었다. 사용표와 명주는 그제야 한숨을 돌렸다. 어느새 어둑어둑 땅거미가 내리기 시작했다. 두 사람은 무사히 몸을 피하긴 했으나 난감하기는 마찬가지였다. 열붕점으로 돌아가는 것이 마땅찮은 상황이었으므로 당장 밤을 지낼 장소가 없었다. 명주가 고민 끝에 위동정을 떠올렸다.

위동정은 명주로부터 자초지종을 다 듣고 나서도 한동안 말이 없었다. 사용표는 위동정이 둘을 재워주기가 난감해서 그러는 줄 알고 서둘러 말했다.

"이보게 조카, 걱정하지 마. 여기도 안전지대는 아닌 줄 안다네. 날씨가 완전히 어두워지면 우리는 떠날 거야. 절대로 자네에게 폐를 끼치지는 않겠네."

위동정이 하인이 받아온 술을 큼직한 잔에 철철 넘치게 부어 사용표에게 권했다.

"아저씨, 그런 말씀을 하시면 제가 정말 서운하죠. 그동안 얼마나 찾아다녔는데요! 그날 지켜주지 못해서 얼마나 가슴을 치면서 한탄했는지 아세요? 그러다 이렇게 만나니 잠시 얼이 나간 것뿐이에요. 다른 것 때문에 그런 게 절대 아니에요. 지난 오 년 동안 어디서 무엇을 하면서 어떻게 살아왔는지부터 말씀해 주세요."

"어휴, 생각하면 마음만 아파!"

사용표가 길게 한숨을 내쉬었다. 동시에 결코 다시는 생각하고 싶지 않았던 그날의 광경을 떠올렸다.

"그날 자네가 수레를 찾으러 가고 얼마 지나지 않아서 목리마 그놈이 사람을 데리고 왔어. 그러더니 숲속을 이 잡듯 뒤지기 시작하더라고. 그때 감매가 나더러 먼저 도망가라고 하더군. 자기가 남아서 유인을 해보겠다면서…… 그때 백지장처럼 창백해진 감매의 얼굴을 나는 정말 잊을 수가 없어. 지금도 꿈에 자주 나타나고는 해……"

사용표가 사감매 생각에 코를 훌쩍이면서 겨우 말을 이어나갔다.

"감매는 한 사람이라도 빠져나가야 한다면서 기어이 내 등을 떠밀었어. 그런 다음 나무를 타고 올라가더니 나뭇가지를 세차게 흔들어 놈들을 유인하더라고. 소리를 들은 놈들이 포위망을 좁히면서 우리 쪽을 향해 움직이고 있는 것이 보이더군. 감매는 자신은 이미 표적이 되었으니 나라도 도망가라고 간곡하게 말했지…… 그 정성 때문에 나는 어쩔 수 없이 혼자서 숲속을 빠져 나왔어. 뒤에서 '저기, 나무 위에 있네!' 하는 고함소리가 들릴 때는 정말이지 마음이 찢어질 듯 아팠네."

사용표는 어느새 눈물이 그렁그렁했다.

"감매가 포위당했다는 사실을 알고도 혼자서 어떻게 할 수가 없었지. 그 많은 놈들을 당해내기에는 역부족인 것은 불 보듯 뻔했으니까. 내가 울면서 뛰어가는데 등 뒤에서 '늙은이가 저기 있다. 어서 쫓아!' 하는 소리가 들렸어. 어쨌든 나는 감매의 희생으로 간신히 목숨을 부지할 수 있었기에 절대 잡혀서는 안 되었지. 살을 에는 물속에 풍덩 뛰어들어 헤엄을 쳤어. 그런 다음 언덕에 올라와 보니 길 양 옆이 끝없이 펼쳐진 밭이더군. 이른 봄이라 곡식들도 자라지 않아 몸을 숨길 곳이라고는 없었어. 정말 죽겠더라고!"

사용표는 목이 타는지 술잔을 들어 누구에게도 권하지 않고 혼자 꿀꺽꿀꺽 입안으로 털어 넣었다. 그리고는 소맷자락으로 입을 쓱 닦고 말을 이었다.

"그래도 세상에 죽으라는 법은 없는가 봐. 꼼짝없이 잡혔다고 맥을 놓고 있을 때였어. 저 멀리에서 징소리와 함께 말발굽 소리가 들려오더군. 높은 사람이 행차하는 징소리가 틀림없었어. 온몸이 흠뻑 젖은 데다 몰골이 말이 아니었지만 목리마에게 잡혀가느니 그쪽에다 한번 통사정이라도 해보자 싶었어. 그래서 죽어라 소리 나는 방향을 향해 뛰어갔지……."

"그 높은 사람이 누구였어요?"

명주는 마치 자신이 사용표의 처지에 놓인 것 같은 표정을 지으며 이마에 땀이 송골송골 밴 채 걱정스럽게 물었다.

"소극살합이라는 어르신이었지."

사용표가 소극살합의 이름을 입에 올렸다. 얼굴에 감개무량한 표정이 듬뿍 묻어 있었다.

"소극살합 대인이 내 꼴을 유심히 살펴보더니 뭐하는 사람이냐고 묻더군. 그래서 갈 곳 없는 떠돌이라고 했지. 나쁜 사람들에게 쫓기고 있으니 도와달라고도 했어. 그 사이 말을 타고 먼저 당도한 목리마의 병사가 소극살합 대인을 알아보고 인사를 하고는 강도를 잡는 중이라면서 나를 돌려줄 것을 요구하더군. 그러자 소극살합 대인이 누구 밑에서 일하는 누구냐고 상세하게 물었어. 병사가 목리마의 이름을 댔지. 그러자 소극살합 대인의 얼굴이 대번에 굳어졌어. 아랫사람들에게 나를 태우고 가자고 눈짓을 했지. 그날 오후 소극살합 대인은 집에 도착하자마자 나를 불러다놓고 놓고 이것저것 물었어. 무인 출신이니까 당분간 머물면서 애들 무술이나 가르치고 있으라고 하더군. 기회가 되면 적당한 일자리를 찾아 주겠다고도 말씀하셨고. 그렇게 해서 불행 중 다행으로 이후 소극살합 대인 댁에서 일하게 됐던 거지.”

“그러면 감매는 도대체 어떻게 된 거예요? 나중에 만나보셨어요?”

위동정이 안달하듯 물었다.

“만나지 못했네.”

사용표가 한숨을 내쉬면서 말을 이었다.

“소극살합 대인이 그러시더라고. 오배가 사사건건 트집을 잡고 뭔가 꼬투리를 잡아 자신을 견제하려 든다고. 그래서 나에게도 웬만하면 바깥출입을 자제하라고 했어. 그렇게 말씀하시는데 어찌겠어. 나가서 얼쩡거리다가 괜히 폐를 끼쳐드릴까 봐 집에만 있다 보니 본격적으로 찾으러 다니지도 못했어. 몇 번 변장을 하고 나가서 알아보기는 했지. 목리마에게 잡혀가 오배의 집에 하녀로 들어갔다는 소문이 들리던데, 잘 모르겠어……. 소극살합 대인에게 잘 부탁드려 감매를 어떻게든 찾아보려 했는데, 그런 봉변을 당해 억울하게 돌아가실 줄 누가 알았겠어! 일가족이 거의 다 몰살당하다시피 했지. 그 참상은 이루 다 말할 수가 없네. 다행히 소극살합 대인의 막내 상수常壽 도련님만큼은 내가 목숨을 걸고 빼내 왔지. 어떻게든 소극살합 대인의 은혜를 갚고 싶었거든.”

위동정은 사용표의 말에 깊은 감명을 받았다. 북경에 들어온 목적을 묻고 싶은 생각이 들지 않은 것은 아니었으나 이내 머리를 가볍게 흔들면서 포기한 것도 그 때문이었다.

“그러면 소극살합 대인의 아드님은 지금 어디 있나요?”

명주가 호기심을 참지 못하고 물었다.

"시골에서 보호하고 있네."

사용표는 소극살합의 아들에 대해서는 길게 말하고 싶지 않은 눈치였다. 위동정은 그 심정을 충분히 이해했다. 말없이 술만 마시면서 더이상 묻지 않았다. 그는 한참동안 뭔가 깊은 생각에 잠겼다가 무거운 침묵을 깼다.

"아저씨, 아팠던 과거는 잠시 접어두자고요. 오늘 명주도 구해주시고 우리도 모처럼 해후했으니 좋은 날 아닌가요? 오늘만큼은 기분 좋은 얘기만 해요."

위동정은 말은 그렇게 했으나 착잡한 마음을 달랠 길이 없었다. 헝클어진 기분을 추스르기에는 아무래도 무리가 있었다. 얼굴 표정에도 그런 마음은 바로 드러나고 있었다. 사용표는 그가 피곤해서 그러는 줄 알았다.

"피곤해 보이는군. 오늘은 일찍 쉬는 게 좋을 듯하네!"

그러자 위동정이 급히 사용표를 붙잡았다.

"피곤해서 이러는 게 아니에요. 아무리 생각해봐도 오배가 어떻게 오차우 선생이 아직 북경에 머무르고 있다는 것을 알았을까 하는 의문이 들어요. 게다가 거기까지 어떻게 잡으러 간 것인지 도대체 답이 안 나오네요."

사건의 자초지종을 모르는 사용표로서는 뭐라고 해줄 말이 없었다. 그때 머리를 갸우뚱하고 생각에 잠겨 있던 명주가 갑자기 뭔가 떠오른 듯 손뼉을 쳤다.

"오배가 소극살합 대인 댁을 쑥대밭으로 만들 때 우리 차우 형님의 시험지를 찾아낸 것이 틀림없어요. 그러니 눈에 불을 켜고 찾아다니는 것이 아니겠어요?"

명주의 추리에 위동정도 공감을 표시했다. 충분히 그러고도 남을 일이었다. 그러자 위동정은 불현듯 하계주를 떠올렸다. 갑자기 가슴이 쿵쾅거리기 시작했다.

"만약 놈들이 하계주를 잡아 족친다면, 혹시……."

위동정은 불길한 곳에까지 생각이 미치자 불안해지기 시작했다. 얼굴이 잔뜩 굳어졌다. 그는 안 되겠다는 표정으로 직접 열붕점에 가보기 위해 몸을 일으켰다. 그때 하인이 들어서면서 아뢰었다.

"어르신, 밖에 장만강 태감이 찾아왔습니다."

위동정은 두 사람에게 천천히 술을 마시고 있으라고 당부하면서 황급히 밖으로 뛰쳐나왔다.

그는 장만강과 평소 막역한 사이였다. 자질구레한 인사 따위는 아예 생략할 정도였다. 두 사람만 만날 때는 진짜 둘도 없는 친구처럼 대했다. 그가 의자에 몸을 기대고 차를 마시고 있던 장만강을 발견하고는 반갑게 웃으면서 맞았다.

"뒷방에 친한 친구 두 사람과 같이 술을 마시고 있었어. 함께 어울릴까?"

장만강이 위동정의 꾸밈없는 말에 그 특유의 꽥꽥거리는 오리 목소리로 대답했다.

"오늘은 안 돼. 다음에 같이 한잔 하자고 그래."

위동정이 점잔을 빼는 장만강을 보고 웃으면서 자리에 앉았다.

"술 생각이 나서 온 것이 아니라면 이 밤에 무슨 중요한 일이 있는 것이 틀림없군!"

장만강이 하인이 나가기를 기다렸다 위동정에게 가까이 다가앉더니 귓속말을 했다.

"밀지密旨가 있네……."

위동정은 '밀지'라는 말에 순간 흠칫 떨었다. 재빨리 일어나 장만강 앞에서 두루마기 자락을 걷어 올리면서 무릎을 꿇었다.

그러자 장만강이 위동정에게 일어서라고 손짓하면서 밀지를 전하기 시작했다.

"어전 육품 시위 위동정은 즉시 입궁하여 문화전文華殿에 대기하도록 하라!"

위동정은 쇠방망이에 심하게 뒤통수를 얻어맞은 기분이었다. 얼떨떨한 표정을 떨치지 못한 채 장만강을 바라보았다.

"이런 경우는 처음이잖아! 지금 이 시각엔 궁궐문도 닫혔을 것 아닌가. 장 태감, 설마 심심해서 장난치는 것은 아니겠지?"

"나도 이상하다고 생각은 했어."

장만강이 정색을 하면서 황급히 덧붙였다.

"하지만 장난칠 게 따로 있지! 아무튼 사실이니까 어서 가보세."

위동정은 황급히 뒷방으로 달려갔다. 그런 다음 이제나저제나 기다리고 있던 두 사람에게 양해를 구한 다음 하인에게 잘 대접하라고 분부했다. 이내 장만강을 따라 말을 타고 자금성으로 향했다.

칠흑같이 어두운 밤이었다. 잔뜩 흐린 하늘에는 천둥소리가 몰려오고 있었다. 위동정은 찬바람에 자신도 모르게 몸을 흠칫 떨었다. 식은땀이 등을 적시고 있었다. 저 멀리에서 장사치의 쉰 목소리가 밤의 정적을 깨면서 간간이 들려오고 있었다. 그것들은 아주 자연스럽게 밤의 신비함을 더해줬다.

황궁의 힘없는 잔심부름꾼과 황제의 신변 경호를 맡은 젊은 시위 두 사람은 각자의 생각을 품고 말없이 달려가기만 했다. 그런 와중에도 장만강은 수시로 몸을 돌려 위동정의 표정을 힐끔힐끔 훔쳐보았다. 그러나 가쁜 숨소리와 함께 볼 수 있는 것은 번개가 칠 때 잠깐 비춰지는 석

고같이 희고 무표정한 얼굴뿐이었다. 그는 말고삐를 꽉 움켜잡고 시선을 앞에 고정시킨 채 추호의 흐트러짐도 없이 달리는 위동정을 바라보면서 다시 한 번 탄복했다.

'역시 위동정은 인물이야! 색액도와 웅사리 두 대인이 하늘이 무너진다고 해도 당황하지 않는 침착함과 담대함이 돋보인다고 입에 침이 마르도록 칭찬을 할 만하군!'

장만강은 속으로 그렇게 중얼거렸다. 그러나 이때 위동정의 마음은 결코 침착하지 못했다. 내색을 하지 않은 채 다잡고 있었을 뿐 가슴은 파도처럼 출렁이고 있었다. 그저 장만강이 헤아리지 못했을 뿐이었다.

위동정은 강희가 이 시간에 자신을 부른 이유를 나름대로 생각해 봤다. 그러나 전혀 감을 잡을 수가 없었다.

'굳이 이 어두운 밤에 몰래 부르신 것은 틀림없이 오배와 관련된 일일 거야. 하계주는 폐하가 수업을 받는 장소에 대해 손금 보듯 잘 알고 있어. 만약 그가 오배에게 다 불어버리는 날에는……. 수업하는 장소를 바꾸는 게 나을까, 아니면 아예 입을 막기 위해 그를 없애버리는 것이 좋을까……. 이 일을 감매가 알게 된다면 어떻게 생각할까? 감매는 지금 어디에서 뭘 하면서 살고 있을까……. 에이, 나도 참 한심한 놈이네. 갑자기 무슨 쓸데없는 생각을 하는 거야!'

위동정이 이런저런 생각을 두서없이 하고 있을 때였다. 갑자기 앞에서 누군가의 고함소리가 들려왔다.

"거기 누구야! 여기는 특별한 명령이 없는 한 말을 타고 들어올 수 없어!"

위동정은 그제야 자신이 어느새 자금성 앞 오봉루五鳳樓 아래에까지 이른 사실을 깨달았다. 마침 하늘에서는 부슬부슬 비가 내리기 시작했다.

위동정과 장만강이 서둘러 말에서 내렸다. 그러자 소리를 지른 사람이 호롱불을 들고 다가왔다. 장만강과 잘 아는 사이인 중년 내시였다. 그가 장만강을 보더니 황급히 사과를 했다.

"장 공공公公(태감을 높여 부르는 말)을 몰라 뵈었습니다. 소인 유귀劉貴가 인사 올리겠습니다. 그런데 이 밤에 도대체 어디를 다녀오시는 겁니까?"

장만강은 가슴 속에서 뭔가를 꺼내 보이면서 태연스럽게 말했다.

"시위 위동정을 자금성으로 불러오라는 성지가 있었네."

중년의 내시는 잘 알겠다는 듯이 공손히 허리를 굽힌 다음 두 사람을 안으로 안내했다.

그런데 이게 웬일인가. 갑자기 생각지도 못했던 일이 벌어지고 말았다. 경운문景運門에서 야간 순찰을 돌던 한 무리의 내감內監 시위들에게 꼬리가 잡힌 것이다.

"이봐! 뭐하는 사람이야. 궁문은 이미 닫혔어. 별 볼 일 없는 사람은 누구도 못 들어가게 돼 있다고!"

장만강이 머리를 들었다. 자세히 보니 눈부신 유리등불 사이로 이품 시위인 목리마와 눌모가 보였다. 둘은 우비를 걸치고 빗길을 가로막고 있었다. 장만강은 황급히 다가서면서 비굴한 웃음을 지어 보였다.

"폐하께서 문화전에서 상주문을 열람하시면서 위동정에게 각 부서의 긴급 상주문을 뽑아오라고 하셨습니다. 비 때문에 그만 이렇게 늦어서……."

말을 마친 장만강이 상주문 중 하나를 꺼내 흔들어 보였다.

"거짓말 하지 마!"

눌모가 장만강의 말이 끝나기 무섭게 윽박질렀다.

"사람을 바보로 만들려고 그래? 문화전 당직인 내가 모르는 일이야. 성지는 무슨!"

장만강이 황급히 말을 받았다.

"폐하께서 저녁 수라를 드실 때 양심전에서 명하신 겁니다. 어찌 거짓말일 리가 있겠습니까!"

그러나 목리마는 막무가내로 고집을 부렸다.

"통행 허가증이 없으면 건청문乾淸門을 통과시킬 수가 없어. 그 친구에게 내일 다시 오라고 하게!"

장만강이 난감해 하면서 쩔쩔매고 있을 때였다. 옆에서 듣고만 있던 위동정이 앞으로 나서면서 차갑게 한마디를 던졌다.

"폐하께서 나를 보자고 부르신 것입니다. 그런데도 당신 허락이 있어야 합니까?"

그러자 목리마가 입을 삐죽이면서 맞받아쳤다.

"폐하께서 할 일이 없어서 일개 말단 육품 시위인 자네를 보자고 했겠어? 무슨 일이 있으면 내일 내가 직접 폐하를 알현하고 말씀드리겠네."

"놀고 자빠져 있네."

위동정이 코웃음을 치더니 버럭 소리를 질렀다.

"어느 누가 감히 성지를 막아! 장 태감, 그냥 들어가!"

위동정은 장만강을 끌고 막무가내로 안으로 들어갔다.

"거기 못 서!"

목리마가 화가 단단히 났는지 입에 게거품을 물고 으르렁거렸다. 그러자 십여 명이 넘는 졸병들이 부채 모양으로 대열을 지으면서 위동정의 앞을 막고 나섰다. 위동정은 더 이상 머뭇거릴 수가 없다고 생각했다. 즉각 허리춤에서 검을 확 뽑아 겨누면서 어디 한번 갈 데까지 가 보자는 자세를 취했다. 독기어린 눈으로는 목리마를 노려봤다. 그때 갑자기 큼직한 빗방울이 후드득후드득 떨어지기 시작하는가 싶더니 번갯불이 위동정이 들고 있는 칼날을 하얗게 비췄다.

바로 이 위기일발의 순간에 경운문 안에서 누군가의 목소리가 들려왔다.

"장만강, 거기 있는가? 도대체 무슨 일이야? 폐하께서 위동정을 빨리 불러오라고 하셨잖아. 그런데 왜 아직 거기서 꾸물대고 있는 거야?"

모두들 갑자기 들려온 한마디에 어리둥절한 표정을 지었다. 그 사이 저쪽에서 손전신이 헐레벌떡 빗속을 달려오고 있는 모습이 보였다. 그는 일촉즉발의 분위기를 전혀 감지하지 못한 것처럼 황급히 위동정의 팔을 잡고 순식간에 안으로 들어갔다.

목리마는 눈을 시퍼렇게 뜨고도 코 앞에서 위동정을 놓치고 말았다. 그는 화가 나서 펄펄 뛰면서 눌모에게 고래고래 소리를 질렀다.

"너, 머리는 뭐하러 달고 다녀? 어서 쫓아가 폐하의 시중을 들지 않고 뭐해!"

눌모는 끽소리도 못한 채 "예!" 하고 대답하고는 빗속으로 사라졌다.

비는 그칠 줄 모르고 마구 퍼부었다. 빗물은 자금성 앞의 푸른 빛깔의 대리석 바닥 위로 떨어지면서 커다란 물방울을 튕겼다. 천둥번개는 마치 이 세상의 모든 잘못을 한꺼번에 혼내겠다는 듯 숨 돌릴 새도 없이 번갈아 호령했다. 무시무시하고 아슬아슬한 밤이었다.

문화전의 문은 반쯤 열려 있었다. 안에는 촛불이 바람에 외로이 떨고 있었다. 평소와는 달리 시위들은 그다지 많지 않았다. 그저 몇 명의 시위들이 두 줄로 늘어선 채 꼼짝 않고 비를 맞고 서 있을 뿐이었다. 위동정은 현관 앞의 붉은 계단 앞에 섰다. 우비를 벗은 다음 허리춤에서 칼도 끌러 함께 바닥에 내려놓고는 무릎을 꿇으면서 큰 소리로 아뢰었다.

"육품 시위 위동정이 폐하의 부름을 받고 대령했사옵니다!"

잠시 후 안에서 강희의 목소리가 들려왔다.

"들라!"

위동정은 궁전 안으로 들어갔다. 격식을 갖춰 강희에게 삼궤구고^{三跪} ^{九叩}(세 번 절하고 아홉 번 머리를 조아리는 예식)의 대례도 올렸다. 그런 다음 머리를 들었다.

강희는 허리를 곧게 펴고 단상에 앉아 있었다. 얼굴에는 숙연함이 감돌고 있었다.

강희의 옆에는 웅사리, 색액도가 허리를 굽힌 채 옆에 조용히 엎드려 있었다. 황제의 입이 열리기만을 고대하는 듯했다.

강희는 한동안 무거운 침묵을 지켰다. 그러다 조용히 자리에서 일어나 세 사람 사이를 거닐었다. 이어 촛불의 빛을 빌어 바닥에 엎드려 있는 위동정을 지켜봤다. 강희가 비에 흠뻑 젖어 착 달라붙은 옷을 입은 채 머리에서 빗물을 줄줄 떨어뜨리는 위동정을 바라보면서 입을 열었다.

"위동정, 짐이 자네를 대하는 것이 어떻다고 생각하나?"

위동정은 강희의 갑작스런 질문에 황급히 머리를 쿵쿵 소리나게 세 번 땅에 짓찧으면서 아뢰었다.

"폐하께서 안 계셨더라면 어찌 소신의 오늘이 있었겠사옵니까. 이 몸이 몇 번이나 죽고 죽어 가루가 되는 한이 있더라도 높고 크신 폐하의 은혜를 갚겠사옵니다. 기꺼이 목숨도 바치겠사옵니다. 아니, 죽어도 다 갚을 수 없는 것이 한이옵니다!"

"그런데 말이야…… 짐에게 어려움이 닥쳤어."

강희가 가벼운 한숨을 내쉬면서 덧붙였다.

"자네는 죽을 각오로 짐을 도울 수 있겠나?"

"폐하를 위해서라면 천만 번 죽어도 영광으로 생각하겠사옵니다!"

위동정이 갑자기 몸을 반쯤 일으키더니 단호한 어조로 다시 한 번 다짐했다.

"노재는 살아서는 충성을 다하고, 죽어서는 절개를 지키겠사옵니다!"

"짐은 그 말이 듣고 싶었네!"

강희가 흡족한 표정으로 색액도와 시선을 교환한 다음 말을 이었다.

"짐은 자네를 믿어. 웅사리와 색액도와 더불어 목숨을 걸고 짐을 보호하고 받들어 줄 것이라고."

"폐하와 두 분 대인의 기대를 저버리지 않겠사옵니다. 죽을힘을 다해 폐하를 위해 싸우겠사옵니다!"

강희가 뒤돌아서서 웅사리와 색액도를 바라봤다. 이어 자신이 지니고 있던 검을 내린 다음 정중하게 두 손으로 받들고 위동정에게 다가갔다.

"충신에게 내리는 보도寶刀이네. 부디 짐의 기대를 저버리지 말았으면 하네!"

위동정의 얼굴에 눈물이 비쳤다. 목소리에는 울음기가 섞여 있었다.

"황공하옵니다, 폐하!"

위동정은 뭔가를 또 말하려고 했다. 그러나 입만 맥없이 씰룩일 뿐 눈물만 비 오듯 흘러내렸다.

강희는 위동정이 두 손을 내밀어 검을 받으려는 순간 허리를 굽혀 그를 일으켜 세웠다. 그런 다음 직접 검을 그의 허리춤에 채워주면서 자상하게 물었다.

"자네 육품이라고 했나?"

위동정은 강희에 말에 즉각 입을 열어 대답하려고 했다. 그러나 강희가 먼저 선수를 쳤다. 자리로 돌아가자마자 성지聖旨를 내린 것이다.

"오늘부로 위동정을 삼품 어전시위로 임명한다. 짐이 있는 곳이면 자금성 어디라도 칼을 차고 자유로이 드나들 수 있다!"

웅사리와 색액도는 강희의 말에 감동의 눈물을 흘리면서 약속이나 한 듯 "만세!" 소리를 힘차게 외쳤다. 강희가 그 소리를 뒤로 하고 어느새 삼품 시위의 복장을 받아든 위동정에게 다가가 직접 입혀주기 시작했다.

　강희는 눈물이 흘러내리려고 했다. 하지만 참아야 했다. 강희는 위동정에게 옷을 입혀준 다음 말없이 고개를 돌리더니 빠른 걸음으로 밖으로 나왔다.

　금방이라도 무너져 내릴 것만 같은 흐린 하늘에서는 누구의 눈물인지 모를 굵은 빗줄기가 계속 주룩주룩 흘러내리고 있었다. 끊이지 않는 천둥과 번개는 마치 자신의 무능함을 질책하는 것 같았다. 또 사악한 탐관오리들을 징벌하려는 노여움같기도 했다. 강희는 정말 그 천둥소리와 잦은 번개에 파묻혀 엉엉 목 놓아 울고 싶은 심정이었다. 하기야 천근만근 자신을 짓누르고 있는 굵직굵직한 현안들이 하나도 해결된 것이 없었으니 그럴 수밖에 없었다. 게다가 설상가상이라는 말처럼 집안에 도둑마저 설치고 있으니 마음이 편할 리가 있겠는가.

　강희는 현안들을 다시 한 번 뇌리에 되새겨봤다. 우선 청주靑州의 농민폭동을 꼽을 수 있었다. 어찌어찌해서 겨우 잠재울 수는 있었으나 언제 비슷한 사건이 터질지 모를 일이었다. 오삼계吳三桂를 비롯한 한족들이 황궁의 코앞에 둥지를 틀고 앉아 있는 것도 무시할 수 없는 일이었다. 더구나 그들은 화폐까지 주조하면서 완전 난리법석을 떨었다. 무슨 생각을 하는지는 불 보듯 뻔했다. 못 본 척 무시해버리기에는 꿈자리가 사나울 일이었다. 어디 이뿐인가. 정성공鄭成功 부자父子는 대만에 눌러앉아 새살림을 차리겠다고 그야말로 앙탈을 부리고 있었다. 강남江南의 명나라 유신遺臣들 역시 말썽을 부리는 데 있어서는 그에 못지않았다. 하나같이 굶어죽어도 청나라가 주는 밥은 안 먹겠다는 고집을 부리고 있었다……. 정말 뜻대로 되는 것은 하나도 없었다.

　강희는 빗속에 한참을 서 있었다. 그러는 새 머리가 약간은 진정되었다. 다시 이를 악물고 결심한 바를 실행해야겠다는 용기도 치솟았다.

'오차우와 웅사리는 다른 길을 가기는 해. 하지만 둘 다 나의 마음을 똑같이 읽었어. 처방전도 거의 비슷하지. 눈앞의 간신을 제거해 버리지 않으면 우환이 끊이지 않을 뿐 아니라 민심을 깡그리 잃고 말 거라고 했었지.'

강희는 두 사람의 말을 떠올리면서 머리를 끄덕였다.

갑자기 찬바람이 세차게 불어 닥쳤다. 강희는 소름이 끼치는지 어깨를 잔뜩 움츠렸다. 그때 뒤에서 누군가가 옷을 걸쳐주었다. 강희는 머리를 돌렸다. 그는 다름 아닌 오배의 양자인 눌모였다.

강희가 순간적으로 몸을 움츠리면서 경계하는 어조로 물었다.

"자네가 여기는 웬일인가?"

눌모가 황급히 뒤로 한 발짝 물러서면서 한쪽 무릎을 꿇은 채 아뢰었다.

"비가 많이 내리는데 폐하께서 감기라도 걸리실 것 같아 걱정이 돼 옷을 가져왔사옵니다!"

눌모는 입에 침도 묻히지 않은 채 태연하게 말했다. 하지만 아무리 영악한 척해도 강희의 눈을 완전히 속일 수는 없었다. 그가 칼의 손잡이를 잡는 모습을 강희가 번갯불을 빌어 똑똑히 목도했으리라고는 생각지도 못했다. 강희는 순간적으로 내심 많이 놀라기는 했으나 아무런 기색도 드러내 보이지 않았다.

"물러가게. 짐도 안으로 들어갈 거야."

강희는 말을 마치자마자 뒤도 돌아보지 않고 걸어갔다. 그 뒤를 위동정이 보무도 당당하게 따랐다.

궁 안으로 들어간 강희가 회중시계를 꺼내 살펴봤다. 어느새 밤 10시가 다 되었다. 그는 아직도 무릎을 꿇고 있는 내시들을 물러가게 하고는 위동정에게 말했다.

"짐이 특별히 부탁한 일이 있네. 곧바로 색액도의 집에 가서 의논하도록 하세. 궁내는 안전하지 않으니까 말이야."

말을 마친 강희는 곧 건청궁을 향해 떠났다. 위동정이 그 뒤를 따라나서려고 했다. 그러자 강희가 말했다.

"괜찮아. 손전신이 병사들을 거느리고 같이 갈 거야. 걱정하지 말고 먼저 가게!"

강희가 떠나간 후 궁궐 안은 다시 정적 속에 파묻혔다. 밖에는 여전히 천둥과 번개를 동반한 비가 하늘이 뚫어진 듯 쏟아지고 있었다. 그 빗줄기는 마치 아무 일도 일어나지 않았던 것처럼 조용하기만 한 궁궐을 요란스럽게 때렸다. 얼마 후 모든 것은 다시 원래대로 돌아가 있었다.

12장
황제 보위 작전

위동정은 손전신이 경호에 나선다고 했으나 도무지 마음을 놓을 수가 없었다. 급기야 몰래 건청문까지 뒤를 따라갔다. 강희 일행은 아무런 눈치를 채지 못한 채 궁 안으로 들어갔다. 위동정은 그 광경을 확인한 후에야 말을 달려 색액도의 집으로 향했다.

색액도는 아직 귀가하지 않았다. 하인들이 문 밖에서 초롱불을 밝히고 목을 길게 빼고 서성이는 것으로 미뤄보면 주인을 기다리고 있는 것이 분명했다.

하인들은 위동정이 방문했다는 얘기를 듣고는 주인도 없는 밤에 웬일이냐는 듯 머리를 갸우뚱했다. 그들 중 제일 우두머리인 조봉춘趙逢春이 급히 뛰어나와 위동정을 맞았다.

"위 어른, 도대체 이 시간에 여기까지 웬일이십니까? 저희 대인께서는 아직 집으로 오시지 않으셨는데요?"

"괜찮네. 나는 시간이 많아. 기다리면 돼."

위동정이 사람 좋게 웃으면서 곧바로 안으로 들어갔다.

"대인께서는 오늘 저녁 들어오시지 않을지도 모르는데요?"

조봉춘이 혼잣말처럼 말하면서 위동정을 따라 들어왔다. 어떻게 해서든지 위동정을 따돌리려고 안간힘을 쓰는 모습이었다. 위동정은 그런 조봉춘을 보면서 그 엉성함에 웃음을 참지 못했다. 그가 우비를 벗어 물기를 털어내면서 말했다.

"안 들어올지도 모른다고 하면서 왜 그렇게 목을 빼고 기다리는 거야?"

조봉춘은 위동정의 한마디에 속마음을 들키자 머쓱해졌다. 할 말도 궁해진 듯 히죽 웃었다.

"기다리시려면 이쪽으로 오셔서 옷을 갈아입고 편히 앉아 계세요. 제가 술을 준비할 테니까요."

위동정은 어쩔 수 없이 조봉춘을 따라 사랑방으로 들어갔다. 그가 조봉춘이 꺼내준 옷으로 갈아입고 있을 때였다. 밖에서 약간 소란스러운 소리가 들려왔다. 그 소리에 주의 깊게 귀를 기울이던 조봉춘이 대뜸 소리쳤다.

"벌써 오셨네요! 늦으신다고 하시더니!"

위동정이 거짓말이 들통난 탓에 난감한 표정을 지으면서 어쩔 줄 몰라 하는 조봉춘을 믿지 않게 쳐다봤다. 바로 그때 색액도의 목소리가 가까이 들려왔다.

"오늘 저녁에는 웅사리 대인과 중요한 얘기를 해야 한다. 위동정 시위가 아니면 아무도 안으로 들어오지 못하도록 하라!"

위동정은 색액도의 말이 끝나자 조봉춘을 향해 웃음을 지어보였다.

"자네의 진심은 내가 알겠네. 하지만 오늘 저녁 나는 초대받은 사람이야."

조봉춘은 꽤나 익살스러운 위동정의 말에 악의가 없다는 사실을 깨닫고는 머리를 긁적였다.

"소인의 무지를 용서해 주십시오."

색액도와 웅사리, 위동정 세 사람은 곧 상다리가 부러지게 차려진 산해진미를 마주했다. 술을 마시면서 비밀회의를 시작한 것이다. 성격이 급한 색액도가 목도 축이기 전에 술잔을 잡은 채 나지막이 말했다.

"알다시피 오배의 만행은 더 이상 봐줄 수 없을 정도에 이르렀어. 폐하를 우습게 여기고 충신들을 마구잡이로 죽이고 있어. 뭔가 꿍꿍이가 있다는 것을 여실히 드러내고 있어! 폐하께서는 그의 과거 공로를 생각해서 그동안 험한 꼴을 보이지 않으려고 그토록 알아듣게 타일렀어. 하지만 악습을 고칠 생각은 하지 않고 오히려 기어오르려고 해. 그러니 확실하게 손을 봐주지 않을 수가 없어. 모든 수단과 방법을 동원해 오배를 제거하라는 폐하의 비밀 조서가 있었네."

웅사리와 위동정은 색액도의 말에 생각할 것도 없다는 듯 단호하게 이구동성으로 대답했다.

"대인께서 시키는 일이라면 뭐든지 하겠습니다!"

위동정이 뭔가 골똘히 생각하더니 술 한 모금을 마시고 나서 못내 궁금하다는 듯 물었다.

"폐하께서는 왜 분명하게 오배의 죄상을 폭로하고 궁중의 법규에 따라 정면으로 치고 나가시지 않는 거죠?"

웅사리가 위동정의 물음에 머리를 절레절레 흔들었다.

"그건 절대 안 돼. 오배는 이미 클 대로 큰 독초야. 섣불리 뽑으려고 하다가는 큰 상처를 입을 수도 있어. 정말 조심해야 해. 지금은 어느 부서나 할 것 없이 모조리 자기의 심복을 확실히 꽂아 놓고 있어. 이들은 절대로 무시하지 못할 세력들이야. 만약 정면 돌파를 시도했다가 그들이 물불 안 가리고 막 나오면 어떻게 되겠어. 수습하기 곤란해질 것이 뻔해. 게다가……."

웅사리가 뭔가 중요한 얘기를 하려다 말고 잠깐 말끝을 흐렸다. 다급해진 색액도가 재촉을 했다.

"이보게. 우리는 지금 중요한 사명을 띠고 있어. 목숨 걸고 성지를 받은 몸이라는 것을 명심해야 해! 서로 마음을 활짝 열고 툭 터놓고 고민해야지 주저하고 눈치나 보면 안 된다는 말이야!"

웅사리가 색액도의 당부에 손가락에 술을 살짝 묻혔다. 탁자 위에 뭔가 쓰려는 모양이었다. 아니나 다를까, 그는 '오吳, 경耿, 상尙'이라는 세 글자를 휘갈겼다.

세 글자가 의미하는 것은 다른 게 아니었다. 지방에 할거하면서 청나라 조정을 위협하는 국면을 형성 중에 있는 이른바 '삼번三藩의 왕'을 뜻했다. 운남雲南의 평서왕平西王 오삼계吳三桂, 광동廣東의 정남왕靖南王 경정충耿精忠, 복건福建의 평남왕平南王 상가희尙可喜가 바로 그 주인공들이었다. 그들은 원래 명나라의 장군들이었으나 청나라 건국에 공로가 컸다. 하지만 시간이 지나면서 점차 세력이 커져 골칫거리로 변해버렸다.

웅사리가 자신이 썼던 글씨를 곧바로 지워버리고는 두 사람에게 물었다.

"제 생각이 너무 짧지는 않은가요?"

웅사리의 질문에 색액도는 연신 머리를 끄덕였다. 공감한다는 표시였다. 하지만 위동정은 선뜻 공감할 수 없었다.

"이 세 사람에 대한 걱정은 너무 이르지 않나 싶습니다. 평서왕 오삼계는 외견상으로는 오배와 죽이 맞아 돌아가는 것 같습니다. 그러나 사실 두 사람의 관계는 동상이몽이 분명합니다. 때문에 오배가 불이익을 당하거나 더 나아가 생명의 위협을 받게 되면 가장 먼저 환호할 사람이 평서왕일지도 모릅니다. 그렇게 되면 우리는 본의 아니게 평서왕을 돕는 셈이 되죠. 저는 그게 두렵습니다!"

웅사리는 위동정의 말에도 일리가 있다고 생각했다. 그러자 더욱 머리가 복잡해지기 시작했다. 그는 도대체 어떻게 하면 도랑 치고 가재를 잡는 일석이조의 효과를 올릴 수 있을까 하는 문제를 고민했다. 또 오배도 제거하고 동시에 반대세력들의 거센 반발까지 효과적으로 잠재우는 전략에 대해서도 골똘히 생각했다. 그러나 당장 뾰족한 수가 떠오르지는 않았다.

웅사리가 한참을 말없이 생각에 잠겨 있다 천천히 입을 열었다.

"포도밭 너머에서 꼬리 흔드는 여자를 겁탈하려는 다급한 마음에 포도넝쿨을 타넘다 포도밭을 박살냈다는 옛말 들어봤어요? 하하하하!"

웅사리가 다소 억지스러운 웃음을 터뜨렸다. 두 사람 역시 그의 우스갯소리에 어색하게나마 함께 맞장구를 쳤다. 하지만 누구보다 신이 난 듯 웃던 색액도는 곧 웅사리를 나무랐다.

"지금이 어느 때인데 농담을 하고 그러나, 쯧쯧."

위동정이 급히 색액도의 말을 받았다.

"그렇기는 합니다. 그러나 진정 우리에게도 해당되는 얘기인 것 같기는 합니다. 우리는 지금 어떻게 하면 여자와 사랑도 나누고 포도밭도 망가뜨리지 않을 것인가 하는 방법을 검토해야 하니까요."

위동정의 말에 웅사리와 색액도는 또다시 깊은 생각에 잠겼다. 한참 동안 침묵이 흘렀다. 그러자 위동정이 자리에서 벌떡 일어서더니 서성이면서 먼저 입을 열었다.

"저의 짧은 소견으로는 상책, 중책, 하책 이렇게 세 가지 대책이 있지 않을까 싶습니다."

위동정은 조심스럽기는 하나 자신감 있는 어조였다. 색액도의 눈빛이 눈에 띄게 밝아졌다. 그가 의자 등받이에 몸을 기대면서 말했다.

"기대가 되는군. 자세하게 말해 보게."

"첫째……"

위동정은 뜸을 들이지 않았다. 단도직입적이라고 해도 좋았다.

"용감하고 의리 있고 싸움꾼 기질이 충만한 용사 몇 명을 뽑아 특별히 훈련을 시켰다가 오배가 방심하는 틈을 타 손을 쓰는 것이 좋을 듯합니다. 성공하면 폐하께서 오배의 죄상을 낱낱이 공포하는 것으로 마무리를 지을 수 있습니다. 설사 실패하더라도 모든 책임은 제가 떠안는 것으로 하면 됩니다. 이게 상책입니다."

위동정의 말이 끝나기 무섭게 색액도가 고개를 저었다.

"그 방법은 너무 위험해서 안 돼. 오배가 어떤 놈인데 우리한테 걸려들겠어. 더구나 갑자기 어디서 그런 용사들을 찾는다는 말인가. 자칫 더 큰 화를 부를 수도 있네."

웅사리가 두 번째 방법을 말해보라고 재촉했다.

"색 대인께서 어머님의 생신에 초대한다면서 오배를 불러들이는 겁니다. 그때 술이나 음식에 독을 넣으면 됩니다!"

색액도가 위동정의 두 번째 방법에 이마를 찌푸리며 바로 대꾸했다.

"나도 그런 생각을 해본 적이 있기는 하지. 하지만 그 방법은 그놈이 얼마나 교활한지 몰라서 그래. 그놈은 자기 마누라가 주는 밥도 냄새를 맡는다고 하더라고. 전에 내 생일 때는 두 번씩이나 불렀는데도 오지 않았어."

웅사리는 가타부타 말은 않고 재촉만 했다.

"마지막 방법은 뭔지 어서 말해 보게."

"마지막 방법은 폐하께서 직접 나서서 연회를 미끼로 오배를 부르는 겁니다. 그 자리에서 죄상을 폭로한 다음 미리 대기시켜 놓은 시위들의 칼로 단칼에 요절을 내는 겁니다!"

위동정이 오른손을 힘차게 내리면서 칼로 자르는 동작을 취했다. 색액도는 이번에도 반대하고 나섰다.

"홍문연鴻門宴(초나라의 항우項羽가 한나라의 유방劉邦을 죽이기 위해 홍문이라는 곳으로 불러 연 잔치를 의미함) 전략이군. 하지만 그 방법은 폐하를 지키는 시위들 중에 오배라면 알아서 설설 기는 자들이 무척 많다는 게 문제야. 자칫하면 폐하의 생명마저 위협을 받을 가능성이 커! 안타깝게도 아직은 그자들이 누가 누군지 확실히 알 길도 없고."

위동정은 어느 정도 자신하던 방법들이 전부 물거품으로 돌아가자 맥이 빠졌다. 하기야 김이 새지 않는다면 오히려 그게 이상할 일이었다. 그는 한참동안 멍하니 앉아 있다 뭔가 결심을 한 듯 단호하게 입을 열었다.

"폐하께서 나서시지 않더라도 두 분 가운데 누구라도 용기를 내셔서 신호만 보내주십시오. 그러면 나머지 일은 제가 수습을 하겠습니다. 대장부가 한 번 죽지 두 번 죽겠습니까? 저는 이미 각오가 돼 있습니다. 제가 죽더라도 그 놈을 죽일 수만 있다면 한번 결판을 내보겠습니다!"

위동정의 말에 색액도가 맞장구를 쳤다.

"같이 해 보세."

그러나 웅사리는 연신 손을 저으면서 제동을 걸었다.

"그건 안 돼! 잘못하면 폐하께서 직권을 남용해 마음대로 대신을 죽였다는 오명을 쓰게 될 수도 있어."

웅사리는 이렇다 할 대안을 제시하지 않은 채 그저 반대만 했다. 위동정은 그게 불만인지 심드렁하게 물었다.

"그렇다면 대인께서 보시기에는 어떤 방법이 통할 것 같습니까?"

웅사리는 위동정의 질문에는 아랑곳하지 않는다는 듯 생선을 집어 입에 넣었다. 그런 다음 천천히 씹어 삼키고 술도 한 모금 들이켰다.

"문제는 오배가 반역죄를 저질렀다고는 해도 그 근거가 약하다는 거야. 흑심을 품은 거야 세상이 다 아는 일이지만 뚜렷한 증거가 없다는 거지. 무턱대고 없애버렸다가는 오히려 상상도 할 수 없는 대란을 몰고 올 수도 있어. 벼룩을 잡으려고 초가삼간을 태울 것까지는 없지 않은가! 내 생각에는 죽이기보다는 일단 손발을 꼭꼭 묶어둔 채 무용지물로 만들어야 해. 그러다 점차 그 죄목과 증거를 수집해 백일하에 폭로하면 돼. 그런 다음 처형을 해도 늦지는 않고. 개구리가 뒤로 물러나는 것은 더 멀리 뛰기 위한 거잖아."

역시 경력과 연륜은 결정적 순간에 무시하지 못할 힘을 발휘했다. 색액도는 웅사리의 노련함에 탄복했다. 이어 위동정에게 말했다.

"폐하께서는 이미 마음을 굳히셨어. 오배의 운명은 어떤 식으로든 곧 종말을 고하게 돼 있어. 하지만 오배도 순순히 당하고만 있지는 않을 거야. 남을 알고 나를 알면 백 번 싸워도 위태롭지 않다는 말도 있잖아. 자네 생각에는 오배가 지금 폐하에 대해 어떤 주판알을 튕기고 있을 것 같은가?"

"오배가 폐하를 어린애 취급을 하면서 호시탐탐 기회를 노리는 것은 인정하지 않을 수 없는 사실이죠."

위동정의 말에 웅사리가 일리가 있다면서 손뼉을 쳤다.

"맞아! 그대의 말 중에서 기회를 노린다는 것은 두 말 하면 잔소리야. 어린애 취급한다는 말은 잘 활용해볼 가치가 있어."

웅사리의 말에 두 사람이 이구동성으로 말했다.

"무슨 의미인지 조금 자세하게 말씀해 주세요."

"오배에게도 치명적인 약점이 있어요. 그중 하나가 유아독존을 부르짖으면서 다른 사람을 바보천치 취급하는 것이오.”

웅사리가 말을 이었다.

“폐하를 코흘리개 동네 애 취급하도록 내버려 두자고요. 그게 바로 오배 스스로 파는 함정이 될 테니까요. 대신 우리는 나 죽었네 하고 멍청한 척하면서 돌아앉아 칼을 가는 거요!”

웅사리의 설명에 위동정이 정신이 번쩍 드는 양 두 눈을 똑바로 뜨고 물었다.

“구체적으로 어떻게 손을 쓸까요?”

웅사리가 막 입을 열려는 순간이었다. 색액도가 갑자기 흥분해 벌떡 일어서면서 큰소리로 말했다.

“바로 그거야! 이렇게 하는 게 어떻겠나? 위 시위가 미리 엄선한 자객들을 지체 있는 관리의 자제로 가장시켜. 그런 다음 황제와 함께 심심풀이 삼아 창칼을 휘두르면서 놀게 하는 거야. 그러다 우연을 가장해 오배를 현장에 불러와 기회를 봐 손을 쓰는 거지. 어떻겠나? 궁전 안에서도 좋고 밖에서도 좋아. 제 아무리 날고 긴다고 해도 이 정도면 제까짓 것이 독 안에 든 쥐 신세가 되지 않겠어?”

“좋은 생각입니다.”

웅사리가 동조한 다음 덧붙였다.

“하지만 조금 더 치밀하려면 몇 가지 보완할 것이 있어요. 첫째 궁 안에 워낙 잡다한 사람들이 많다는 사실을 유념해야 해요. 우리 세 사람부터 비밀을 엄수해야 하오. 하늘, 땅, 우리 셋만이 아는 걸로 해야 합니다. 다음으로 사람을 선택함에 있어서 절대로 욕심을 부리지 말아야 합니다. 설사 수가 적더라도 제대로 된 사람을 구해야 한다는 겁니다. 마지막으로 오래 뜸들일 것 없이 속전속결로 결판을 지어야 합니다. 혹시라도 상황이 돌변하면 우리 셋은 함께 죽을 각오로 똘똘 뭉쳐야 해요.”

웅사리는 손가락을 하나하나 꼽으면서 조리 있게 말했다. 눈에서 불꽃이 튀었다. 그가 색액도를 바라보면서 물었다.

"대인 생각은 어떠신지요?"

색액도는 웅사리의 말에 흥분을 금치 못했다. 그야말로 찰떡궁합을 자랑하면서 척하면 삼천리라고, 저 멀리를 내다보는 웅사리에게 탄복해마지 않았다.

색액도는 신기루라도 발견한 듯 두 눈을 반짝이면서 자리에서 벌떡 일어섰다. 이어 탁자 위에 놓인 젓가락 세 개를 잡아 하나씩 나눠 가지도록 했다. 그가 먼저 두루마기 자락을 펴 옷매무새를 단정히 하고서 무릎을 꿇었다.

눈빛만으로도 서로를 읽을 수 있는 위동정과 웅사리 역시 색액도를 따라 숙연한 마음으로 그 뒤에 꿇어앉았다. 색액도의 결연한 목소리가 두 사람의 귀에 울렸다.

"우리 셋은 한 마음 한 뜻으로 황제폐하의 명을 받들어 이 나라의 앞날을 위해 간신을 제거할 것을 다짐한다. 다른 마음을 가지는 자는 이 젓가락 신세를 면치 못하리라!"

색액도는 맹세를 마치자마자 젓가락을 두 동강 낸 다음 촛불로 불을 붙였다. 세 사람은 말없이 타들어가는 젓가락을 응시하면서 굳게 마음을 먹었다.

이날 밤 강희와 헤어진 눌모의 가슴은 오래도록 심하게 요동치고 있었다. 그는 빗속에서 한참을 서성거렸다. 그러면서 강희와 부딪치던 장면을 돌이켜봤다. 아무래도 칼에 손을 올려놓은 자신의 모습을 강희가 눈치챈 것은 아닐까 하는 걱정이 뇌리를 떠나지 않았다.

차가운 빗방울이 흠뻑 젖은 그의 몸을 사정없이 때렸다. 눌모는 찬바람이 불어오자 두어 번 몸서리를 쳤다.

'그럴 리가 없어. 만약 봤더라면 그가 가만히 있었을까?'

눌모는 깊이 생각할수록 전신이 오싹해졌다. 진절머리도 났다. 그는 기분전환을 위해 급히 경운문 쪽으로 도망치듯 나와 버렸다. 그곳에는 기다리다 못해 화가 잔뜩 난 목리마가 지키고 서 있었다. 그가 어깻죽지가 축 늘어진 눌모를 보자마자 대뜸 쏘아붙였다.

"어디 가 죽어버린 줄 알았잖아. 어서 말해 봐, 뭘 들었는지."

눌모는 겁에 질린 듯 숨을 들이키면서 고개를 흔들었다.

"빗소리가 워낙 큰 데다 천둥까지 쳐서……. 위동정 그 자식이 공로를 인정받아 삼품 시위로 승진했다는 것 말고는 몰라요."

목리마가 신경질적으로 두 눈알을 마구 굴리면서 물었다.

"누구누구가 있었는데?"

"그건 확실히 못 봤습니다."

눌모가 맥없이 대답했다.

"두 사람이 있었어요. 하나는 웅사리 대인이 틀림없었어요. 또 다른 하나는 촛불 뒤에 있어서 누구인지 잘 못 봤습니다."

목리마가 부산스레 두 눈을 껌벅였다.

"여기서 잘 지키고 서 있어. 그자들은 이 길목을 다시 지나가게 돼 있어! 나는 오배 대인한테 갔다 올 테니까 실수하지 말고!"

목리마가 떠나자 눌모는 휘하의 부하들을 거느리고 건청궁의 부속 방으로 들어가 비를 피했다. 그건 추워서가 아니었다. 그렇다고 특별히 지쳐서도 아니었다. 우선 늘 자신을 쥐 잡듯 하는 목리마에게 화가 났기 때문이었다. 하지만 가장 결정적인 것은 웅사리, 위동정과 마주칠 자신이 없었기 때문이었다.

사실 그는 조금 전 눈 딱 감고 강희에게 손을 쓰려고 칼을 꺼내려던 참이었다. 그러나 바로 그때 위동정과 웅사리가 나왔다. 그는 얼른 강희에게 우비를 걸쳐주는 척하면서 상황을 모면했다. 두 사람이 눈치를 챘는지는 확실치 않았다. 하지만 번갯불을 빌어 본 위동정의 살기 번뜩이는 두 눈은 예리했다. 그는 그 모습을 떠올리기만 하면 소름이 끼치는 것을 어쩌지 못했다.

두 시간쯤 지났을까. 요란스럽기 그지없었던 빗소리도 약해지고 목리마도 돌아왔다. 목리마가 눌모를 불렀다.

"어서 가지 않고 뭘 해. 오배 대인에게 보고를 해야지!"

"그자들이 아직 지나가지 않았는데요?"

눌모의 말에 목리마가 귀찮다는 듯이 손을 내저었다.

"기다릴 것 없어. 오배 대인은 누군지 다 알고 있어!"

오배의 집에는 반포이선, 제세, 새본득, 태필도, 갈저합葛褚哈, 아사합阿思哈등이 함께 자리하고 있었다. 오배 역시 함께 하고 있었다. 좌중의 사람들은 차를 마시거나 담배연기를 뿜어대면서 목리마와 눌모를 기다렸다. 그들은 두 사람이 모습을 보이자 서로 눈빛을 주고받았다. 오배가 먼저 입을 열었다.

"이런 날에 하필이면 황제가 그 위 뭔가 하는 자식을 부른 이유가 뭐야?"

오배의 말이 끝나자 목리마가 뚫어지게 눌모를 쳐다봤다. 눌모는 심하게 요동치는 가슴을 가까스로 진정시키면서 입을 열었다.

"별 다른 일은 없었습니다. 아마 진급을 시킨다는 것 같았습니다."

오배는 의외라는 듯 다그쳐 물었다.

"다른 말은 없었나?"

눌모가 급히 머리를 끄덕였다.

"확실치는 않았으나 다른 일은 없어 보였습니다."

오배는 그제야 안심이 되는 듯 자리를 권했다.

"알았어. 거기 앉아."

그러자 반포이선이 곰방대로 빨아들인 담배연기를 유유히 내뿜으면서 입을 열었다.

"제가 보기에는 그렇게 가벼운 일이 아닌 것 같습니다. 틀림없이 오 대인과 관련된 뭔가가 있었을 겁니다."

반포이선이 좌중을 둘러보더니 다시 말을 이었다.

"곰곰이 생각해 보자고요. 무슨 진급을 하필이면 오늘 같은 야밤에 시키느냐 하는 겁니다. 셋째가 그럴 위인이 절대 아니거든요."

반포이선이 내뱉은 '셋째'라는 말은 좌중을 무겁게 뒤흔들어놓기에 충분했다. 사실 황제를 셋째라고 비하해 부를 정도라면 더 이상의 설명은 필요하지 않았다.

눌모 역시 크게 다르지 않았다. 누구의 명령을 받아서 강희를 죽이려 했던 것이 결코 아니었다. 기회가 너무 좋아 자신도 모르게 그저 살인충동을 느꼈다. 당연히 나중에 닥칠 후폭풍 역시 전혀 염두에 두지 않았다. 그는 반포이선마저 스스럼없이 황제를 셋째로 비하하는 것을 보고는 분명한 사실을 깨달았다. 우선 강희를 없애버리려는 움직임이 진작부터 있었다는 것을 어렴풋이나마 알았다. 또 그 움직임이 행동으로 옮겨지는 것도 시간문제일 따름이라는 것 역시 깨달았다.

하지만 그는 반포이선이 자신도 엄연히 황친皇親이면서 강희를 못 잡아먹어 안달을 하는 이유는 알지 못했다. 도대체 오배에게 붙어 얻어먹을 것이 뭐가 있다고 목숨을 걸고 이런 일에 끼어드는 걸까? 눌모는 은근히 머릿속이 혼란스러워졌다.

반포이선은 자신이 속셈을 떠보기 위해 내뱉은 말에 예상대로 모두들 많이 놀란 눈치를 보이자 더욱 적극적으로 나왔다. 더구나 그는 사람들이 이렇다 할 행동이 없는 것도 마뜩찮았다. 때문에 아예 노골적으로 강희를 제거하는 방안을 추진하려는 움직임을 보였다.

"자고로 큰 뜻을 품은 신하는 세 가지 경우에 위기를 자초하게 됩니다. 오배 대인은 이 세 가지에 전부 해당됩니다. 그러니 발 빠르게 선수를 치지 않으면 꼼짝없이……."

"형님, 그 세 가지가 뭔지 자세하게 얘기해주실 수는 없습니까?"

제세가 애지중지 가지고 있던 코담배 병을 내려놓더니 자리를 고쳐 앉으면서 심각한 표정으로 물었다. 오배 역시 말없이 귀를 기울인 채 자못 진지한 태도를 보였다. 반포이선은 목소리를 가다듬은 다음 말을 이었다.

"첫째는 신하가 공로가 너무 큰 경우입니다. 이때 천자는 달리 크게 상을 줄 방법이 없습니다. 결국에는 죽음을 줄 수밖에 없습니다. 다음은 신하의 존엄과 위상이 천자에게 위협을 느끼게 만들 정도가 되는 경우가 되겠습니다. 이 역시 그 신하는 마지막에 위태로워집니다. 나머지 하나는 신하의 권력이 지나치게 커버려 천자가 우습게 보이기 시작하는 경우입니다. 이때 황제는 온갖 수단을 다 동원해서라도 그 신하를 없애버리려고 할 수밖에 없습니다."

옆에서 경청하던 태필도는 반포이선의 말에 은근히 탄복해마지 않았다. '늘 책 속에 파묻혀 있더니 뭐가 달라도 다르구나' 하는 생각을 했다. 그러나 반포이선의 말에 더없는 위기의식을 느낀 것은 탄복과는 별개 문제였다. 그가 물었다.

"해결책은 없을까요?"

"물론 있죠."

반포이선이 냉정하게 답을 제시했다.

"우선 병권을 내놓아야죠. 또 재물도 나눠줘야 하겠죠. 그런 다음 관직에서 물러나 고향에 돌아가는 겁니다. 그렇게 조용히 살면 아마 천복을 누릴 수 있을 겁니다."

반포이선의 말에 제세가 끼어들었다.

"그건 아니라고 봐요. 처음에는 그럭저럭 괜찮을 겁니다. 하지만 세상일은 모르는 겁니다. 그러다 어떤 놈이 아무 생각 없이 과거를 들추고 집적대면 최소한 몽고蒙古 같은 외진 곳으로 유배되는 횡액을 면치 못할 것이 아니겠어요?"

"두 사람의 말대로라면……."

오배가 마침내 입을 열었다.

"나는 꼼짝없이 죽기만을 기다리는 수밖에 없겠군!"

그러자 반포이선이 기다렸다는 듯 오배의 말을 받았다.

"앉아서 대책 없이 뭉개고 있으면 죽는 겁니다. 반면 눈 부릅뜨고 서서 치밀하게 대처하면 반전을 이룰 수도 있죠. 길고 짧은 것은 대봐야 하니까요."

"그래 좋아! 무슨 묘안이라도 있으면 말해 보시오."

오배가 반포이선의 말에 수긍했다.

반포이선은 오배의 '꾀주머니'로 불릴 만큼 지혜가 남달랐다. 또 오배가 흔쾌히 인정할 만큼 두둑한 배짱도 갖고 있었다. 때문에 늘 충만한 자신감으로 승부를 걸었다.

그가 탁자 앞으로 가더니 붓을 들었다. 그리고는 손바닥에 뭔가를 적고 나서 손을 오므렸다.

"나는 이미 나름대로 마음을 굳혔습니다. 여러분들도 손바닥에 적어 나중에 동시에 펴보도록 합시다. 각자 평소 마음에 담고 있었던 생각들을 적으면 되겠습니다."

오배가 먼저 일어나 붓을 받아들고 왼손바닥에 뭔가를 휘갈기고는 묵묵히 자리에 앉았다. 그 뒤를 이어 다들 차례로 써내려갔다. 태필도 역시 부들부들 떨면서 왼손에 뭐라고 적었다. 이어 이내 고개를 저은 다음 오른손바닥에 '은'隱자를 적었다.

이윽고 무척이나 기대되고도 떨리는 순간이 돌아왔다. 좌중의 아홉 사람은 일제히 굳은 표정으로 약속이라도 한 듯 등불 밑으로 걸어 나왔다. 거의 동시에 그들의 손바닥이 일제히 펼쳐졌다.

살殺!

아홉 개의 손바닥에 동시에 아홉 개의 '살'자가 적혀 있었다. 그들은 순간 서로를 마주본 채 의미심장한 웃음을 흘리면서 오배를 쳐다봤다.

오배는 만장일치로 자신의 의사를 따라준 사람들을 만족스레 훑어보면서 밖을 향해 큰 소리로 명령을 내렸다.

"술상을 들이도록 하라!"

그러자 역시 주도면밀한 성격의 반포이선이 다급하게 말렸다.

"너무 시끌벅적하게 해서 많은 사람들에게 우리의 목표가 드러나게 만드는 것도 좋지 않습니다. 그냥 조용히 기생들이나 불러 놓고 차나 마시면서 향후 문제를 의논하는 것이 좋지 않을까요?"

반포이선의 제안에 이의를 제기하는 사람은 없었다.

방안에는 곧 기생들의 간드러진 노랫소리가 울려 퍼졌다. 그와 함께 매혹적인 비파 소리도 흘러 나왔다. 빗줄기가 이어지고 번갯불이 밤의 장막을 가르는 을씨년스러운 바깥 광경과는 무척 대조적인 모습이었다. 그럼에도 묘하게 조화되는 듯도 했다. 기생들은 여기저기 고관대작들한테만 불려 다니면서 눈치 하나는 무서울 정도로 빠르고 정확하게 익힌 사람들답게 노래가사 하나에도 무척 신중을 기하고 있었다.

……다행히 산의생散宜生(주周나라의 건국 시조 문왕文王의 책사)이 연막작전을 펼쳐 상商나라를 망하게 하고 주나라를 흥하게 만들 미인을 바치게 됐네. 순간 용은 족쇄를 끊고 유유히 연무 속으로 사라졌다네…….

기생들이 부르는 노래 가사는 그럭저럭 들어줄 만했다. 좌중에서는 나름 풍류를 즐길 줄 아는 제세가 다리를 꼬고 의자에 앉은 채 발을 까딱거리면서 박자를 맞췄다. 그러다 그 대목을 듣는 순간 벌떡 일어나 자세를 바로했다.

"곡은 촌스럽기 그지없어요. 그러나 가사는 그런대로 괜찮네요. 용이 족쇄를 끊어버렸다……. 좋았어!"

"그렇기는 하군요. 아쉽게도 미인의 연막작전은 먹히지가 않을 것 같지만."

반포이선이 제세의 말에 호응했다.

"당연하죠. 셋째의 나이가 고작 열네 살밖에 되지 않았으니, 여자냄새를 맡아보기를 했어야 미인계를 쓰든가 말든가 하죠."

단순하기 이를 데 없는 목리마가 거두절미한 채 떠벌였다. 그러자 오배가 눈을 부라리면서 쏘아붙였다.

"이 무식한 놈아, 지금이 어느 때라고 여자타령이야!"

목리마는 분위기를 맞추려다 예기치 않게 오배에게 한방을 얻어맞고는 졸지에 민망한 꼴이 돼버렸다. 그는 끽소리도 못하고 얼굴이 빨개진 채 구석자리로 가서 주저앉고 말았다. 반포이선이 그 모습을 보고 기생들을 모두 내보낸 후 정색을 했다.

"이제부터 정말 본론에 대해 진지하게 얘기를 나눠보자고요."

좌중은 반포이선의 말대로 바로 진지해졌다. 난상토론 역시 이어졌다. 결론은 왕후장상王侯將相의 씨가 따로 있지 않다는 쪽으로 모아졌다. 오배의 처지 역시 물러설 수 없는 지경에 내몰렸다는 분석이 더해졌다. 이제 역모든 혁명이든 하지 않으면 안 되게 된 것이다.

잠시 무거운 침묵이 흘렀다. 반포이선은 오배를 쳐다봤다. 오배는 굳이 그 시선을 외면하지 않으면서 창문을 열었다. 대나무 발 뒤편 저 멀리에 아기자기하고 멋진 모습의 연못이 보였다.

13장

여걸과 난세의 영웅

　강희는 앞서거니 뒤서거니 하면서 경호를 하는 손전신과 장만강의 호위를 받으면서 양심전으로 돌아왔다. 소마라고가 비를 맞으면서 기다리고 있었다. 강희는 큰 사고가 있을 뻔했던 방금 전의 일을 떠올렸다. 두려움인지 까닭모를 흥분 때문인지는 몰라도 그의 온몸은 후끈 달아오르고 떨렸다. 눈치 빠르게 사고를 모면했다는 자부심과 긴장, 초조, 흥분 등이 적당히 뒤범벅돼 그는 묘한 감정에 사로잡혔다.

　소마라고가 재빨리 평상복과 신발을 가져다 갈아입혀 주었다. 강희는 바람 샐 틈 없이 꼭꼭 싸맨 황제 복장에서 해방되고 나자 몸과 마음이 한결 여유로워졌다. 자연스럽게 침대에 벌렁 드러누웠다. 또 팔베개를 한 채 두 눈을 반짝거리면서 천장만 뚫어지게 쳐다보며 명상에 잠겼다.

　소마라고는 옆에서 이 모든 것을 빠뜨릴세라 눈에 담다가 속에서 터져 나오는 탄복을 금치 못했다.

'열네 살밖에 안 된 사람이 어쩌면 저토록 어른스럽고 노련함이 돋보일까? 오차우 선생의 가르침을 받은 후부터 안팎으로 더욱 훌쩍 커버린 것 같아…….'

소마라고는 한동안 깊은 생각에 사로잡혔다. 심지어 강희가 부르는 소리도 못 들은 채 멍하니 있었다.

강희가 머쓱해진 표정으로 침대에서 몸을 반쯤 일으켰을 때였다. 여성스러움의 극치를 보여주는 소마라고의 모습이 한눈에 들어왔다. 황태후가 선물한 노란 겉옷에 몸에 착 달라붙는 연두색 긴 치마를 받쳐 입고 붉은 등불 밑에 서 있는 그녀의 자태는 유난히 우아하고 세련돼 보였다. 쭉 뻗은 몸매에 산봉우리처럼 우뚝 솟은 젖무덤은 오늘따라 더없이 탐스러워 보였다. 강희는 순간적으로 강한 성적 유혹을 느꼈다. 평소에 나이답지 않은 노련함과 냉철함으로 안팎의 살림을 야무지게 챙겨온 소마라고에게 이성으로서의 감정을 느낀 것은 정말 처음이었다. 강희는 순간 순수한 남자로 돌아가 엉뚱한 생각에 잠겼다.

'이 세상이 다 나의 것 아닌가. 이 여자라고 내가 소유하지 못한다는 법은 없지 않은가!'

강희는 앞뒤를 잴 겨를도 없이 강한 충동에 계속 사로잡혔다. 숨소리가 점차 거칠어지기 시작했다. 가슴이 심하게 방망이질치는 것은 더 말할 필요도 없었다. 그는 아직도 멍하니 서서 깊은 생각에 잠긴 채 자신의 감정변화를 전혀 눈치채지 못하고 있는 소마라고를 불타는 눈빛으로 응시했다. 이어 가까스로 감정을 추스르고 나지막하게 불렀다.

"소마라고……."

소마라고는 강희가 재차 부르는 소리를 듣고서야 비로소 제정신으로 돌아왔다. 화들짝 놀라면서 강희에게 다가와 물었다.

"폐하, 조금 추우시죠?"

소마라고는 곧바로 담요를 가져다 강희에게 덮어주려 했다. 그러나 강희는 소마라고의 손을 거부했다. 가볍게 손을 밀어낸 다음 금방이라도 불꽃이 떨어질 듯한 두 눈으로 소마라고를 바라보면서 속삭이듯 말했다.

"소마라고, 그러지 말고 여기 앉아 봐."

아무리 눈치가 무딘 여자라도 이런 눈빛을 읽을 줄 모를 턱이 없었다. 더구나 소마라고도 이성에 대한 그리움에 가슴 설렐 한창 나이의 풋풋한 처녀가 아닌가!

소마라고는 애써 강희의 눈빛을 피했다. 그저 터져 나올 것만 같은 가슴을 부여잡고 끊임없이 마른침을 삼키면서 조용히 입을 열 뿐이었다.

"노비가 어찌 감히……."

강희가 갑자기 소마라고의 가느다란 손을 덥석 끌어당겨 잡았다. 그의 숨은 더욱 가빠졌다.

"우리 둘 외에는 아무도 없어. 여기 와서 앉기나 해."

소마라고는 순간 늘 자기 품에 안겨 응석부리면서 같이 놀아달라고 울고불고하던 어린 강희를 떠올렸다. 그런데 그런 그가 갑자기 남성다운 소유욕을 보였다. 그녀는 평소처럼 스스럼없이 대할 수도 없고 피할 수도 없어서 어쩔 줄을 몰랐다. 그녀는 얼굴이 새빨개진 채 황급히 주위를 살펴봤다. 궁녀들은 민망한 나머지 어느새 자리를 비우고 보이지 않았다.

창밖에는 빗물이 주룩주룩 줄 끊어진 구슬처럼 쏟아져 내리고 있었다. 두 사람은 서로 어색한 기분으로 계속 마주하고 앉아 있었다. 그러나 둘 사이에 말은 없었다. 그저 창밖을 응시하기만 했다. 시간이 얼마나 흘렀을까. 강희가 어느 정도 감정을 추스른 듯 소마라고의 손을 잡으면서 조용히 물었다.

"소마라고, 무슨 생각을 해?"

소마라고 역시 애써 마음을 진정시킨 다음이라 잠깐 머뭇거리다가 이
내 대답을 했다.

"시 한 수가 떠올랐사옵니다."

"응? 무슨 시야? 기대되는군. 한번 들려줄 수 있어?"

강희가 몸을 반쯤 일으켰다.

소마라고는 잠시 머뭇거리더니 목소리를 가다듬고 나지막하게 읊기
시작했다

......

당신의 그림자가 비추는 창문 앞을 밤새 서성거렸어요.

손을 내밀면 만져질 것 같은 당신이기에 목 놓아 울었어요.

눈물로 잔을 채워도 같이 할 수 없는 당신이기에 슬펐어요.

가깝고도 멀고, 멀고도 가까운 당신을 죽도록 사랑해요.

살아서 먼발치에서 볼 수 있고 죽어서 곁에 묻힐 수 있다면

이내 목숨 한 줌 흙이 돼도 여한이 없어요!

......

강희는 느낌만으로 알 수 있었다. 그 시는 자신을 향한 소마라고의 애
틋한 마음이 아니라는 사실을. 뜨겁게 달아올랐던 그의 가슴은 뜻하지
않았던 소마라고의 시로 인해 찬물을 끼얹은 듯 차갑게 식어버리고 말
았다. 그는 꼭 잡고 있던 소마라고의 손을 내려놓았다. 이어 조용히 일
어서서 창가로 다가가 오래도록 비 내리는 창밖만 뚫어져라 바라봤다.
왠지 모를 슬픔이 눈물까지 흘리게 만들었다. 그는 소마라고가 눈치를
챌까 봐 재빨리 손등으로 눈물을 닦았다.

"그 시는 어디서 들은 누구의 시야?"

소마라고는 자신의 작전이 예상 외로 먹혀들었을지도 모른다는 생각에 나직하게 대답했다.

"오차우 선생께서 《영락대전》永樂大典에서 보았다고 했사옵니다. 제목은 〈이방수척혈시〉李芳樹刺血詩이옵니다. 그러나 출처가 분명하지 않다고 했사옵니다. 이방수라는 사람 역시 아무 기록도 남아 있지 않사옵니다. 그럼에도 이 시는 사랑앓이를 하는 여인의 절절한 속내를 너무도 잘 표현하고 있사옵니다. 오 선생 본인도 가슴 아린 느낌을 받았다면서 한번 읽어보라고 했사옵니다."

"오 선생은 정말 멋진 사내야. 사랑도 뭔가 남다르게 할 것 같아."

강희가 소마라고의 눈치를 살피면서 말을 이었다.

"어쩐지 소마라고가 오 선생을 좋아하는 것 같아. 어디 한번 솔직하게 나한테 말해줄 수는 없겠어?"

소마라고는 갑자기 귀밑까지 빨갛게 붉어지면서 어쩔 줄을 몰라 했다. 입술을 깨문 채 한동안 망설였다. 그녀는 자신의 일거수일투족을 뚫어지게 바라보는 강희의 시선을 주체할 수가 없어 가까스로 입을 열었다.

"노비가 무슨 선택할 권한이 있겠사옵니까. 그저 폐하께서 시키시는 대로 하겠사옵니다."

강희가 소마라고의 다소곳한 대답에 머리를 끄덕였다.

"소마라고의 말이 맞아. 아까는 짐이 실수를 했어. 아무리 짐이 주변의 모든 여자를 마음대로 할 수 있는 사람이라고 해도 소마라고의 마음만은 존중해주고 싶어. 오 선생과 좋은 인연을 맺어야 하는 사람을 갈라놓는 것은 짐의 죄가 돼. 아쉽지만 짐이 포기해야겠군! 하지만 조금 전의 그런 시는 너무 처량하게 느껴지니까 되도록이면 자주 읊지는 마. 좋은 생각만 하고 좋은 단어들만 골라서 읽어도 너무 짧은 것이 인생이잖아……."

강희는 자신도 모르게 깊은 한숨을 내쉬었다.

소마라고는 강희가 막무가내로 나오면 어떻게 하나 하고 가슴을 졸이던 차였다. 그런데 전혀 예상치 못한 축복의 말을 듣다니. 그녀는 고마움에 황급히 무릎을 꿇었다.

"폐하의 은혜는 죽어도 잊지 않겠사옵니다. 그러나 오 선생은 한족이고 노비는 만주족이라……."

소마라고가 말끝을 흐렸다.

"아니야, 그건 문제될 것이 없어."

강희는 소마라고가 무엇을 걱정하는지 잘 알고 있었다. 때문에 어서 일어서라고 손짓하면서 그녀의 말허리를 잘라버렸다.

"조상 대대로 정해진 법도라 할지라도 다 사람이 만든 거야. 영구불변하라는 법은 없지. 현실에 맞지 않으면 고치면 돼. 오삼계의 아들 오응웅吳應熊은 한족이라도 액부額駙(황제의 사위인 부마)가 됐잖아! 오늘부터 자네는 소마라고라고 하지 말고 아예 완낭이라고 해."

소마라고는 어린 강희의 상대를 배려하는 마음이 이토록 지극한지는 정말 생각조차 하지 못했다. 감격한 나머지 그예 눈물을 흘리고 말았다.

"노비, 이 몸이 부서져 가루가 되는 한이 있더라도 폐하께 충성을 다할 것을 맹세하옵니다!"

"그런 얘기는 하지 않아도 좋아. 아무쪼록 오 선생과 잘 됐으면 좋겠어."

강희는 마음을 완전히 비운 듯했다. 덕담을 건네는 모습이 확실히 그렇게 보였다.

"아차, 소마라고가 한 가지 해야 할 일이 있어."

소마라고는 중요한 성지라도 내리려는 줄 알고 습관처럼 무릎을 꿇으려 했다. 그러자 강희가 황급히 말렸다.

"별 거 아니니 툭 하면 무릎 꿇고 그러지 마."

소마라고는 스스럼없는 강희의 말에 입을 막고 쑥스럽게 웃었다. 강희는 천천히 찻잔을 들어 한 모금 마시고는 말을 이었다.

"곧 과거시험이 있어. 오 선생이 다시 한 번 도전하고 싶다고 했어. 그러니까 소마라고가 가서 무슨 수를 써서라도 말려줘. 오배 그 자식이 눈에 쌍심지를 켜고 찾아다닐 테니 말이야. 아쉽지만 좀 납작 엎드리고 있으라고 전해줘."

강희가 말을 마쳤음에도 뭔가 마음이 놓이지 않는지 몇 마디를 덧붙였다.

"자연스럽게 말을 꺼내 충분히 그 위험성을 깨우치도록 유도해야 하네. 만에 하나 짐의 신분이 드러나도록 해서는 곤란해. 아무튼 소마라고 말이라면 잘 들을 것 같아서 특별히 부탁하는 거야."

"최선을 다하겠사옵니다."

소마라고가 머리를 다소곳하게 숙인 채로 또박또박 대답했다. 바로 그 때였다. 장만강이 허겁지겁 들어와 정중하게 아뢰었다.

"태황태후마마께서 이쪽으로 행차하신다고 하옵니다!"

강희가 자명종을 쳐다봤다. 이미 저녁 9시가 넘은 시간이었다. 이 늦은 시간에 도대체 무슨 일이 있기에 태황태후가 황급히 행차하는지 못내 궁금한 강희가 장만강에게 물었다.

"이렇게 늦은 시간에 비까지 내리는데, 무슨 일인지 알고 있나?"

"폐하, 빗줄기는 많이 약해졌사옵니다. 방금 자녕궁의 조병정이 태감을 시켜 행차 사실을 전해왔사옵니다. 자세한 내막은 소인도 잘 모르옵니다."

강희는 장만강의 말에 머리를 갸우뚱거리다 재빨리 마중을 하기 위해 밖으로 나왔다. 가는 빗줄기 속에서 두 개의 불빛이 점점 가까워지고 있었다. 소마라고는 두 손으로 우산을 조심스레 받쳐든 채 강희를 뒤따라 움직였다.

태황태후는 눈에 띄게 몸을 떨었다. 가마에서 내릴 때 두 시녀의 부축을 받은 것은 아마 그 때문인 모양이었다. 그녀는 곧 궁전에 들어와 자리에 앉았다.

강희가 무슨 일 때문에 그러는지 궁금한 듯 인사를 올리면서 물었다.

"할마마마께서 부르시면 이 손자가 쏜살같이 달려갈 수 있습니다. 무슨 일로 이 밤에 친히 행차하셨는지요?"

태황태후는 별일 아니라는 표정으로 놀란 강희를 안심시켰다.

"반나절 동안이나 황제 얼굴을 못 봤더니 궁금해서 어디 견딜 수가 있어야지. 여태껏 문화전에서 정사를 보고 있다고 하기에 겸사겸사 해서 왔지. 무엇보다도 건강이 최고인 줄은 잘 알겠지? 그래, 저녁 수라는 잘 드셨고?"

소마라고가 황급히 무릎을 꿇으면서 아뢰었다.

"태황태후마마께 아뢰옵니다. 폐하께서는 저녁 수라를 빵 한 조각과 찹쌀밥으로 맛있게 드셨사옵니다!"

태황태후는 만족스러운 듯 활짝 웃었다.

"잘 됐군. 어서 일어나게! 앞으로는 황제가 입맛이 없어 하는 눈치가 보이면 즉시 사람을 시켜 우리 주방에서 음식을 마련해 가도록 하게."

"노비, 명심하겠사옵니다."

강희는 태황태후에게 방금 있었던 일을 자세하게 알렸다.

"조금 전 문화전에서 색액도, 웅사리, 위동정 세 사람을 만났습니다. 내친 김에 위동정을 삼품 시위로 진급도 시켜줬고요."

태황태후가 머리를 끄덕여 보이고는 나지막이 한숨을 내쉬었다.

"색액도와 웅사리는 틀림없는 사람들인 것 같아. 위동정 역시 의리의 사나이라고 할 수 있고. 그런데 내가 보기에 황제에게는 꼭 필요한 사람이 한 사람 더 있어!"

강희가 의외라는 듯 적잖게 놀라면서 물었다.

"누구인지 할마마마께서 말씀을 해주십시오!"

태황태후가 조급해하는 강희를 물끄러미 바라보았다.

"황제께서는 왜 구문제독九門提督 오육일吳六一을 중용할 생각을 하지 않고 있는 것인가?"

"아, 맞다, 오육일! 그 사람이 있었지."

강희는 순간 커다란 계시라도 받은 듯 가슴이 확 트이는 느낌을 받았다. 구문제독은 삼품 벼슬로 중앙인 북경에서 볼 때는 별로 지위가 높은 편은 아니었다. 하지만 권한으로만 보면 결코 무시하지 못할 직위였다. 북경 내의 덕승德勝, 안정安定, 정양正陽, 숭문崇文, 선무宣武, 조양朝陽, 부성阜成, 동직東直, 서직西直 등 9개 대문을 지키고 총괄했다. 한마디로 알짜 자리였다. 이 사실을 모르는 사람도 거의 없었다.

이 자리를 차지하고 있던 오육일은 성격이 곧고 불의를 보면 참지 못하는 사람이었다. 철개鐵丐(철인거지)라는 별명으로 잘 알려진 유명한 괴짜였다. 어지간한 황족, 귀족들과 문무 대신들 역시 눈치를 보고 마주치기를 꺼려했다. 성공적으로 같은 편으로 끌어들인다면 오배의 기를 꺾어놓는 것은 시간문제라고 해도 좋았다.

강희는 자신도 모르게 "좋았어!" 하고 괴성을 질렀다. 하지만 왜 그런지 이내 시무룩해졌다.

"하지만 시국이 워낙 복잡해요. 만약 오배가 이미 선수를 쳐서 오육일을 구워삶아 놓았다면……."

"그럴 리가 없네!"

태황태후가 단호하게 말했다.

"오육일은 아무한테나 호락호락 넘어갈 사람이 아니야. 차라리 부러질지언정 굽히지는 않는 자존심을 자랑하는 진짜 사나이지. 받았으면 줄 줄 알고 공과 사가 분명한 사람으로 널리 알려져 있어. 그는 오배와 같이 북경에 들어왔을 거야. 그러나 오배는 그저 만주족이라는 이유만으로 그와는 비교가 안 되게 높은 자리에 앉아 있지. 그러니 오배에 대한 감정도 좋을 리가 없어. 얼마 전에는 눌모가 오배를 믿고 까불었다가 오육일에게 걸려든 적도 있어. 그때 눌모는 곤장을 스무 대나 맞고 초주검이 된 적이 있어. 북경이 떠들썩했지. 그런데 황제는 그것도 모르고 있었나?"

태황태후가 질책하듯 나무랐다. 그러자 강희가 황급히 몸을 숙였다.

"훈계를 받아 마땅합니다. 그러나……."

강희는 말꼬리를 흐렸다.

"은혜를 아는 사람인 만큼 진심으로 대해주면 마음을 열 것이야!"

태황태후는 강희가 뭐라고 말하기도 전에 그의 생각을 넘겨짚은 듯 자신 있게 말을 이었다.

"자네 아버지 순치가 다 나름의 이유가 있어서 오육일의 중용을 미룬 거네. 자네가 적재적소에 인재를 잘 활용하는 법을 배우라는 큰 뜻이 있었다고 봐야겠지!"

"잘 알겠습니다!"

강희는 순간적으로 크게 깨달았다. 말을 마치자마자 공손하고도 단호하게 덧붙였다.

"내일 당장 오육일을 병부시랑에 임명하겠습니다."

강희는 흥분하면 앞뒤를 가리지 않는 열네 살 소년의 허점을 남김없이 드러내고 있었다. 태황태후는 그런 강희를 보면서 안타까움을 금할 길이 없었다.

"갈수록 태산이라더니! 침착하게 머리를 좀 굴려 봐. 지금 황제에게 필요한 것은 구문제독 오육일이지 병부시랑 오육일이 아니잖은가!"

강희는 갑자기 중심을 잃은 듯 어쩔 줄 몰라 했다. 어이없어 하는 태황태후의 꾸지람을 들으니 머릿속이 멍해졌다.

"그러면…… 도대체 어떡해야 하죠?"

"이 할미가 한 수 가르쳐 줘야겠군."

강희가 쩔쩔매자 태황태후가 방금 전까지와는 다른 태도를 보였다. 그저 할머니가 손자를 마주하듯 상냥하게 대했다.

"당장 조서詔書를 내려 감옥에 있는 그 사람을 풀어주도록 해. 사…… 뭐라고 했더라?"

"사이황查伊璜이옵니다!"

머리를 다소곳하게 숙인 채 서 있던 소마라고가 태황태후의 말에 공감한 듯 생글생글 웃으면서 말을 이었다.

"태황태후마마께서는 역시 혜안이 돋보이시옵니다!"

"그래, 맞아! 사이황이라는 사람이야! 사이황이 한마디를 하면 성지보다 더 빨리 오육일을 움직일 수 있을 거야!!"

강희는 여전히 어찌 된 영문인지 몰랐다. 오리무중에 빠진 것처럼 어안이 벙벙했다. 태황태후가 그런 손자를 밉지 않게 흘겨봤다.

"아직도 무슨 말인지 모르겠는가? 소마라고가 더 잘 아는 것 같군. 그렇다면 아예 다 맡겨버리든가!"

강희는 태황태후의 말에 선뜻 동의했다.

"좋습니다. 소마라고더러 이 일을 처리하라고 하겠습니다."

"노비, 두 발이 닳도록 열심히 뛰겠사옵니다!"

소마라고가 재빨리 애교스럽게 웃으면서 사뿐히 꿇어앉아 머리를 조아렸다.

"내일 위동정에게 사이황을 찾아가 보라고 하겠사옵니다."

태황태후는 강희가 눈치 빠르고 분수를 아는 소마라고를 언급하자 더 없이 만족스러워 했다.

"알아서 하게."

태황태후가 말을 마치고 기분이 썩 괜찮은 표정으로 앉아 있다가 조용히 입을 열어 물었다.

"요즘 황제가 눈에 띄게 어른스러워지고 있는 것 같아. 학문도 많이 늘어난 것처럼 보이고. 어때? 그 오 선생이 황제와 궁합이 잘 맞는가? 보는 사람마다 그러더라고. 황제의 공부가 이만저만이 아니어서 한림원의 학사들조차 혀를 내두를 정도라고 말이야. 오 선생이 수고가 많을 테지?"

강희가 모처럼 칭찬을 받자 천진난만하게 대답했다.

"할마마마께서 걱정해주신 덕분에 제가 생각하기에도 이 손자가 실력이 많이 늘어난 것 같습니다. 오 선생은 정말이지 대단한 학자입니다. 더할 나위 없이 훌륭합니다. 게다가 가끔 웅사리도 사서四書 같은 것을 가르쳐 주기도 합니다. 평소에는 제가 질문을 하면 오 선생이 머리가 확 트이는 멋진 설명을 해줍니다!"

태황태후는 강희의 말에 만족스런 표정을 지었다.

"느낌이 좋아. 하지만 사서에 맹자孟子의 글도 있다는 것이 좀 꺼림칙하군. 내가 듣자니 맹자라는 사람은 어떻게 된 것이 황제 흉만 봤다면서! 사실인가?"

강희가 태황태후의 말에 정색을 했다.

"맹자가 할 일이 없어 천자를 힐난한 것이 아닙니다. 일부 손가락질 받을 만한 황제를 과감하게 비판해 진리를 세인들에게 밝히려고 한 것뿐입니다. 후세에 길이 남을 천자가 되려는 사람에게는 맹자의 말이 보약입니다. 지금 오 선생은 저의 신분을 전혀 모릅니다. 때문에 황실의 무능과 천자의 부도덕성을 비난하고 대안을 제시할 때 전혀 거리끼는 것이 없습니다. 그러다보니 저에게 피가 되고 살이 되는 말들이 너무 많습니다. 등골에 땀이 흥건할 정도입니다. 세상에 그 어떤 황제가 '백성의 목숨이 천자의 목숨보다 중하다'라는 말을 직접 들어보는 행운을 누렸겠습니까."

태황태후는 강희가 대견해서 연신 머리를 끄덕였다.

"자네의 할아버지와 아버지는 고작 《삼국연의》만 죽어라 하고 읽었어. 그러더니 신경질적으로 변하더라고. 현실에 안주할 줄은 전혀 모르고, 어느 떡이 더 큰가 하면서 자꾸 일을 벌이려고 했지 뭐야. 잘 됐네! 자네는 뭐가 달라도 달라야 하니까 색다른 것을 배워볼 필요도 있을 거야. 말 위에서 천하를 얻을 수는 있어도 말 위에서 천하를 다스릴 수는 없다는 말도 있으니."

강희가 웃으면서 태황태후에게 농담을 했다.

"그러고 보니 할마마마도 성인이 다 되셨네요!"

태황태후는 손자의 환한 얼굴을 보면서 나름대로 얻은 것이 많았다. 즐거운 마음으로 손자의 손을 잡고 한동안 신나게 수다를 떨었다. 자녕궁으로 떠난 것은 한참 후였다.

강희는 태황태후가 떠나간 다음 한참이나 골똘하게 생각에 잠겼다. 아무리 그래도 오육일과 사이황 사이의 함수관계는 알 수가 없었다. 그가 쑥스럽게 웃으면서 소마라고에게 궁금증을 토로했다.

"아까 태황태후께서 말씀하신 오육일과 사이황은 무슨 관계인가?"

"사이황은 오육일의 평생 은인이라고 할 수 있사옵니다. 오육일은 사이황이 죽으라면 죽는 시늉을 하는 정도가 아니라 아예 죽어버릴 것으로 알고 있사옵니다!"

소마라고가 얼굴에 미소를 가득 띤 채 대답했다.

도대체 둘 사이에 무슨 사연이 있었다는 말인가? 강희는 석연치 않은 표정을 지었다. 소마라고가 천천히 덧붙였다.

"지금 감옥에 갇혀 있는 사이황은 복건 해녕海寧 사람이옵니다. 뼈대 있는 가문의 자존심 강한 사내였다고 하더군요. 선제 재위 시절의 젊었을 때는 황실에서 한 자리 했을 정도로 잘 나갔던 모양이옵니다. 폭설이 내린 어느 겨울날이었사옵니다. 그는 서너 명의 부하를 거느리고 음식을 장만해 사냥을 나갔는데, 순주循州의 어느 낡은 절 앞에서 쉬게 됐죠. 그는 별 생각 없이 주변의 흐드러진 매화나무 꽃을 감상하고 있었사옵니다. 그러다 우연히 매화나무 옆에 있는 커다란 종鐘을 발견했습니다. 당시 종 옆으로는 방금 남겨진 듯한 발자국이 눈밭에 살짝 가려져 있었고요. 그런데 유독 종 위에는 눈이 쌓이지 않았다고 하옵니다. 누군가 와서 쓸어준 것이 틀림없다는 생각이 들었다고 하옵니다……."

"눈을 맞고 누가 거기 가서 뭘 했을까?"

강희가 의아하다는 표정으로 물었다.

"그러게 말이옵니다. 사이황도 못내 궁금해 허리를 굽혀 종 밑을 살펴봤던 모양이옵니다. 아니나 다를까, 그 밑에 대나무 광주리 하나가 떡하니 놓여 있었다고 하옵니다. 그는 지체 없이 부하들을 시켜 그걸 열어봤다고 하옵니다."

"안에 뭐가 들어 있었나?"

"그런데 이상하게도 아무리 종을 밀어내고 대나무 광주리를 꺼내려고 해도 종이 꿈쩍도 하지 않았다고 하옵니다. 마치 뿌리라도 단단히 내린 것처럼 말이옵니다. 이상하다고 생각할 수밖에 없었겠죠. 그는 할 수 없이 궁금증을 참고 풀썩 주저앉아 술을 마셨답니다. 누군가 나타나기를 기다린 거죠.”

소마라고는 마치 자신도 현장에 같이 있었던 것처럼 자세하게 얘기를 풀어나갔다. 강희의 궁금증은 갈수록 점점 커졌다.

“약 한 시간쯤 지났을까요. 고작해야 스무 살 정도밖에 안 돼 보이는 거지 한 명이 왔다고 하옵니다. 그는 오자마자 한 손으로 종을 들었다 놨다 하면서 구걸해온 음식을 종 밑의 광주리에 담았답니다. 그런 다음 휑하니 가버렸고요.”

강희는 자신도 모르게 침을 꿀꺽 삼켰다. 이어 더욱 소마라고 쪽으로 바싹 다가앉으며 두 눈을 반짝였다.

“그 남자는 얼마 후에 다시 돌아왔사옵니다. 그런데 옆 사람은 전혀 신경 쓰지 않고 털썩 주저앉더니 종 밑에서 빵을 꺼내 먹더래요. 그것도 꺼냈다 넣었다 수없이 반복했다고 하옵니다. 사이황의 부하 여럿이 젖 먹던 힘까지 다해도 못 움직인 종을 마치 가마솥 뚜껑 여는 것처럼 했다는 것이옵니다.”

“정말 천하의 기인이 따로 없네!”

강희가 소마라고의 진지한 설명에 눈을 동그랗게 떴다.

“그러게 말이옵니다! 사이황은 당연히 깜짝 놀랐죠. 벌떡 자리를 박차고 일어나 그 사내에게 물었다고 하옵니다. ‘당신 같은 괴력을 가진 사람이 왜 이렇게 거지꼴을 하고 다니오?’라고 말이옵니다. 그랬더니 사내가 뒤를 힐끔 돌아본 다음 딱딱한 빵을 거칠게 물어뜯고는 ‘진정한 사내대장부라면 영웅소리를 들어야지. 그렇지 못할 바에는 아예 빌어먹는 게 낫지’라고 말하더랍니다.”

“야, 멋지네!”

강희가 손뼉을 치면서 벌린 입을 다물지 못했다.

“그래, 그 다음에는 어떻게 됐어?”

"사이황은 그제야 어디에서 얼핏 들은 무슨 말이 생각나더랍니다. 그래서 깊은 한숨을 몰아쉬고 물었답니다. '듣자하니 해녕에 사흘을 굶어도 꿈쩍 않고 날렵하기가 마치 독수리 같은 거지가 있다고 하더이다. 별명이 철개라고 하던데, 혹시 당신이오?' 라고요."

강희는 그제야 알겠다는 듯이 말했다.

"아, 그래서 오육일의 별명이 철개로구나!"

소마라고의 얘기는 계속됐다.

"사이황의 물음에 그 남자는 '그런데요?' 하고 흔쾌히 대답을 하더랍니다. 술을 마실 줄 아느냐는 사이황의 물음에는 '술 못 마시는 사내대장부도 봤냐'고 반문까지 하더랍니다. 그래서 사이황은 그 사내와 마주 앉아 권커니 잣거니 술을 마시기 시작했다고 하옵니다. 그 남자 한 잔, 사이황 한 잔 하면서 거의 서른 잔을 마셨을 때였을 겁니다. 사이황은 차츰 혀가 꼬이기 시작했사옵니다. 세상도 콩알처럼 작게 보였겠죠. 반면 그 남자는 얼굴 표정 하나 흐트러지지 않은 채 앉아 있었다고 하옵니다. 그 후 사이황은 부하들의 부축을 받고는 절로 들어와 한숨을 자고 일어났답니다. 이내 그 거지가 이 엄동설한을 어떻게 견뎠을까 하는 생각이 났다고 하옵니다. 그 생각이 들자 부랴부랴 부하를 시켜 자신의 담비가죽옷과 담요를 가져다주었다고 하옵니다. 그 거지는 별로 사양하는 기색도 없이 덥석 받았다고 하옵니다. 그리고는 고맙다는 말도 없이 누워버렸대요. 사이황은 이튿날 오후에 다시 그 거지를 찾아갔답니다. 그런데 여전히 맨발에 여기저기 찢어진 옷을 입고 있더랍니다. 살이 보이는 채로 차가운 돌 위에 누워 있었고요. 사이황이 깜짝 놀라 '내가 보내준 담요는 왜 안 덮었소?' 하고 물었다고 하옵니다. 그 거지는 '술 바꿔먹었네요. 거지 주제에 그까짓 물건은 가지고 있어서 뭐하게요'라고 하더랍니다. 대답이 아주 담담했답니다. 사이황은 아무리 봐도 그가 평범한 사람은 아니라는 생각이 들었답니다. 그래서 꼬치꼬치 그의 과거에 대해 물었습니다. 그제야 사이황은 사내의 아버지가 명나라의 관리였다는 사실을 알았습니다. 또 억울하게 죽었다는 사실도 알았고요. 사내는 이후 완전 말문이 터졌습니다. 아버지가 억울하게 죽는 바람에 가문이 몰락해 차라리 걸식하고 다니는 것이 나았다는 진실한 고백까지 했다고 하옵니다. 사내는 시간을 갖고 이것저것 얘기를 나누던 끝에 강남의 지형은 산이 많고 험준해 병력 배치에 유리하다는 얘기를 꺼냈답니다. 뛰어난 용병술을 선보이는 말이었죠. 사이황은 그의 말에 깜짝 놀라 사람을 잘못 봤다고 사죄했답니다. 불경스러웠던 점을 용서하라고도 했답니다."

강희는 자신도 모르게 혼신의 피가 들끓는 느낌에 사로잡혔다. 흥분을 금치 못했다.

"사이황이 당연히 이런 인재를 놓칠 턱이 없었죠. 집으로 데려다 깍듯이 모시기 시작했답니다. 나중에는 난세에 영웅이 설 자리가 없겠냐고 그대로 눌러 앉혔죠."

"사이황 역시 대단한 안목을 가지고 있었군. 천리마를 찾아내는 혜안을 가진 사람도 영웅이 아니겠어?"

강희가 감탄사를 토한 다음 다시 다그쳐 물었다.

"나중에는 어떻게 됐지?"

"우리 청나라 군대가 산해관山海關으로 쳐들어오자 사이황은 발 빠르게 그 오육일을 절강浙江에서 싸우고 있던 홍승주에게 보냈다고 하옵니다. 오육일은 거기에서 물 만난 물고기처럼 용맹을 떨쳤고요. 거의 백전백승의 기적을 이끌어냈죠. 그 공로를 따지면 오배는 저리 가라라고 할 수 있었죠. 이렇게 되자 뜻하지 않게 오육일에게는 점차 관운이 뒤따랐답니다. 얼마 지나지 않아 구문제독이라는 실권을 거머쥐게 됐사옵니다."

때로는 가슴을 졸이면서 때로는 통쾌하게 손뼉을 치면서 소마라고의 얘기를 들은 강희가 깊은 한숨을 내쉬고는 다시 물었다.

"그런데 말이야. 사이황은 왜 감옥에 들어간 거야?"

"정말 기막힌 인생유전이라고 할 수 있사옵니다. 오육일이 승승장구하며 잘 나가고 있을 때였사옵니다. 해녕에 있던 사이황은 전란 중에 가족을 잃었답니다. 재산 역시 깡그리 날려버렸고요. 게다가 병까지 걸렸다지 뭡니까. 도리 없이 길바닥에서 글이나 써서 겨우 생계를 유지했답니다. 오육일이 그 사실을 알고는 곧바로 금 삼천 냥을 보냈다고 하옵니다. 그 돈으로 집안을 일으키게 한 거죠. 한 번은 이런 일도 있었답니다. 사이황이 오육일의 정원에 있는 가짜 돌산이 멋있다고 했답니다. 그러자 오육일은 당장 사람을 시켜 그 돌산을 군함에 실은 후 해녕까지 보내줬다고 하옵니다. 이 정도면 두 사람의 정분이 얼마나 두터운지 알 수 있지 않겠사옵니까!"

"녹봉도 많지 않았을 텐데, 오육일은 그 많은 돈을 어떻게 만들었을까?"

강희가 의아한 생각이 들어 물었다.

"폐하께서는 언제나 속속들이 들춰보지 않고는 참지 못하시는군요. 그런 돈이 어디에서 났겠사옵니까? 뻔할 뻔자 아니겠사옵니까? 사병들을 거느리고 전쟁터에서 돌아온 사람들이 금은보화를 산처럼 쌓아놓을 수 있는 것은 굳이 물을 필요가 없는 진리이옵니다!"

강희가 그렇겠지 하는 태도로 머리를 끄덕이고는 물었다.

"이제 본론으로 들어가지. 사이황이 감옥에 간 이유가 궁금하네."

"비켜가기 어려웠던 운명이었나 봅니다. 자신과는 전혀 무관한 일에 연루됐다고 보면 되옵니다. 수년 전 장정롱莊廷鑨이라는 사람이 조정을 비난하는 책인 《주상국사개》朱相國史槪를 썼사옵니다. 그런데 반응이 별로 없었사옵니다. 그러자 그가 당시 한창 유명세를 타고 있던 사이황의 이름을 자신의 책 서문에 썼사옵니다. 그러니 순치황제께서 잡아넣을 수밖에요."

"아, 그런 일이 있었구나!"

"오육일은 당황하지 않을 수 없었죠. 행동에도 나섰사옵니다. 자신의 명예와 목숨을 담보로 글깨나 쓴다는 사람을 불러 일곱 차례나 상주를 올렸사옵니다. 그 덕에 사이황은 다행히 처형만은 면했사옵니다."

소마라고가 다시 웃음을 머금은 채 덧붙였다.

"폐하께서 이번에 사이황을 사면하시면 오육일이 눈물콧물 다 흘릴 것이옵니다. 반드시 은혜를 갚을 것이라고 생각하옵니다!"

강희는 소마라고의 얘기를 다 듣고는 바로 깊은 생각에 잠겼다. 오랫동안 침묵이 흘렀다.

위동정이 색액도의 집에서 나왔을 때는 이미 자정이 다 돼 있었다. 비도 멎고 바람 역시 한결 수그러들었다. 무거운 구름 사이로는 초승달이 머리를 수줍게 내민 채 행인 하나 없는 한산한 밤거리를 희미하게 비쳤다. 밤의 신비는 더해만 갔다.

세 사람이 지혜를 모아 의논한 결과는 무시무시했다. 우선 위동정이 관리들의 자제로 위장시킬 자객들을 구하는 책임을 맡게 됐다. 또 현장에서 오배를 생포하는 중임 역시 그의 두 어깨에 더해졌다. 그의 뇌리에는 이제 은혜가 하해河海와 같은 황제를 위해 큰일을 할 기회가 올 것이라는 생각으로 가득찼다. 그러자 흥분이 되는지 가슴이 떨렸다. 그러면서도 온몸에 기운은 넘쳤다. 하지만 아무래도 가슴 한구석은 납덩이를 매단 듯 무거웠다. 구석구석에 독초들을 심어놓고 있는 오배와 목숨을 걸고 일전을 벌여야 한다고 생각하니 그럴 수밖에 없었다.

'도와줄 사람을 잘 골라야 하는데…….'

위동정은 머릿속에 여러 사람을 동시에 떠올렸다. 손전신, 장만강, 조봉춘, 낭심, 명주……. 일일이 자신을 도와줄 사람들의 장단점을 비교하고 저울질하는 사이 어느덧 그가 탄 말은 서직문 동북쪽 골목까지 이르렀다. 열봉점과 그리 멀지 않은 곳이었다. 그는 갑자기 그쪽으로 말의 방향을 틀었다. 하계주를 만나 속마음을 떠볼 생각이었던 것이다.

'만약 내 요청을 듣지 않고 거부하면 방법이 없다. 그 자리에서 없애버려야 한다.'

위동정은 이런 생각을 하면서 달리는 말에 채찍을 가했다.

위동정은 늘 자신에게 잘 대해주던 하계주에게 최악의 상황이 일어나지 않기를 기원하면서 말을 몰았다. 바로 그때였다. 갑자기 순찰에 나선 순방아문巡防衙門(황궁 일대를 경비하는 관청) 소속의 병사들 몇 명이 앞에서 초롱불을 쳐들고 길을 막아섰다.

"말을 타고 달리는 자가 도대체 누구야? 빨리 내려오지 못해!"

기세등등했던 병사들은 그러나 바로 꼬리를 내렸다. 위동정의 삼품 시위 복장을 알아본 것이다. 그들은 처음과는 달리 많이 누그러진 태도로 격식을 갖춰 인사를 했다.

"어르신, 인사 올리겠습니다. 하온데 이 밤에 어디로 행차를 하십니까?"

위동정은 당초에는 사실대로 얘기를 하려고 했다. 그러나 순간적으로 갑자기 뭔가가 뇌리를 때렸다. 그는 바로 거짓말을 입에 올렸다.

"다들 내가 황제폐하의 어전시위라는 사실은 알고 있을 것이오. 지금 막 오배 대인 댁에서 회의를 마치고 나와 바람이나 쐬려던 참이오."

그러자 우두머리로 보이는 자가 웃음을 머금은 채 다가왔다.

"대단히 실례가 되는 줄 압니다만 형식적일지라도 원칙은 지켜야 합니다. 어르신께서는 수고스럽겠으나 통행허가증을 보여주셨으면 합니다."

위동정은 상대의 얼굴을 알아볼 수가 없었다. 너무 어두운 탓이었다. 그러나 목소리가 왠지 귀에 익었다. 그럼에도 그는 경계를 늦추지 않고 일부러 화가 난 척 퉁명스럽게 내뱉었다.

"오배 대인한테 볼일이 있어 갔다 오는 길이라고 말했잖소. 꼭 이렇게까지 해야겠소?"

위동정의 말이 끝나기 바쁘게 사내가 피식 웃으면서 뇌까렸다

"흥, 여기는 천자의 바로 발밑인 북경이오. 오배 대인이 직접 오신다고 해도 당연히 검문을 받아야 지나갈 수 있소이다!"

위동정이 도저히 안 되겠다는 생각으로 한바탕 소동을 벌이려던 순간이었다. 희미한 초롱불빛 사이로 사내의 얼굴이 드러났다. 아, 그는 과거 자신과 의형제를 맺었던 목자후穆子煦였다. 위동정은 반가운 마음에 말에서 뛰어내리면서 큰 소리로 외쳤다.

"이보게 아우, 나를 잡아들여서 개고기라도 먹여 보내겠다는 건가?"

목자후가 깜짝 놀라 눈을 비비면서 한 발자국 더 다가섰다. 당연히 대번에 위동정을 알아봤다. 그는 바로 채찍을 내던지고 무릎을 꿇었다.

"형! 도대체 어떻게 된 거야? 이게 꿈이야, 생시야?"

위동정은 황급히 다가가 목자후를 일으켜 세웠다.

"노새와 넷째는 어디 있어?"

위동정의 말에 병사들 속에서 두 사람이 번개처럼 튀어나왔다. 어둠을 타고 전해져온 자신들의 이름을 들은 모양이었다. 둘은 위동정에게 안기며 애들처럼 웃고 떠들면서 반가워했다.

목자후는 한때 위동정도 잠깐 살았던 만주의 객라심喀喇沁(카라친)을 주름잡은 유명한 깡패 두목이었다. 그런 그와 위동정이 인연을 맺게 된 것은 엉뚱하게도 개 때문이었다. 그가 하루는 위동정이 아끼는 개를 훔

처 잡아먹은 것이다. 이로 인해 만나게 된 두 사람은 의기투합했고, 나중에는 의형제까지 맺었다.

위동정은 오랫동안 생사조차 모른 채 잊고 살았던 목자후 일행을 다시 만나자 기쁘기 이를 데 없었다.

"그런데, 도대체 어떻게 북경까지 오게 된 거야?"

위동정의 물음에 학郝씨 성을 가진 입빠른 넷째가 웃음을 머금은 채 대답했다.

"형도 알다시피 우리야 집도 절도 없는 놈들이잖아! 그야말로 줄 끊어진 연 신세가 아니겠어? 여기에 일자리가 있다고 해서 어쩌다 굴러들어왔지 뭐. 그 해에 형이 떠나고 얼마 지나지 않았을 때였을 거야. 객라심에도 그놈의 빌어먹을 오배라는 놈이 들이닥쳤지. 마구 땅을 빼앗고 무고한 백성들을 쫓아내고 난리도 아니었다고. 그 와중에 우리도 당연히 피해를 봤어. 어디 의지할 사람도 없고 해서 열하로 형을 찾아갔지. 그런데 이미 북경으로 떠났다고 하더군. 그래서 요행을 바라고 우리도 여기까지 오게 된 거야."

"야, 거기에서 여기까지 삼천 리도 더 될 텐데, 참으로 고생이 많았군."

위동정은 목자후 일행이 자신을 믿고 북경까지 찾아왔다는 말에 깊은 감동을 받았다.

"우리야 가진 게 성한 몸뚱이뿐이잖아. 조금 혹사를 시킨다고 해서 무슨 큰일이야 나겠어?"

노새의 장난기 섞인 말에 위동정은 피식 웃고 말았다.

목자후가 위동정의 근황이 몹시 궁금했는지 웃음을 흘리면서 물었다.

"전에는 내무부에서 일한다고 들었어. 그런데 어느새 이렇게 높이 올라가 앉아 있는 거야, 형? 황제의 시위도 모자라 오배의 측근까지 돼 있으니……."

위동정은 껄껄 웃음을 터트렸다.

"황제를 경호하는 건 사실이야. 하지만 오배의 측근이라는 말은 달라. 하도 자네가 강하게 나오기에 묵직한 것으로 한번 눌러보려고 했던 것뿐이지!"

"하마터면 오해할 뻔했네."

노새가 덧붙였다.

"사실 오배의 집에서 나왔다는 말을 듣고 더 놀려주려던 참이었어. 우리가 별 볼 일 없는 말단이기는 해도 충분히 골탕은 먹일 수 있거든."

위동정은 저녁 내내 오배와의 싸움에 투입할 적당한 자객들을 물색하지 못해 골머리를 앓고 있던 참이었다. 그런 그에게 목자후 등은 가뭄 끝의 단비나 다름없었다.

'이 녀석들은 겁도 없고 예의도 없는 건달과 다름없기는 해. 그러나 의리로 똘똘 뭉친 정의로운 인간들이라는 사실만은 분명해. 그래, 바로 이 녀석들이야!'

위동정은 주먹을 꽉 쥐었다. 목자후 일행들을 보자 갑자기 투지가 불타오르기 시작한 것이다. 그가 한껏 고무된 어조로 물었다.

"모두 몇 사람이지? 오늘 형이 한잔 살 테니까 같이 가자!"

목자후가 사람 좋게 웃으면서 대답했다.

"형, 전부 열두 명이야. 자, 자, 빨리 이리들 와봐! 우리 형인 위 어른에게 인사를 올리라고!"

병사들 중 나머지 9명은 이미 위동정이 만만치 않은 인물이라는 사실을 간파하고 있었다. 게다가 자신들의 우두머리가 형으로 받드는 사람이라는 사실도 눈으로 확인했다. 그들은 누가 먼저랄 것도 없이 일제히 무릎을 꿇으며 인사를 올렸다.

"위 어르신이 돈을 쓰시게 해드려 죄송합니다."

병사들의 말에 위동정이 화답했다.

"잘하면 공짜로 포식할 수도 있지. 열붕점 주인이 내 친구니까. 어서 가서 한바탕 먹어주고 오자고!"

위동정 일행이 열붕점 골목길에 접어들었을 때였다. 저 멀리서 7, 8명의 괴한들이 초롱불을 들고 누군가를 결박한 채 걸어오고 있는 모습이 보였다. 그들은 위동정 일행을 발견하고 잠시 머뭇거리는가 싶더니 이내 방향을 돌렸다.

위동정은 큰일을 앞둔 터라 각별히 예민해져 있었다. 그가 서둘러 목자후를 불러 뭐라고 속삭였다. 그러자 목자후가 갑자기 큰 소리로 그들을 불러 세웠다.

"앞에 뭐 하는 사람들인가. 거기 멈춰!"

그러나 목자후의 말은 씨알도 먹히지 않았다. 괴한들은 오히려 발걸음을 빠르게 재촉했다.

"저것들에게 호된 맛 좀 한번 보여줘야겠군. 셋째! 넷째! 자네들은 말을 타고 북쪽으로 돌아가 길을 차단해 버려. 우리는 양 옆으로 나누어 포위망을 좁혀갈 테니까!"

목자후가 화가 많이 났는지 큰 목소리로 병사들에게 작전을 지시했다. 위동정 역시 노새와 넷째를 따라 말을 타고 쫓아갔다.

앞서 가던 괴한들은 뒤에서 말발굽 소리가 어지럽게 들리자 죽어라 하고 뛰기 시작했다. 헐레벌떡거리면서 골목으로 피신했다. 하지만 헛수고였다. 숨을 돌릴 새도 없이 군사들에게 사방을 완벽하게 차단당하고 말았으니까. 악에 받친 노새가 말에서 뛰어내렸다. 이어 험상궂은 얼굴을 하고는 그들에게 다가가 두 말이 필요 없다는 듯 있는 힘껏 채찍을 날리면서 욕을 퍼부었다.

"짐승보다도 못한 놈들아! 귀가 먹었어?"

위동정은 신경을 곤두세운 채 결박을 당한 사람에게 다가갔다. 순간 그의 입에서 자신도 모르게 "이거 큰일났군!" 하는 외마디 비명 같은 외침이 튀어나왔다. 두 팔이 꼼짝달싹 못하게 묶인 채 흰 수건으로 입이 틀어 막힌 사람은 다름 아닌 하계주였던 것이다.

괴한들의 우두머리인 듯한 자는 건장한 체구에 긴 머리채를 목에 둘둘 감고 있었다. 허리춤에는 칼도 차고 있었다. 하나같이 남색 마고자를 입고 있는 괴한들과는 차림새가 달랐다. 채찍을 맞은 그의 얼굴에서는 줄줄 피가 흘러내리고 있었다. 그는 맨 앞에 선 채로 화를 내면서 발악을 했다. 위동정이 그 광경을 보고 말 위에서 싸늘한 음성으로 물었다.

"뭐 하는 자들이야? 사람을 붙잡아 어디로 데려가려는 거야?"

괴한들의 우두머리는 그제야 위동정의 옷차림새를 눈여겨봤다. 또 뒤에 일자로 늘어선 목자후 일행도 곁눈질했다. 그가 완전히 꼬리를 내리는 데는 그리 오랜 시간이 필요하지 않았다.

"소인 유금표劉金標는 현재 반포이선 대인 댁에서 일하고 있습니다. 이 사람은 반포이선 대인 댁의 하인입니다. 물건을 훔쳐 달아나는 것을 붙잡아 돌아오는 중입니다."

위동정은 얼굴색 하나 변하지 않고 뻔한 거짓말을 꾸며대는 사내를 차갑게 응시했다.

"통행증은 있나?"

그러자 당황한 사내가 황급히 둘러댔다.

"급하게 나오느라 그만 깜빡 잊고⋯⋯. 믿기지 않으시다면 지금 저를 따라 반포이선 대인 댁에 가셔도 좋습니다. 그렇지 않으시겠다면 제가 사람을 시켜 지금 당장 가서 가져오도록 하겠습니다!"

"순천부의 통행증이 없으면 위법이야!"

위동정이 매섭게 쏘아붙이고는 뒤의 일행들에게 큰 소리로 명령했다.

"잡아들여!"

"예!"

목자후가 기다렸다는 듯이 대답하고는 손짓을 보냈다. 그러자 괴한들을 둘러싸고 있던 병사들이 일제히 칼을 뽑아들고 우르르 달려들었다. 그러나 유금표는 더욱 당당하게 나왔다. 두 손을 맞잡은 채 공손하게 인사하는 여유를 부렸다.

"감히 말씀드리지만 이자는 반포이선 대인 댁의 죄 지은 하인이 분명합니다. 그런데 어르신은 어느 문중의 누구신지 성이라도 가르쳐 줄 수는 없겠습니까……."

위동정이 뜻하지 않은 유금표의 대꾸에 화가 나 고래고래 소리를 질렀다.

"그따위 소리 듣고 있을 시간이 없어! 억울하면 내일 높은 사람을 찾아가 호소를 해보든가!"

순간 유금표가 갑자기 칼을 쫙 뽑아들었다.

"정 그렇다면 여기에서 피를 볼 수밖에 없겠군. 무례하다고 나를 욕하지는 마시오."

바로 그때였다. 목자후가 살금살금 유금표의 뒤로 다가가더니 잽싸게 팔을 내리쳤다. 앞만 보고 으르렁대느라 완전 무방비 상태에 있던 유금표가 휘청거렸다. 칼도 떨어뜨렸다. 그 순간 목자후가 유금표의 두 팔을 뒤로 꺾었다. 이어 한 손으로 비수를 들어 유금표의 목에 가져다 댔다. 그가 살기등등하게 내뱉었다.

"그렇게도 죽고 싶나?"

순식간에 대세는 기울었다. 노새와 넷째는 하계주를 붙잡고 있던 두 괴한을 밀쳐내고 그를 빼냈다. 그러나 위동정의 지시가 있기 전까지는 결박을 풀어줄 수 없다는 듯 옆에 제쳐두었다.

유금표는 곧 죽게 된 마당에도 머리를 빳빳이 쳐든 채 마구 입을 놀려댔다.

"어디 한번 죽여 보지 그래!"

"우리는 사람 죽이는 것을 지렁이 밟아 죽이듯 해오면서 살아왔어. 이자식 이거 왜 이래! 오냐, 안 그래도 손이 근질거렸어. 잘 됐네."

머리끝까지 화가 치민 노새가 앞으로 성큼 다가섰다. 이어 유금표의 멱살을 잡아 흔들면서 목자후의 손에 있던 비수를 빼앗아 겨누었다. 유금표는 혼비백산했는지 얼굴이 파랗게 질렸다. 노새가 유금표의 가슴팍에 비수를 꽂으려 할 때였다.

"그만 하게, 노새 아우!"

위동정이 사태를 크게 만들 이유가 없다는 듯 황급하게 말렸다. 그로서는 하계주를 넘겨받는 게 주목적이었다.

"손을 더럽힐 것까지는 없잖아!"

유금표는 위동정이 후환이 두려워 자신을 죽이지 못하는 것이라고 생각한 듯했다. 아예 대놓고 악다구니를 퍼부었다.

"흥, 반포이선 대인이 두렵기는 한가 보군. 자신이 없으면 덤비지를 말든가! 꼴 한번 좋네!"

노새는 유금표의 말에 완전히 피가 거꾸로 솟구쳤다. 뭔가 결단을 내린 듯 비수를 허리춤에 거칠게 도로 꽂아 넣는가 싶더니 눈 깜짝할 새에 다시 달려들어 두 손가락으로 유금표의 눈을 찔렀다. 손가락은 마치 예리한 송곳처럼 유금표의 눈을 꿰뚫고 들어갔다. 곧 노새의 손가락 사이로 피가 뚝뚝 떨어졌다. 어느새 그의 피 묻은 손에는 유금표의 왼쪽 눈알이 들려 있었다.

유금표는 그야말로 꼼짝없이 당하고 말았다. 너무나 고통스러운지 얼굴을 감싸 쥐고 땅바닥에 나뒹굴면서 돼지 멱따는 소리를 내질렀다. 노새는 행색이 남루하고 키가 유금표의 어깨 정도밖에 안 됐다. 그런데도 우악스럽게 달려들어 순식간에 건장한 사내를 폐인으로 만들어버렸다. 그 모습을 지켜보던 나머지 괴한들은 겁에 질려 얼굴이 백지장처럼 창백해진 채 덜덜 떨었다.

노새는 그럼에도 화가 풀리지 않은 듯 피범벅이 된 눈알을 넷째에게 던져주었다.

"술안주로는 그만이야!"

위동정은 가능한 한 피를 보지 않으려고 했다. 하지만 어쩔 수 없이 피를 보고야 말았다. 그는 땅바닥에 널브러져 있는 유금표에게 다가가서 차갑게 내뱉었다.

"너, 오늘 참 운이 좋은 날이야. 이 정도로 끝났으니까. 정 살기가 지겨워지면 언제든지 찾아오게. 하지만 한 가지는 명심해 둬. 반포이선 마음대로 북경을 주무를 수 있는 날은 열 번 죽었다 깨어나도 오지 않는다는 사실을 말이야."

위동정은 말을 마치자마자 고개를 홱 돌렸다. 이어 하계주를 부축해 자리를 떴다.

14장

덫을 놓다

위동정 일행은 한 시간 남짓이나 더 내달리고 나서야 멈췄다. 그런 다음 하계주의 결박을 풀어줬다. 위동정이 하계주의 입에 쑤셔 박힌 행주를 꺼내주면서 농담을 섞어 위로의 말을 건넸다.

"10년 동안 이를 안 닦아도 되겠군요!"

하계주가 연신 숨을 헐떡거리면서 발을 동동 굴렀다.

"위 어른, 하마터면 숨 막혀 죽을 뻔했네요. 조금 일찍 빼내주지 그랬어요?"

위동정이 원망 섞인 하계주의 말에 너털웃음을 터트렸다.

"빼내는 순간 큰 소리로 내 이름을 부르지 않는다는 보장이 없으니 나로서는 그렇게 할 수밖에는 없었네!"

목자후가 스스럼없이 말을 주고받는 두 사람을 보다 어안이 벙벙한 표정으로 물었다.

"형, 도대체 어떻게 된 거야?"

그제야 위동정이 자초지종을 얘기해줬다.

"이 양반이 내가 말하던 열붕점 주인 하계주야. 오늘 저녁 한번 배 터지게 우려먹자고 작정을 했었는데 그만……. 어쨌든 좋아! 대신 우리집으로 다들 가자고. 내가 거나하게 한턱낼 테니까 어디 한번 마시고 죽어보자고!"

그 시각 호방교에 자리 잡은 위동정의 집에서는 사용표와 명주가 심란한 마음으로 한방에 누워 뒤척이고 있었다. 위동정은 하인이 대문을 열어주자 둘을 깨우지 않으려고 손가락을 입에 대고 쉬쉬 하면서 까치발을 든 채 거실을 지나 뒷방으로 들어갔다. 그러나 그 순간 사용표와 명주는 인기척을 들었다. 둘은 약속이나 한 듯 자리를 박차고 일어나 마중을 나왔다.

명주가 반나절 동안 얼굴을 못 본 사이에 눈부신 삼품의 무관 관복을 멋지게 차려입은 위동정을 놀랍고도 부러운 시선으로 바라봤다. 자연스럽게 찬탄의 목소리가 흘러나왔다.

"와! 대단하네, 형! 하룻밤 새에 그야말로 껑충 뛰어 올랐군. 정말 축하해."

사용표는 위동정의 차림새가 평소와는 뭔가 다르다는 생각을 하기는 했다. 그러나 별로 크게 신경을 쓰지는 않았다. 그러다 명주의 말에 비로소 위동정을 아래위로 눈여겨봤다. 그의 눈에 들어온 위동정의 모습은 보무당당 그 자체였다. 붉은 산호로 만든 모자를 쓴 것이 무엇보다 그래 보였다. 또 하단에 금줄을 수놓은 제복 역시 예사롭지 않았다. 위엄 있고 고풍스런 허리춤의 비스듬한 장검은 더 말할 나위가 없었다.

위동정은 사람들의 시선이 부담스러운지 수줍게 뒤통수를 긁적였다. 이어 보검을 끌러 보여주었다.

"이건 폐하께서 친히 하사하신 보검이야. 혼자 보고 있기에는 너무 아까워. 여러분들도 같이 구경 좀 해봐."

위동정의 말에 성격 급한 노새가 한 발 성큼 다가와서 보검을 잡으려 했다. 그러자 위동정이 가볍게 막고는 두 손으로 받쳐 정중하고 숙연한 표정으로 머리 위로 들어올렸다. 이어 탁자 위에 조심스레 내려놓았다. 한발 뒤로 물러서더니 공손하게 큰절도 올렸다. 사람들은 그 모습에 보검에 대한 경외감을 느끼지 않을 수 없었다.

사람들은 다들 처음과는 달리 보검을 멀리서 바라보는 것만으로 만족하는 눈치였다. 그러나 명주는 달랐다. 꼭 한 번 만져보고 싶어했다. 급기야 그가 조용히 다가가 조심스레 살펴보더니 천천히 칼집에서 보검을 빼냈다. 순간 눈부신 빛이 실내를 환히 비췄다. 동시에 섬뜩한 느낌이 방안을 꽉 채웠다. 명주가 보검을 찬찬히 훑어보다 불에 덴 듯 화들짝 놀랐다.

"이건 태조太祖 누르하치께서 아끼시던 보검이군. 이게 어떻게 형 손에 들어오게 된 거지? 대단한 사연이 있는 게 틀림없어!"

명주는 흥분에 떨었다. 그러나 위동정의 흥분은 그보다 훨씬 더했다. 아니 열 배, 백 배나 더했다. 하기야 직접 황제로부터 보검을 받았으니 당연한 일이었다. 그는 흥분으로 떨리는 가슴을 겨우 누른 채 문화전에서 황제가 보검을 하사하던 광경을 자세히 이야기해 주었다. 그러자 비천하고 별 볼 일 없는 자신을 믿어주고 사람대접을 해준 황제의 은덕에 더욱 감사한 마음이 우러났다. 그의 눈에서는 어느덧 눈물이 그렁그렁했다. 그는 황제 앞에서 했던 것처럼 굳은 맹세와 충성심을 다시 한 번 다졌다.

"이런 보검을 친히 하사하신 폐하의 굳은 믿음을 이 위동정은 용맹과 충성으로 보답해야 마땅합니다. 나는 열백 번 죽을 각오로 폐하를 향하는 독화살을 막을 것입니다!"

"하기야 이 난세에 공을 세우려면 몸을 사려서는 안 되지."

말없이 구석자리에 앉아 침묵만 지키던 사용표가 끼어들더니 덧붙였다.

"명예에 자존심을 건 사람들은 생각부터가 우리 서민들과는 차원이 다르군."

사용표가 연이어 내뱉은 말에는 어쩐지 뼈가 숨어 있는 것 같았다. 사람들은 경건하고 숙연한 감정에 사로잡혀 있다 묘한 느낌을 풍기는 사용표의 말에 적잖게 놀랐다. 동시에 약속이나 한 듯 위동정을 바라봤다. 그러나 위기를 기회로 반전시킬 줄 아는 탁월한 능력의 소유자인 위동정은 사용표의 볼멘소리가 고깝게 들리지만은 않았다. 그는 오히려 모르는 척하고 맞받아치면 사용표의 속내를 잘 들여다 볼 수 있는 절호의 기회라고 생각했다.

"어르신이 보기에는 제가 공명에만 목숨을 걸고 의리 따위는 털끝만큼도 없는 소인배로 보입니까?"

사용표는 복잡한 속내를 드러내듯 성냥개비를 그어 담뱃불을 붙였다. 이어 한참 후에야 한숨과 함께 속내를 토해냈다.

"그런 것은 아니야. 만주족들이 청나라를 세운 지 20년이 넘도록 우리 백성들의 삶은 호전될 기미가 전혀 보이지 않고 있어. 이에 대해서는 길 가는 사람 아무나 붙잡고 물어봐도 아마 공감할 거야. 자네처럼 운이 대통한 사람이 진짜 몇이나 되겠나. 저 서쪽 지방에서는 아직도 딸자식을 단돈 몇 푼에 팔아먹으려고 길가에 줄지어 서성이는 이들이 얼마나 많은지 아는가? 그들은 눈물샘도 말라버려 얼빠진 사람처럼 살고 있다고. 정말 가슴이 찢어지는 참상이 아니고 뭐겠어!"

"어르신 말씀도 구구절절 맞기는 하네요."

위동정도 가슴이 무거운 듯 얼굴이 어두워졌다. 그가 다시 말을 이었다.

"그러나 그들을 죽음으로 몰아넣은 장본인은 따로 있지 않나요? 황제폐하는 지금 열다섯 살도 채 되지 않았어요. 무능하고 유능하고를 떠나이제까지 제대로 정치적인 능력을 펼칠 기회조차 없었어요!"

사용표는 즉각 대구를 하지 않았다. 위동정은 자신이 핵심을 제대로 짚었다고 생각했다. 더불어 내친 김에 황제와 조정에 대한 사용표의 편견을 뿌리째 뽑아버리기로 작정했다.

"순치 사 년 때부터 시작한 권지를 이용한 오배의 미친 듯한 땅 빼앗기는 지금까지 이어져오고 있습니다. 이 과정에서 수많은 무고한 생명이 희생을 당했습니다. 이 사실은 저도 잘 알고 있습니다. 작년에 폐하를 따라 지방에 사냥을 나갔을 때였습니다. 길에서 수십 구 가량이나되는 굶어죽은 시신을 발견한 적이 있습니다. 그때 폐하께서 눈물을흘리는 모습을 처음 봤죠. 당시 폐하께서는 모든 것을 떠나서 자신의 실정과 무능함을 탓했습니다. 매장 현장에까지 따라가서 슬퍼하기도 했습니다. 그 모습이 눈앞에 선하네요."

위동정은 잠깐 말을 멈추고는 사용표를 힐끔 쳐다보았다.

"그 날도 딸을 앞세우고 팔러 나가는 노인을 봤습니다. 소녀는 우리가 다가서자 자기를 사려는 사람인 줄 알고 겁에 질려 노인의 품으로 뛰어들었습니다. 그러더니 목 놓아 울면서 넋두리를 하더군요. '아버지, 저를 팔지 마세요. 저는 가마니도 짤 줄 알아요. 밥도 많이 얻어 올 수 있어요. 민며느리로도 들어갈 수 있어요. 아버지가 시키는 대로 다 할게요. 그러니 제발 저를 팔아버리지만은 말아주세요. 아버지, 제가 불쌍하지도 않나요, 네?'라고 말입니다. 여자애는 울면서도 그 노인의 옷자락을 정신없이 잡아 흔들었습니다. 보다 못한 폐하께서 즉석에서 은 스무 냥을 소녀의 손에 쥐어줬습니다. 그럼에도 눈길 한 번 맞추지 못했죠. 죄인도 그런 죄인이 없었어요. 이래도 폐하께서 백성들의 생사는 나 몰라라 하는 무심한 천자입니까?"

사용표는 위동정의 말에 은근히 감동을 받은 듯했다. 표정이 처음과는 많이 달라졌다. 그가 어색하게 위동정을 바라보다 한마디를 던졌다.

"한쪽에서는 끊임없이 권지 금지령을 내리는 것 같기는 해. 하지만 대신이라는 자들이 한 귀로 듣고 한 귀로 흘려버리지. 도대체 어떻게 된 거야?"

"그게 바로 당면한 가장 큰 문제점이 아닌가 생각됩니다. 오늘 저녁 황제께서 비밀리에 저를 부르신 것도 그 때문이었습니다. 황제의 명령에 콧방귀를 뀌는 자들을 그냥 놔둬서야 나라꼴이 어떻게 되겠습니까?"

위동정은 겉으로는 우락부락하고 강해 보이는 사용표가 마음은 더없이 여리다는 사실을 잘 알고 있었다. 그래서 거침없이 밀고 나가면서 상처가 될 말들을 토해내는 것도 서슴지 않았다.

"어르신은 강호를 주름잡았습니다. 진짜 맹위를 떨쳤죠. 이 바닥에서는 다들 엄지손가락을 치켜세울 정도로 호걸입니다. 저는 그 사실을 잘 압니다. 하지만 그런 어르신은 도대체 불쌍한 사람들을 몇 명이나 구하셨나요?"

사람들은 위동정의 말을 숨죽여 듣고 있었다. 하지만 그의 입에서 엉뚱하게 사용표를 비난하는 말이 튀어나올 줄은 전혀 예상하지 못했다. 당연히 사용표가 화를 벌컥 내지 않을까 조마조마한 심정으로 지켜봤다. 그러나 위동정은 주변의 걱정 따위는 아랑곳하지 않았다. 오히려 목소리를 더욱 높였다.

"땅 문제는 몇몇 탐관오리를 처단하는 것처럼 그리 간단한 것이 아닙니다. 또 명나라를 다시 부흥시키는 것도 방법이 아닙니다. 따라서 이를 해결하려면 시간이 걸릴 수밖에 없습니다. 다행히 당금의 폐하께서는 정치에 새로운 자신감을 갖고 민심수습에 팔을 걷어붙이고 나섰습니다. 조만간에 뭔가 새로운 세상이 열릴 것도 같습니다. 간신들이 뿌리 깊은 독초처럼 퍼져 있는 것이나 지방의 제후들이 나라 잘 되는 꼴을 못 봐 사사건건 제동을 걸고 있는 것이 제일 큰 걸림돌이기는 하지만 말입니다."

위동정은 말을 마치자마자 갑자기 사용표 앞에 무릎을 꿇었다. 그런 다음 큰 소리로 물었다.

"어르신 생각에는 제가 지금 처한 위치에서 누구 편이 됐으면 좋을 것 같으세요? 황제? 오배? 아니면 오삼계? 그것도 아니면 다른 누구?"

사용표는 위동정의 간절한 호소에 깊은 감명을 받았다. 자신이 부끄럽기도 하고 위동정이 안쓰럽기도 했다. 그가 마음이 누그러졌는지 황급히 두 팔을 벌려 위동정을 일으켜 세웠다.

"더 이상 무슨 말이 필요하겠나. 내가 졸렬하고 무식한 탓에 괜히 청나라 황실에 불만을 품었던 거야. 오십 년 세월을 헛살아온 셈이지. 너무 마음에 두지 말게!"

사용표가 얼굴을 붉힌 채 하기 쉽지 않은 고백을 했다.

"솔직히 감매와 함께 자네를 찾으러 북경에 올 때는 명나라를 재건하겠다는 환상을 품고 있었지. 물론 지금은 모든 것이 물 건너갔지만. 자네가 궁금해 하는 감매는 지금 오배의 집에서 하녀로 있어. 나하고도 자주 만나고 있어. 다만……."

"그래요?"

명주가 깜짝 놀라 자신도 모르게 외마디 소리를 내질렀다. 하지만 이내 목소리를 낮췄다.

"이제 보니 어르신은 남명南明(명나라 멸망 후 중국 대륙 남부에 존속한 정권)의 영력永曆황제가 명나라를 다시 부흥시키기 위해 몰래 북경에 보낸 첩자였네요."

"조용히 해!"

명주가 흥분에 떨자 위동정이 주의를 주었다.

"그런 게 어디 있다고 그래? 영력황제는 이미 오래 전에 죽었어!"

"명주 말이 틀린 것은 아니네. 그건 자네도 인정해야 하네."

사용표가 쓰디쓴 웃음을 짓고는 말을 이었다.

"그러나 오늘 자네의 말을 듣고 보니 영력은 강희에 비할 바도 못 되는 황제라는 생각을 하게 됐네!"

"됐습니다. 다 지나간 얘기입니다. 아무튼 어르신은 워낙 영웅기질을 타고 나셨으니 현명한 군주만 만나면 모든 것이 잘 풀릴 겁니다!"

그때 명주는 기분이 착잡하기 이를 데 없었다. 하기야 인재등용 시험에 합격하고도 이렇다 할 자리도 얻지 못한 채 이 집 저 집 얹혀사는 신세였으니 그럴 만도 했다. 그런 자신의 신세가 서러웠는지 그가 연거푸 술을 들이켰다. 이어 처량하게 몇 마디를 읊조렸다.

영웅이 용천龍泉에 이르니, 보검이 찬란하구나!
하늘의 강물을 갈라 인간 세상에 뿌려야 할지니.

위동정은 명주의 넋두리에 미소를 지었다. 자신도 모르게 찬탄의 말이 튀어나왔다.

"동생의 의기는 정말 대단해!"

하지만 위동정의 위로도 소용이 없었다. 명주는 그예 실성한 듯 허허로운 웃음을 터트렸다.

"내가 형만큼 대단한 사람은 아니야. 하지만 그렇게 못난 놈도 아니야.

그런데 난 왜 이렇게 되는 일이 없는 거야. 모든 사람들의 불운을 내가 전부 떠안은 느낌이야. 운명인가 봐!"

명주는 갈수록 의기소침해졌다. 눈에서는 눈물까지 찔끔 비쳤다. 사내의 눈물은 희귀한 만큼 주변에 미치는 영향이 엄청났다. 그래서인지는 몰라도 명주의 말에 귀 기울이던 사용표와 목자후, 넷째 역시 기분이 가라앉는 모양이었다. 약속이나 한 듯 머리를 숙인 채 술만 축내고 있었다. 다만 심각한 분위기에 적응이 되지 않은 노새만은 달랐다. 전혀 사태 파악을 못한 채 심드렁한 표정으로 좌중을 둘러보는가 싶더니 정신없이 닭다리를 뜯어댔다.

"너무 자포자기하지 마, 동생. 사람 일이라는 것은 아무도 몰라. 영웅이 시대를 만든다는 말이 있잖아. 다 스스로 하기 나름이야!"

위동정이 명주의 어깨를 감싸안으며 위로를 했다. 명주가 뭔가 암시가 담긴 듯한 위동정의 말에 어리벙벙한 표정으로 물었다.

"내가 이대로 썩어 문드러질 수는 없지. 뭔가 좋은 기회라도 있는 거야?"

명주가 간절한 눈빛으로 위동정을 쳐다봤다. 이윽고 위동정이 자신만만한 표정에 환한 미소를 지으면서 입을 열었다.

"여러분!"

위동정이 차분한 목소리로 좌중의 사람들을 둘러보았다. 이어 웃음을 거두고 엄숙한 표정으로 덧붙였다.

"이 위동정을 따라 공명을 한번 이뤄 볼 생각들은 없습니까?"

"우리는 애초에 형을 찾아 북경까지 왔어. 형이 시키는 일이라면 무엇인들 못하겠어!"

목자후가 넉살좋게 대답했다.

"그래? 그렇다면 좋아!"

위동정은 적잖이 힘이 솟았다.

"폐하께서 자신과 함께 무예를 배워볼 유능한 젊은이들을 몇 사람 구해보라고 하셨어요. 폐하께서는 만일의 사태에 대비하려는 심모원려한 계획을 가지고 계신 거죠. 만약 여러분들이 열심히 일해 공로를 인정받는다면 출세하는 것은 시간문제가 아니겠습니까?"

목자후를 비롯한 노새, 넷째는 위동정의 말에 완전히 혹한 표정을 지었다. 뭐가 그리 좋은지 입이 귀에 걸려 있었다.

"뭐든지 형이 시키는 대로 하겠어. 형이 잘만 이끌어 줘!"

잠자코 있던 사용표도 한마디 거들었다.

"이 늙은이도 필요하다면 불러만 주시게."

좌중의 사람들이 흥분을 감추지 못한 채 모두 위동정을 에워쌌다. 곧장 전쟁터에라도 나갈 태세였다. 그러나 명주는 왠지 자신이 없었다. 그가 조심스레 입을 열었다.

"닭 모가지 하나 비틀 힘도 없는 나는 아무짝에도 쓸모가 없는 사람이 아닐까?"

"그래서 동생한테 꼭 맞는 일거리가 생겼다는 게 아닌가!"

위동정이 황급히 명주의 말꼬리를 잡았다.

"동생은 폐하 옆에 앉아 오차우 선생의 강의만 들어주면 돼. 나머지는 내가 알아서 할 테니까!"

명주는 되는 일이 없어서 상심에 빠져 있다가 위동정의 말에 바로 어린애처럼 좋아했다.

"좋아, 나라고 죽을 때까지 안 되라는 법은 없지. 잘 되면 형의 은혜는 결코 잊지 않을게."

"여보시게, 주인장!"

위동정이 얼빠진 사람처럼 벽을 마주하고 앉은 채 말이 없는 하계주를 불렀다. 일부러 부른 티가 역력했다.

"무슨 생각을 그렇게 하는가?"

"집 잃은 떠돌이 개 같은 신세인데 무슨 생각이 있겠습니까?"

하계주는 못내 답답하다는 표정이었다.

"집 잃은 떠돌이 개는 뭐 아무나 하는 줄 아나? 공자도 한때는 자신을 그렇게 비유한 적이 있지! 내가 돈을 대줄 테니 주인장은 사 어른과 함께 서편문西便門 밖에서 다시 음식점을 내도록 하는 게 어떨까? 다른 것은 신경 쓸 것 없이 나와 사 어른이 시키는 대로만 하면 돼. 주인은 당연히 당신이 맡고!"

"백운관白雲觀 쪽 말인가?"

사용표가 놀라서 물었다.

"그쪽은 이자성에 의해 이미 폐허가 돼버린 지 오래야. 하필이면 인적이 드문 그런 곳을 선택하나? 장사가 되겠어?"

"아무 문제될 것 없어요. 가끔 찾아오는 큰손들을 받는 게 어중이떠중이 백 명 받는 것보다 나아요!"

위동정의 말에는 자신감이 넘쳤다. 그러자 명주를 비롯한 좌중의 모든 사람들은 기분이 좋아졌다. 하계주 역시 다시 가게가 생긴다는 말에 뛸 듯이 기뻐했다. 순간 그가 뭔가 떠오른 듯 이마를 쳤다.

"우리 가게 뒤뜰에 이십 년 된 술이 묻혀 있어요. 별일 없으면 오늘 저녁 다 같이 그걸 한번 마셔봅시다."

위동정이 얼굴에 웃음을 띤 채 하계주의 말을 받아쳤다.

"큰소리 치지 마시게. 우리 집에도 좋은 술은 얼마든지 있으니까! 아까워서 아무도 안 주던 술이 있지. 우리 오늘 다 마셔버리자고!"

마침 그때 웃고 떠드는 소리에 잠에서 깨어난 하인이 눈을 비비면서 나왔다. 위동정이 그에게 지시했다.

"넷째 등과 함께 가서 그 술독을 파내 오게. 두 항아리야!"

비슷한 시간, 반포이선은 태필도를 보내고 한숨을 돌리려 했다. 하지만 그럴 수가 없었다. 유금표가 피가 낭자한 몰골로 들어서고 있었던 것이다. 그는 술이 확 깰 정도로 깜짝 놀라 다급하게 물었다.

"어떻게 된 거야?"

반포이선의 말에 유금표는 대답을 하지 못했다. 대신 같이 현장에 있었던 그의 휘하 장졸들이 경쟁적으로 나서서 설명했다. 한마디로 순방아문의 병사들에게 당했다는 얘기였다.

"다른 부서도 아니고 평소 유난히 신경을 써서 대접을 해온 순방아문의 병사들에게 한방을 얻어맞았다고? 내 체면에 먹칠을 해도 유분수지! 그럴 수가 있나! 정말이야?"

반포이선은 짧은 시간에 많은 생각을 했다. 무엇보다 두 눈을 감싸쥔 채 신음을 내뱉는 유금표에게 벌을 주어서는 안 될 일이었다. 그런 생각이 들자 오히려 위로를 해서 인심을 얻는 것이 더 낫다는 판단을 내렸다.

"자네들은 잘못한 것이 없네. 그러니 돌아가서 푹 쉬고 있게. 그 자식이 누군지 찾아내는 날에는 내가 통쾌하게 보복을 해줄 테니!"

반포이선은 자신만만하게 말하고 유금표 등을 돌려보냈다. 그러나 머릿속은 복잡했다. 잠자리에 누웠지만 심하게 뒤척였다. 급기야 평소에 가장 귀여움을 많이 받는 넷째 부인이 그의 귓가에 대고 소곤거렸다.

"오배 대인의 일 때문에 당신이 건강까지 해쳐가면서 고민할 것은 없지 않나요?"

"여자가 뭘 안다고 그래? 잠이나 자!"

반포이선은 귀찮다는 듯 넷째 부인을 거칠게 밀쳤다. 최근 들어서는 자꾸만 되는 일이 없었으니, 그는 점점 매정하게 변했다. 그는 하계주를 잡아들여 심문을 하려고 했다. 그를 겁박해 오차우의 행방을 알아낸 다음에 오배를 찾아 후속책을 상의하려고 했던 것이다. 하지만 뜻대로 되지 않았다.

그날 오후에도 그랬다. 처음에는 환자처럼 비실비실한 명주인가 뭔가 하는 놈을 끌어오는가 싶었다. 하지만 뭔 거지 같은 영감탱이가 중뿔나게 훼방을 놓았다. 게다가 설상가상으로 마지막 카드라고 생각했던 열붕점 주인도 다른 사람이 아닌 순방아문이 빼돌려버렸다. 그로서는 정말 재수 옴 붙은 날이라고 해도 좋았다.

그는 소극살합의 집을 수색할 때 너무나도 우연히 '권지난국'圈地亂國이라는 오차우의 과거시험 답안지를 발견했다. 이것을 물고 늘어지면 오배의 신임을 얻고 점수를 따는 데 정말 좋은 건수라고 판단했다. 그때부터 두 팔을 걷어붙인 채 오차우의 행방을 백방으로 찾아 나서기 시작했다. 우선 시험지에 적힌 주소대로 열붕점을 찾았다.

그런데 가게를 보고는 놀라움을 금할 수가 없었다. 꾀죄죄하고 비좁은 가게였기 때문이다. 더 심하게 말하면 아무리 샅샅이 훑어도 걸릴 거라고는 먼지밖에 없는 집구석이었다. 과거시험 하나만 바라보고 안간힘을 쏟았을 가난한 선비가 도대체 뭘 믿고 이런 글을 썼다는 말인가? 그는 고개를 갸웃거리지 않을 수 없었다.

그가 내린 결론은 명확했다. 그건 누군가가 분명히 뒤를 봐준다는 것이었다. 그는 즉각 휘하의 장졸들을 풀어 열붕점의 손님으로 가장시켜 몇 날 며칠을 감시하기 시작했다. 서둘러 오차우를 잡아들이기보다는 혹시 더 큰 물고기가 걸려들지 않을까 하는 기대를 했다. 소득은 있었다. 위동정이 그곳에 자주 드나든다는 사실을 확인할 수 있었다. 그는 머지않아 어마어마한 누군가가 걸려들 것이라는 확신을 가졌다. 굳이 낚싯대를 서둘러 잡아챌 필요는 없었다.

하지만 며칠이 지나자 그렇게도 자주 나타나던 위동정이 아예 발길을 뚝 끊어버리고 말았다. 오차우 역시 그림자조차 찾을 수 없게 됐다. 과욕이 불러온 오판이었다. 그는 할 수 없이 차선책을 택하기로 했다. 꿩 대신 닭이라고, 명주와 하계주를 미끼로 뭔가 낚아보려는 계략을 꾸민 것이다. 그러나 그것도 잇따라 실패를 하고 말았다. 그런 상황이 되자 반포이선은 누군가가 자신의 생각을 읽고 선수를 친 것이 아닌가 하는 생각을 하지 않을 수 없었다. 그게 사실이라면 진짜 간담이 서늘한 일이었다.

사실 반포이선은 유금표 사건이 단순하게 순방아문의 소행이 아니라는 사실을 그의 넋두리를 통해 어느 정도 알 수 있었다. 또 젊은 어전시위가 위동정이라는 단정을 내릴 수도 있었다. 그러나 한밤중에 우르르 나타난 한 무리의 병사들은 도대체 어떤 자들이라는 말인가. 아무리 생각해도 정체를 알 길이 없었다.

그는 속이 부글부글 끓어올랐다. 정말 귀신이 곡할 노릇이었다. 심증만 있고 물증은 없는 것이 바로 이런 것인가. 그렇다고 황제의 총애를 받고 있는 위동정을 무턱대고 어떻게 할 수도 없는 노릇이 아닌가.

반포이선은 고민에 빠졌다. 이리 뒤척이고 저리 뒤척이다가 밤잠을 설쳤다. 그래도 날이 희뿌옇게 밝아오는 아침 무렵에는 자리를 박차고 일어났다. 그가 옷을 주섬주섬 입는 둥 마는 둥 하면서 하인들에게 지시했다.

"수레를 준비해라! 순방아문으로 가겠다!"

반포이선은 입을 무겁게 다문 채 굳은 표정으로 순방아문으로 향했다. 그러다 무슨 영문인지 갑자기 수레를 세웠다. 여러모로 생각을 거듭해 본 결과 욱! 하는 성질을 참지 못하고 순방아문을 찾아가는 것은 곤란하다는 판단을 한 것이다. 괜히 말이 파다하게 퍼져 악성 소문에 시달리게 되면 자칫 큰일을 그르칠 위험이 없지 않았다.

그는 다시 한 번 생각해봤다. 역시 무턱대고 찾아가는 것은 별로 도움이 안 된다는 판단이 내려졌다. 결국 마른기침을 삼킨 채 나지막하게 지시했다.

"오배 대인 댁으로 가자!"

반포이선이 수레의 방향을 돌리는 그 순간 오배는 여전히 깊은 잠에서 깨어나지 못하고 있었다. 전날 저녁에 술을 과하게 마신 탓이었다. 오배 집안의 집사는 반포이선을 너무나 잘 알고 있었다. 오배의 허락이 없음에도 그를 뒤뜰에 있는 서재인 학수당鶴壽堂으로 안내했다. 이어 능숙한 솜씨로 차를 따라 올렸다.

"대인, 잠깐만 앉아 계십시오. 바로 오 대인께 아뢰겠습니다!"

반포이선은 주머니에서 5냥짜리 은표銀票를 꺼내 그에게 건넸다. 싹싹하게 나오는 데 대한 고마움의 표시였다.

"일부러 깨울 필요는 없네. 별로 급한 일이 있는 건 아니야. 조금 더 기다린다고 해서 큰일 나는 것도 아니고."

집사는 연신 감사하다는 인사를 하고서 허리를 굽힌 채 뒷걸음을 치며 방을 나갔다.

반포이선은 한동안 혼자 앉은 채 애꿎은 담배만 뻑뻑 빨아댔다. 그러다 신경질적으로 담배를 재떨이에 털어 버렸다. 오늘따라 담배 맛이 영 신통치가 않았다. 그는 천천히 서재를 나섰다.

학수당 주변의 경치는 이루 말할 수 없이 아름다웠다. 무엇보다 명당으로 치는 배산임수背山臨水였다. 게다가 진짜를 방불케 하는 가산假山이 위엄 있게 늘어서 있었다. 정원 한가운데에는 커다란 연못도 있었다. 그 가운데를 엎어진 초승달 같은 다리가 관통하고 있었다. 다리는 녹음이 우거지고 화초가 만발한 정원 건너편과 바로 통했다. 바야흐로 삼복더위가 기승을 부리는 때였다. 불볕더위에 녹초가 된 버드나무 가지가 힘없이 수면 위에 드리워져 있었다. 연꽃들은 요염한 자태를 뽐내고 있었다. 주위는 나른함을 더해주는 매미의 울음소리만 줄기차게 들려올 뿐 쥐죽은 듯 고요했다. 평소 글깨나 읽은 그는 눈앞의 풍경에 더없이 어울리는 시구詩句를 바로 떠올릴 수 있었다. 그가 막 입을 열어 읊조리려던 찰나였다. 갑자기 저쪽 어디선가 두 시녀의 말소리가 바람을 타고 너울너울 넘어왔다.

"너는 모르지?"

한 시녀가 나지막이 입을 열었다.

"어제 저녁에 소추素秋 언니가 무슨 일인지 밤새도록 훌쩍거렸다고 하지 아마? 아침에 보니까 진짜 두 눈이 퉁퉁 부었더라고. 왜 그러냐고 물었더니, 무슨 상관이냐는 투로 쳐다보는 거 있지!"

"나는 또 뭐라고! 그거야 뻔할 뻔자지 뭐. 오 대인이 또 언니를 겁탈하려고 한 것 아니겠어? 그건 공공연한 비밀이잖아. 틀림없어. 어제 저녁에도 술이 떡이 되게 마셨더라고. 지난번에도 마님에게 덜미를 잡혔기에 망정이지……."

다른 한 시녀가 감정이 격해진 듯 목소리를 높였다.

"다 늙어가지고 웬 주책바가지람! 시녀 주제에 쫓겨날 얘기인지는 모르겠지만 오 대인은 너무 호색한인 것 같아. 나이가 도대체 얼마인데 그래. 어휴 징그러워!"

시녀는 바퀴벌레라도 본 듯 몸을 흠칫 떨었다.

"조용히 하지 못해. 주둥이를 잘못 놀렸다가는 뼈도 못 추리는 수가 있다고! 우리는 그저 귀머거리, 장님에 정신박약아야. 알겠어?"

다른 한 시녀가 조용히 꾸짖었다. 시녀들은 한가한 모양이었다. 공기

놀이까지 하면서 입방아를 계속 찧어대고 있었다. 반포이선은 그 모습을 나뭇잎 사이로 계속 지켜보았다. 그는 호기심이 동할 수밖에 없었다. 자연스럽게 발걸음도 시녀들 쪽으로 옮겼다. 그때 먼저 입을 열었던 시녀의 목소리가 다시 들려왔다.

"어제 저녁에 소추 언니가 울었던 것은 오배 대인하고 무관한지도 몰라. 네가 몰라 그렇지 요새 오배 대인은 무슨 엄청난 일을 꾸미고 있는 것 같았어. 저녁마다 다른 어르신들을 불러 술을 마셔. 또 오래도록 머리를 맞대고 뭔가 심각하게 얘기하는 것 같아. 어제도 뭐라 그러더라? 아, 아, 생각났다! 뭔가를 하는데 '힘을 써야 하겠다'고 하는 것 같았어."

시녀가 머리를 갸우뚱했다. 오배의 무리들이 술상 앞에서 한 말을 떠올리느라 안간힘을 쓰고 있었다.

"걱정도 팔자군. 힘을 쓰든 절약하든 우리 아랫것들은 그런 것에 신경 쓸 필요 없어. 그저 잘 먹고 잘 놀고 하는 게 최고야!"

다른 한 시녀가 면박을 줬다. 반포이선은 그 말에 깜짝 놀랐다. 머리에서 갑자기 윙 하는 소리가 들릴 정도였다. '힘을 쓰다'라는 말, 즉 '페이리'[費力]는 사실 '황제를 폐한다'라는 말인 '페이리'[廢立]와 음이 비슷하다. 그야말로 입에 올리는 것 자체가 엄청난 불경이다. 하지만 다행히 시녀들은 뭘 몰라서 힘을 쓴다는 뜻으로 받아들였다. 만약 그렇지 않고 다른 누군가가 들었더라면 엄청난 재앙의 불씨가 될 수도 있었다. 반포이선은 놀란 가슴을 부여잡을 수밖에 없었다.

'아무튼 큰일났군! 이 집에서 일하는 사람이 어른, 아이 다 합쳐서 삼사백 명은 족히 되지 않는가. 이런 식으로 말이 새어 나가면 진짜 큰일인데!'

반포이선은 두서없이 이런저런 생각을 하다 자신도 모르게 두 시녀 쪽으로 다가갔다. 하지만 어느새 두 시녀는 인기척을 느끼고 재빨리 어디론가 숨어버렸다.

반포이선은 못내 아쉬운 듯 입을 쩝쩝 다셨다. 그런 그의 뒤에서 갑자기 껄껄 웃음소리가 들려왔다.

"반 선생, 역시 선생은 감성이 남다른 선비 출신이 맞는 것 같소이다. 아름다운 경치에 넋을 잃을 수 있는 사람은 언제나 시적인 낭만이 있죠!"

오배의 걸걸한 목소리였다. 그는 잠을 푹 자고 깨어나 기분이 상쾌한 듯 만면에 웃음을 머금은 채 있었다. 그 뒤로는 시녀 한 명이 오배의 머리 위로 일산日傘을 받쳐들고 뒤따르고 있었다. 반포이선은 급히 웃음을 지어보이면서 오배의 말에 화답했다.

"이 나이에 낭만은 무슨 낭만입니까!"

오배는 그렇지만은 않다는 듯 손을 저었다. 아주 강한 부정이었다.

"자꾸 나이 타령 하지 마세요. 황혼의 저녁노을이 오히려 진짜 끝내주게 아름답지 않소이까. 게다가 그대는 아직 한창 나이라고 해도 괜찮은데 뭘 그래요?"

오배가 반포이선의 어깨를 가볍게 감쌌다. 그러더니 학수당 쪽으로 그를 안내했다. 둘은 각자 주인과 손님 자리에 앉았다. 먼저 오배가 이맛살을 찌푸리면서 입을 열었다.

"어제 저녁에 그대들한테 거사 모의를 하도록 시켜놓고도 사실 나는 많이 두려워요. 가슴이 아직도 벌렁벌렁하다고. 생각할수록 두려워서 잠도 설쳤어요. 새벽녘에야 겨우 잠들었소이다."

오배의 말에 반포이선이 정색을 했다.

"오 대인, 독초는 빨리 파내버리지 않으면 번지기 마련입니다. 용단을 내려 과감히 대처해야 합니다. 그렇지 않으면 먼저 먹혀버리고 말 것입니다. 이건 목숨과 맞바꿀 진리라고 해도 과언이 아닙니다! 밀고 들어가느냐, 아니면 물러서느냐 두 갈래 길 외에는 이제 없습니다. 주저하지 말고 빨리 결단을 내릴 때입니다."

반포이선의 말에 오배가 어색한 웃음을 흘렸다.

"이미 엎지른 물이니 피를 봐야 되는 것은 사실이죠. 하지만 선제를 생각하면 너무 심한 것은 아닌가 하는 생각이 드는 것은 어쩔 수가 없어요. 그 가문이 나에게 못해준 것은 크게 없었으니 말이오."

"오 대인은 그게 문제입니다. 전쟁터에 나갈 사람이 적에게 인정을 베풀려고 하니!"

반포이선은 오배의 말에서 자신을 약간 의심하는 것은 아닌가 하는 느낌을 감지했다. 어떻게든 의심을 풀어주지 않으면 안 됐다. 그가 담담하게 웃으면서 다시 말을 이었다.

"굳이 그렇게 말씀하시면 저도 할 말이 없죠. 저 역시 황실의 종친이니까요! 그러나 말이 나온 김에 계속 하겠습니다. 이번 일이 성사돼 오 대인의 탈궁奪宮이 성공리에 마무리되면 역대 황제들을 답습하지는 마십시오. 꼭 혼자만의 색깔을 만들어가야 합니다. 특히 황실 종친들과의 관계를 원만히 해야 합니다. 그렇지 않으면 만주족끼리의 내란이 불가피하게 됩니다. 이 경우 양측 모두 피투성이가 될 수밖에 없습니다. 또 지금 당장 급한 것은 모든 수완을 동원해 셋째의 날개를 잘라버리는 겁니다."

"그가 무슨 날개가 있어야 자르든가 말든가 하지 않겠소! 소극살합이 죽은 다음부터는 모든 실권이 나한테 있잖소. 그깟 알필륭이라는 자는 있는 둥 마는 둥 하는 허수아비가 아닌가요?"

"겉으로 드러난 힘쓸 만한 세력이 없는 것은 사실입니다."

반포이선이 냉정하게 덧붙였다.

"문제는 몰래 숨어 뒤통수를 치는 세력입니다. 그게 더 무서운 법입니다."

오배가 반포이선의 말에 깜짝 놀랐다. 그러나 바로 정신을 수습하고 윗몸을 반포이선 쪽으로 숙인 채 다급하게 물었다.

"누구를 말하는 거요?"

"누구라고 콕 찍어 말씀드릴 수는 없습니다. 그러나 여러 상황들에 비춰볼 때 수상한 점이 많습니다. 제가 볼 때는 아무래도 목리마가 말한 그 세 놈들이 수상합니다."

반포이선이 머리를 갸우뚱한 채 요즘 들어 연이어 자신의 계획들이 실패한 것과 관련한 자초지종을 오배에게 말했다.

오배는 반포이선의 말을 한마디도 빼놓지 않고 귀기울여 들었다. 사실 그는 그동안 반포이선이 자신과 이렇다 할 상의도 없이 너무 독선적으로 나가는 것에 대해 은근히 의심스런 시선을 보내고 있던 차였다. 그러나 반포이선의 말을 들어보니 자신이 오해한 부분이 없지 않았다. 약간은 안심도 되었다.

"수고했어요! 아무리 봐도 세 사람 중 우두머리는 색액도라는 그 놈인 것 같군. 웅사리도 잔머리깨나 굴리는 것 같고. 위동정 역시 크게 한 몫을 바라보는 모양인데……. 그건 그렇고! 그대 말을 듣고 보니 갑자기 생각나는 게 있어요. 셋째 말이오. 요즘 들어 몰라보게 어른스러워졌더라고. 언변이 장난이 아니에요. 웬만한 사람은 셋째가 말하는 공자 왈, 맹자 왈을 알아듣지도 못할 것 같더라고요. 한림원의 내로라하는 한족 수재들도 입에 침이 마를 정도로 칭찬을 하더라니까. 듣자하니 간혹 웅사리가 두어 마디 가르치는 것 빼고는 특별하게 배우는 것도 없는 것 같던데 말이오. 게다가 셋째는 혼자서는 별로 책하고 친하게 지내지도 않잖아요. 참으로 이상한 일이 아닐 수 없어요. 그렇다면 셋째가 천재라는 말인가요?"

반포이선은 눈을 지그시 감고 의자에 기댄 채 한참 골똘하게 뭔가를 생각했다. 이어 가벼운 한숨과 함께 입을 열었다.

"진작 눈치챘어야 했습니다. 틀림없이 그겁니다!"

오배가 담배에 불을 붙이면서 물었다.

"자세하게 말해보세요. 그게 뭐요?"

반포이선이 입을 열려는 순간이었다. 마침 소추가 먹음직스럽게 잘 익은 수박을 썰어 쟁반에 받쳐들고 들어섰다. 오배가 다소곳하게 머리를 숙인 소추를 힐끔 쳐다봤다.

"눈이 퉁퉁 부은 걸 보니 어젯밤에 또 울었던 게로구나. 걱정하지 마라. 내가 사람을 풀어 네 생부를 찾아줄게. 꼭 너희 부녀는 다시 만나 행복하게 잘 살 수 있을 거야."

소추가 수박을 내려놓고는 공손하게 대답했다.

"고맙습니다. 마님의 분부대로 얼음물에 담갔다가 가져온 수박입니다. 반 대인, 맛있게 드세요."

오배는 소추가 나가자 기다렸다는 듯이 물었다.

"방금 그 얘기를 어서 더 해보게."

반포이선이 조심스레 주위를 두리번거렸다. 아무도 없었다. 그가 안심하고 입을 열었다.

"제가 보기에는 오 아무개라는 놈이 북경을 떠나지 않은 것 같습니다. 십중팔구 그렇다고 할 수 있습니다."

"그렇지는 않은 것 같은데요? 오차우 그놈이 간덩이가 부어서 밖으로 터져 나오지 않은 한 북경을 떠난 것이 틀림없어요!"

오배가 반포이선의 말을 강하게 부정했다.

"그렇지 않을 겁니다. 한족들 중에는 강한 자에게 강한 진짜 사내들이 많습니다. 오삼계 따위처럼 별 볼 일 없는 자들과는 비교도 안 되는 사람들 말입니다."

반포이선의 말에 오배가 잠깐 생각에 잠기더니 다시 물었다.

"그렇다면 그 오차우라는 자가 지금 어디에 은신하고 있을 것 같소?"

반포이선은 그렇지 않아도 최근 들어 오차우의 행방을 찾기 위해 열을 올리고 있는 중이었다. 오배가 적절한 질문을 던졌다. 그는 오배를 한 번 힐끗 쳐다보더니 단정을 지었다.

"모르기는 해도 어느 대신의 집에 은둔하고 있는 것이 틀림없습니다. 셋째의 학식이 그렇게 놀라울 정도로 늘어난 것과도 무관하지 않을 겁니다!"

오배가 머리를 절레절레 흔들었다.

"그건 말이 안 돼요. 천자의 체통에 어찌 그런 천한 선비를 스승으로 모실 수 있겠소!"

반포이선이 얼굴에 희미하게 미소를 머금었다.

"아무튼 더 기다려보는 수밖에 없습니다. 셋째의 스승 문제도 그렇고요. 지금 조정에는 난다 긴다 하는 학자들이 많이 있기는 합니다. 그러나 오 대인의 마음에 들면 셋째가 믿지를 않아요. 그럴 바에는 아예 스승을 모시지 않는 것이 낫지 않겠습니까?"

반포이선의 말에 오배가 갑자기 탁자를 탁 내리쳤다.

"내가 셋째의 스승을 찾아줄 거예요. 싫다고? 싫어도 어쩔 수가 없을 거요!"

"그건 안 됩니다! 지금 만주족과 한족 수재들 사이에서는 셋째가 천재라고 소문이 나 있습니다. 스승이 필요 없는 총명한 성군이라고 말입니다. 이런 마당에 오 대인이 막무가내로 스승을 찾아주면 그게 먹힐 것 같습니까? 오히려 주위의 반감만 살 뿐입니다."

오배는 자신의 생각이 반포이선의 반발에 부딪치자 민망했다. 그가 일부러 수박을 한 입 크게 베어 먹으면서 물었다.

"그러면 그대 생각에는 어떻게 하는 게 좋을 것 같소?"

"지금은 셋째가 제 아무리 날고 긴다고 해도 자신의 세력을 만들지 못합니다. 그러니 오 대인께서는 아무것도 모르는 척하고 셋째에게 충성하는 척하십시오. 물론 그동안 병사들을 잘 훈련시켜야 합니다. 기회가 왔다 하면 바로 행동으로 옮겨야 하니까요."

"이런 일일수록 화끈하게 해버리는 것이 뒤가 깨끗하죠. 괜히 뜸을 들이다가 뒤통수를 얻어맞는 수도 있으니까요!"

반포이선이 다시 말을 받았다.

"적들과 우리의 세력이 균등하거나, 적이 강하고 우리가 약세라면 선수를 치는 것이 유리할 수 있습니다. 그러나 지금으로서는 우리가 열 배정도 강세입니다. 그러니 경계심만 늦추지 않으면 됩니다. 전혀 서두를 필요가 없습니다. 만약 셋째가 정말 어느 대신의 집에서 글공부를 한다면 우리에게는 천재일우의 기회가 됩니다. 자기 딴에는 머리를 쓴다고 한 것이 오히려 치명적인 결과를 불러오게 될 것이라는 말입니다! 일반 백성의 옷차림을 한 채 어느 대신의 집에서 쥐도 새도 모르게 죽는다면 우리를 의심할 사람이 한 명도 없을 겁니다!"

오배가 베어 문 수박을 땅바닥에 떨어뜨렸다. 목소리가 흥분으로 인해 상당히 떨렸다.

"좋아요! 역시 그대는 대단하오!"

오배가 벌떡 자리에서 일어섰다. 이어 무의식적으로 손을 허리춤에 갖다 댔다. 그러나 칼은 만져지지 않았다. 그는 그제야 자신이 편한 복장을 하고 있다는 사실을 깨달았다.

"그대를 믿겠소. 일거양득이니 잘 알아보시오."

"별 볼 일 없는 저를 여기까지 이끌어주신 오 대인의 은혜를 갚을 기회로 생각하고 열심히 뛰겠습니다!"

"이 일만 성공하면 그대는 바로 개국공신이 되는 셈이오. 나 오배는 결코 은공을 모르는 사람이 아니오. 어찌 그대에게 줄 자리를 아까워 하겠소."

15장
철개鐵丐장군

    태황태후와 강희의 은밀한 논의가 있은 지 사흘째 되던 날이었다. 위
동정은 강희의 특별지시를 받고 감옥에 갇혀 있던 사이황을 석방시켰
다.

    위동정은 사이황을 만나본 적이 없었다. 따라서 세인들에게 알려진
과거를 통해서 사이황이 우람한 체구에 번뜩이는 카리스마를 가졌으리
라고 막연하게 생각했다. 그러나 그의 앞에 나타난 사이황은 보잘것없
었다. 아니 조금 심하게 말하면 하찮게까지 여겨졌다.

    무엇보다 체구가 마른 나뭇가지를 방불케 할 만큼 작고 왜소했다. 또
맥없이 드리워진 몇 가닥 안 되는, 하얀 턱수염은 우스꽝스럽게 양옆으
로 갈라져 있었다. 게다가 악취를 풍기는 옷차림은 오갈 데 없는 거지
를 연상케 했다. 그나마 혈색은 조금 괜찮았다. 감옥에 있는 동안 오육
일의 도움으로 영양가 있는 음식을 충분히 섭취한 덕인 모양이었다. 한

마디로 영락없는 걸인이라고 단정해도 좋았다. 위동정은 적잖이 실망하고 말았다.

위동정은 강희의 지시대로 사이황을 몰래 빼내 수레에 태운 다음 구문제독부로 향했다. 제독부의 문지기는 위동정을 힐끔 쳐다보는가 싶더니 바로 건방을 떨었다.

"제독께서는 지금 여러 장군들과 회의를 하고 계십니다. 아쉽겠지만 두 분은 내일 다시 오세요."

문지기는 말을 마치자마자 입을 꾹 닫았다. 위동정과 사이황의 존재에 대해 더 이상 신경 쓰지 않겠다는 태도였다.

위동정은 구문제독부의 사람들이 콧대 높기로 유명하다는 소문은 익히 들어 알고 있었다. 과연 소문대로였다. 그러나 위동정의 복장도 평범하지는 않았다. 어전시위 제복은 아니었으나 그래도 내무부에서 일할 때 입는 옷을 입고 있었다. 다른 부서에서는 이 정도 차림이면 그야말로 자기 집 드나들 듯 출입할 수 있었다. 하지만 구문제독부는 확실히 예외인 모양이었다.

그는 이대로 물러설 수 없다는 생각에 웃는 얼굴을 하고 문지기에게 다가갔다. 이어 안주머니에서 은전을 꺼내 문지기의 손에 슬며시 쥐어주었다.

"수고가 많네. 이걸로 목이나 축이고 한 번만 도와주게. 내무부의 위동정이 제독 대인을 만나 뵈러 왔다고 전해줘."

"내무부에서 오신 것은 진작 알고 있었습니다."

문지기가 어이가 없다는 표정으로 위동정을 쳐다봤다.

"우리 제독부에는 처음 와보시는 거죠? 미안하지만 우리한테는 이런 게 안 통합니다! 제독님이 워낙 상벌이 분명하세요. 또 손이 크셔서 한 번 상을 주면 몇 천 냥씩 주십니다. 그런데 제가 이깟 은전 몇 닢을 받겠습니까? 나중에 치도곤을 당할 수도 있는데도요?"

"전할 것도 없네!"

옆에 있던 사이황이 문지기의 말에 무표정한 얼굴을 한 채 입을 열었다.

"오육일의 문턱이 너무 높군. 나 같은 거지는 굳이 들어가려고 아등바등할 필요도 없어 보이는군. 나는 그냥 가겠네. 북경에 다른 친구들도 많으니까 말이야!"

말을 마친 사이황이 도로 돌아가려고 발걸음을 옮겼다.

"사 선생!"

위동정이 깜짝 놀라 다급하게 달려가 사이황을 붙잡았다.

"아랫것들 말에 화를 낼 것까지는 없지 않습니까? 이러시지 않기로 했지 않습니까! 그러면 먼저 제 집으로 가서서 얘기나 나누시죠!"

구문제독부의 문지기는 위동정과 사이황이 옥신각신하는 사이 '사 선생!'이라고 하는 말을 얼핏 들었다. 순간 그가 멈칫하면서 뒤통수라도 맞은 듯한 표정을 지었다. 그러더니 어정쩡한 자세로 두 사람에게 다가와 물었다.

"사 선생이시라고요? 그러면 사이황 어르신은 선생과 어떻게 되는 사이입니까?"

문지기가 더욱 바싹 다가섰다. 눈빛이 간절했다. 그래도 사이황은 화가 풀리지 않은 모양이었다. 그저 먼 산만 바라보고 있었다. 그러자 참다못한 위동정이 앞으로 나섰다.

"이 분이 바로 방금 특사로 풀려나신 사이황 어르신이네!"

"예?"

문지기는 위동정의 말에 기절초풍할 듯 놀랐다. 바로 사이황의 발치에 쓰러지듯 무릎을 꿇었다.

"죽을죄를 지었습니다. 그 이름도 유명하신 사 어르신을 몰라 뵙다니요! 백번 죽어 마땅한 이놈을 한 번만 용서해주십시오!"

사죄를 청한 문지기가 황급히 몸을 일으켰다. 곧이어 부리나케 안으로 뛰어 들어갔다. 위동정은 그의 언행에서 다시 한 번 구부정하게 서 있는 눈앞의 볼품없는 노인의 위력을 온몸으로 느낄 수 있었다.

문지기가 들어간 지 불과 몇 분도 되지 않았을 때였다. 갑자기 어지러운 발자국 소리와 함께 난데없는 세 발의 예포가 울려 퍼졌다. 제독부의 가운데 문이 요란한 소리를 내면서 있는 대로 활짝 열렸다. 곧 수십 명은 충분히 될 것 같은 병사들이 두 줄로 뛰어나와 대문 양옆으로 위풍당당하게 줄지어 섰다.

위동정은 이름만 귀아프게 들었다 뿐이지 오육일을 직접 볼 기회가 없었다. 그러나 그를 단박에 알아볼 수 있었다. 작고 다부진 체구에 팔자수염을 보기 좋게 휘날리는 모습이 거동부터가 남달라 보였다. 사복차림인 그의 뒤로는 대여섯 명의 장군들이 평소와는 달리 얼굴 가득 웃음을 머금은 채 따라 나오고 있었다.

오육일은 마음이 무척이나 급한 듯했다. 사이황에게 단숨에 다가가 털썩 무릎을 꿇은 다음 황소 같은 울음을 터뜨렸다.

"은인이시여! 언제 풀려나셨습니까? 미리 저한테 알려주시지도 않고요!"

사이황이 황급히 오육일을 부축해 일으켜 세웠다. 여전히 한결같은 오육일의 진심을 읽었는지 얼굴표정이 활짝 펴지고 있었다.

"자네가 힘써 주지 않았다면 꿈도 못 꿀 일이지. 이 아우가 나의 마중을 나왔네."

오육일이 사이황의 말에 놀란 눈빛을 한 채 위동정을 향해 돌아섰다. 이어 공손히 인사를 올렸다.

"뉘신지 여쭤 봐도 되겠습니까?"

위동정은 당황스러웠다. 갑작스런 오육일의 불타는 듯한 시선을 주체할 수가 없었다. 그럼에도 황급히 맞절을 하는 것은 잊지 않았다.

"대인을 뵙게 돼서 일생일대의 크나큰 영광입니다. 소인의 이름은 위동정, 자는 호신虎臣이라고 합니다!"

"고명은 익히 들었습니다!"

오육일은 위동정의 이름을 들어본 모양이었다. 고개를 끄덕이는 모습이 어쩐지 그래 보였다.

"황제폐하의 측근이시군요!"

오육일은 사이황과 위동정을 안으로 안내했다. 양옆에 줄지어 선 병사들은 사이황이 자신들의 앞을 지나칠 때마다 깍듯이 머리를 숙였다. 그들은 오랫동안 서 있었음에도 전혀 흐트러짐이 없었다. 위동정은 구문제독부의 병사들을 바라보면서 속으로 감탄을 했다.

'건청궁 앞의 엄선된 병사들 빰치는군! 오육일 장군이 군대를 지휘하는 데 일가견이 있다는 소문은 분명 헛소문이 아니었구나.'

오육일 등이 두 번째 대문에 들어섰을 무렵이었다. 갑자기 안에서 호탕한 웃음소리가 들려오는가 싶더니 누군가가 맞은편에서 성큼성큼 걸어 나왔다.

"제독 대인, 오늘은 최고로 기쁜 날이겠소. 이런 날 내가 옆에 없어도 되겠는가!"

사내는 시원시원했다. 그리고는 진지한 얼굴을 한 채 사이황과 위동정을 향해 정중하게 인사를 올렸다. 위동정은 급히 맞절을 하다 잠시 생각에 잠겼다.

'이 사람은 또 누구이기에 이토록 거침이 없는 걸까?'

위동정이 궁금증을 못 이겨 막 물어보려던 찰나였다. 오육일이 정식으로 사내를 소개했다.

"이 분은 우리 집의 귀한 손님이자 나의 오랜 지기입니다. 성은 하何입니다. 그냥 편하게 지명志銘이라고 부르면 됩니다."

"오 대인은 기분이 좋을 때나 나쁠 때나 늘 정신적인 지주로 의지하던 사 어르신을 떠올리고는 했습니다. 드디어 오늘 자유로운 몸이 되셨으니 마음껏 회포나 풀어봅시다!"

하지명이 사람 좋게 웃으면서 옆에 있던 하인에게 지시를 내렸다.

"어서 술상을 푸짐하게 봐 오게!"

하지명은 완전히 집주인처럼 행동했다. 그래도 오육일은 싱글벙글 웃으면서 하지명이 하는 대로 말없이 따랐다. 위동정은 두 사람의 관계가 못내 궁금해지기 시작했다.

오육일은 평소 친소親疎를 막론하고 부하들을 다스렸다. 상벌에도 엄격했다. 그랬으니 부하들이 신적인 존재로 여기면서 무서워할 수밖에 없었다. 또 무척이나 존경했다.

그러나 호랑이처럼 무섭고 엄한 오육일도 유독 문인들에 대해서만큼은 예외였다. 한결같이 관대했으며 지위고하를 막론하고 깍듯하게 대했다. 늘 열 명 이상이나 되는 학문과 문장이 뛰어난 학자들을 거두어주고 지원을 아끼지 않았다.

학자들 역시 오육일의 인간 됨됨이에 반하지 않을 수 없었다. 할 수 있는 한 성심성의껏 자신들의 재능을 다해 오육일에게 화답을 했다. 하지명도 바로 그런 학자들 중의 한 사람이었다. 처음에는 오육일의 그저 그런 친구였으나 나중에는 최측근이 됐다. 관직을 맡지만 않았다 뿐이지 사실상 부장副將에 준하는 대우도 받고 있었다.

얼마 후 술상이 마련됐다. 오육일은 마다하는 사이황을 억지로 상석에 앉혔다. 하지명과 위동정은 양 옆, 오육일은 아랫자리에 앉았다. 다른 술상에는 여러 명의 장군들과 지휘관들이 앉았다.

오육일은 괴짜답게 큰 대접에 술을 철철 넘치게 부었다. 흥분이 채 가라앉지 않았는지 얼굴이 붉게 달아올랐다. 목소리도 철인으로 통하는 그답게 카랑카랑했다.

"여러분! 과거 순주에서부터 나를 따른 사람들은 다 알 겁니다. 이 분이 바로 내가 오매불망 그리던 사이황 선생이시라는 것을 말입니다. 이렇게 좋은 날에 우리 함께 사 선생을 위해 건배합시다!"

여러 장군들이 오육일의 말이 끝나기 무섭게 거의 동시에 일어섰다. 이어 술잔을 높이 든 채 이구동성으로 외쳤다.

"제독 대인, 사 선생님! 잘 받들어 모시겠습니다!"

오육일은 아부를 무척 싫어하는 사람이었다. 또 비굴한 근성에서 비롯된 마음에도 없는 장황한 사탕발림에 질색을 했다. 좌중의 장군들은 오랜 시간 동안 생사고락을 같이 해온 측근들답게 이런 그를 너무나 잘 알았다. 눈빛 하나만으로 그의 의중을 파악할 수 있을 정도였다. 때문에 술좌석에서도 추호의 흐트러짐이 없이 꼭 필요한 말 이외에는 하지 않았다.

"철개장군!"

위동정이 술기운이 불콰하게 오르자 때를 기다렸다는 듯이 나섰다.

"장군의 영웅적인 기개에 대해서는 익히 들어왔습니다. 더없이 존경해오던 터였습니다. 그런데 오늘 이렇게 뵙고 보니 과연 듣던 대로 천하무적이신 것 같습니다. 술 드시는 자세를 보고 저는 벌써 기가 팍 죽어버렸습니다!"

오육일이 껄껄 웃었다.

"이건 새 발에 피입니다! 처음 해녕에서 사 선생을 만났을 때는 손바닥만한 눈꽃을 마주하고 미칠 듯 솟구치는 주흥酒興을 주체할 수가 없었습니다. 연신 서른 대접을 마시고도 성에 차지 않았던 기억도 나는군요. 그때 사 선생은 이미 취하셨죠."

오육일이 두 눈을 반짝이면서 추억을 더듬었다. 그러자 사이황이 익살을 부렸다.

"오늘 한번 보여주지 그러는가?"

"이젠 몸이 예전 같지가 않습니다."

오육일이 사이황을 정겨운 눈매로 바라보면서 웃음을 터트렸다.

'사나이들의 의리라는 것은 바로 이런 거로구나. 너무 멋지군!'

위동정은 의리의 두 사나이를 지켜보면서 존경과 부러움을 감추지 못했다. 오육일이 그의 그런 모습을 조용히 바라보다 술대접에 들면서 말했다.

"호신, 내가 일곱 번째 상주문을 올려 겨우 사 선생을 구해낸 것 같기는 하나 아무래도 이번 사면에 결정적인 역할을 한 다른 사람이 있는 것 같습니다. 그 사람이 바로 호신 아닙니까?"

"아닙니다. 폐하의 뜻입니다."

위동정은 앞뒤 잴 것도 없다는 듯이 솔직하게 털어놓았다. 그의 말에 하지명이 깜짝 놀랐는지 숨을 들이마셨다. 순간적으로 경련을 일으키기라도 하듯 몸을 부르르 떨었다. 사이황과 오육일 역시 놀란 기색이 역력했다.

위동정은 내친김에 서둘러 설명을 곁들였다.

"그뿐만이 아닙니다. 이것은 태황태후마마의 배려이기도 합니다. 오 장군의 충성심을 높이 산 폐하께서 사 선생님의 억울한 사연을 전해 들으셨습니다. 당연히 장군의 일편단심에 화답하고자 태황태후마마께 상의를 드렸습니다. 이번 특별사면은 바로 그래서 이뤄진 걸로 알고 있습니다."

위동정의 설명에 당사자인 사이황을 포함한 좌중의 사람들은 눈이 휘둥그레졌다. 서로 번갈아 바라만 볼 뿐 한동안 말을 잃었다. 충격, 그 자체였던 것이다.

그럼에도 오육일은 여전히 숙연한 표정으로 일관하고 있었다. 사이황 역시 어느새 흐트러졌던 자세를 추스르고 아무 일도 없었다는 듯 홀로 술잔을 기울였다. 위동정이 덧붙였다.

"태황태후마마께서 솔직하게 진실을 말씀하셨습니다. 사 선생님, 그 사건은 당시 나라 안팎이 혼란을 거듭할 때에 일어난 일입니다. 따라서 조정에서 지나치게 민감하게 받아들인 것입니다. 하지만 지금은 인재를 중용하고 아끼는 게 급선무인 시대입니다. 정중히 모시라고 하시더군요."

사이황은 위동정으로부터 황제와 태황태후의 뜻을 전해 듣자 만감이 교차했다. 그러나 곧 모든 것을 체념한 듯 깊은 한숨을 토해냈다.

"이미 늦었네. 다 늙어 내일 모레면 세상을 하직하게 생겼는데, 무슨!"

오육일이 사이황에게 위로의 말을 건넸다.

"폐하께서 이처럼 성원을 보내주시고 계십니다. 그러니 선생의 명예는 조만간 회복될 것입니다. 이제부터 다시 분발해도 늦지 않습니다."

"아니야, 아닐세!"

사이황이 오육일의 말이 끝나기 무섭게 도리질을 했다.

"여기서 며칠 푹 쉬다가 고향 해녕에나 내려가야지. 늘그막에 관직이 무슨 소용이 있겠는가. 자나 깨나 고향생각만 날 뿐이야. 앞으로는 농사나 지으면서 조용히 살다가 가야지. 자네, 내 성격을 잘 알지 않나. 나를 설득하느라고 괜히 헛수고 하지 말게."

"알겠습니다!"

오육일이 흔쾌히 대답한 다음 덧붙였다.

"선생께서 심사숙고한 결과라고 생각합니다. 그게 최선이라면 제가 따라야죠. 아무튼 오늘은 기분 좋게 술독에나 푹 빠져 봅시다!"

술자리는 다음 날 새벽녘이 돼서야 끝났다. 위동정으로서는 오육일과 하지명이라는 거목과 교류하는 계기가 된 의미 있는 술자리였다. 실제로 오육일과 위동정은 그 뒤로 서로 속마음을 털어놓는 절친한 친구가 됐다. 몇 달 후에는 호형호제까지 하면서 깊고도 뜨거운 사나이들끼리의 우정을 다져갔다.

오배는 반포이선과의 밀회를 가진 이후 많이 조심스러워했다. 또 기세등등하던 태도도 조금은 수그러들었다. 집에서 자신의 측근들과 있을 때는 여전했으나 적어도 건청궁에서 만큼은 눈에 띄게 조심스럽게 행동했다. 게다가 말수도 적어지고 인사도 공손하게 했다. 특히 강희에 대한 태도가 여간 부드러워진 것이 아니었다. 환골탈태換骨奪胎라는 말이 과언이 아니었다. 강희도 그런 오배를 바라보는 안색이 나쁘지는 않았다.

위동정은 얼마 후 고심을 거듭한 끝에 선발한 20여 명에 이르는 명단을 강희에게 넘겨줬다. 각종 명목으로 육경궁에 들어올 사람들이었다. 대부분은 스무 살 전후의 청년들이었지만 강희와 비슷한 나이의 소년들도 포함되어 있었다. 강희는 그들의 이름을 죽 훑어봤다. 그러다 갑자기 푸우! 하고 웃음을 터트렸다.

"노새라, 이름 한번 기가 막히군!"

위동정도 대답했다.

"그 친구는 소인이 지방에 있을 때 의형제를 맺은 놈이옵니다. 워낙 성격이 외골수인 데다 거친 노새 같아 붙여진 별명이옵니다."

"아무튼 좋아."

강희가 만족스러운 표정을 지었다.

"일단 내일부터 그 중 세 명만 먼저 들여보내도록 하게. 나머지는 얼마간의 간격을 두고 차례대로 들여보내면 오배 등이 전혀 눈치채지 못할 거야."

강희는 기분이 좋은 눈치였다. 그 틈을 타 위동정이 아뢰었다.

"폐하, 벌써 이틀째 수업을 안 받으신 것 같사옵니다. 오차우 선생이 뵙고 싶어 하셨습니다. 오늘 다녀오시는 것도 괜찮을 듯하옵니다."

강희가 담담하게 머리를 끄덕였다.

"그러지."

강희는 점심시간이 지날 때쯤 미복으로 갈아입었다. 이어 모자도 쓰지 않은 채 여유 있는 표정으로 수레에 올랐다. 그 뒤를 소마라고가 뒤따랐다. 또 위동정은 세 명의 시위들을 데리고 먼발치에서 따랐다. 평소와 별다를 게 없는 행차였다.

오차우는 이제나저제나 기다리고 있던 일행의 인기척을 듣고 황급히 마중을 나갔다. 얼굴에는 반가움이 그득했다.

"이보게 아우, 족히 사흘은 못 봤을 거네. 보고 싶었네!"

"저라고 왜 안 오고 싶었겠어요. 날씨가 하도 유난을 떠는 바람에 그랬어요. 어머님께서 제가 더위를 먹을까 염려하시어 일부러 안 보내신 거예요."

오차우는 일행을 곧바로 서재로 안내했다.

"요 며칠 비록 여기에는 안 왔지만……."

강희가 자리에 앉으면서 입을 열었다.

"책은 그런대로 몇 권 읽었어요. 《춘추》春秋 같은 경우는 통 이해가 되지 않더라고요. 주周나라가 어쩌다가 하루아침에 그 지경에까지 이르렀는지 도무지 모르겠어요. 그야말로 눈 깜짝할 새에 쪽박을 차고 나앉았잖아요."

오차우가 강희의 질문이 대견한 듯 시원스레 대답했다.

"아우는 과거시험을 보기 위한 글 같은 것에는 질색을 하면서도 제왕의 흥망성쇠에는 관심이 대단한 것 같군. 그런데 벼슬길에 오르지 않고 무슨 재주로 단숨에 제왕의 자리까지 오른다는 말인가?"

강희는 정색을 하는 오차우의 모습에 깔깔 웃음을 터트렸다. 소마라고 역시 손수건으로 입을 살짝 가린 채 터져나오는 웃음을 참느라 여념이 없었다.

강희는 순간 자신이 필요 이상으로 흥분하지 않았나 싶었다. 그 생각이 들자 그는 자신의 실수를 감추기 위해 일부러 탁자 위에 놓인 찻잔을 만지작거리면서 물었다.

"제가 제왕의 뜻을 가지고 있다고 쳐요. 그렇다면 스승님은 관심이 없다는 얘기인가요?"

"나야 뭐 물 건너간 지 이미 오래지."

오차우가 부채를 흔들면서 덧붙였다.

"스님이 자기 머리 깎는 것 봤는가? 배운 대로 모든 것을 다 행할 수 있는 세상도 아니고. 가르칠 때는 제후나 천자들의 잘잘못을 주제넘게 많이 떠드는 편이기는 하지만 그렇다고 내가 무슨 재주로 제왕이 되겠나. 세상이 혼란하고 혼전을 거듭하던 이십오 년 전쯤이었다면 혹시라도 천자의 눈에 띌 기회가 생겼을지 모르지. 그러나 지금 같은 태평성세에는 나 같은 선비는 한림원이나 들어가면 출세하는 거야."

강희가 오차우에게 용기를 북돋워줬다.

"스승님의 글재주와 인품이라면 충분히 가능할 거예요."

"방금 아우가 춘추시대 때 주나라의 난에 대한 원인을 물었었지……."

오차우는 의도적으로 화제를 얼른 돌려버렸다.

"역사적인 사건들에 대한 해석은 어떻게 보면 별로 어렵지 않아. 코에 걸면 코걸이, 귀에 걸면 귀걸이인 경우가 많지. 하지만 주나라의 멸망은 제후들이 천자를 우습게 여기고 정령政令들을 제멋대로 발표한 것과 관계가 깊어. 황실을 존중하지 않은 게 치명적인 원인이라고 해도 좋아!"

오차우의 말은 강희의 마음에 돌풍을 일으키기에 충분했다. 강희로서는 사실 언제 튀어나올지 모르는 그의 여과 없는 말에 어느 정도 적응이 될 법도 했다. 그러나 여전히 그의 말은 진흙탕 한가운데 서 있다고 해도 좋은 강희의 마음을 뒤흔들어 놓았다. 강희가 재빨리 자신의 헝클어진 감정을 수습하기 위해 어색한 웃음을 지었다.

"지금도 정령을 황제가 직접 내놓지는 않잖아요. 그럼에도 잘 돌아가고 있는 것으로 아는데요?"

강희의 말에 오차우가 냉소를 퍼부었다.

"겉으로는 아주 태평한 것처럼 보이지. 하지만 폭풍전야의 숨 막히는 고요일지도 몰라. 우환이 많은 집안이야. 집안도둑이 살림살이를 자기 멋대로 주무르는 것도 모자라 밖에서는 잔뼈가 굵었노라고 제후들이 딴 주머니를 차고 설치고 있어. 이 나라는 내가 보기에 언제 터질지 모르는 화약고와 같아. 그런데 잘 돌아가다니, 그게 말이 되는가?"

간신히 추슬렀던 강희의 기분이 또다시 낭떠러지로 추락하고 말았다. 안색도 갑자기 눈에 띄게 변했다. 보다 못한 소마라고가 다급히 말길을 돌렸다.

"오배가 많이 겸손해졌다고 하던데요?"

오차우는 강희의 심경 변화를 전혀 의식하지 못한 채 얼굴을 돌려 소마라고를 바라봤다.

"겸손이라는 것은 말에서 나타나는 것이 아니오. 당나라의 위징魏徵은 바른 소리를 많이 했소. 그럼에도 태종太宗은 그를 간신이라고 하지 않았소. 사심이 없다는 사실을 알았기 때문이오. 반면 그 후에 등장한 노기盧杞라는 재상은 아주 겸손했으나 세상 사람들은 간신이라고 했소. 이걸 어떻게 봐야 하겠소? 오배가 진정으로 반성을 했는지 안 했는지는 번드르르한 말이 아니라 행동으로 보여주는 것에 달려 있소. 말하자면 권력을 이양해야 한다는 거요. 황제가 직접 정치를 시작한 지 이미 두 해가 지났소. 그런데 뭣 때문에 아직까지 권력을 틀어쥐고 야단이냐는 말이오. 그럴 만한 명분이 추호도 없는데 말이오. 얼마나 천자를 우습게 봤으면 군대의 일 같은 나라의 대사를 자기 집에서 사사롭게 몰래 논의할 수가 있겠소? 마치 자기 집이 군대의 최고 사령부라도 되는 양 말이오. 그게 충신이 할 일이오?”

강희는 오차우의 말을 들으면 들을수록 괴로웠다. 마치 바늘방석에 앉아 있는 심정이었다. 그가 겨우 가슴을 진정시키며 입을 열었다.

“저는 그러면 제왕이 되겠다는 생각을 버려야겠군요. 스승님도 한림원에 들어가려는 생각을 버리세요. 우리 같은 백성들이 충신이니 간신이니 하고 토론을 해서 뭐하겠어요!”

강희가 드디어 자리를 박차고 일어섰다. 그리고는 위동정을 잡아끌었다.

“실내가 너무 더운 것 같지 않아? 완낭에게 스승님을 잠시 모시고 있으라 하고 우리 둘은 밖에 나가 잠시 거닐다 오는 게 좋을 것 같군.”

위동정은 강희의 속내를 모르지 않았다. 즉시 강희를 따라나섰다.

방안에는 오차우와 소마라고 단 둘만이 남았다. 둘은 한동안 서먹서먹한 분위기 속에서 말없이 침묵만 지켰다. 소마라고는 자리에 앉고 오차우는 뒷짐을 지고 창문 앞에 선 채였다.

얼마 후 소마라고가 일어서더니 차를 따라 오차우에게 가져다줬다. 오차우는 황송하다는 듯 가볍게 눈인사를 하면서 조심스레 찻잔을 받았다. 고맙다는 인사도 잊지 않았다.

그러나 또다시 어색한 침묵이 찾아왔다. 결국엔 소마라고가 안 되겠다고 생각했는지 먼저 입을 열었다.

"과거시험 날이 다가오네요. 오 선생님은 과거시험 준비는 안 하세요?"

오차우는 과거시험이라는 말에 충격을 받았는지 찻잔을 뚫어지게 바라보면서 잠시 생각에 잠겼다. 얼마 후 그가 조용히 입을 열었다.

"과거시험에 미련이 남아 여기까지 왔소. 포기할 수는 없소."

소마라고가 오차우를 마주하고 다소곳하게 앉아 부채를 흔들면서 물었다.

"외람되지만 저 완낭의 권유를 들어볼 생각은 없으신지요?"

오차우는 완낭과 단 둘만 남겨지는 것이 영 어색했다. 그래서 은근히 위동정과 용공자가 빨리 돌아오기를 학수고대하고 있었다. 그러나 기다리는 두 사람은 오지 않고 소마라고만 아무렇지도 않게 더욱 자신에게 가까이 다가앉았다.

그는 당황한 나머지 얼굴을 붉히며 어쩔 줄을 몰라 했다. 어느새 이마에는 식은땀이 송골송골 배어 있었다. 하지만 할 얘기가 있다는 말에 대답을 하지 않을 수는 없었다. 그가 여전히 창밖에 시선을 고정시킨 채 대답했다.

"무슨 얘기요?"

소마라고는 속으로 피식 웃었다. 의외로 쑥스러움을 많이 타는 오차우의 안절부절 못하는 모습이 귀여웠던 것이다. 그를 그윽하게 바라보다가 자리에서 일어나 찬물에 수건을 적셔왔다. 이어 땀을 닦으라는 시늉과 함께 수건을 건네줬다.

"이번 과거시험은 포기하시는 것이 어떨까 해서요."

오차우는 자신의 귀를 의심했다. 소마라고가 자신의 추측과는 정반대의 얘기를 꺼낸 것이다. 그가 의아한 표정을 한 채 그녀를 향해 얼굴을 돌렸다. 그래도 얼굴에는 미소가 떠나지 않았다.

"왜요?"

소마라고는 항상 주장이 강하고 당당했다. 하지만 그녀도 여자였다. 오랜 시간 동안 사모하던 이성과 마주앉아 대화를 나누는 것이 부담스럽지 않을 수 없었다. 그녀는 오차우의 눈길을 받는 자신의 얼굴이 달아오르는 것을 느꼈다. 그러나 용기를 내어 본론을 꺼냈다.

"오배가 실권을 잡고 있는 한 선생님의 뜻은 실현 불가능해요. 그게 현실이에요. 이번에도 선생님이 의지를 굽히지 않으면 시험장에서 신변이 위태로워질 가능성이 크다고 생각해요."

오차우는 소마라고의 간절한 어투에 약간은 감화된 듯했다. 하지만 그녀의 뜻을 따를 생각은 추호도 없는 것 같았다. 히죽 웃으면서 그런 의지를 강하게 피력했다.

"지난번에도 그런 글을 써냈지만 별로 문제가 되지 않았잖아요!"

"그때와는 상황이 달라요. 그때는 소극살합 대인이 어느 정도 바람막이가 돼줬어요. 그러나 이번에는 선생님 편에 서서 막아줄 사람이 없을 거예요. 그게 바로 문제예요. 솔직하게 말씀드리면 오배는 지금 선생님을 찾으려고 혈안이 돼 있어요!"

소마라고의 말에는 진심과 애정이 물씬 배어 있었다.

"완낭은 조정의 깊숙한 비밀에 속하는 그런 사실들을 어떻게 알았소?"

오차우가 정색을 한 채 물었다. 순간 소마라고는 잠시 어정쩡한 표정을 지었다. 그러나 이내 순발력을 발휘했다.

"색액도 대인과 마님께서 말씀하시는 것을 귀동냥했을 뿐이에요. 하지만 틀림없는 사실이에요."

말이 길면 꼬리가 밟히기 마련이다. 오차우는 바로 소마라고의 말이 어딘가 이상하다고 생각했다. 하기야 그녀가 시녀라면 색액도와 그의 부인을 우리 대인, 노마님이라고 불러야 정상이었으니까 말이다. 게다가 그녀는 색액도의 이름도 거리낌 없이 함부로 입에 올리지 않는가! 있을 수 없는 일이 벌어진 것이다.

하지만 대범한 성격의 오차우는 말꼬리를 잡고 늘어지는 성격이 아니었다. 그저 그렇겠거니 하고 넘어갔다. 그는 잠시 석연치 않았던 생각을 뒤로 하고 바로 사람 좋은 웃음을 지어보였다.

"완낭의 말대로라면 나는 과거시험과는 영원히 담을 쌓아야겠군요!"

소마라고가 오차우의 익살스런 말에 웃으면서 화답했다.

"저한테는 선생님께서 읊으신 시구 중에서 인상에 남는 두 구절이 있어요. '저 강에 외로이 떠도는 쪽배여, 환한 달빛이 반겨주니 고독하지 않게 흘러가는구나' 하는 거예요. 너무 좋아요. 선생님도 마찬가지예요. 우리 집의 색액도 대인이 계시는 한 공명을 이루는 것은 시간문제예요."

"그게 무슨……."

소마라고의 말은 갈수록 오리무중이었다. 오차우로서는 머리를 갸웃거리면서 되물을 수밖에 없었다.

"지금으로서는 딱히 뭐라고 말씀드릴 수 없어요. 선생님같이 성품이 고결하신 분은 공명을 얻겠노라고 권세가에게 굽실거리실 분이 아니에요. 제가 왜 모르겠어요. 난감하게 만들지는 않을 거예요."

오차우가 잠자코 완낭의 말을 곱씹었다. 절로 기분이 상쾌해졌다.

"완낭의 말을 한번 믿어 보겠소! 과거는 오배 놈이 죽은 후에 천천히 응시하지 뭐."

두 사람이 더욱 가까이 앉아 다정하게 얘기를 나누고 있을 때였다. 갑자기 창밖에서 위동정이 웃음 그득한 얼굴을 불쑥 들이밀었다.

"완낭, 정말 대단한 수완입니다. 그새 오 선생님을 설득하다니!"

소마라고가 쑥스러운 듯 얼굴을 붉혔다. 이어 믿지 않게 위동정을 흘 겨봤다.

"자꾸 누나한테 버릇없이 굴래! 그런데 이 날씨에 공자님이 건강을 해 치면 어떡하려고 이제야 들어오는 거야! 마님께서 아시는 날에는 혼쭐 이 날 테니 조심해!"

위동정은 소마라고의 진심을 너무나 잘 알았다. 헤벌쭉 웃으면서 뒤 통수를 긁적인 것도 그래서였다. 그러자 강희가 어느새 다가와서는 밝 은 음성으로 말했다.

"완낭, 사실은 내가 엿들으라고 시킨 거야. 이 사람을 너무 나무라지 마."

강희의 말에 소마라고가 머리를 다소곳이 숙인 채 대꾸를 못했다.

강희는 어린 나이였으나 사태를 해결하는 능력이 돋보였다. 천진난만 함 속에 영악함을 감춘 인재라고 해도 좋았다. 오차우는 그런 모습을 지켜보다 그에게 완전히 매료되고 말았다.

강희가 시종 흐뭇한 표정으로 자신을 바라보는 오차우의 마음을 아 는지 모르는지 말을 이었다.

"방금 밖에 나가보니 성큼 다가온 가을이 새삼스레 느껴졌어요. 낙엽 도 떨어지기 시작하더라고요. 며칠 후에 스승님을 모시고 천고마비의 진수를 맛보러 소풍을 떠나고 싶은데요?"

오차우는 문제될 게 없다는 듯 두 팔을 벌리며 바로 익살스런 표정 도 지었다.

"동생이 하자는 대로 따르는 것이 내 신상에 유리하겠지?"

밖은 어느새 어두워지고 있었다. 강희가 소마라고에게 말했다.

"완낭, 우리 여기에서 이렇게 죽치고 있다가는 어머님에게 쫓겨나는 것은 아닌지 모르겠네. 어서 가자고!"

위동정은 뼈가 있는 강희의 말뜻을 알아채고는 히죽 웃었다. 동시에 소마라고를 바라봤다. 소마라고는 마음을 도둑맞은 느낌에 사로잡힌 듯 괜스레 얼굴을 붉힌 채 변명을 했다.

"누가 죽치고 있다고 그래요? 주인이 자리를 떠나지 않는데 어떡해요, 그럼! 시녀가 돼 가지고 자기 마음대로 혼자 가버리나요?"

〈2권에 계속〉